KB262042

고양이 살리기

청동거울 문학선 ❼

고양이 살리기

2004년 11월 3일 1판 1쇄 인쇄 / 2004년 11월 10일 1판 1쇄 발행

지은이 박덕규 / 펴낸이 임은주 / 펴낸곳 도서출판 청동거울 / 출판등록 1998년 5월 14일 제13-532호
주소 (137-070) 서울 서초구 서초동 1359-4 동영빌딩 / 전화 02)584-9886~7
팩스 02)584-9882 / 전자우편 cheong21@freechal.com

주간 조태림 / 편집장 하은애 / 편집 문효진 / 영업관리 김형열

필름 출력 (주)딕스 / 표지 인쇄 금성문화사
본문 인쇄 이산문화사 / 제책 광우제책

값 8,000원

ISBN 89-5749-026-4

청동거울 문학선 ⑦

고양이 살리기

박덕규 소설집

청동거울

분량으로 치면, 이백 자 원고지 100장 정도의 단편소설들이 주류를 이루지만, 거의 중편소설에 준하는 것도 있고, 반면에 엽편소설을 넘어 미니픽션이라 할 만한 아주 짧은 소설들도 있다. 주제상으로 보면 모두, 한 세기를 넘기는 '한국적 자본주의'의 그늘을 헤치는 사연들이다. 그 사연을 전에 없는 눈으로 제공하기 위해 등장한 이가 대표적으로 '탈북자'들이다. 탈북자들이 주인공이거나 스토리상에 중요하게 문제제기를 하는 인물로 등장하는 소설들을 한 자리에 모은다는 의도가 포함되기도 했다.

그러면서도 소재상에서 다채로움을 과시하고도 싶었는데, 특히 다양한 직업을 경험한 자들이 등장해서 그야말로 '사람 사는 느낌'을 확연하게 주어야 한다는 생각으로 이 자리에 묶인 소설도 많다. 소설이 삶을 따라잡지 않는 건 기만 아닐까 하고, 나는 나 혼자만 고민한다는 듯 어떤 사명감으로 떠드는 습관이 있다.

창작 방법론에 대한 지대한 내 관심은 남을 가르치는 직업과 관련도 되고 관련이 안 되기도 한다. 나는 한국소설이 지나치게 내면주의로 흘렀다는 지적에 크게 공감하는 사람일 뿐 아니라, 내 힘으로 그 지적을 뛰어넘어야 한다고 믿고 있는 소신파다. 이 소신은 자주, 창작과 이론의 경계를 뚫고 강의실로 뛰어들어가고 있다. 창작물에 이어 따로 창작 배경과 관련된 해설문을 실은 것은, 역시 이 책의 독자를 창작물에 대한 순수 독자들 외에도 특별히 소설창작을 실험하는 이들로 상정했기 때문이다.

2004년 11월
박덕규

고양이 살리기

박덕규 소설집

고양이 살리기

　우선은 또, 그날 아침에 대해 이야기하지 않을 수 없겠다.

　너와 헤어지고, 그러고도 일주일을 굶다시피 하고, 조금 회복된 뒤로도 오랫동안 너에게서 오는 끊임없는 전자우편과 휴대폰 메시지를 무시하며 아주 조금씩 먹고 지내면서, 너와 헤어지겠다고 선언한 이유를 어쩌다가 생각하게 될 때마다 떠올려지는 일의 맨 처음이 언제나 그랬어.

　비 갠 뒤의 청명한 날씨 같은 내 기분이 이제는 잘 구겨지지 않는다. "또 그 고양이 시체 얘기야?" 하면서 가윗눈을 할 너에게, 배시시 눈웃음치며 달려가 안기고픈 마음도 생겨나 있다.

　하지만, 나는 그걸 애써 참는다. 내가 너와 만나지 않겠다고 마음먹은 이유가 너에게는 물론 나에게도 이해되지 않는다면, 설사 우리가 다시 만나게 된다 하더라도 그때부터는 우리 앞에 더욱 아무런 의미 없는 시간만이 다가올 테니까.

　그날 아침 집을 나서던 길에, 검은 고양이 한 마리가 사지를 벌리고 내장을 다 드러낸 채 죽어가고 있는 걸 보았지. 파리 두어 마리가 뛰어들다가, 내장에서 뿜어지는 아직은 살아 있는 열기 때문에 허공에서 머뭇거리고 있는 것처럼 보였다. 너는 나중에 이 말을 듣고는 픽 웃기부터 했지만, 정말 그랬다니까.

내가 사는 아파트 동에서 차도 쪽으로 나가는 뒷문 출입구 바로 밖이었다. 고양이는 자동차 같은 데 받혀서 복부가 파열된 채, 어딘가로, 제가 살던 어느 구석진 곳으로 가던 중에 기운이 떨어져 길바닥에 드러누운 게 틀림이 없었다. 제법 성장한 고양이였지만, 야생으로 살아가기에는 어딘가 앳되고 여려 보이는 친구였다. 한쪽 눈에서 이마 쪽으로 흐르는 흰 털빛이 마치 제대로 먹지 못해 핏기가 빠져 있는 어린 아이의 낯색 같았다. 나는 입을 틀어막고, 뒤꿈치를 세운 발로 한쪽으로 비껴 걸으면서 고양이의 눈과 마주치지 않으려고 애썼는데, 불행하게도 고개를 쳐들기 위해 용쓰는 고양이의 애절한 눈빛과 만나고 말았다.

아침 햇살에 눈부신 듯 바르르 떨리던 눈썹 그 아래, 나는 잠깐, 깊이를 알수 없는 그 투명한 눈동자 속으로 끌려갈 듯 몸이 휘청했다는 걸 나중에야 깨달았다.

주인 없는 고양이들이 아파트 단지를 밤낮없이 설치고 다니게 된 지 수 년이 되었다. 밤에 지하 주차장에서 출몰한 고양이 때문에 놀란 여자 운전자들이 관리실에 몰려가 항의 소동을 피우는 일도 심심찮게 발생했다. 고양이 소리인지 어느 집 아기 우는 소린지 모를 소리 때문에 잠을 못 이룬 날도 있었다.

"못된 암고양이, 발정났어, 발정."

고양이가 미친 듯이 우는 소리를 듣고 있던 아버지가, 과년한 딸 눈치도 안 보고 그렇게 투덜대기도 하셨다.

그러니 고양이가 죽어가는 그날 아침의 광경은 내 무의식 속에 그냥 묻혀버릴 수도 있는 일이었지. 그럴 수도 있었던 걸 한참을 지나서야 비로소 네게 심각하게 얘기하게 된 까닭을 헤아려보니, 사소한 여러 사연들이 꼬리에 꼬리를 물고 떠오른다.

그날 아침 집 앞에서 죽어가는 고양이를 본 내가, 집으로 들어가면서는 그걸 까맣게 잊고 있었다. 그것 때문에 나중에 내가 더욱 괴로웠다는 걸 너는 결코 이해하지 못했다.

"그 고양이가 그래, 꿈에 나타나서 널 깨물던?"

너는 그렇게, 내가 비위 약한 척 깔끔 떠는 정도로만 생각했다. 좋다. 나는 남자애들 앞에서 깔끔 떨며 시선 끌기를 즐기는 여자애임에는 틀림이 없다.

하지만, 이번 경우는 다르다. 그걸 네가 알아야 한다니까.

내가 수강 신청을 해서 듣고 있던 교양 과목 얘기도 다시 들어주어야겠다. 신학기 전공선택 과목들에 워낙 피하고 싶은 교수님들이 포진되어 있어서 교양선택 쪽으로 눈을 돌리던 중이었는데 누군가 '환경과 문화' 라는 글자를 짚으면서 말했다.

"이거 화끈한 교수님이 하신다. 강의 끝내줘."

강사 이름이 김하근이어서 화끈하다는 줄 알았다. 작년 강의 때 야외 강의와 술집 강의가 한 번씩이요 휴강이 두 번이었다는 얘기였다. 그것보다 더 중요한 건 학점을 얼마나 잘 주느냐에 있었지.

대충 때우려고 들면 얼마든지 그럴 수 있는 강의이긴 했다. 한데도, 앞자리에 앉는 친구건 대리 출석을 잘 맡기는 친구건, 강의실에 갇힌 지식이나 사고는 죽은 것이라는 거듭된 자기 주장을 어떻게든 실천에 옮겨보이는 강사의 노력에 묘한 감동을 받는 눈치였다.

영화 속에 나타나는 생명사상, 소설 작품 속에 등장하는 환경 오염 고발 내용, 이런 주제의 과제를 불평 없이 이어서 해결해 가는 나를 위해, 너는 서점에서 컴퓨터 책을 이것저것 뒤적거리면서 기다려 주었고, 비디오방으로 가는 계단을 앞서 오르다가 발목을 삐기도 했다. 우리, 그때까진 좋았지.

인간의 탐욕을 경계하는 수준 높은 영화라고 소개하는 걸 텔레비전에서 듣고 선택한 타르코프스키 감독의 영화 「희생」을 보면서 몰래 하품을 해대다가 우리는 서로의 얼굴을 마주봤지. 너희 학교 후문 쪽 비디오방이었지. 그랬지, 그 영화가 품고 있다는 생명사상이다 금욕주의다 하는 건 뒷전에 두고, 첫 키스 때보다 더 짜릿한 느낌을 너는 내 몸에 여러 번 갖게 해줬지.

세 번째 해결해야 할 과제는 네 사람이 한 조가 되어, 환경 오염을 극복해 가는 사례를 취재해 오는 일이었다. 게다가 내가 속한 조가 발표조로 정해졌다. 아쉽게도, 취재문 작성에서부터 발표까지 내가 가장 적극적이어야 할 면면들이 대체로 우리 조원들이었다.

자상한 편인 너였지만, 실은 그런 유의 과제에 그리 큰 관심을 보이는 사람이 아니라는 걸 나는 벌써 짐작했다. 네가 좋아하는 일은, 든든한 가업을 배경삼아 펼쳐 나갈 거창한 사업 계획을 설명해 대거나, 아니면 내 허리춤에서부터 손을 넣어 내 속살을 탐하는 일 따위였으니까. 그걸 내가 싫어하지는 않았다는 걸 인정한다고 이미 네게 말했다.

중간고사를 끝낸 토요일에야 우리 조는 과제 준비 대책 회합을 위해 한 자리에 모이기로 했다. 바로 그 다음 주가 발표였지. 그런데도 유일한 남학생인 친구가 약속을 어긴 거 있지. 네가 우리 학교에 왔을 때 "와, 좋다!"고 했던 사범대 '사색의 호수' 앞이었다. 커다란 금잉어들이 떼를 지어 우리가 던진 과자 부스러기를 먹기 위해 입을 벌름거리며 몰려들던 그 연못 말이야.

우리는 지쳐가고 있었다. 궁즉통(窮卽通)? 너도 그런 말을 한 적 있지? 우리 아버지가 퍽도 좋아하시는 말이기도 하지. 궁즉통, 궁즉통…… 나는 그렇게 주문을 외우다 보니, 왠지 모르게 내가 살아가는 이 모습은 정말 인간답게 사는 모습이 아니라는 생각이 들기도 했고, 갑자기 영화 「희생」의 첫 장면에서 저게 뭘까 싶던 초라하고 앙상한 나무 한 그루가 떠오르기도 했다.

한 친구가 말했어.

"야, 환경 오염 극복 그거 우리가 직접 해보면 되지 않겠어? 우리가 저 연못으로 들어가서 낙엽도 걷어내고 금붕어 배설물도 치워주면 그게 환경운동 아니겠어?"

틀린 말은 아니었지만, 그게 '환경 오염을 극복해가는 사례'로 당당히 내세울 수준은 아니겠지?

또 한 친구는 자랑할 게 있는데 잊었다는 듯이 아참, 하고 가방에서 책 한 권을 꺼내면서 말했다.

"이거 그린피스라고, 환경 운동하는 집단 얘긴데 아주 감동적인 거 같았어. 대담한 직접 행동과 치밀한 로비활동으로 각국 정부와 대기업들을 궁지에 몰아넣은 세계적 환경 운동 단체, 그린피스 스토리!"

자극적인 표지글 때문인지 나도 꼭 빌려서 읽어봐야겠다는 생각이 절로 들었다.

뭔가 곧 할 일이 생길 것만 같은 예감이 우리의 머릿속에서 뱅뱅 소리를 내며 선회하고 있었다. 잠시, 우리집 앞에서 죽어가던 고양이 눈빛이 떠올랐던 것 같아. 그때였다. "환경운동도 식후경!"하고 소리치면서, 기다리던 친구가 코스모스가 한창인 가을 언덕길을 헉헉대고 올라오고 있었다.

"자, 컵라면 먹고 시작합시다!"

화를 내려다 만 것은 컵라면 때문이 아니었어. 그 친구는 평소, "뭐 아르바이트 할 것 없나" 하고 입버릇처럼 되뇌고 다니던 애였다.

"늘 조국의 운명과 같이하고 있지요."

분할 납부 형식으로 간신히 이학기 등록을 마친 그 친구에게 어느날

학과장 교수가 "요즘 어려운 것 없니?" 하고 물었을 때의 대답이었다. 그 대답은 지금 생각해도 웃음이 난다. 그런 그 친구가 컵라면을 들고 모임에 나타났다는 건 뭔가 그럴싸한 아르바이트 자리를 얻었다는 얘기였다. 모두들 용돈이 궁한 처지였으므로 그 어렵고 골치 아픈 과제는 뒤로 제쳐두고, 사범대 교학실 전기정수기에서 뜨거운 물을 받아오는 수고를 아끼지 않고 컵 라면을 물에 불려 먹었다.

"뭔데 그래? 너 정도가 아르바이트 자리를 땄다면 우린 거저 먹을 일 같은데?"

한 친구가 휴지를 꺼내 입을 훔치면서 물었어.

"그래, 맞아!"

나도 맞장구를 쳐주었다. 남자애는 국물까지 말끔히 비우고 가볍게 트림을 했다.

"크흠! 니네들, 우리 학교 캠퍼스에서 다람쥐 본 게 언제지?"

웬 다람쥐? 하려다가 나는 입을 다물었다. 싱거운 소리라도 좋다. 우리는 남자애한테 좀 너그러워졌다. 남자애는 나무젓가락을 꺾어 컵라면 그릇에다 우겨넣었다.

"다람쥐를 본 게 언제냐니까?"

글쎄. 우리는 서로의 얼굴을 쳐다보았지. 한 친구가 못 참고 남자애의 발을 걷어차는 시늉을 했다.

"애는, 늦게 와갖구 컵라면 하나로 얼렁뚱땅 때우더니, 갑자기 다람쥔 또 뭐야? 우리 과제 어떡할 거야!"

"짜식들! 이 오빠를 우습게 봤다이거지. 니네들, 내가 어떤 아르바이트를 하게 된 줄 알아?"

골이 깊고 숲이 울창하기로 유명한 캠퍼스가 바로 우리 학교다. 사실은 50주년 기념관 뒤쪽 산은 우리 학교 땅이 아니라 시(市) 땅인데, 그 산 정상 이쪽을 숲으로 번창하게 한 것이 우리 학교 개교 초기 학생들

16

의 육림 실습 덕분이야. 그런 때문에 평소에는 그 산으로 가는 길이 철책으로 단단히 통제되어 있다가도 학교·축제라든지 귀빈 방문 같은 특별한 때 학교측 요구대로 문이 열리게 되지. 대체로 비탈이 급해지기 시작하는 중부 능선까지는 우리 학교 학생이면 누구나 한 번씩은 다녀와 본 처지다.

잊지 않았겠지, 그 숲? 네가 우리 학교에 처음 온 지난해 봄 축제 때 말이야. 정말 그때는 다람쥐들이 우리 발 사이를 스쳐 달려가곤 했다. 나무를 타고 오른 다람쥐를 놀라게 해주려고 갈참나무를 흔드는 네 모습이 천진스러웠지. 내 쪽을 돌아보며 흰 이를 드러내며 웃는 네 얼굴을 보면서 나는 이미 너와 나 사이에 곧 있을 일을 짐작했어. 내가 원하기만 하면 다람쥐 아니라 코알라라도 수입해서 애완동물로 키우게 해 주겠다고 너는 큰소리쳤어. 그래, 내가 먼저 그 입에 키스를 했어. 그 밤, 우리 캠퍼스 뒷산의 저녁 어스름속에서 말이야. 다람쥐가 우리의 발 밑을 넘나들던 그곳에서 말이지.

우리 조의 남학생 친구는 그 다람쥐 얘기를 하고 있었다. 강의실 건물 근처까지 내려와 놀던 다람쥐, 임간 교실 풀밭에 앉아 책을 읽다가 과자를 먹다가 하고 있으면 어느새 과자 봉지 근처까지 와서 코를 벌름거리던 다람쥐, 그러다 지나던 자동차 바퀴에 깔려 죽기도 하던 다람쥐. 얼마 전까지 분명히 그랬던 것 같은데…… 그 다람쥐를 못 보게 된 게 언제부터일까?

"지금 저 숲에 남은 것은 무어냐, 다람쥐 아닌 청설모. 알지? 지난 여름 해충 방제 행사 때 이미 저 숲에 청설모들이 판을 치고 있었잖아. 그럼 다람쥐는 다 어디로 갔냐, 청설모한테 먹혀 다 죽었나, 아니면…….

친구는 침을 삼키면서 눈을 질끈 감았다 떴다.

"에, 또…… 오늘날 아이엠에프 구제금융시대를 맞이하여, 집에서

기르던 고양이와 개를 마구 내다버리는 가정이 속출하고 있으니……”
 “얘는 지금 무슨 얘길 하고 있어. 아이엠에프하고 다람쥐하고 무슨
상관이야?”
 우리 중 누군가가 또 짜증을 냈어.
 “어리석은 자여, 그대 이름은 여자일지니. 야, 신문 좀 봐라, 신문
좀. 고양이가 산으로 몰려가 살면서 다람쥐하고 참새 같은 것들 다 잡
아먹어서 골치라는 기사 못 봤니?”
 찌르르, 하고 내 뱃속에서 이상한 기운이 꿈틀댔어. 고양이 눈빛, 내
집 앞에서 죽어가던 고양이의 여린 눈빛이 또 떠올랐다.
 집에서 내다버린 고양이나 개가 야생이 되면서 산에서 사는 소형 포
유류나 조류를 마구 잡아먹고 있다는 기사를 신문이 아니라 텔레비전
에서 본 기억이 났다. 물론 그때는 무심코 넘겼다.
 문제는 그 때문에 생태계가 파괴된다는 거 아니겠어?
 생태계 파괴니 뭐니 하면서 얘기가 조금씩 복잡해지자 너, 괜시리 코
를 쿵쿵거렸지?
 이학기 들어 한 차례, 뒷산에 사는 야생 고양이 수를 파악했대. 우리
학교 사회학부생들이 실습 교육 삼아 나섰는데, 고양이가 서른 마리까
지 확인됐고, 개는 야생인지 아닌지 알 수 없는 걸로 네 마리가 관찰되
었다는군. 시 전역에 그런 들고양이가 천 마리 이상이래.
 어쨌든 그 야생 고양이들 때문에 가장 피해가 큰 동물이 바로 다람쥐
였다. 말 그대로 고양이 앞의 쥐 아니었겠어? 다람쥐에 비하면 좀 흉측
하게 생긴 청설모는 어째서 판을 치게 되었나. 고양이가 따라붙을 수
없는 빠르기에다 나무를 타고 하늘 높이 치솟는 그 높이가 상당한 게
청설모라 이거지.
 “예쁜 것은 다 죽고 요상하게 생긴 것만 살아서 판치는 이 세상!”
 ‘환경과 문화’ 강사가 무슨 우스갯소리를 시작했다가 그런 격언으로

마감하던 게 생각났다.

우리 조 그 남학생은 시종 좌충우돌 횡설수설이더니, 그제서야 자기가 하게 된 아르바이트 얘기를 꺼냈다.

"생태계를 파괴하는 저 골치 아픈 고양이를 퇴치하는 일!"

과연 그 일은 우리가 해야 할 숙제와 관련이 깊었다.

"지방자치단체의 후원을 받아 저 뒷산 고양이를 퇴치하는 일에 내가 자원한 거다. 일당 오만 원. 오늘 십육시 정각, 오십주년 기념관 후문 앞에서 들고양이 사냥 발대식이 있다. 일차적으로는 그물로 포획하고, 여의치 않을 땐 내일 저녁 덫을 설치한다. 너희들 같은 비위 약한 여성들은 모레아침쯤에 와서 이 오빠의 참전기를 귀담아 듣고 받아 적으면서, 잡힌 고양이들을 확인하고 사진 찍어서 제출 근거로 삼으면 될 것이로다. 물론 과제 작성은 너희들 차지. 이상 전달 끝."

그 친구는 우리가 먹은 컵라면 용기를 모아 비닐에다 담더니 그걸 나한테 건네주었다. 어디선가 피비린내가 났다.

그래, 또 네가 하품을 참지 못해할 걸 나는 안다. 하지만, 다시 설명할게. 정말 차분하게 들어줘야 한다니까.

우선, 죽어가는 고양이를 집 앞에서 본 얼마 뒤, 환경 오염 극복 사례를 취재 발표하는 과제를 맡았다. 학교 뒷산의 동물 생태계가 국가 부도 위기 사태를 함께 겪는 여러 가정에서 내다버린 고양이들 때문에 파괴되고 있었고, 그걸 바로잡기 위한 아르바이트를 하게 된 친구가 있어서 마침내 과제를 해결할 수 있게 되었다. 그날, 고양이 사냥발대식이 있던 때, 너는 내가 남긴 음성 녹음을 확인하지 않고 날 기다리고 있었다. 그때부터 네 감정이 비로소 꼬이기 시작했다는 걸 나 잘 알아.

발대식에 나온 남학생들의 모습이 가관이었다. 물고기를 잡는 투망용 그물 정도는 봐줄 만했는데, 잠자리 잡을 때 쓰는 포충망은 너무했다. 곤충채집 떠나는 아이들 같았지. 그러면서도, 여학생들은 위험할 거라고 따르지 말라며 메가폰을 들고 경고하는 학생처 직원의 근엄한 말투라니!

그 날 밤 처음 포획된 고양이는 모두 다섯 마리. 그걸 잡아오는 동안 나는 학교에 있었고, 너는 이튿날 나와 떠나기로 한 낚시 여행을 접어야 했다.

"날 바지저고리로 만들어놓고, 뭐? 환경 운동? 웃기고 있네."

너는 이튿날 학교 앞까지 와서 나를 다그쳤다. 집 앞에서 본 고양이 얘기며 들고양이 사냥 발대식 얘기를 주워섬기던 나는 입을 다물 수밖에 없었다. 그런 내게 너는 어이없게도, 가난한 약혼녀에게 자기 뜻을 따르지 않으면 파혼하겠다고 위협하는 철없는 백작 아들로 변해 있었다. 제발 이러지 말고 날 이해해 줘. 그리고 날 버리지 마……. 이렇게 너한테 매달려야 했겠지. 그래, 전 같으면 뻗대는 너를 달랠 겸 마음에도 없이 그런 말 한두 마디쯤은 할 수 있었을 테지.

스스로 이해할 수 없을 정도로 나는 차분하게 가라앉아 있었다. 떠나가려다 되돌아온 네가 욕설을 퍼부으며 따라오는 걸 뒤로하고 나는 도서관으로 갔다. 혼자 그렇게 공부가 잘 되더냐고 너는 묻고 싶었겠지. 고양이 사냥 결과 대목을 남겨두고는 너무 쉽게 과제물 정리를 했다. 저녁에는 다시, 덫을 매설하러 숲을 오르는 남학생들의 뒤꽁무니를 따라가 보았다.

그리고 월요일 아침, 나는 평소보다 일찍 학교로 향했다. 집 앞에서는, 그날 죽어가던 고양이가 있던 자리를 눈짐작으로 살펴보기도 했다. 몸에 살짝 소름이 돋아나게 하는 가을햇살이었다. 그 햇살 속으로 사내들이 사냥물을 이고 걸어 내려오는 걸 나는 보았다. 그리고 꺄욱, 꺄욱, 꺄욱, 자신을 죽음으로 내모는 시간 앞에서 피울음으로 버텨내고 있는 고양이떼를 만났다.

덫에 걸려 다리가 잘린 고양이, 발길에 차인 듯 입이 으깨진 고양이,

양 발을 머리 위로 쳐든 채 빳빳하게 굳어가고 있는 고양이, 새까맣거나 누렇거나 얼룩덜룩한 고양이, 배가 터진 고양이, 아직은 생생하게 이빨을 드러내며 경계하는 고양이, 고양이들이, 쓰레기통으로 쓰는 철망 세 개에 나뉘어 담겨 있었다.

"청설모도 걸려들고 다람쥐도 몇 마리 걸려들었더라구."

자루에 담아온 고양이 한 마리를 철망에 던져 넣은 우리 조 남학생이 내 곁에 와서 의기양양하게 알려주다가 내 얼굴을 쳐다보았다.

"너 어디 아파?"

이어, 어리고 순박한 사냥꾼들이 왁자지껄 떠들어대면서 세면장으로 몰려갔다.

"열다섯 마리라구? 일인당 겨우 한 마리 잡아 놓고 일당 받겠나 이거."

"야, 그래도 우리같이 값싼 사냥꾼이 어딨냐? 반달곰 같은 건 한 마리 잡아오면 몇 천만 원 아냐?"

"야, 춥고 배고프구나. 피 닦고 밥이나 먹고 보자."

나는 혼자였다.

얼마를 혼자서 그곳에 서 있었는지 몰랐다.

가을 햇살이 차가운 그곳에서, 울고 있는 고양이들과 함께 남은 내가 한 일을 나는 한동안 기억해 내지 못했다. 고양이들은 절룩거리며 숲으로 치닫고 있었지.

나는 그냥 서 있었어.

내가 철망 문을 열어 고양이를 모두 풀어준 사실은 잊고 말이야.

이 세상 누구하고도 말하지 않고 살리라, 그런 생각을 한 것 같아.

거친 사내들이 몰려오는 소리를 듣다가 나는 별안간에 그들을 향해 미친 여자처럼 삿대질을 하며 뭐라고 소리를 질러대고 있는 나 자신을 언뜻 깨달았다.

고양이 문제가 아니야, 고양이 살리기가 문제가 아니라구.

너, 이해할 수 있지?

그래, 병원에 실려가 하루를 지냈다. 그리고 이튿날 집에 와서는 누구하고도 말하지 않고 일주일을 보냈다.

전신마취에서 깨어난 몸에서 신경이 살아나듯이 급격하게 네 생각이 났어. 그저께, 친구들이 과제를 완성할 수 있도록 내가 준비하던 걸 전자우편으로 보내주고 나서 샤워를 할 때는 곧바로 너한테 연락을 할 작정이었다. 참았다. 배가 고파도 참았다. 로션으로 얼굴을 닦아내고 또 닦아냈다. 핏기가 가신 뺨을 몇 번씩 때려보았다. 컴퓨터 모니터 앞에 앉아 그 동안 못 읽은 신문을 읽었다.

그리고 이제 너에게 할 말은 이렇게 정리되었다. 너와 내가 만나 정염을 불태우며 미래를 설계하는 일보다 더 소중하게 여겨야 할 일이 이 세상에는 참 많다는 사실을 너 이해할 수 있겠니?

아니, 한 줄로 줄여서 묻겠어.

고양이의 그 투명한 눈동자, 너 짐작할 수 있겠니?

아주 늦어지더라도, 너의 답이 예, 아니오 식의 짧은 답이더라도, 나는 그 답을 기다려 볼 작정이다.

너를 진정으로 만나기 위해.

식인일기 食人日記

1. 식인종 만나기

오랜만에 야근 없는 퇴근이라는 생각이 방심을 부른 것일까? 내일 새벽 곧바로 공항으로 가서 출장 길에 오를 일정이라 일찌감치 준비를 단단히 한다고 했는데, 그러고도 빠뜨린 서류가 있었다. 서랍을 잠그고 저고리를 들었다가 한두 가지 더 확인해야 할 것이 생각났다. 그 사실이 중요한 게 아닌지도 몰랐다. 결국 식인종을 만날 운명이라는 얘기였다. 사흘 전 전화로, 나를 찾아오겠다는 식인종의 청에 마지못해 응하고 난 이후부터 오늘까지 그 사실을 별로 의식하지 않은 줄 알았는데, 그게 아니었다.

모두 퇴근하고 난 텅 빈 사무실에 혼자 환하게 불을 밝혀 놓고 서류철을 뒤적이면서 버릇처럼 컴퓨터를 열어 이런저런 자료를 함께 보다가 뜻밖의 파일을 발견한 것이다. 파일 이름이 영어로 되어 있었지만, 한글로 생각하고 영어 자판을 두들기는 내 버릇으로 미루어 보면 분명

'식인······'으로 시작되는 말이었다. 정작 내용은 몇 문장도 되지 않았고 그나마, 이 식인종을 만나기로 한 오늘 같은 날이 아니면 이해하기도 쉽지 않은 낱말들의 연속이었다.

그래도 희한하게도 그 파일 속으로 빨려 들어가는 듯한 느낌이었다. 아니나 다를까, 식인종이 건 전화가 그때서야 왔다.

"차가 막 밀리는데요······ 퇴근 안하셨죠?"

나는 책상 아래 서랍의 자물쇠를 풀어 위스키 한 글라스를 받아 냈다. 위스키가 목구멍을 타고 넘어가면서 그 언저리에 확 하고 성냥불을 붙이는 듯했다.

작년 여름부터인가, 나는 이 식인종한테 몇 차례 전화를 받았다. 이 사람은 오년 전쯤 우리 회사에 입사해서 내가 담당한 '신입 사원을 위한 특강'을 들은 적이 있다고 했다. 그때 자신의 연애 문제로 나와 개인 상담을 했는데, 그 후 여자와 헤어진 충격으로 6개월 만에 회사를 그만 두기는 했지만, 내가 그때처럼 자신에게 친절하게 상담을 해 줄 분이라는 생각이 들어 전화를 했다고 했다.

"제가요, 전생에요, 사람을 막, 잡아먹은 기억이 생생하게 나거든요······."

이런 식이었다.

"제가요, 솔직히요, 사람 잡아먹는 얘기를, 막 하니까요, 여자들이 싫어해요. 그래서 결혼도 못하고요, 저도 미치겠어요. 월남 전쟁 아시죠? 제가 전생에 이차대전하고 청일전쟁하고 두 번 전쟁에 나갔거든요. 청일전쟁 땐데요, 청일전쟁 아시죠? 청나라하고 일본하고 만주에서 싸움을 할 때 왜놈들이 조선 사람들을 강제 입대시켜서 싸우게 했잖아요. 어느날 우리가 적군한테 기습을 당해 갖구요, 아군 전체가 몰살될 뻔했거든요. 몇 사람이 간신히 밀림 속으로 도망을 쳐서 동굴 속에서 몇날 며칠 숨어 지냈는데요, 아무리 배가 고파도 그렇지, 제가 보초를 서고 있었는데, 갑자기 동료를 막 뜯어먹고 있는 겁니다요…….
제가 원래는 고기를 입에 대지도 못하거든요."

처음에는 이 사람한테 일말의 동정심을 느꼈던 것 같다. 어쩌다 회사
에서 이 사람 얘기를 털어놓자 직원들이 "에이, 그 사람 돌았네요, 뭐."
"어쩌면 진짜 식인종인지도 모르죠. 조심하세요, 과장님, 큭큭큭……"
식의 반응을 보여서 그 뒤로는 식인종 얘기를 꺼낸 적이 없었다.

내가 이 사람을 완전히 미친 사람으로 치부하게 된 이유는 결국 이
사람에게 있었다. 이 사람은 처음에 나를 자신의 정신적인 고통에 대
해 들어주고 위로해줄 카운슬러 정도로 여긴 듯했는데, 점점 더 수긍
할 수 없는 얘기를 했다. 무엇보다 자기 얘기를 텔레비전 방송에 나오
게 해 달라는 데는 어이가 없었다. 내가 회사 홍보실에서 텔레비전용
CF를 준비하던 때의 일을 오년 전의 특강에서 들었다는 것이었다.

내가 텔레비전에 내보내려면 원고가 있어야 한다는 따위의 말을 했
는지는 모르겠다. 그 다음 전화에서부터는 다짜고짜 자기 글을 읽었느
냐는 질문이 먼저였다. 그 진지한 어투로 봐서 자신의 전생 이야기를
글로 써서 내게 실제로 부쳤을 가능성이 컸는데, 그러나 나는 그런 우
편물을 받은 기억이 나지 않았다.

원고를 읽었느냐, 받지 않았다, 보냈는데 이상하다 다시 보내겠다,
그럴 필요 없다…… 이런 식의 전화를 주고받았다. 그런 즈음이었을
것이다.

"이거 나까지 뜯어먹으려고 이러나 당신, 응?"

내 쪽에서 그렇게 큰소리로 짜증을 내면서 전화를 끊은 그 어떤 날
그간의 일을 컴퓨터에다 문장이 성립되지 않는 비문으로 "식인종
이……" 어쩌구 하고 몇 개 적어둔 것이었다. 그 파일이 오늘, 이 사람
을 만나게 된 날에야 열어보게 되었으니 정말 이걸 운명이라고 할밖
에.

사흘 전의 전화는 참으로 오랜만이었다. 역시 그 원고 얘기였다.

"원고에 빠뜨린 내용이 많거든요. 새로 생각나는 생생한 얘기가 많아서요. 제가, 전쟁에 많이 참전했거든요…… 월남전쟁 때 베트콩들이 총으로 나를 막 쏘더라구요. 근데 내가 안 죽잖아요. 내가요, 이건 만나 뵙고 말씀드려야 하는데…… 어린 빨갱이 인민군 아이를 막 뜯어먹고 있는데요…… 지금 시간 있어요? 아 참, 지금은 내가 바쁘고, 내일 오후 어때요? 내가요, 막, 생생한 전생 얘기가 많거든요."

그래도 출장 기간 동안에 이 사람을 오라고 하지 않고 출장 가기 전날 퇴근 시간에 맞춰 오라고 한 것을 보면 나는 몸에 온기가 도는 정상적인 인간임에 분명했다.

실은, 이 사람이 입사하던 무렵에 비하면, 나는 지금 인간도 아니다. 갓 입사한 신입사원의 사사로운 연애 얘기를 들어주면서 인생의 다양한 진로에 대해 시시콜콜 웃으며 설명해 줄 카운슬러가 존재할 수 있는 회사는 단 한 군데도 남아 있지 않았다. 게다가 나는 이번 출장이 터무니없는 도전이라는 것을 알고 있다. 그 결과가 내가 제시한 목표의 반을 얻는 정도에 그친다 해도 대성공인 프로젝트였다. 그렇게 성공할 가능성 역시 3할대에 이르지 않을뿐더러, 그 어떤 상황에 이르더라도 나는 명퇴 대상이었다. 나는 일찌감치 아무 것도 먹지 않고 사는 법을 터득해야 했다.

내가 직원들의 책상과 주방 냉장고를 뒤져 남아 있는 술과 얼음으로 위스키 칵테일을 석 잔째 만들어 마시고 있는 사이 식인종이 현관 앞에 당도했다는 전화가 왔다. 나는 심호흡을 하면서 친절하게 엘리베이터 사용법을 일러주었다.

어떻든 나는 완전한 본의는 아니었지만 식인종에게 최대한의 예의는 갖춘 셈이었다. 공식 퇴근 시간까지도 남아 있었었고, 그리고 지금은, 곧 퇴근을 하려고는 했지만 다시 자리에 앉아 혼자 빈 사무실을 지키며 식인종 때문에 남긴 글을 열어서 읽으며 기다리고 있다. 나 나름대로는 이 식인종의 병을, 지나친 피해 의식에 시달리며 살고 있는 한 현대인에게 나타난 과대망상의 일종이라고 진단할 도리밖에는 달리 없었다. 식인종에게 절대로 서둘지 말고, 자신이 생각하고 있는 바를 매일매일 일기처럼 또박또박 적어서, 일상 속의 기적 이야기를 담아 인기 쏠쏠한 프로그램을 만들어 내길 잘 하는 유명 방송국 프로듀서에게 보내라고 다시금 찬찬히 권유하는 편도 좋겠다는 생각도 해 두었다. 평범한 사람들의 기이한 체험을 즐겨 다루는 몇몇 프로그램을 기억하는 대로 말해 줄 수도 있을 터였다.

하지만, 내 쪽 얘기를 찬찬히 듣고 있을 식인종이 아닐 것이라는 짐작은 손쉬웠다. 이 사람은 다시 자신이 청일전쟁이며 육이오 전쟁이며 월남전에 참전해서 인육을 먹고 있던 모습에 대해 말할 것이다. 그 얘기가 그 사람이 입버릇처럼 말하듯이 그리 생생하게 재현되지는 않겠지만, 나는 충분히 새겨들을 수 있다. 식인종이 사무실 문을 열고 들어서면서 허여멀건한 낯색을 보이는 동안 나는, 마지막 남은 술을 비우고 그렇게 생각했다.

내가 이번 출장에서 돌아오면, 식인종이 내게 전화를 거는 일 따위는 다시는 없을 것이다. 게다가 나는 머지 않아 이곳에 남아 있지도 않을 것이다.

2. 식인의 기억

― 업무에 지장이 없는 한, 지정된 휴가일에 휴가를 가라. 단, 휴가 보너스는 없다. 업무 때문에 휴가를 못 가는 사람은 정상 근무를 하도록 하라. 단, 특별 업무 수당은 지급하지 않는다.

　사장의 뜻을 요약하면 이런 것이었다. 이 정도 요약으로도 무슨 뜻인지 모르겠다면, 한결 더 깔끔하게 정리해줄 수 있다.

　— 업무 처리에 문제가 없다고 판단되는 사람은 휴가를 가고, 그렇지 않은 사람은 휴가 없이 여름을 난다. 단, 휴가비도 특별 근무비도 지급되지 않는다.

　노동법에도 없고, 회사 내규에도 없는 황당한 말이지만, 그런 걸 따질 수 있는 회사가 아니었다. 보너스의 '보', 아니 '뽀나스' 할 때의 '뽀' 자조차 잊고 지낸 지가 일년이었고, 봉급이 두세 달씩 체불되는 것도 예사였다. 휴가비라니! 특근비라니! 그건 떠올려서도, 무심코 입에 담아서도 안 되는, 악마들의 상용어였다.

　내가 사장의 뜻을 되풀이 설명하는 동안 내 시선을 외면해서 듣고 있던 과원들이 자기 자리로 돌아가면서 마뜩찮아 하는 기색으로 한두 마디씩 쑤군대기는 했다.

　"허 참, 어제 마누라가 뜬금없이 이번 여름 피서는 돈 없어서 못 가겠다고 할 때, 이것 참 이상한 조짐이다 싶더니만……"

　양친에, 애 셋에, 처남 둘까지 부양가족으로 두고 있는 늙은 사원 김주임의 말본새는 멀리서 옆얼굴의 입 모양만 봐도 눈치챌 내용이었고,

　"언니는 어떻게 돼? 휴가 때 단체 미팅 투어 프로그램 신청했다면서?"

남 말에 참견하는 데 재주가 넘치는 판촉계 주영란이 같은 계원인 노처녀 오순이를 염려해 주는 말도 들려왔다. 마침, 실내 에어컨이 일시적으로 가동을 멈추게 되자

　"올 여름 푹푹 찔 걸 생각하니 벌써 숨이 다 막히네." "모름지기 휴가란 업무에 박차를 가할 수 있는 에네르기를 재생산하는 또 하나의 업무라는 사실을, 아아 정녕 모른단 말인가."

하는 탄식들이 이어지긴 했다.

28

더 이상의 소요는 없었다. 휴가비에 대해서도 특근비에 대해서도 그들은 말하지 않았다. 나는 그들의 과묵하고 성실한 입에 달콤하고 시원한 아이스크림을 하나씩 물려주면서, 휴가 기간 중에 출근하는 사원들에게는 점심 식사 정도는 사비로 부담하리라 마음먹고 있었다.

그러나 휴가가 시작되었을 때 정상 출근을 한 사람은 우리 과에서는 나 하나였다. 그 전날까지도 휴가를 반납해야겠다고 투덜거리던 김주임도 결국은 집에서 중국으로의 수주 건을 처리했다는 보고 전화를 내게 건 것으로 출근을 대신해 버렸다. 그리고 잠시나마 회사에 들른 과원은 이틀째 되는 날 낮에, 서랍에 넣어 둔 수첩을 찾으러 들렀다는 오순이 한 사람뿐이었다. 마침 점심 식사 때라

"식사를 하고 가지?"

하고 말을 걸었는데 오순이가

"휴간데, 공연히 회사 곁에서 얼쩡대다가 요령 없는 사람이라 낙인 찍히면 어쩌게요?"

하고 되물었다.

"그럼, 휴가 때 회사 나와 있는 나 같은 사람은 뭐가 되는 거야!"

내가 책상 위에 있는 탁상시계를 집어던진 것이 오순이가 사무실에 있을 때였는지 나간 뒤였는지 기억이 나지 않았다. 탁상시계가 허공을 날아가는 동안 "이 쌍년아!" 하고 소리질렀던 것 같았다.

나는 에어컨이 꺼진 실내에서 초미니 선풍기 한 대로 버티면서 내가 던져 깨뜨린 탁상시계 파편을 쓸어 담느라 하루를 허비했다. 어쩐 일인지 다 쓸어 담았다 싶은데 돌아보면 작은 파편들이 여기저기 흩어져 있었다. 어떤 것은 바닥에 엉겨붙어 자국이 남은 끈적끈적한 기름하고 뒤섞였는지 막대걸레로 빡빡 문지르는데도 떨어지지 않았다. 얼핏, 어떤 사내가 여기서 피를 뚝뚝 흘리며 생고기 같은 것을 뜯어먹고 있던 모습이 꿈속 장면처럼 떠올랐다. 땀이 쏟아졌고, 가슴이 터질 것 같았다.

　나는 막대걸레를 집어던지고 냉장고를 열어 누군가 먹다 만 소주를
꺼냈고, 그걸 얼음하고 섞어 맥주 컵으로 한 잔을 만들었다. 위벽을 주
르르 훑어 내려가는 알콜 기운에 몸이 알 수 없는 쾌감 같은 것을 느끼
듯이 부르르 떨리면서 오래도록 화답하고 있었다. 늦은 하오의 햇살
이 창문을 녹일 것처럼 이글거리는 게 보였다. 몸을 가볍게 날려 저 햇
볕 속에서 흔적 없이 녹아 없어졌으면 좋겠다는 생각을 했다.

　모두들 휴가를 갔다. 많게는 석 달째, 적게는 두 달째 봉급을 받지 못
하고 있는 그들이 정기 여름 휴가 일정에 맞추어 피서를 떠났다. 보너
스도 없이, 휴가비도 없이 그들은 떠났고, 나는 특근비도 받지 못하는
걸 알면서 회사에 나와 일하고 있다. 회사는 이 나라의 IMF 구제 금융
기 이후 맞은 두 번의 부도 위기에, 사장 친척 소유의 부동산을 처분하
는 방법으로 맞섰지만, 최근 내가 공들여 개척한 베트남 의류 가공 공
장 측의 계획적인 태업으로 내수 시장 매출이 반으로 떨어지면서 다시
앞을 예측할 수 없는 늪에 빠져 있었다. 그런데도 직원들은 가족들과
연인들과 휴가를 떠났고, 나는 그들이 없는 사무실을 지키고 있다. 나
는 그들이 없는 동안, 그들 대신에 사무실 청소를 하고, 그들 대신에
납품 일정을 재확인하고, 그들 대신에 혹시 발생할지 모를 긴급 사태
에 대비해 묵은 서류철을 뒤적이고, 그들 대신에 갑작스런 사장의 부
서 순시에 대응할 말거리를 만들고, 그들 대신에 가을 구정 조정에서
명퇴될 각오를 다지고……

　날이 저물 무렵, 한 사내가 찾아와 다짜고짜 내 사지를 묶고 큰 공터
로 끌고 갔다. 사장을 중심에 두고 사원들이 커다란 원을 그리고 앉은
한 가운데 기둥에 나는 묶여 있었다. 멀리서 파도소리가 들리는 바닷
가였다. 내 발 앞으로는 모닥불이 지펴졌다. 사장이 엄숙하게 칼을 빼
어들고 소리쳤다.

　"이 놈이 회사의 기밀을 빼내 적에게 넘기고 날마다 고기로 포식한

놈이다. 인간이 아니고 인간의 탈을 쓴 이 악마에게 그 죄값을 묻노라!"

우레와 같은 함성이 사원들의 입에서 터져 나왔다.

그 속에 김주임도 있고, 오순이도 있고, 주영란도 있었다. 사장은 성큼성큼 걸어와 내 한쪽 귀와 팔뚝 하나를 베어 칼끝에서 뚝뚝 듣는 피를 핥더니 모닥불 위에다 정성스레 구웠다. 그렇게 익힌 살점 하나를 입에 넣고 질겅거린 사장이,

"원수의 살로써 대재앙의 화를 이기노라!"

하고 외쳤다.

그러자 사원들이 굶주린 승냥이떼처럼 몰려들어 내 살을 뜯어가기 시작했다. 어떤 이는 다리와 몸통을 뼈째로 찢어 모닥불 속으로 던져 넣었고, 어떤 이는 날 것으로 살을 씹기도 했다. 나는 내 형체를 알아보기 힘들었다. 그 위를 파도가 휩쓸고 지나갔다.

어디선가 뾰족구두 걸음 같은 소리가 나더니, 실내가 어두컴컴해졌다. 나는 고개를 쳐들었다. 침을 팔뚝으로 흘리며 잠들어 있었던 모양이었다. 온몸이 끈적끈적한 땀에 젖어 있었다. 인기척이 나는 곳으로 시선을 던졌다.

"누가 불을 끄는 거지?"

"어머, 팀장님 계셨구나!"

사상 비서인 윤주임이었다. 이둠 속에서 민소매에 허리가 잘록해 보이는 원피스 차림이 느껴졌다. 다시 불이 켜졌다. 나는 몸을 벌떡 일으켰다. 갑작스럽게 느껴지는 현기증을, 주먹으로 책상을 누르며 버텼다.

"사장님 언제 나오셨지?"

"오후에 나오셨다가 빈 사무실 전부 소등 확인하라고 하시면서 나가셨어요."

윤주임은 노란색으로 부분 염색을 한 머리카락을 찰랑거리면서 돌아섰다. 그리고는 당연한 버릇처럼 다시 형광등 스위치를 끄고 문밖으로 나갔다. 나는 위장이 뒤틀리면서 허기가 느껴져 그 자리에 잠시 꼬꾸라졌다가 몸을 일으켰다.

"윤주임, 윤주임!"

급히 달려나가 사무실 문 앞에서 막 엘리베이터로 오르는 윤주임을 뒤따를 수 있었다.

"나는 사람이 아니야? 내가 안에 있는데 왜 전등을 끄고 가는 거지?"

윤주임은 자신의 몸을 엘리베이터 안 한쪽 구석으로 몰아붙인 내 육체의 가쁜 호흡에서 어떤 피하지 못할 낌새를 느낀 것이 분명했다.

"전 그냥…… 저, 저를 어쩌시려구요?"

그녀의 입에서 헉, 하고 땀냄새 아닌 단내가 내 턱밑에 뿜어졌다.

늑대와 소년

1.

"늑대다, 늑대가 나타났다!"

양치기 소년이 마을로 뛰어 내려오면서 소리를 질렀다.

마을 사람들이 양털 깎는 가위며 쇠스랑 따위를 들고 목장으로 몰려 갔다.

양들은 햇살 눈부신 풀밭을 거닐고 있다가 무연히 사방을 둘러보는 시늉을 하고 있었다.

딱따르 딱따르 딱따르 딱따르르르…….

어디서 딱따구리 우는 소리가 들리는가 했더니, 그게 양치기 소년의 웃음소리였다.

"아니, 저녀석을 그냥!"

한 사내가 돌멩이를 주워들었을 때는 이미 양치기 소년이 둔덕 너머 로 도망친 뒤였다.

"또 속았잖아, 이거."

"이거 안 되겠어. 저 녀석이 다시는 거짓말을 못하도록 입에 염소똥을 가득 넣고 아교풀로 붙여버리든지 해야지."

"이렇게 당하고도 번번이 속는 우리도 어리석어요."

"이 녀석, 이제 콩으로 메주를 쑨다 해도 믿나 봐라."

마을 사람들이 저마다 한 마디씩 투덜거리면서 마을로 내려왔을 때였다.

귀에 익은 양치기 소년의 목소리가 다급하게 사람들의 뒤를 따라왔다.

"늑대다, 늑대가 나타났다! 정말이에요, 도와주세요!"

자, 이 뒤의 이야기를 모르는 사람은 없을 것이다.

책이나 입을 통해 전해들은 이야기일 뿐만 아니라, 자기보다 어리고 어리숙한 사람들에게 대충 쉽게 꾸며 들려주어 온 가장 흔한 옛날 이야기 중 하나다. 바로, 거짓말을 자꾸 하다 보면 결국에는 참말을 하는데도 아무도 믿지 않게 된다는 교훈을 담은 이솝 우화 「늑대와 소년」 얘기인 것이다.

내가 그 많은 이솝 우화들 중에서 유독 이 「늑대와 소년」을 기억해내야 할 이유는 별로 없다. 나는 원래 교훈적인 내용의 것이면 어떤 것이고 간에 별로 좋아하지 않는 사람이다.

하지만, 오늘 「늑대와 소년」 얘기를 다시 꺼낸 일은 실은 그 '교훈적인' 것과 얼마간 관련이 있다.

2.

"늑대가 나타났다!"라고, 하룻밤에도 몇 번씩 거짓말로 소리지르는

데도, 그걸 사실대로 믿고 놀라 달아나는 사람들 덕분에 떼돈을 벌고 있었던 사람이 있었다. 극장가 뒤쪽으로 형성된 소위 '시민의 길'이라는 주점가에서 주점 네 개와 도서대여점 한 곳을 경영하는 '문'이라는 사람이 그였다.

도서대여점이야 빤한 수입일 테고, 주점 네 개라 해도 서민들이 드나드는 호프집 정도여서 문은 그리 우러러 보이는 사람은 아니었다. 다만 문이 어째서, 실제로 주거하는 집이 이 도시에서 가장 호화로운 빌라촌에 있다는 소문이 떠돌고 있고, 고급 외제차에 운전기사 외에 경호원을 둘씩이나 대동하고 다니는지 그 이유 정도가 짐작되지 않을 뿐이었다.

문이 그런 가게에서 일반인들이 예상할 수 없는 상당한 이익이 남는 장사를 하고 있었고, 그런 때문에 그 가게의 소유자 명의가 차명으로 되어 있었으며, 그런 중에 그 구역 권력자들의 비호를 받고 있었다는 사실이 알려진 것이 바로 며칠 전이다. 그의 주점의 주고객이 중고등학교 학생들이란 것은 여기서 따질 문제가 아니다. 왜냐하면 10년 전 그곳에 '시민의 길'이라는 이름이 붙고, 값싸고 풍성한 음식들, 고물거리는 아기자기한 물건들, 노래방과 비디오방, 콜라텍과 포장마차와 호프집 들이 그 거리를 가득 메우기 시작하면서부터 그 일대는 이미 중고교생들 차지가 되어 버린 것이다. 그의 주점이라 해서 청소년들에게 술을 팔지 않을 수도 없는 일일 터였다.

핵심은 문의 독특한 영업 방식에 있었다. 주점을 필요로 하는 중고생들은 얼마든지 있었다. 그는 우선, 그들에게 교복을 사복으로 갈아입고 책가방도 안전하게 맡겨둘 수 있는 아주 편안하고 문화적인 장소로 도서대여점을 제공했다. 주점은 맛과 신선도를 중시하는 곳과 양을 중시하는 곳으로 각각 운영하면서 서로 이차 주점을 소개하는 연계성을 두드러지게 했다. 무엇보다 놀라운 점은 자주 있는 경찰 단속에서 단한 명의 청소년도 걸리지 않게 수완이었다. 아니, 그게 아니라, 단 한 명도 붙잡을 수 없게 고객을 뒷문으로 통해 그의 다른 주점으로 도망가 있게 하면서도 그들 중 단 사람도 빠짐없이, 주문한 술과 안주의 값을 다 받아내고야 마는 종업원들의, 하루 서너 차례씩의 일사불란한 움직임이 그의 것이었다.

"늑대가 나타났다!"

이 말이 단속 경찰이 문앞에 와 있음을 알리는 문의 주점 암구어였다. 「늑대와 소년」에서 그와 같은 말로 여러 차례 양치기 소년에게 속은 마을 사람들은, 진짜로 늑대가 나타나자 "늑대가 나타났다!"고 소리 지르는데도 아무도 믿지 않게 되었고, 결국 우리의 어리고 순박한 양들은 늑대의 먹이가 되고 말았다.

그러나 문의 주점 고객들은 언제라도 "늑대가 나타났다!"고 소리지르면, 그때마다 그게 경찰이 단속 나온 것이라 믿고 속아 주었으며, 그러는 사이 그 주점의 매상은 다른 곳보다 몇 배씩 오를 수 있었다. 이렇듯 내막을 알고 보면, 문이 빌라촌에서 애완견들과 미녀들 속에서 살고 외제차를 한 달에 한 대씩 갈아타고 다닌다 해서, 그런 식의 부자는 그런 식으로 살지 않으면 안 되는가 하는 질문만 떠올리지 않는다면 이상할 게 하나도 없었다.

어쨌든, 문이 불법영업을 통해 상상 외의 수입을 올리게 된 것이 바로 '늑대와 소년 수법'인 셈인데, 이게 세상에 알려진 경위 또한 그대로 「늑대와 소년」 이야기와 관련이 깊다.

세간에 알려진 대로, 그 주점 중 하나가 있는 건물 지하에서 불이 났고 수십 명의 고교생들이 질식사하는 등 그 피해는 가히 충격적이었다.

문의 '늑대와 소년 수법'의 장사 수완은 수사 과정에서 밝혀졌다. 그날도 지하에서 불길이 올라오는 순간 누군가가 "늑대가 나타났다!" 하고 소리를 쳤다. 그와 동시에 "불이야, 불!" 하는 소리도 마구 뒤엉겼다. 그런데도 이상하게도 주점 고객들이 도망갈 궁리를 하지 않더라는 것이었다. 그 때문에 고객들에게 돈을 미리 받는 시간을 벌 수 있었다고 그날 화재사고 현장에서부터 생환된 한 종업원이 밝혔다고 한다.

물론 모든 것은 극히 짧은 시간 동안의 일이었다.

3.

"그럼 뭐예요, 늑대가 나타났다는 거짓말은 믿고 불이야 불, 하는 참말은 안 믿었다는 얘기가 되나요?"

이야기를 마치고 나자 주인이 물었다. 볼륨을 줄여 놓은 텔레비전이 변화무쌍한 모자이크 화면을 구성해 보이면서 스포츠 뉴스의 시작을 알리고 있었다.

"단속은 두려우니까 무조건 믿는 거고, 불이야 불 하는 말은 우리가 너무 자주 써먹은 얘기니까 거짓말로 안 거죠."

"재미있기도 하고 씁쓸하기도 하고…… 참말 같기도 하고 꾸며낸 말 같기도 하고…… 아무튼 박선생님은 얘기 하나는 끝내주게 참 잘 하신다. 누구든지 꼼짝없이 넘어가겠어. 그런데 왜 아직 짝이 없나 몰라."

니 말고는 첫 번째인 한 부류의 손님을 맞으며 간단히 눈웃음치던 주인이 술병을 들고 나르려다 말고 얼핏 나를 쳐다봤다.

"그런데, 지난번에는 온다고 하고는 왜 안 왔어요, 송미씨가 늦게까지 기다리다 가는 눈치던데?"

순간, 내 팔에서 소름이 돋았다. 어디선가 늑대가 나타난 낌새를 내가 느꼈던 게 아닌가 싶었다.

내가 송미를 그토록 마음에 두고 있었다는 사실을 스스로 깨달은 것이 한 달 전쯤이었다. 주점에서 그만 둔다는 송미에게 내일 하루만 더 나와 있으라고 부탁하고는, 의외로 그러마 하고 수락한 송미를 믿지 못한 것이었다.

　사귀고 싶은 여자가 나타나면 '너 마음에 쏙 드니까 따로 좀 만나자' 하는 식으로 쉽게 접근했다가 여의치 않다 싶을 때는 금세 단념해 버리는 내 버릇이 결국 일생에서 다시 접하기 어려울 만큼 매력적인 한 여인을 또 한 번 놓치게 한 셈이었다.

픽션게임

그렇게 설명했는데도 날 의심하다니…….

그 사람 죽은 것하고 나하고는 아무런 관련이 없다니까 그러네. 그 사람하고 결별하고 나서 내가 그동안 얼마나 힘들었는지 알아요? 그 사람이 어딘가에서 정말 혼자서 열심히 소설을 쓰고 있다기에 만나고 싶어도 참았다구요. 그러니까 내가 설명할 때 잘 들으라고 했잖아요. 내 말이 이해가 안 되면 그때그때 질문을 하든지. 당신같이 주의가 산만해서야 어디 좀도둑이라도 한 마리 잡겠소?

나룡씨는 우리 '드래곤 픽션클럽'의 메인 라이터였고 나는 에디터였어요. 둘이 동업자였다고 그랬잖아요. 응모된 원고를 다채로운 예술적 구조로 엮는 일은 나룡씨 몫이었고, 그걸 집필기, 일명 '모아레'에다가 넣어서 소설로 뽑아내는 일은 내 몫이었지요.

모, 아, 레.

명칭은 중요한 게 아니라니까 그러네. 모아레라고 하는 건 지난 세기 말에 개발된 고속 3차원 사진기인데, 굴곡이 심한 모습을 촬영해서 단

시간에 입체영상을 만드는 기술을 의미하는 말이에요. 나 참, 우리 집필기 모아레는 사진기가 아니라, 스토리를 넣어서 자동으로 소설을 완성하는 프로그램이라니까.

가령, 머리 좋은 범인이 당신같이 아둔한 탐정을 곯려먹는 내용의 이야기가 있다고 칩시다. 이 이야기를 나룡씨 같은 사람이 좀더 치밀한 형태로 다시 설정해서 다양한 작품이 나올 수 있는 열린 이야기 형태로 만드는 일을 하지요. 이걸 모아레에다 입력하면 최대 101가지 소설이 담긴 전자북이 나와요. 동영상이 가미된 사이버픽션부터, 당신 같은 사람이나 노인들이 졸면서 읽는 판소리본 소설까지 그 안에 다 들어 있어요. 이게 어떻게 가능한가, 으험!

또 문학특강을 해야겠네. 이게 다 나룡씨한테 주워들은 건데…… 간단하게 설명하죠.

문학의 시대를 크게 네 단계로 볼 수 있어요. 첫 단계는 구비문학(口碑文學) 시대, 두번째는 필사본(筆寫本) 시대, 세번째는 책문화 시대, 네번째는 시청각 시대. 에, 또…… 하나의 스토리가 있으면 그것을 시청각 매체에 적합한 형태로 변형, 확대해서 여러가지 유형의 전자북으로 출시하게 된 이 시대가 바로 시청각 시대.

하지만 아직은 책문화 시대의 책의 위력을 능가하지 못하고 있다는 평을 받고 있는 편인데 우리 모아레만은, 입력된 500만 편에 달하는 동서고금의 명작을 활용해서 최대 1억 편의 작품을 만들어낼 수 있는 기능을 보유하고 있는 프로그램이니까, 각광을 받지 않을 수 없었지요.

처음에는 나룡씨가 초안을 잡아두고 있던 원고로 '드래곤 픽션클럽'이란 이름의 소설 전자북 시리즈를 출시하기 시작했지요. 그러고 보니 당신하고 똑같은 탐정 얘기가 초창기 시리즈물 안에 있은 것도 같군요. 그때도 한번 위기가 있었지요. 성공한 건 초기 세 종뿐이었고, 그

후로 낸 열 종 이상이 모두 제자리걸음이었지요.

모아레의 기능이 크게 확장되면서 우리는 독자들이 직접 쓴 이야기로 소설을 엮기 시작했고, 이게 엄청난 반향을 일으켰지요. 『이천만년 동안의 사랑』『쥐포혁명』『금강산의 비밀』, 이런 소설들 알죠? 쓰레기 같은 낙서나 일기가 졸지에 세계적인 베스트셀러 전자북으로 둔갑하니까, 그야말로 신의 손 아니겠어요? 많이 팔린다고 해서 뜨내기 원작자들하고 분쟁이 일어날 게 없어요. 우리는 언제나 푼돈 매절로 원작을 사들이기만 하면 됐으니까. 일년에 간신히 장편소설 한두 권을 발표하면서 명맥을 유지하던 일명 '원고지 전사'들이 완전 도태되고 대신, 소설 스토리 작가가 양산되기 시작한 게 바로 지난 10년, 우리 '드래곤 픽션클럽'이 가장 활개를 치던 때였지요.

아니, 참. 내가 뭘 어쨌다고 이러시나. 결별을 먼저 선언한 쪽은 나룡씨였다니까. 이유는 글쎄, 소설을 쓰고 싶다는 거예요. 나룡씨의 스토리 구성력은 눈에 띄게 타성에 젖어갔고 '드래곤 픽션클럽'은 당연히 독자들로부터 멀어지게 됐으니까, 결별은 예정된 것이기도 했지요. 게다가 모아레의 집필 기능을 능가하고 거기에 동영상 기능이 한층 가미된 집필기가 미국에서 개발되었고, 그것은 특히나 번역 면에서 우리 것을 당장 압도할 수준이었지요. 나룡씨 후임으로 온 하은씨를 활용해 새로운 소설 전자북 시리즈를 출시해 버텨 보았지만, 우리는 이제 자서전 따위를 대리집필하는 수준밖에는 되지 못하다는 걸 깨달았지요.

헛, 또 시작이야? 나이, 35세, 직업, 프로그램 판매업. 주소…… 무슨 얘기야, 이거? 나는 소설 쓰겠다는 사람을 도와준 적은 있어도 방해한 적은 없는 사람이야. 값싸게, 무수한 집필가 지망생들에게, 자기가 창작한 간단한 스토리만 입력하면 세계 명작 수준의 소설을 최대 101가지까지 생산할 수 있는 프로그램을 제공해 왔지.

　그것 때문에 무명 소설가 나룡씨가 자살했다고 해서, 그걸 내가 책임
져야 한다구?
　아, 그렇군. 당신처럼, 틀림없는 자살의 비밀을 공연히 캐고 있는 한
심한 탐정 애기를 나룡씨가 구성한 적 있지.
　아, 아니, 그 엉터리 탐정이 날 어떻게 처형했더라?

추억의 식생활

　　책상 앞에 앉아 고통스러워 하면서 글을 쓰고 있는 중년 사내, 여러 차례 머리를 쥐어뜯는다. 집필은 더 진전되지 않고, 결국 사내는 밖으로 뛰쳐나간다. 번화한 도심의 빌딩 사이를 헤집고 다니는 사내. 어느 작은 골목길, 늘어선 음식점들을 살펴보던 신사는 허름한 분식점을 택해 들어간다. 얼굴이 펑퍼짐한 아줌마가 꼬들꼬들한 기운이 느껴지는 라면을 끓여 그 앞에 내놓는다. 라면을 먹기 시작하는 사이 신사는 어느새 봉두난발, 해진 트렌치코트에 너덜너덜한 농구화를 신은 1970년대 풍 대학생으로 변신해 있다. 국물까지 깨끗이 비운 대학생은 주먹으로 입가를 닦으며 꼬깃한 돈을 꺼내 셈을 치른다. 다시 대학생에서 중년 신사의 모습으로 변신할 때, 독백이 시작된다.

　　"저는 그 시절, 라면 한 그릇으로 하루를 견디며 시를 썼지요! 요즘도 시가 써지지 않을 때는 그 시절 라면집을 찾아가는 상상을 하지요."

　　아시다시피 우리 회사는 이 라면광고 하나로 올 한 해를 정말 화려하

게 장식했습니다. 아직 연말 결산이 끝나지 않았지만 모르긴 해도, 전
년 대비 연 매출 500퍼센트 이상은 신장되지 않았나 싶군요. 이 모든
성공이 텔레비전 광고 하나로 이루어졌다고 보기는 어렵지요. 밤낮을
가리지 않은 실험과 품질 개량, 생산 공장에서 흘린 땀, 피 말리는 유
통 전쟁…… 이런 것이 없었다면 광고고 뭐고 간에 전국 곳곳의 구멍
가게까지 물건이 제대로 놓일 리 있었겠습니까? 그러나, 그 전해까지
그런 노력이 없지 않았다고 보면, 아무래도 올해의 이같은 '대박' 체험
의 공은 광고로 돌려야 할 것 같습니다.
　아, 자화자찬이랄 수도 있겠군요.
　이번 광고를 제작한 회사는 사실 저의 강력한 추천이 아니었다면 저
희 회사에 명함을 내밀 수 없는 열악한 회사거든요. 그 회사도 이번 광
고 덕에 각종 매체에서 선정하는 '올해의 광고상'의 유력한 대상 후보
로 부각되고 있어요. 광고주도 떼돈 벌고, 광고제작사도 앞으로 정신
없이 바빠지게 생겼으니 이거 말 그대로 누이 좋고 매부 좋고 아니겠
습니까?
　저는 어떻게 되었냐구요? 저야, 뭐……. 우리 국장님이 알아서 해주
시겠지요. 내년 봄에 이사도 가야 하고, 둘째애 출산도 가까워지는
데…… 헤헤…….
　자, 그런 쪽으로는 더 상상하지 맙시다.
　저는 사실 오늘, 이번 성공에 결정적인 역할을 하고도 그 그늘 속으
로 쓸쓸히 사라진 한 인물에 대해서 들려주고 싶습니다. 그 분은 바로
우리 회사 홍보기획실에서 20년을 근무하다가 지난 가을 사직한 촬영
담당 류형민씨입니다. 40대 중반의 나이로 다시금 프리랜서 작가로 활
동하겠다며 회사를 그만 두셨는데, 글쎄요. 사실, 지난해에도 한 차례
구조조정이 있었지요. IMF 직후에 이어 두 번째 아니었습니까? 처음
의 구조조정에서 류형민씨는 이미 정규직 아닌 계약직으로 밀려나 있

었나 있었고, 지난해에는 스스로 물러나겠거니 하고 모두들 생각하고 있었을 정도였습니다.

이번 광고는 처음에, 유명한 패션 디자이너를 모델로 기용할 예정이었습니다. 그 점에서 제작사와 광고주 생각이 일치했습니다. 화려한 패션과 구수한 라면의 연결…… 현대인들에게 향수를 자극하자는 컨셉…… 이런 설정이었는데, 지목한 패션 디자이너가 난색을 표명해 중단되고 말았지요.

"시인은 어떨까?"라고 한 사람은 우리 회사 측이었고, 제작사 쪽에서는 오히려

"시인이면 고상하게 커피 선전을 해야지, 라면 선전을 어떻게 할 수 있겠어?"

하고 맞섰습니다.

그때 류형민씨를 떠올린 사람이 저였습니다.

"정히 그렇다면, 내가 한번 나서지. 20년 동안 회사에 제대로 기여한 게 없었으니까……."

류형민씨는 우리 부서원들의 부탁을 마지못해 들어주었고, 그것이 이번 광고의 성공을 가져왔다고 해도 결코 틀린 말이 아닙니다.

그렇습니다. 이번 성공은 출판가의 미더스의 손으로 불리는 대형 베스트셀러 시인을 모델로 기용한 데 있었습니다. 다 알죠, 그 표정? 40대 중반, 품위 있는 시인의 지위에서 20대 꾀죄죄한 자취생 몰골로의 변신, 그 코믹하면서도 진지한 얼굴……. 그 시인을 모델로 기용한 것이, 바로 류형민씨였습니다.

"그 친구 한때 나한테 시를 배웠지. 내가 끄적거린 낙서를 가지고 가서 쓱쓱 고쳐서 신춘문예 당선을 하더라구. 내 낙서가 원래 이런 거였어."

원래 말이 많은 편이 아닌데 어쩌다 흥이 나면 안주머니에서 종이를

꺼내 "이게 그때 그 낙서야……" 하며 자랑하던 그 류형민씨의 시 아닌 낙서를 우리는 아무도 제대로 읽은 적이 없었지요.

그런데 어떤 때 한번 이런 말을 하던 게 기억나더라구요.

"그 친구, 정말 라면을 좋아했는데, 그렇다고 먹고 싶을 때 사먹을 수 있을 만큼의 돈은 없었던 거야. 언젠가 한번 라면집에서 둘이 앉았는데, 내가 두 그릇 값이 있는데도 한 그릇만 시켜놓고 둘이 나눠먹기로 한 거야. 그 친구가 나보다 젓가락을 먼저 들기에 거지가 주인보다 먼저 먹으려고 그러느냐고 내가 핀잔을 줬어. 그 친구 얼굴이 울그락불그락하더니…… 그 이후로는 우린 서먹서먹한 사이가 되었어. 라면을 실컷 사주면서 사과를 하겠다는 생각도 했지만, 내가 그래도 저한테 시를 가르친 사부인데 어떻게 먼저 사과를 하겠어. 내 낙서를 주워 신춘문예 당선을 하고도 시상식 때 날 부르지도 않더라구."

제가 그 때 그 말을 놓치지 않은 것입니다.

우리는 라면상자를 들고 류형민씨를 앞세워 시인의 집을 찾았지요. 시인이 정말 반가워하는 것을 보니까, 류형민씨가 정말 시인한테 시를 가르친 사부가 아닌가 착각이 들 정도더라구요.

아니, 착각이 아닐지도 몰라요.

그때 이후, 광고가 완성되는 동안에도, 그리고 그 광고가 대박 조짐을 보이는 사이 스스로 퇴직을 자청하고 떠나면서도, 류형민씨는 내내 표정이 우울했습니다. 아마도 시인의 사부으로서의 자존심이 완전히 꺾였다고 생각하신 게 틀림이 없었습니다. 적어도 저는 그렇게 믿어주고 싶습니다. 아니, 그렇게 믿고 있어요.

화려한 성공의 그늘에서 말도 없이 소외되고 있는 어떤 소중한 감정, 어련한 추억 같은 것이 있지 않을까요? 여러분도 그저 오늘의 성취에 젖지만 말고 한번쯤 자신의 그늘 속을 살펴보시라는 뜻에 회사 게시판에 이 글을 올려놓습니다.

아, 국장님, 그리고 사장님, 그렇다고 제가 그 화려한 특별 보너스를
안 받는다는 얘기는 아니랍니다!

열 번째 계단

　방금 닦은 듯한 반질반질한 계단이다. 희미한 보안등 아래서도, 각 층계 끝에 쳐진 붉은 테가 더욱 선명하게 빛을 발하고 있다. 이곳에 오고 나서부터 유별나게 깔끔 떠는 딸아이의 버릇이 순간 눈물나게 고마워진다.

　나는 층계참에 앉아 담배를 문다. 계단 아래쪽, 기둥과 벽이 두 모서리로 막아서면서 생긴, 어른 한 사람 정도가 누우면 적당할 공간, 우리들의 보금자리도 물걸레질로 깨끗이 닦여 있다. 역시, 그 애가 와 있다는 얘기다.

　물었던 담배개비를 다시 담뱃갑 안에다 밀어넣고 계단을 내려와 본다. 해가 저물면 금세 한적해지는 지하도다. 여덟시가 지나면 거의 모든 가게가 문을 닫는다. 눈두덩에 큰 혹이 하나 달린 할아버지가 잡지나 휴지 그리고 간단한 식료품을 팔고 있는 가판 부스만이 화장실 입구에서 밤을 하얗게 새울 뿐이다.

　철시하고도 쇼윈도에 환하게 불을 켜두는 가게들이 없다면, 지나치게 깊고 고요한 어둠이 언제나 아무 경계도 없이 느긋하게 진주해 있을 그런 곳이다.

셔터가 내려진 잡화점 앞에 전에 못 보던 일가족들이, 펼친 종이상자 위에 둘러앉아 컵라면과 김밥을 먹고 있다. 딸아이가 어쩌다 들어가서 구경하곤 하던 도서 할인점도 불이 꺼졌다. 그 앞에서, 침낭을 든 한 사내의 굶주린 곰 같은 몸이 어슬렁거린다. 딸아이가 밖에 서서 눈 반짝이며 구경만 하던 액세서리 상점은 셔터는 없지만 얌전하게 실내등이 꺼진 채다. 간이 분식집은 막 문을 닫고 있는 중이다.

초조해진다.

지하도 어딘가에 숨어 있다가 뒤에서 목을 감으며 튀어오를 딸아이가, 오늘은 반대편 계단까지 걸어갔다 오는 동안에도 나타나지 않는다. 화장실 앞 가판 부스 안의 할아버지도 벌써 잠자리에 들었는지 머리끝도 드러내지 않고 있다. 여자 화장실까지 들어가 기척을 느껴보지만 딸아이의 흔적은 보이지 않는다.

"여기서 재워주는 것부터가 내 직무유기란 거 몰라요?"

어쩔 도리 없이 찾은 지하상가 경비실 경비원의 대꾸가 그랬다.

경비원으로서는, 갈 곳 없는 노숙자들을 위해 며칠만 봐주기로 하고 상가 계단과 복도를 잠자리로 내준 일이 정말 모질지 못한 결과였다. 며칠은커녕 몇 달이 지나면서 나가는 사람보다 찾아드는 사람을 더 많이 만난 그였을 것이다. 최근 들어 이곳에서 노숙하는 사람 수가 줄잡아 열 명. 그중 나처럼 가족 단위의 사람도 있다. 그들 때문에 혹시 있을지 모를 도난, 화재 사건이나 파손 행위 따위를 예방하는 일만으로도 아마도 명이 짧아졌을 경비원이다. 미아 보호까지 해야 할 책임은 정말 그에게는 없었다.

아홉시가 가까워오고 있다.

도대체 어디로 갔을까?

계단을 잘 닦아놓은 걸 보면 분명히 돌아와 있다는 뜻이다.

아침에 준 돈으로 지하상가의 간이 분식집이나 아니면 지상으로 나가 가까운 가게에서 어묵이나 떡볶이나 도넛 따위를 사먹고 돌아왔을 것이다. 도서 할인점이나 오락실을 들락거리며 놀기도 했을 것이다. 그러고는 화장실을 드나들면서 계단을 깨끗이 청소하고, 그 계단을 책상 삼거나 자기 무릎을 책상 삼아 숙제를 하고 있어야 했다. 혼자서 그림을 그리거나 책을 읽는 일에도 아주 익숙한 아이다. 내가 일찍 마쳐서 학교로 데리러 가는 날이 아니면 이렇듯 몸에 익은 순서대로 나를 기다리고 있을 내 사랑스런 딸이다.

여기 와서만도 벌써 두 달째다. 내가 일요일이면 딸아이의 손을 잡고 교회와 성당과 강변공원을 드나드는 성실한 가장이 된 것도 이곳에 온 직후부터다. 나는 씻지 않고 지내면서도 일주일에 한두 번 공원이나 교회 같은 데서 외박이나 외식을 하고는 딸아이를 공중목욕탕으로 들이밀어 놓기도 한다. 목욕탕에서 나오는 딸아이의, 복숭아처럼 발갛게 익은 얼굴을 볼 때면 눈물과 미소가 한데 어울려 내 목 안에서 가르릉 가르릉 소리를 내곤 했다.

"우리 언제 집에 갈 거야, 아빠?"

나는 천천히 계단을 올라가다가 귀에 울리는 아이의 음성에 놀란다. 집을 떠나 친구의 빈 사무실과 여인숙을 전전할 때는 용케 그런 말도 없이 잘 참아주던 아이가 이젠 안되겠다 싶었는지 여기 온 이튿날부터 그렇게 재촉하기 시작했다. 야단을 칠 수도 없었고 달랠 말도 궁했다.

관리실 뒤 창고에서 꺼내온 이부자리를 옆에 내려놓고 층계참에 앉아 다시 담배를 꺼내 물었다. 이번에는 절로 주머니 속 성냥갑이 만져졌다. 술을 마시지 않으면 잠이 들 수 없는 체질이 된 것을 알면서도 술을 끊은 게 아이의 그런 질문을 외면하고 싶지 않아서다.

담배연기를 길게 내뿜다가 나는, 소스라치게 놀란다.

아이가 아래 층계참에서 한 계단씩 숙제를 끝내고 올라오고 있는 모습이 보이는가 싶더니, 다시 "우리 언제 집에 갈 거야, 아빠?" 하는 아이의 울음 섞인 음성이 메아리쳤다.

나는 벌떡 일어나 계단을 몇 걸음 내려와 본다.

그랬다. 유난히 반질반질한 계단이 하나 있다. 그 아래로 아이가 책상 삼아 공부해 온 아홉 개의 계단들이 그 못지않은 빛을 뿜낸다.

아이의 질문을 견디다 못해 어느 날 나는 대답했다.

"거기서부터 열 번째 계단까지, 한 계단에서 세 밤씩만 공부하고 우리, 집으로 가서 사는 거다."

"한 계단에서 세 밤씩 열 계단?"

"으응."

"음, 그러면…… 삼 곱하기 십이니까 삼십 일? 아니, 아니, 열 번째 계단까지랬으니까, 삼구는 이십칠…… 이십칠 일?"

이학년 때부터 이미 구구단에 능했던 아이니까 그 정도 계산에 착오가 있을 리 없다. 하지만, 삼구 이십칠이든, 삼 곱하기 십 해서 한 달이든, 그건 내게 중요한 숫자가 아니다. 나는 그 이전에 부활해야 했다. 집이 없어지고 거리로 나앉은 지 일 년이 다가오지만, 언제나 일주일 뒤의 내 인생은 내게 예전보다 더욱 안정되고 화려한 것으로 그려졌다. 요즘과 같은 세월이 그 뒤까지도 거듭 이어진다고 생각하면 단 하루도 견딜 수 없는 시간이다.

아이에게 한 약속은 비록 약속하는 그 순간부터 잊어버리기는 했지만 진정, 거짓이 아니었다. 아이라고 불안감이 왜 없으랴만, 그 약속을 믿고 사는 시간 쪽이 유리하다는 것쯤은 잘 알고 있을 터였다. 그때 이후로는 딸아이가 보채는 일이 훨씬 줄어들었다.

바로 어제까지 딸아이는 아홉 번째 계단에 와 있었다. 그리고 오늘은, 아이로서는 반드시 집으로 들어가 자야 할 날이다. 어젯밤에는 잠이 오지 않는다며 아빠 품을 자꾸 파고들던 아이다. 엄마는 언제 돌아오느냐고 묻던 건 며칠 전이다. 자는 동안에는 집에 돌아가서 살 꿈을 꾸느라 심하게 몸을 뒤친 게 틀림없다. 그렇다면, 오늘 아빠가 일찍 오지 않자, 아빠가 집으로 데려가지 않을 거라는 걸 눈치채고 혼자서 어디로 떠나버렸다는 말인가.

나는 아이가 매일 유리처럼 닦아 잘 표시해 두던 그 계단에서 발을 쿵쿵 굴리다가 아래로 뛰어 내려간다. 다시 여자 화장실을 뒤지고, 가판 부스를 쿵쿵 두드려 할아버지의 혹 달린 눈두덩을 보고야 만다.

"아까, 이 앞으로 왔다갔다하는 걸 봤는데……?"

"언제요, 언제쯤이에요?"

"아, 글쎄. 내가 뭐, 하루종일 이 안에 틀어박혀 있으니 낮인지 밤인지 알 게 뭐야."

지하상가 안은 이제 단골 노숙자들로 적당히 들어찼다. 혹시 그들 사이에 숨어 자고 있지나 않을까, 그들의 경계하는 눈빛도 아랑곳하지 않고 다가가 살펴본다. 좀전에 문을 닫고 있던 분식집 아줌마를 찾아 반대편 출구 계단 쪽으로 달려가 본다. 오락실 문도 밀어보고 도서 할인점도 속을 들여다본다. 옷가게 쇼윈도의 마네킹 흉내를 내다가 몸이 굳어 마네킹처럼 서 있는 게 아닌가 싶어 유리창을 쾅쾅 두들긴다. 다시 계단으로 달려온다.

하나, 둘, 셋, 넷…… 열.

분명히 열 번째 계단이다. 계단에 눌어붙은 껌 같은 것들까지 일일이 칼로 벗겨내고 깨끗이 걸레질해온 열 개의 계단이다. 층계 끝 붉은 테가 살아나 있는 계단은 이것들밖에 없다.

숙제를 하고 책을 읽고 그림을 그리던, 경사가 너무 많이 진 책상이다. 그리고도 학교의 시험 때마다 거의 틀린 데 없이 치르고 오는 이가 이 책상의 주인이다.

학교에서 안 돌아온 것도 아니고, 둘째를 데리고 식당 일 하러 지방에 가 있는 제 엄마를 만나러 갔을 가능성도 없다.

그렇다면, 그렇다면…….

다시 한번 지하상가를 숨가쁘게 둘러본다. 어쩔 수 없이 공중전화 앞으로 달려가면서 수첩을 꺼내고 딸아이의 학교 번호를 찾느라 수첩을 뒤적인다. 모든 게 뒤죽박죽이다. 번호를 찾아내느라 걸린 시간보다 신호음이 울리고 상대편에서 전화를 받는 시간이 더 오래 걸린다.

"특활실에 남은 애들 없던데요."

숙직 교사가 말꼬리를 흐린다.

그때다. 어디선가 "아빠!" 하는 소리가 들린다. 돌아보니 계단 쪽에서 달려 내려오고 있는 딸아이의 그림자가 저편 벽에 어른거린다. 가슴속에서 뜨거운 것이 울컥 솟구친다. 울음을 쏟아낼 수는 없다.

"어디 갔다 오는 거지?"

짐짓 화낸 아빠의 표정 때문일까. 아이가 달려오다 멈칫한다. 뒤를 따라 계단을 내려오는 사내가 있다. 사내의 손에 이상하게 생긴 둥글고 조그만 밥상이 하나 들려 있다. 어딘지 낯이 익다 했더니, 도서 할인점 젊은 주인이다.

"어떻게 된 거야, 너?"

나는 경계를 풀 수가 없다.

"아빠, 나 이제 책상에서 공부할래."

아이가 잇몸을 드러내고 웃는다. 도서 할인점 사내는 의외로 여유로운 표정이다.

"저기 액세서리 가게에서 내다버리려고 한다는 걸 애가 주워가지고 가더라고요. 다리를 잘라서 계단에 놓고 책상으로 쓰겠다고요. 제가 아는 목공소가 있어서 도와주었지요."

두 다리는 길고 두 다리는 짧은 기이한 밥상 모양이 현실적으로 불구가 된 내 몰골 같다. 아이가 책상을 받아들며 말한다.

"아빠 이거, 이제 계단에 놓고 숙제도 해도 되고 밥도 같이 먹어도 돼."

나는 참지 못하고 버럭 소리를 지르고 만다.

"그래도 그렇지, 지금 몇 신데 이러는 거요? 애 잃은 줄 알고 내가 얼마나 속이 탄 줄 아시오?"

"아빠!"

고마운 아저씨를 왜 야단치느냐고 딸아이가 금세 눈물을 글썽인다. 사내는 뜻밖에도 물러서는 기색이 아니다.

"그래서 말이지요. 이렇게 하면 어떨까요?"

뭘 어떻게 해? 하고 또 소리지르고 싶은 걸 참은 게 얼마나 다행인가를 나는 잠시 후에 깨닫는다.

도서 할인점 사내는 책상만 고쳐주고 그냥 보내려다가 함께 와준 거라고 말했다. 그보다 더 중요한 말은 그 다음에 했다. 계단에서 밥 먹고 공부하는 것도 좋겠지만, 자기가 없는 밤 시간에는 자기 가게에서 부녀가 함께 지내면서 밤늦은 손님들한테 책을 권해도 좋지 않을까. 그런 생각을 자기가 했다고 했다. 그 안에서 숙제도 하고 책도 마음대로 읽고, 그리고 더 깊은 밤 동안은 그냥 거기서 자고 있어도 좋지 않을까. 물론 현재 가게를 내놓았으니 다른 이가 임대해 들어올 때까지만 그래 주었으면 좋겠다는 단서가 붙긴 했다.

"뭐, 그러실 것까지……."

맞장구 쳐줄 말이 내게는 별로 없었다. 그런 단서까지 붙일 필요는 없다고 말하려고 했던 내 마음을 진정시킨 것도 다행이다. 비록, 가게가 임대 나가기 전에 내가 먼저 나갈 것이긴 해도.

말을 마친 사내는 망설임도 없이 몸을 틀어 상가의 도서 할인점으로 천천히 걸어간다. 나는 잠시 돌아서서 버텨본다.

54

딸아이가 내 손을 잡아 끈다.

"아빠, 이 책상은 가끔 저 계단에 나와서 공부할 때 쓰면 되잖아, 응?"

딸아이가 매일같이 잘 닦아놓은 계단이 여전히 빛나고 있는 게 보인다.

한글학자

최 군과의 만남은 참 뜻밖이었다.

공중에서 희끗희끗하게 날리던 것이 눈이라는 걸 느끼지도 못한 때였다. 누군가 내 곁으로 다가서며 팔을 조심스럽게 잡았다. 서류 봉투를 든 한 손으로 눈발을 막으며 "안녕하세요?" 하고 엉거주춤 상체를 숙이고 나를 쳐다봤다.

"저 모르시겠어요? 저 선생님 생각 많이 하고 살았는데……."

어느새 짙어진 어둠 탓에 쉽게 옛 제자라고 어림잡을 수 없는 나이로 느껴졌다.

늘어선 주점 쪽으로 당겨져 몇 걸음 옮겨가면서 보니 뭉툭한 코와 오히려 새하얗게 빛나보일 정도로 창백한 얼굴, 부석부석한 장발에 중키였다. 손을 안주머니에 넣다가 "명함이 다 떨어졌지, 참." 하고 웃는 뾰족한 입을 느끼고서야 나는 무엇엔가 화들짝 놀란 상태가 되었다.

최 군이 눈을 피하고 서 있던 곳이 골뱅이집 처마 밑이었다. 내가 반가워서인 것도 있겠지만 눈도 피할 겸 해서 어차피 이 골뱅이집쯤에 들어와 한잔 걸치고 갈 참인 모양이었다. 우연찮게 내가 다녀온 병원에 들렀다 먼저 나와 있었지만, 내 짐작대로 근처 사무실에 근무한다는 친구나 만나보려고 연락을 취해놓은 상태라고 했다. 이젠 그 친구한테서 답이 안 와도 그만이라는 듯이 주머니에서 손쉽게 휴대폰을 꺼내서는 몇 차례 삑삑 하는 소리를 내보고는 이내 안주머니로 옮겨 넣는 눈치였다. 대신 셔츠 주머니에서 담뱃갑과 라이터를 꺼냈다가 잊었다는 듯이 내 눈치를 보았다.

여전히 어렴풋한 기억의 대상이었지만, 나로서는 이렇게 어울리지 않을 이유도 없는 날이었다. 최 군은 담배를 물다 말고 팝콘 한 접시와 함께 먼저 나온 맥주를 땄다. 맞부딪친 첫 잔을 반 정도 비우더니 금세 남은 걸 다 비우고 곧바로 그 잔을 내게로 건넸다. 최 군이 아니었다면 어쩌면 버스 정류장을 지나쳐서 내처 눈 오는 길을 걸어가고 있었을지도 몰랐다. 내게는 누구에게든 먼저 술자리를 만들어 불러내는 버릇이 거의 남아 있지 않았고 혼자 술 마시는 일도 집에서 말고는 없었다.

"선생님, 제가 무얼 하고 있는 줄 아세요?"

주인의 느긋한 자부심마저 느껴지는 양푼에 담긴 골뱅이무침이 나온 뒤 내게서 잔을 돌려받게 된 최 군이 물었다. 내가 처음 교편을 잡은 학교에서 만난 거니까 십 년도 더 전의 나를 안 셈인데도 지금 내 신분을 아는 걸 보면 나와 비슷한 직업을 가지고 있는지도 모르겠다는 생각이 언뜻 들긴 했다. 하지만 그건 당연히 아니었다. 봉두난발인 데다, 주점 안에서까지도 우중충해 보이는 반코트 사이로 드러난 붉은색 티셔츠 위에 그대로 두른 허술한 머플러 차림인 것을 봐서도 여느 직장인은 아니었다. 세상에는 별의별 인상의 사람들이 존재한다는 걸, 특히나 낯선 학교로 전근을 가거나 해가 바뀐 새 학기 초에 새로운 학생들을 받을 때마다 느끼곤 했다. 최 군이야말로 십수 년 전 그 별의별 인상의 학생들 중 한 사람이었을 것이다.

"에이, 선생님이 조금이라도 절 기억하셔야 재미있는데……."

한참 만에, 젓가락질 한 번에 모아 입아 넣은 채친 파와 굵은 골뱅이 조각의 식초맛이 코 안을 깊이 찔렀다. 의외로 맵기까지 해서 눈물이 찔끔 났다. 손으로 가린 입을 우물거리는 내 눈에, 별 홍이 돋지 않는다는 듯이 맥주잔을 내려놓으며 손등으로 입술을 닦아내고는 잠시 입을 굳게 다물어버린 최 군의 하얀 얼굴이 다시 보였다. 등에서 싸늘한 기운이 일면서 뭔가 생각나는 게 더 있을 듯싶었다.

"그래, 만화! 그게 뭐였지?"

"기억나세요, 턱주가리?"

그 무렵 최고의 인기를 누리던 연재만화 「턱주가리」를 이렇게 떠올리게 될 줄 몰랐다.

"유명한 만화가가 된 걸 내가 모르고 있었던 모양이구면."

쉬운 대로 넘겨짚자 최 군은 킥, 하고 웃는 소리를 냈다.

"틀리셨어요, 선생님. 만화가가 된 게 아니라 만화책 만드는 회사에 다니고 있습니다. 회사에서 이것저것 잡지 스크랩하다가 가끔 선생님 글 발견하고서, 웃지요. 내가 하는 이 짓이 다 이 선생님이 일찌감치 내게 찍어주신 직업이다, 이렇게 생각하면서요."

"내가 뭘 찍어?"

학생들의 장래를 예언하는 게 학생들과의 심리적인 유대감을 돈독히 하는 데 썩 도움이 된다는 걸 나는 알고 있었다. 버릇처럼, 만화가가 될 거라는 예언 정도를 했고, 실은 그런 건 원래 맞으면 좋고 맞지 않아도 그만인 거지만, 최 군에게는 어느 정도 맞아떨어진 경우겠거니 했다.

"'너 하는 짓을 보니 턱주가리 주인공이나 하면 딱 맞겠다.' 선생님이 두 번이나 꼭 같은 말씀을 하셨어요……. 애들이 교실 바닥에 떼굴떼굴 구르고 난리도 아니었어요."

최 군은 두 번이나 나한테 지적을 받아 급우들한테 거듭 놀림을 당했다. 한번은 공부 시간에 몰래 만화책을 보다가 들켜서였고, 두번째는 수업 시간에 너무 떠들다가 호명을 받고 나와서 칠판에 쓰라는 것을 썼는데 맞춤법 틀린 게 두 개나 있어서였다. 그때 일을 설명하는 최 군의 얼굴이 비로소, 잘 풀리지 않는 사건 앞에서 날카로운 턱을 쳐들면서 허공을 응시하며 뭔가를 궁리해 내던 명탐정 턱주가리의 모습을 온전히 떠올리게 했다.

눈발은 적당히 굵어져 있었다. 문을 여닫으며 들락거리는 사람들 덕분에 골뱅이집 문밖에서 검은 허공을 배경으로 나부끼는 눈송이들을 볼 수 있었다. 단골손님들이 이런저런 핑계거리를 대며 찾아들 만한 그런 아담한 집이었다. 주방 쪽을 제외한 사방 벽에 걸린 선풍기식 원적외선 전기 히터 석 대가 좌우로 회전하면서 허공에다 뿜어놓는 열기는 거기에 가까이 앉은 사람 머리 쪽에다 일시적인 뜨거움만 안겨줄 뿐 실내 전체를 다 덥히지는 못하고 있었지만 주점 안은 사람들이 적당히 들어차서 조금씩 담배연기와 온기를 보태가고 있었다. 주인 남자 혼자서 술잔과 맥주를 나르랴 안주를 만들어내랴 바쁠 텐데도 서두는 기색이 없었다. 골뱅이무침 안주는 처음 먹을 때 강하게 느껴지던 양념이 생파 채의 쓴맛과 골뱅이의 묵직한 질감에 스머들면서 그런대로 풍족하게 씹히는 기분을 느끼게 하더니 웬만큼 씹고 나서부터는 입 안에 달고 쌉싸름한 뒷맛이 오래 이어졌다. 그외의 안주라고는 노가리구이와 계란말이뿐이었는데, 한 자리 건너편에 혼자 앉은 손님이 유달리 두텁고 커보이는 계란말이로 저녁 요기라도 하려는 듯이 두 점이나 연이어 먹어치우고 있다가 막 골뱅이집으로 들어와 앉는 동료를 보고는 터져나오는 웃음을 참느라 입을 가리고 이상한 소리를 내고 있었다. 아니나다를까 누가 봐도 입원실 슬리퍼와 환자복 차림 위에 외투만 걸친 모습의 환자가 의자에 앉자마자 "야, 술 고프다. 술 좀 주라" 하고

잔을 드는 장면이 이어졌다. 나로서는 몇 번 이 앞을 지나쳐 가면서도 들러볼까 생각해 본 적이 없는 집이었다. 정한 데 없는데도 마냥 허우적허우적 저 문밖을 스쳐가는 내 모습이 힐끔 보이는 것 같았다. 그런데, 내가 왜 여기 와 있지? 눈이 와서일까? 나도 모르게 그런 생각을 하다 말고 공연히 혼자 놀랐다. 맞은편 동글의자 위에 놓인 누런 봉투를 보고는 최 군과 동행이란 사실을 상기한 것이었다.

오늘처럼 이 집 앞으로 올 일은 더 없을 것 같았다. 이제 노인이 소생할 가능성도 없었고, 다시 기적적으로 소생한다 해도 문병하러 와야 할 한 치의 현실적인 명분을 되찾기도 어려워졌다. 어머니가 죽고 난 뒤 노인은 내 쪽에서 모시겠다고 하는데도 부득불 원룸 아파트에서 혼자 살다가 가벼운 중풍을 겪게 되자 이번에는 양로원으로 들어갔다. 어머니와 짝을 이루어 산 십 년 동안의 노인을 나는 혈육과 다름없이 모시고 받든 유일한 사람이었다. 어머니 명의로 된 재산이야 원래 없었다 해도 어머니의 내조 속에서 은퇴한 교사로서의 생활을 제법 격조 있게 유지해 온 노인이 아닌가. 반대로 생각하면 오래 수절해 오느라 너무 외로웠던 내 어머니의 말년에 여자의 행복감이랄까 하는 것을 안겨준 사람이기도 했다. 어디 그뿐인가. 나와는 현직에 있을 때 전공 과목이 같았다는 인연으로 제법 대화도 나눈 사이였고, 나는 그런 노인의 권유와 지원으로 박사 과정을 마쳐 학위를 따내고 운좋게 2년제 대학의 교수까지 되어 있었다. 마땅히 노인은 끝까지 봉양해야 할 의무도 내게 있었고, 노인을 묻고 제사 지내주는 인간적인 도리도 더욱 나의 것이었다. 그러나 그 모든 것이 의미 없는 것임을 노인이 처음 쓰러져 절망적인 상태가 되었다가 일시적으로 깨어나 있던 한 달 전에야 알아차렸다. 노인은 후배 변호사를 불러 자신의 유언을 다시 점검했다. 처음엔 장기 기증이나 화장 서약 정도인 줄 알았다가 많이 놀랐다. 교사 생활 말년에 주식에 손을 대 번 돈이 꽤 된다는 얘기는 재혼 직전의 어머니한테 듣기는 했지만, 정말 의외였다. 그 만만찮은 재산이 다 청렴결백과 희생봉사와 환경운동을 자랑하고 실천하는 데 바쳐지는 것으로 정해져 있었다. 병원비나 간병인 임금, 그리고 최소한의 장례비 따위로 쓸 수 있게 변호사가 관리 중인 통장에 혹시 남아 있게 될지 모를 돈마저도 이미 예정된 주인이 있을 정도였다. 내게 남겨둔 통장이 하나 있기는 한 모양이었다. 내 아들의 고등학교 입학 등록금이 든 통장이었다. 그나마 그게 "너희 할머니가 너 고등학교 입학하는 것까지는 봐야 할 텐데……." 하고, 언젠가 나와 함께 어머니를 문병하러 간 내 아들의 등을 쳐주면서 한 자신의 말을 잊지 않았다는 뜻이었다. 다른 말, 다른 의지도 거의 약속 그대로였다. 노인은 평소에도 말하곤 했었다. "해줄 것을 해주었으니 부담을 갖지 말라. 해줄 만큼 해주었으니 기대 또한 갖지 말라." 이게 이 땅의 모든 부모 자식에게 전하고 싶은 말이라고 했다. 미국에 가 산다는 노인 쪽 두 남매가 노인이 어머니와 재혼하기 전부터 연을 끊다시피 하고 지내온 이유를 충분히 알 면했다. 남들이야 노인의 이 같은 자세를 대쪽 같은 선비 정신이라 말할 수도 있을 터였다. 실은 내가 요즘 와서 바로 그런 생을 꿈꾸며 살아야 할 것 같다는 생각에 시달리곤 하는 중이었다. 하지만, 하지만, 나는 명색이 대학교수이긴 하지만, 내 할 일 열심히 하고 남한테도 줄 만큼 주면서 사느라 여태 도시를 벗어나지 못한 전세 생활자요, 기본 강의 시수를 넘겨 야간 강의까지 해서 적어도 세 강좌는 더 맡아야 하고 또 그걸 잘 유지하기 위해서라도 간간이 잡문 청탁이라도 오면 거절하지 않고 이름도 내고, 몇 푼의 원고료라도 받아두어야 겨우 동료 교수나 대학 은사 집의 경조사 따위의 행사에 얼굴이라도 비칠 수 있는, 영락없는 샐러리맨 아닌가. 게다가 오래 전에 사촌이 경영하는 주식회사에 명목상 이사로 이름을 걸어두었다가 작년에 그 회사가 부도를 내는 바람에 은행으로부터 채무 변제 독촉장이 거듭 날아들고 있는 중이었다.

내 주민등록지를 동서네로 옮겨놓고, 실제 살고 있는 전셋집은 아내 명의로 해서 전세권 설정을 해둔 상태였지만, 이제 곧 학교로 날아들 봉급 압류 통보에 대해서는 피할 방도가 없게 되었다. 하루하루를 살아가는 게 아니라 하루하루를 지워나가는 삶이 이런 식으로 내 앞에 펼쳐져 있을 줄 몰랐다.

나는 기적을 믿는 사람이 아니었지만, 노인이 기적적으로 다시 의식을 회복하던 사흘 전부터 오늘까지 매일 오후 두 시간을 노인의 손을 잡고 기적을 빌어보았다. 한 달 전에 깨어났을 때에 비하면 이번은 더욱 가망 없는 일시적인 회복일 것이라는 판단은 의사의 정확한 진단 없이도 가능했다. 그 때문에 나는 더욱 간절했다.

"아버님……!"

의식을 회복하고 나서도 거의 잠속에서 시간을 보내는 노인을 나는 가만히 불러보곤 했다. "으응?" 하는 바람 빠지는 소리 같은 대답이 있고, 노인의 눈꺼풀 속에서 눈알이 꿈틀대는 게 도드라져 보이는구나 했더니 어느새 눈이 떠졌다.

"저 알아보시겠어요?"

내 얼굴을 가까이 들이대고 한참을 있으면 노인의 손에서 힘이 느껴졌고 곧 미세한 온기가 전해져 왔다. 그 얼굴에는 아주 희미한 미소까지 감도는 듯 느껴졌다. 나는 기대감에서 묻곤 했다.

"배 안 고프세요?"

노인이 천천히 고개를 가로저었다.

"뭐 드시고 싶은 것 없으세요?"

노인은 또 고개를 가로젓곤 했다. 수술 전후의 중환자들이 주로 머물러 있는 병실이었다.

오늘은 병원으로 들어서다가 이틀 전 수술 들어간 한 환자의 보호자가 검은 상복을 입고 공중전화 부스 앞에 서 있는 것을 보기도 했다.

병실에 들어서서부터 노인의 손을 백여 번까지 헤아리며 힘차게 마사지하면서 노인의 동태를 살피다가 낌새가 이상해서 바짝 다가앉게 되었다.

"뭐 필요한 것 없으세요, 아버님!"

노인의 눈꺼풀 속에서 눈알이 움직이는 모양이 나타나지 않고 있었다. 나는 다시 몇 차례나 더 "아버님" 하고 불러보았다. 어느 환자 침대 쪽에선가 어떤 여자가 "아, 눈이 오는 것 같네" 하는 젊은 목소리를 냈다. 나는 그 소리에 쫓기듯이 일어나 상체를 수그리고 노인의 귀를 향해 입을 갖다 붙이고 큰소리로 말했다.

"아버님, 뭐 하시고 싶은 말씀이 있으면 말씀해 보세요."

그때 또 "그래, 정말 눈이 오네" 하는, 좀전보다 더 늙은 목소리가 났다. 노인의 눈꺼풀이 가늘게 떨리고, 그 안에 든 눈알이 곧 불거져 나올 것 같았다. 내게 쥐어진 손에서 미세하긴 하지만 마치 일어서려는 듯한 힘이 느껴져 왔다. 이윽고 눈꺼풀이 열렸고 나를 찾는 눈길이 그 속에 있었다. 내 심장이 더욱 쿵쾅거렸다. 이상했다. 교수 임용 면접장에서 내가 한 말에서 잘못 표현된 부분을 지적당하고 있는 것 같은, 섬뜩한 느낌이 들었다. 노인의 입이 달싹거려졌다. "으음……." 손에 더 힘이 들어간다 싶더니 입 밖으로 외마디 소리가 내뱉어졌다.

"너…… 그…… 거……."

필시 나를 향한 말이었다.

"말씀하세요, 아버님!"

나는 눈길을 피하면서 귀를 노인의 입 가까이 갖다 댔다. 웬일인지 누군가가 노인의 말을 대신 들어줄 수 없을까 나는 간절한 마음이 들었다. 나는 눈을 찔끈 감았다 떴다. 옆자리에 누운 중년 환자가 움푹 들어간 눈으로 내 모습을 보고 있었다. 노인의 얼굴에서 썩은 배 냄새 같은 것이 났고 목구멍이 열리는 소리가 착, 하고 나는 듯했다. "으음…… 너……" 하는 소리가 났고, 다시 무슨 말인가를 하려다가 더는 말이 이어지지 않았다. 나는 "아버님" 하고 소리치다 말고 속으로 울컥 울음을 토했다. 노인의 입은 이미 탄력을 잃고 살짝 벌어졌고, 감기다 만 두 눈에서 눈물이 양옆으로 흘러내리고 있었다.

무슨 말일까?

끝내 다시 의식불명 상태에 빠져버리기 전에 진정으로 무슨 말을 전하고 싶었던 것일까?

아, 아니었다. 아무리 도리질해도 아니었다. 그게 무슨 말이었든, 그것은 결코 내가 마지막까지 듣기를 원한 말이 아니라는 사실이 내 몸에 오래오래 소름이 돋게 하고 있었다.

"죄송합니다, 선생님."

최 군이 들어와 앉다가 다시 품에서 나는 휴대폰 벨 소리에 몸을 일으켜 문 쪽으로 걸음을 옮겨갔다. 나는 최 군이 화장실을 간 시간에 덜 비운 채 둔 내 술잔에 두 차례나 술을 채워 홀짝거리며 마셔대는 한편으로, 최 군이 권해 받아두었던 담배를 입에 물었다 뺐다 하고 있었다. 최 군이 조금 상기된 얼굴로 다가앉다가 얼른 라이터를 꺼내 불을 붙여주었다.

"이제 눈이 그치는데요. 댁에 가시는 데는 큰 어려움이 없으시겠지요?"

"그렇겠지."

"아는 분이 입원해 계신다구요?"

나는 슬몃 고개를 젓고는 담배연기를 길게 내뿜었다. 그제서야, 비어 있던 위의 벽을 훑어 내려간 맥주가 짙은 속트림을 몇 번 올려 보냈다.

"허, 참. 그러고 보니 오늘 제가 병원에 온 것도 선생님이 절 만나시려고 예전에 일부러 짜놓은 일 같군요."

최 군은 오늘의 주석을 어떤 핑계로든 더 이을 필요가 있는 모양이었다.

"무슨 만화 같은 얘기를 하려고?"

"선생님처럼 저한테 맞춤법이 틀렸다고 매번 지적해 준 한글학자가 있었거든요."

"한글학자?"

"예, 그 사람이 오늘 죽었더라구요."

노인이 죽었다는 얘기가 아닐까 싶어 나는 미간을 좁히며 일단 격해질 듯한 감정을 눌러두었다. 하지만 그게 아니라는 걸 곧 깨달았다. 이어, 최근에 작고한 박사 논문 심사위원이셨던 분의 장례식에 다녀온 일이 떠올랐다. 그 뒤로는 어떤 학자가 작고했다는 부음을 신문에서도 접한 일이 없었다.

최 군이 오늘 병원에 들른 사연은 정말 만화 같은 데가 있었다. 최 군 회사에서 매달 한 권씩 연재식으로 발행되고 있는 일본 만화 중 「요리 탐정」에 얽힌 얘기였다. 일본에서는 물론이고 한국에서도 폭발적인 인기를 끌고 있는 이 만화가 발매되는 즉시 읽고서 잘못 표기된 글자를 지적해 주는 여고생이 있었다. 예를 들어 만화에 '회덥밥'이라고 쓴 것은 '회덮밥', '통채로'라고 쓴 것은 '통째로' 식으로 고쳐서 쪽수까지 정확히 밝혀 매달 편지나 그림엽서에다 적어서 보내 준다는 것이었다. 언제부턴가 그 편지가 오지 않는 걸 이상하게 여긴 것 자체가 나와의 오래 전 인연에서 비롯되었다는 것이 최 군의 과장 섞은 설명이었다. 어느 날 그 편지 얘기를 했더니 편집부 직원 하나가 "아, 그 한글학자 편지요?" 했다. 편집부 직원들 사이에 그 여고생은 한글학자로 통하고 있었다. 그런 정도라면 그 한글학자가 일깨워준 대로 맞춤법이 정확한 책을 내는 데 진력하는 모습을 보일 법했지만, 그게 또 그럴 수 없는 것이 출판사의 생리였다. 며칠 전에 또 너무 어이없는 오자가 발견돼 신경질을 내보다가 자연스럽게 몇 달째 소식 없는 그 한글학자를 떠올

리게 되었다. 그 여고생을 수소문하게 해보았는데, 실은 그 친구가 여
고생이 아니라 남자 중학생이었고 심장병 때문에 한 달 전에 이 앞 병
원에 입원해서 수술을 받고 입원 치료 중이었다는 거였다.

"오는 날이 장날이라고, 만나면 이번 권 교정쇄 몇 장이라도 보여줄
까 하고 갖고 왔더니 오늘 낮에 영안실로 들어갔다는 겁니다. 나, 참.
문상을 하기도 뭣하고 그래서……"

최 군은 옆 의자로 옮겨놓은 누런 봉투를 가리켰다. 나는 화장실에
갈 틈을 겨우 찾고 일어서다가 갑작스런 현기증에 하마터면 주저앉을
뻔했다. "괜찮으세요?" 하며 따라 일어서는 최 군의 부축을 마다하고
간신히 벽을 짚으며 문밖으로 걸어나갔다. 눈이 그치다가 다시 굵어지
려는 모양이었다. 어둠 속에서도 허연 덩어리가 느껴졌다. 옆 건물 계
단으로 이층까지 올라가 꽉차 있던 방광을 비워냈다. 몸이 일시에 싸
늘해졌지만 속은 후련했다. 검은 거울 앞에 서서 옷매무시를 가다듬고
는 심호흡을 하면서 계단을 내려오자, 출입문 옆에서 희미하게 뒤를
보인 채 휴대폰으로 전화를 걸고 있던 최 군이 신경질적으로 질러대는
소리가 들려왔다.

"글쎄, 언제 방에 들어가 있을 거냐고? 내가 너하고 뒹굴고 싶어서
이 동네까지 왔지, 뭣하러 왔겠어. 도대체 그 먼데서 뭐하고 있는 거
야?"

나는 화장실이 있는 건물 앞에 서서 일부러 몇 번 트림을 하며 최 군
이 전화를 끊을 때를 기다렸다. 눈발이 더 굵어졌다. 검은 허공과 그것
을 비추는 건물 네온사인의 불빛 사이에서 눈발은 희끗희끗 모습을 드
러냈다 감추기를 반복했다. 가끔씩 그것들은 무슨 알 수 없는 문자처
럼도 보였다. 컴퓨터 자판을 익힐 때 화면에서 나타났다 사라지던 글
자들같이 보이기도 했다. 나는 입에 달라붙는 글자 하나를 훅 하고 내
뱉었다. 글자 몇 개가 연이어 내 입 속으로 들어왔다. 입 안에서 몇 개

66

의 문장이 만들어지다 말았다. 환자복 위에 외투를 걸친 사내가 앞을 지나갔다.

이번에는 그보다 키가 훨씬 작은 한 남자아이가 환자복만 입고 옹송 그리고 지나가고 있는 게 보였다. 눈발이 아이의 밤송이 같은 머리 위에서 춤추듯이 나부끼고 있었다.

"문자도 없는 나라에 날아든 한 장의 편지가 우리를 우습게 한다. 그런데 나는 조금도 웃고 싶지가 않다."

나는 어떤 시인인가가 쓴 시의 한 구절을 중얼거리면서 나도 모르게 아이의 뒤를 따라 걸음을 몇 발짝 옮겨갔다. 그때였다. 나는 숨이 턱 막히는 듯한 느낌으로 걸음을 멈추었다. 내 앞 허공에 노인의 병상 옆자리에서 나를 보던 환자의 움푹 패인 눈이 떠 있었던 것이다. 또 최 군이 뭐라고뭐라고 제 애인한테 내지르는 소리 사이로, 노인의 거친 숨결이 들려왔다.

"국어 선생, 쟤 부탁 좀 들어줘."

한 달 전 깨어났을 때 노인은 맞은편 병상의 한 사내아이를 가리키며 겨우 내게 말했다. 나는 콧구멍 속에 호스를 꽂고 누운, 마치 초등학생 같은 자그마한 체구의 아이에게로 다가갔다. 머리에 쓴 털실 모자 옆으로 머리털이 빠진 자국이 선명했다. 아이 엄마로 보이는 여자가 아이의 머리맡에 얼굴을 묻은 채 앉아 있었다. 아이는 링거 주사를 꽂은 하얀 팔 위로, 한쪽 손에 겨우 쥐고 있던 책을 놓았다. 눈은 말똥말똥했지만 힘이 없어선지 아무말도 하지 못했다. 아이의 만화책을 들고 나는 아이의 눈을 들여다보았다. 아이는 애써 무슨 말인가를 하려고 입을 달싹거렸다. 노인 쪽을 돌아보니까 노인이 눈짓으로 만화책을 가리켰다. 나는 만화책을 이리저리 들추어보다가 곧 아이의 뜻을 알아챘다.

그날 나는 주머니 속에 있던 다른 사람의 명함에다 아이가 만화책 본

문 면을 접어 표시해 놓은 명백한 오자 몇 개를 옮겨 적었다. 그러나 그것을 정리해서 전송할 출판사 주소나 전화 번호 따위는 적지 않았다. 노인이 내게 들려준 말은 그날 그때 이후로 한마디도 제대로 된 것이 없었다.

청둥오리

오늘 저녁은 청둥오리탕이다. 앞선 사내를 따르던 한 사내가 다리를 절룩거리며 음식점으로 들어선 그 뒤에서 눈발이 날리기 시작했다.

"진짜 청둥오린지 알 수 있나!"

이인분을 시켜 놓은 뒤 최성규가 중얼거렸다. 김봉혁이 그의 눈치를 보면서 슬몃 입을 뗐다.

"먹어보면 알았지요."

"북한에도 청둥오리탕이 있나?"

최성규는 눈을 동그랗게 뜨면서 어물쩍 반말을 했다.

"당 간부들 먹는 거 말고 말입네다. 군대 있을 때 배가 고파서리 청둥오리, 까마귀, 검독수리 이런 새들 많이 잡아먹어 봤습네다."

김봉혁은 시선을 둘 데가 마땅찮아 고개를 쳐들고 최성규의 머리 위쪽을 봤다. 벽에 눈 덮인 강에 오리떼가 놀고 있는 커다란 수묵화 하나가 걸려 있었다.

"그래, 나도 군대 있을 때 잡아먹어 봤지."

최성규는 김봉혁의 얼굴을 빤히 쳐다보다가 말머리를 돌렸다.

"오늘 방송은 너무 가벼웠던 것 같아."

김봉혁은 기가 꺾이는 기색이 완연했다.

"진행자 선생님이, 처네들하고 놀았던 얘기를 자꾸 물어서리……."

"우리 프로 괜찮은 프로야. 너무 그러면 청취자들이 자기네들 우롱한다고 욕해요."

"예, 조심하갔습네다."

최성규는 침을 꿀걱 삼키고는, 손을 흔들면서 종업원에게 소리쳤다.

"여기 소주 한 병 먼저 주시고!"

허공을 한 번 휘저은 한쪽 손에는 무명지와 소지가 없었다.

"술은 잘 안 드시더니……."

김봉혁은 고개를 갸웃하며 중얼거려 보았다.

군사분계선은 한탄강을 비스듬히 종단하고 있다. 가을이 오면 그곳으로 철새들이 몰려든다. 일찍 찾아온 철새들은 오래 머물지 않고 더 남쪽으로 떠나고, 늦게 찾아온 무리들은 그곳에서 겨울을 나는 경우가 많다. 황오리나 청둥오리 들은 해가 갈수록 찾아오는 시기가 늦어진다. 그들이 와서 겨울을 날 장소로 이만한 곳이 없어진 탓이다. 그들이 즐겨 찾던 남쪽의 주남 저수지나 금강 하구는 따뜻한 날씨가 적당하긴 해도 폐수 때문에 주먹이인 물곤충과 플랑크톤이 줄어든 것이다.

물론 한탄강 언저리라 해서 안전할 수는 없다. 사람의 내왕이 적은 곳이라 물도 맑고 그래서 먹이가 많은 것은 사실이지만, 의외의 사고가 빈발하는 곳이기도 했다. 검독수리 같은 철새는 지뢰밭에 널브러진 노루 시체 따위를 먹으러 왔다가 쓸데없이 지뢰를 쪼아 터뜨리는 용맹을 보이기도 했고, 철도 잊어버린 채 짝짓기 흉내 놀이를 하던 황오리 한 쌍이 이중으로 쳐진 방책선 사이에 갇혀 있다가 병사들의 노리갯감이 되기도 한다.

병사들이 아예 총질을 해서 사냥을 하는 경우도 잦다. 한밤중 경계 근무를 서던 병사가 까마귀를 쏘아 맞혀 놓고는 적으로 오인한 것이라고 보고하면 오히려 잘 했다고 칭찬을 받기도 하는 세상이었다. 한번은 경원선이 통과하는 기차역이 있었던 비무장지대 안의 역사 벤치 위에 무심코 내려 잠자고 있던 독수리 세 마리가 한밤중에 무차별 폭격을 당하고 죽은 일도 있다.

전쟁 없는 대치전에 무료해진 직업 군인들은 툭하면 물 위를 떠다니는 청둥오리를 조준 사격해 놓고는 쓰레기통에서 일회용 부탄가스가 폭발한 것이라 둘러대 버린다. 새의 몸이 온전히 필요한 배고픈 병사들이 나무에 그물을 치거나 덫을 놓거나 아니면 사격 연습을 빙자해서 한층 효율적인 사냥을 자행하기도 한다.

어느 날 한 병사가, 총알이 스친 날개를 활짝 펴지 못하고 비실거리며 허공에 빗금을 긋는 청둥오리 한 마리를 좇아가고 있었다. 마침 매복 중에 소변을 보기 위해 음습한 풀숲으로 가던 상대편 병사 하나가 그 새를 보고 뒤쫓기 시작했다. 그러다가 두 병사가 풀숲에 떨어진 청둥오리를 사이에 두고 멈칫 마주 서게 되었다. 잠시 그들은 각각 서로의 눈빛 속에서, 총을 겨누는 일을 먼저 해야 할지 청둥오리를 차지하는 일을 먼저 해야 할지 몰라 망설이고 있는 상대의 마음을 읽었다. 초록빛 머리에 노란 부리를 한 청둥오리가 눈밭 속에 얼굴을 묻고 떨면서 두 사람의 표정을 살폈다.

곧 이어, 자신들이 선 자리가 서로 상대의 적편 지역이라는 것을 눈치챈 그들에게 귀를 찢는 총소리가 여러 번 들렸다. 눈 속에 파묻혀 있던 청둥오리가 깜짝 놀라 다시 허공으로 치솟았고, 그들은 총알을 피하면서도 서로 자기 진영으로 돌아가기 위해 몸을 날리다가 낮은 땅 눈구덩이 속에서 몸이 엉켰다. 한바탕의 총격전이 끝났다. 피투성이가

된 그들은 자신의 부대로 실려갔고, 각각 두 달 뒤에 불명예 제대를 했
다.

　창 밖으로 제법 굵어진 눈발이 보인다는 걸 두 사람은 잘 알지 못하
고 있는 것 같았다. 소주 두 병째를 시켜 둔 채였다.
　"어때, 청둥오리 고기 맞는 거 같애?"
　평소보다 말수가 적은 편이었다.
　"우리하고는 양념 쓰는 거이 틀레서……."
　"어디서 군대 생활을 했다구?"
　최성규는 오리고기를 한 젓가락 물고 나서 다시 김봉혁의 눈을 뚫어
질 듯 보았다.
　"청둥오리는 기냥 오리하고 맛이 틀렙니다. 고기가 훨씬 쫄깃쫄깃하
고……."
　김봉혁이 여러 번 숟가락과 젓가락을 이용해 오리 맛을 보면서 고개
를 가로젓다가 최성규의 빛나는 눈을 의식했다. 김봉혁은 술잔을 들고
최성규의 뒤 벽에 걸린 산수화에 눈길을 모았다.
　"그래서? 청둥오리 맞냐니까?"
　"예?"
　줄곧 쭈뼛거리던 김봉혁의 몸이 서서히 펴졌다.
　"야 이 새끼야, 여기가 니네집 안방인 줄 알아?"
　최성규는 술잔을 탁 놓았다. 김봉혁은 불편한 다리를 거두어들이면
서 식탁 위에 양 손을 벌려 짚었다.
　"아이, 와 이러십네까?"
　"어쩔시구리, 이게 어디서 눈 똑바로 뜨고 쳐다보고 있어!"
　최성규는 식탁을 뒤집어엎으며 일어났다. 옆자리에서 비명이 일었
다. 뜨거운 오리탕 국물을 피하며 맞받아 일어난 김봉혁이 다리를 절

룩, 하면서 최성규의 몸을 붙들고 늘어졌다.

"내가 니네 종이네? 아까부터 와 이래라저래라 반말이가?"

"이 새끼 좀 봐. 먹여 살려 줬더니 행패를 부려?"

"뭐이 어드레? 이런 제국주의 쓰레기 같은 종간나새끼래 누가 누굴 멕에 줬다고 기래?"

"뭐? 이 거지발싸개 같은 게 어디서!"

일어선 손님들이 웅성거리는 틈을 비집고 들어온 종업원들이 두 사람의 어깨를 잡고 늘어졌다. 두 사람이 종업원들의 손을 뿌리치면서 상황은 더욱 나빠졌다. 양 옆자리의 오리탕 두 그릇까지도 뒤엎어졌다.

"이것들, 뭐야. 순 깡패들 아냐!"

"경찰서 신고해, 어서!"

알 수 없는 말소리가 튀었고, 오리탕집 안은 금세 난장판이 되고 말았다. 그때였다. 귀를 찢는 청둥오리 울음소리를 두 사람은 들었다. 사람들이 눈이 휘둥그레지면서 식탁 주변에서 저만치들 물러났다.

과악과악과악!

두 사람도 서로의 몸에서 떨어져 물러섰다. 그들이 엎은 오리탕 냄비에서 청둥오리 한 마리가 가볍게 공중으로 떠오르는 장면이 펼쳐졌다. 초록빛 머리에 노란 부리의 수컷이었다.

사람들이 외마디소리를 내는 사이 놀라운 광경은 그 옆자리에서도 일어났다. 오리탕 냄비마다 한 마리씩의 청둥오리가 솟아오르고 있었던 것이다. 화려한 복장을 한 수컷 한 마리가 과악 하고 노래하면서 허공을 비껴 날자 이어 갈색 옷을 입은 암컷 몇 마리가 덩달아 화닥닥 몸을 옆으로 날렸다.

잠시 오리탕집 안은 청둥오리들의 저공비행과 서로 짝을 찾는 소리로 소란스러웠다. 그러다가 청둥오리들은 한 마리씩 눈발 날리는 도시의 거리로 빠져나갔다.

그때 두 사람은 보았다. 식탁에 떨어진 피를. 날아오르면서 줄곧 한 쪽 날개 쪽으로 기우뚱거리며 핏방울을 떨구던 청둥오리 수컷 한 마리가 미처 창 밖으로 날아가지 못하고 당황스러워하는 모습을. 바닥으로 떨어질 것 같은 위험한 비행을 하던 그 청둥오리가 한순간, 눈 덮인 강에 오리떼 노는 수묵화 속으로 날아가고 있는 것을.

노루 사냥

　이틀 동안 진행된 공개 특강은 이제 마지막 요리 시범을 남겨 두고 있었다.

　이틀 일정이라 해도 사실 하루 세 차례씩 모두 여섯 가지 주제를 감당해야 하는 강행군이었다. 각 강의별로 다채로운 요리를 간략하게 소개하고 난 뒤에 그 중 대표적인 요리를 직접 해 보이는 순서로 마련돼 있었기 때문에 말도 행동도 제한된 시간을 고려해야 하는 어려움이 컸다.

　특히 첫날은, 특강에 들어가기 전부터 몰려들어 인터뷰다 사진 촬영이다 요구하는 기자들 탓에 한껏 어수선한 채로 시작된 데다 익숙지 않은 텔레비전 녹화를 겸하고 있는 행사라 눈에 띄는 몇 번의 실수가 발생했다. 두 번째 강의의 주요리로 채택된 '평양 온반' 요리 시범 때는 마지막까지 고생이었다. 가스 불이 약해져서 닭고기가 설익는 바람에, 대표 시식자로 참석한 평양 출신의 한 귀순자가 쥐어짜듯이 "평양에서 먹던 맛 기대롭네다"라고 품평하고 말았다. 영리한 남한 사람들이 그것만으로 북한 요리를 우습게 볼 까닭은 없었지만, 사실 박당삼이 요리하는 틈틈이 "이거이, 불이 약해서리, 닭고기가 문제겠는데……"라고 중얼거려 두지 않았더라면, 톡톡히 망신을 당할 뻔한 지점이었다. 엔지가 났다고 치고 다시 하자고 말하고 싶었지만 일정이 워낙 빡빡했고, 텔레비전 촬영팀에서도 별반 표정을 짓지 않아서 그냥 넘어가기로 했다.

그에 비해 오늘은, 시작 전에 무대 전면에 나붙은 '북한 요리 공개 특강—오지혜 요리학원'이라고 쓴 현수막 한쪽 귀퉁이가 떨어진 것과, 오전 강습 시간 '대동강 숭어국' 요리를 시작할 때 마이크 장치 때문에 두 번 엔지를 낸 것을 제외하고는 별 무리 없이 진행되고 있었다. 번잡스럽던 어제에 비하면 오십 석 가까운 자리가 듬성듬성 비어도 보였고, 그래서 얼마간은 김이 빠지는 감도 있어서, 오히려 저 어리석은 박당삼이 긴장을 풀다가 평소처럼 촌스런 언동을 다시 하게 될까 봐 가슴 조마조마하기도 했다. 그러나 다행스럽게도 그는 여전히 긴장을 풀지 않았다. 실수는 없었어도 어제보다 더 심하게 떨고 있는 것처럼도 보였다.

박당삼은 연신 손등으로 이마의 땀을 닦으려다가 시선을 의식해서인지 금세 손을 내리곤 했다. 예리한 사람들의 눈에는 그의 손이 때때로 바르르 떨리고 있는 것을 볼 수 있을 정도였다.

"자, 박당삼 씨. 이제 마지막으로 보여 주실 요리는 어떤 종류죠?"

거구의 사나이 강길동이 여전히 땀을 흘리고 있었다.

"예, 이번에는 명태를 이용한 요리들입네다."

"예. 좋습니다. 명태 요리라면 어떤 것들이 있습니까?"

"생명태를 그대로 이용한 요리가 있고 말입니다. 얼려서 먹는 동태 요리, 그리고 말려서 먹는 북어 요리가 있다는 건 여러분들도 다 아실 거이구……"

오늘 처음 방청하러 온 사람들 때문인지, 박당삼이 함경도 사투리를 지워 보려고 일부러 서울 말씨를 쓸 때마다 방청석 한곳에서 킥킥거리는 소리가 났다.

"아, 북어 요리는 저도 잘 알지요. 북어하고 마누라하곤 사흘에 한번씩 두들겨 주라고 한 옛 선현의 가르침을 이어받으려다가 제가 늘 이 꼴로……."

방청석에서 또 웃음이 터져 나왔다. 뚱뚱한 체구를 꼬았다 풀었다 하고 있는 사회자 강길동의 개그맨다운 우스갯소리가 어제에 이어 오늘도 주효하고 있었다. 어쩌면 강길동의 익살스런 진행이 아니었더라면 이 요리 특강이 온통 뒤죽박죽되었을지도 몰랐다. 박당삼도 긴장된 얼굴에 웃음을 담느라 약간은 어색한 얼굴이 되었다. 아직 그는, 남한식 유머에는 전혀 익숙하지 않다는 듯이 잠시 겁먹은 눈이 되었다.

"명태 요리 중에서 명태국이나 북어국 같은 건 여게서도 볼 수 있으니까니 잘 알 수 있는 거이구, 닭알 흰자위하고 섞어서 완자를 빚어 가지구서리 국으로 먹는 명태완자국이나, 명태하고 두부에다가 고추장을 간으로 해서 끓이는 명태두부지지개, 또 북어자반이나, 명태데친회, 명태쌈, 명태순대 이런 것들이 있구, 젓갈류로 명태알젓, 명태밸젓……."

"명태알젓이란 건 알겠는데, 명태밸젓이란 건 뭡니까?"

"명태 밸, 기러니까니 명태 창자를 가지구서리……."

"아, 밸…… 밸이 틀려 못 봐 주겠다 할 때 그 밸 말씀이군요."

이번에는 웃어 주어야 할 관객들로부터 반응이 없자 강길동은 재빨리 말머리를 돌려 놓았다.

"명태 요리, 예에, 이렇게 명태 요리가 다양할 줄은 예전엔 미처 몰랐네요. 북한 사람들이 명태를 참 좋아하나 보지요?"

"함경도 바다에서 많이 잡히는 것이 이 명태하고 청어 같은 거인데……. 함경도는 원래 땅이 척박해서리, 영양을 고루고루 섭취할 수가 없습네다. 그래서리 사람들이 일찍 눈이 나빠진단 말입니다. 명태가 사람 눈에 좋다는 걸 알아가지고, 명태 요리가 점점 발달되었지요. 아마 여게 사람들도 아실 거인데요. 간유라고 있지요?"

"간유, 알지요. 고고이 명태 눈시깔이 아입메?"

터져 나오는 폭소를 무시하고, 박당삼은 굳은 표정으로 대답했다.

"간유란 그런 거이 아이고, 명태 간에 붙어 있는 기름이지요. 함경도 사람들이 그거이 눈에 좋다는 걸 알아가지구서리 명태를 리용한 요리를 많이 해먹고 있슴둥. 또, 명태하고 문어, 홍합 이런 걸 섞어서 끓인 '건곰'이라는 거이 있는데, 그거이 이즈음에는 주로 고위층에서나 먹구서리……."

"자, 그러면 박당삼 씨…… 이 많은 명태 요리 중에서 오늘 어떤 걸 대표로 요리를 해 주시겠습니까?"

"남한 사람들, 시장에 가서 순대 먹는 걸 보았는데……. 아바이순대라고 하구서리 북한에서 만들어 먹는 돼지밸순대를 흉낼 낸단 말입니다. 오늘 제가 이 명태로 만든 순대를 만들어 보이겠슴둥."

"명태밸순대, 아니 명태순대! 예! 우선 재료부터 소개해 주시죠."

"명태 이 키로그람, 시래기 삶은 거 일 내지 이 키로그람, 파 오십 그람, 마늘 이십 그람, 소금 오 그람, 고추장이나 된장 삼십 그람, 간장 팔십 그람, 기름 삼십 그람, 고춧가루 삼 그람……."

"자, 화면에 소개되고 있지요? 방청객 여러분께서는 나누어 드린 책자를 보시면 됩니다. 오늘 북한의 청진 호텔에서 주방장으로 일하시다가 1994년 말 우리 한국 자유의 품으로 귀순하신 박당삼 씨의 북한 요리 공개 특강을 보내 드리고 있는데요. 예, 또 군침이 돕니다. 저, 어제 어복 요리란 걸 먹고 배 터지는 줄 알았는데, 아, 가자미식해를 먹었더니 금방 쑥 꺼지더라구요. 오늘도 한번 배 터지게 먹어 볼 수 있을 것 같네요."

　어제는 주로, 가자미와 무를 주재료로 한 가자미식해, 대동강에서 잡은 숭어로 끓이는 대동강숭어국, 국수와 편육으로 만드는 어복장국들을 소개했고, 오늘은 평양식 냉면과 함흥식 냉면, 소고기, 돼지고기 등의 육류 요리, 그리고 달걀을 이용한 '닭알 요리' 몇 가지와 단묵(양갱)류를 만들어 보였다. 모든 요리가 다 관심을 끄는 셈이었으나, 특히 단술이나 안동식혜 같은 것으로 알았던 가자미식해가 전혀 다른 요리임을 안 방청객들의 탄성은 강습이 끝난 뒤 일반 시식 시간이 되자 끝날 줄 모르고 이어졌다.

　박당삼은 1993년 이후의 귀순자 중에서는 운이 좋은 편에 속했다. 대부분의 귀순자들은 방 한칸 마련할 형편도 안 되는 정착금으로 말 그대로의 제대로 된 정착을 할 수가 없었다. 박당삼 역시도, 가끔 있는 강연회에 초대되는 걸 제외하면, 이것저것 닥치는 대로 일하고 먹고 살아야 할 사람이었는데, 금세 그에게 손을 뻗어 온 사람이 있었다. 그가 한때 청진에 있는 호텔에서 요리를 했다는 신문 기사가 서울의 한 유명 호텔 사장의 마음을 움직였던 것이다.

　그를 채용한 호텔 뷔페 식당에 따로 북한 요리 특선 코너가 마련되는 정도의 반응이 있었다. 그러고는 일 년이었다. 사실 그의 북한에서의 요리사 경력이란 건 남한으로 치면 크게 봐 주어서 좀 큰 분식집 주방장 경력 몇 년 정도일 뿐이어서 갈수록 고객들의 호기심에서 멀어져 갈 수밖에 없었다. 그나마 북한 요리에 지속적으로 관심을 두는 실향민들 대부분이 호텔 뷔페를 자주 찾을 수 없는 처지라는 문제도 있었다.

　북한 요리 전문가로 대접받기에도 미흡했고, 그렇다고 재빨리 보통의 한국 요리사로 전환하는 일도 여의치 않아서 서서히 호텔 주방에서 잔심부름이나 할 처지에 놓인 그에게 또 한 사람의 후원자가 나타났다.

"북한 요리 전문 강사, 어때?"

시부모를 대접하기 위해 그 뷔페를 찾았을 때 남편은 지나가는 말로 내게 그렇게 권유했다. 젖먹이 때 서울로 오긴 했지만 원래는 고향이 황해도 해주인 덕으로 자라는 동안 이북식 만두나 냉면 맛을 자주 볼 수 있었다는 시아버지가

"이걸 먹고 있으니까 니들 할머니 생각나는구나. 맛도 참 구수한 게 옛날 맛 그대로다."

라고 맞장구를 쳤다. 늘 아들이 하는 일이나 말을 못마땅하게 여기며 혀부터 끌끌 차곤 하는 시아버지로서는 의외의 반응을 보인 셈이었다.

최근 북한을 탈출해서 우리 나라로 귀순해 온 사람들이 이러쿵저러쿵 말이 많은 채로 다양하게 자기 삶을 꾸려 가고 있는 걸 주변에서 쉽게 발견하곤 하지만, 아직 북한 요리 강의를 한다는 사람 얘기를 들어 보지는 못했다. 그런 만큼 북한 요리 강습 시간을 강좌에 넣으면 우리 요리학원을 위해서 상당한 홍보 효과가 날 것이라는 기대는 손쉽게 할 수 있었다. 그런데 그를 처음 보았을 때, 나는 여간 망설여지지 않았다.

"박당삼이라고 합메다."

아무리 통제된 세상에서 삼십여 년을 살아왔다 하더라도 같은 민족이 사는 세상의 초호화 호텔에서 일 년을 근무해 봤으면 겉모양이나마 세련된 데가 있을 법했는데도 그는 어딘가 몸에 잘 안 맞아 보이는 조리복을 입은 채 얼굴을 제대로 들지도 못하고, 앞으로 포개듯 모은 두 손으로 양 소매를 만지작거리면서, 겁먹은 노루같이 눈알을 굴리며 사방을 두리번거렸다.

"아새끼, 꼭 인민군 패잔병같이 해가지고……."

그를 요리 강사로 추천했던 남편마저도 그가 요리학원에 처음 출근 하던 날 그렇게 말하곤 찌익, 하며 침 뱉는 소리를 냈다.

80

웬일인지 몰랐다. 새삼스럽게 무슨 민족정신이 발휘되기라도 했을까? 남편의 뜬금없는 추천을 들어 주느라 북한 출신의 촌뜨기를 우리 학원 강사로 채용하고 강사료를 꼬박꼬박 지불하고 있을 나는 아니었다. 그럼에도 나는, 어김없이 '박선생' 어쩌고 하면서 그를 보조 강사로 활용하는 한편으로, 남한에서 발행된 북한 요리책을 따로 구입해 그에게 북한 요리를 다시 연마할 시간까지 마련해 주고 있었다.

"그 자식이 뭐 써먹을 데 있다고 자꾸 끼고 노나 그래. 차라리 내가 데리고 있다가 잘 구슬려서 북한 부동산 얘기나 쓰게 하는 게 나을 것 같지 않아?"

출판사를 한다고 시작했다가 삼 년 만에 수억을 고스란히 날리고도 아직 정신 차릴 이유가 없을 정도로 돈이 제법 남은 남편이 자신의 빌딩에 세들어 있는 나의 요리학원을 기웃거리면서 그렇게 비아냥거리곤 했다.

정말 이상한 일이었다. 실리적인 문제라면 오히려 남편을 앞서는 내가 어째서 저 어눌한 박당삼을 곁에 두고 있는지 나도 알 수 없었다. 나는 보다 과감하게, 우리 말을 제대로 구사하는 데도 서툰 그를 삼 개월 만에 요리 강의를 시켜 버렸다. 동네 아줌마들을 모아 놓고 처음 강의를 하면서 쩔쩔매던 그때의 그 눈물겨운 모습이란⋯⋯. 게다가 그는 보기보다 성질까지 급해서 자신이 요리한 음식이 다 끓을 때까지 견뎌 내지 못했다.

"화력이 문젬둥."

그가 요리 강의를 할 때 연신 냄비 뚜껑을 열며 중얼거리는 그 말은 우리 학원 강습생들 사이에 한동안 유행어가 되었다.

"저 자식, 누가 북한놈 아니랄까 싶어서 저러나. 되게 우락부락하네, 그놈 참."

남편은 정말 그에게 북한의 땅 얘기를 써 보라고 한 것 같았다. 그렇게 해보겠노라던 박당삼이 하루 만에 "쓸라고 보니까니, 잘 모르겠습메다" 하고는 두손 들더라는 남편의 설명이었다. 실제로 두만강을 넘어 탈출해서 연변 지방을 헤매고 다닐 때 급한 성미 때문에 여러 차례 조교(중국에 거주하고 있는 북한 교포)한테 잡힐 뻔했다는 얘기를 박당삼의 입을 통해 직접 확인할 수도 있었다.

북한 사람들이 성미가 급하다는 건 시아버지를 보면 알 수 있었다. 남편의 이마에 난 흉터가 시아버지가 던진 재떨이 때문이었다. 그것도 내가 시집을 온 뒤의 일이었으니, 그 전에는 오죽했으랴 싶었다. 시어머니는 가끔 이런 말을 했다.

"어휴, 너희 할아버진 정말 대가 센 분이었어. 6·25 때 피난을 가는데 하여튼 짐이란 짐은 모두 혼자 이고서 백 리를 단숨에 걸어가시더라구. 너희 할머니가 무겁다고 몰래 짐을 버리려다가 귀쌈을 얻어맞는 걸 내가 봤지 않겠니. 너희 아버진 그에 비하면 아무것도 아니지."

따지고 보면, 시조부에 시아버지가 문제가 아니었다. 바로 남편만 하더라도 빈둥대는 모습이 지겨워 못 봐 주는 꼴인데도 여차해서 빗나가기 시작할 땐 정말 번갯불에 콩 볶아 먹을 정도였다. 한번 강짜를 부리면 절벽이었다. 출판사업만 해도 그랬다. 형제들은 말할 것도 없고, 남편이 자기 친구 중에 대학교수가 있다고 늘상 뻐기던 바로 그 교수마저 간곡히 만류하던 일을 시작해서, 텔레비전 광고다 뭐다 떠들어 대다 결국 수만 권 되는 책을, 역시 남들은 좀더 두고 보자는 걸 얼렁뚱땅해서 모두 덤핑으로 팔아 넘기고 만 것이었다.

"글쎄, 국어사전 하나 안 갖다 놓고 출판사 차린 놈들이 개떡 같은 책들 하도 많이 만들어 내서 출판업 유통구조가 개판이 된 거잖아, 이거."

들은 풍월은 있었는지 남편은 출판사 문을 닫을 무렵 그런 식으로 유통구조 문제를 들먹이곤 했다.

박당삼이 등장하고부터 남편은 요리학원에 와서 기웃거리는 일이 많
아졌다. 어쩌다가 빌딩 관리사무실에 들러 임대료 수금 상태나 살피는
것을 중요한 업무로 삼고 있는 남편으로서는 전에 없던 일이었다.

"신경 쓰지 마. 통일 되면 평양이나 청진에다가 맨 먼저 오지혜 요리
학원 분점을 내줄 테니까."

신경이 쓰여 일을 못 하겠으니까 제발 좀 기웃거리지 말라고 당부하
는 나를 남편은 그렇게 일축했다.

픽, 하고 웃다가 생각해 보면 남편의 말도 그럴싸하긴 했다. 방송에
서 북한의 명승고적을 전부 김일성이가 다 제 별장으로 삼아 버렸다는
말이 나올 때마다 "저기다가 콘도를 세우고 스키장을 만들면 끝내 주
는 건데……." 하던 남편의 말도 저급한 졸부 수준 그대로였지만, 그
또한 터무니없는 야망은 아닐 거라는 생각도 고개를 자꾸 치켜들었다.

'북한 요리 공개 특강'을 생각해낸 것도 남편 덕인지 몰랐다. 오지혜
요리학원이야말로 북한에서 살던 요리사를 강사로 두고 있는 유일한
곳이니까, 확실한 명분이 있었다. 언론사 홍보는 보도자료 한 장으로
도 충분할 것이었고, 잘만 하면 이 기회에 인연이 잘 닿지 않았던 텔레
비전하고도 손잡을 수 있을 것도 같았다.

"텔리비전이며, 온갖 신문, 잡지에 다 나가는 거니까, 유명인사들을
다 끌어와서 특별 시식 시간을 넣는 거야. 대기업 재벌들, 북한에 진출
하지 못해시 안달이 난 친구들 있잖아, 그 사람들 중에서 북한이 고향
인 사람들 많다구. 정치인 중에도 있고, 또 탈북자들, 개네들 중에서
말쑥하게 잘생긴 친구들 다 불러서 한번 멕이는 거지, 뭐. 고향 냄새
솔솔 날 거 아니겠어? 우리가 우리 동포들 모아 놓고 대접 한번 잘한다
고 치고 말이야. 요리 프로로 나가는 거니까 출연료는 방송국에서 부
담할 거 아니겠어."

신통한 남편의 말까지 얹어지고 있었다. 친정 오빠 소개로 알게 된

케이블 텔레비전 프로듀서를 만나 요리 프로그램에 육 일 동안 매일 아침 북한 요리 공개 특강을 방영하기로 합의했다. 그 다음부터는 방송국 이름을 팔아 가며 재벌, 중견 정치인, 탈북 귀순자 십여 명을 특별 시식자로 초대하는 데 성공했다. 그러는 중에 두 군데 기업으로부터는 이번 '북한 요리 공개 특강'의 협찬자로 이름을 내어 주고 협찬금을 받아 방송국과 나눠 갖게 되는 개가를 올리기도 했다.

그 다음부터는 모든 일이 순조로웠다. 몇 개 신문에 보도가 나가게 되자, 방송국, 잡지사에서 전화가 걸려오기 시작했다. 듣도 보도 못한 잡지가 왜 그렇게 많은지 몰랐다. 요리 특강에도 관심이 많았지만, 박당삼이란 인물 개인에 대해서 취재하러 오겠다는 매체도 많았다. 어떤 출판사에서는 정말 남편 생각처럼 박당삼이 쓴 북한 이야기를 책으로 내고 싶다는 뜻을 피력해 오기도 했다.

"야, 얼지 말고 옆집 에미나이들한테 설명을 한다고 생각하고 해봐."

다른 귀순자들을 특별 시식자로 불러 오는 일에 적극적으로 나서던 남편이 이번에는 월드컵에 출전하는 축구선수를 격려하는 감독처럼 박당삼의 어깨를 툭툭 치고 있었다.

아슬아슬하고 속터지는 순간도 없지 않았다. 취재는 좋은데 별 시답잖은 요리 잡지사에서까지 와서 취재 경쟁을 벌이는 통에는 골치가 지끈지끈 아파와 잠시 '이런 걸로 내가 괜한 욕심을 내고 있지 않나' 하는 후회도 들었다. 어쨌든 무난하게, 그러니까 성공적으로 일이 성사되고 있는 중이었다. 가끔 소매를 만지작거리며 땅을 내려다보는 박당삼의 자세도 어느새 조금씩 고쳐져 있었다. 특히 뚱뚱한 개그맨 강길동은 텔레비전에서 볼 때와는 딴판으로 순발력이 대단했다. 나중에 내가 요리 프로그램에 고정 출연을 하게 된다면 강길동을 사회자로 써 달라고 해야겠다는 생각도 들었다.

두터운 피부 밖으로 혈관이 툭 튀어나와 보이는 박당삼의 손이 여전히 떨리고 있는 게 보였다. 명태 배를 가르고 내장을 꺼낼 때 검붉은 피가 그 손을 덮고 있었다는 걸 한동안 모르고 있은 듯했지만, 그는 자신이 해야 할 순서를 놓치지는 않았다. 어제처럼 한창 녹화 도중에 가스 불이 시원찮아진 걸 모르는 불상사는 오늘 발생할 수 없었다. 어제 일정이 끝나고 나서는 보조 강사 전원을 집합시켜 놓고 한바탕 야단을 친 것이 남편이었다. 기운이 쭉 빠져 버렸던 나는 오히려 남편이 고맙게 느껴졌다.

"명태 뱃을 꺼낼 때는 열주머니가 터지지 않도록 조심하구서리……."

"맞습니다. 김밥도 옆구리가 터져서는 소리가 요란해서 안 되지요."

"여게 명태 살 볶은 거하구, 고추장, 고추장 없으면 된장하고 간장하고 간을 잘 맞춰서리, 순대소를 만들어서……."

"그리구서리……."

강길동의 재치 있는 맞장구.

"소를 넣은 명태를 편편한 그릇에 놓아서리, 찜솥에 넣어개지구……."

찜솥에서 명태순대가 쪄지는 동안, 오늘 특별 시식자로 모셔진 손님들과 얘기를 하는 시간이 마련되고 있었다. 오늘의 특별 시식자는 세 사람이었다. 십대 재벌의 하나로 꼽히는 주영기업 장정기 명예회장이 노구를 이끌고 나와 있었고, 이십 년 전 무장 간첩으로 남파되었다가 체포 직전 자수한 이후 지금은 유명한 교회의 목사가 되어 '북한에도 복음을!'이라는 운동을 한창 벌이고 있는 김명주, 그리고 얼마 전 망명해 온 북한 최고위층 간부의 아들 유성도가 조금은 어색한 표정으로 무대 왼쪽에 마련된 특별석에 자리해 앉아 있었다. 러시아 벌목공 출신과 일가족 귀순자, 연예인 귀순자 들에다 이북 출신 기업 대표들이 다양하게 어울려 한 팀이 되었는데, 어쩌다 보니 오늘 마지막 요리 시식자들은 모두 함경도 출신이 아닌가 싶었다.

"자, 우리 아리따운 리포터 슈퍼모델 여미지씨, 오늘 특별 시식자분들과 말씀 좀 나눠 주시죠."

카메라 한 대가 이미 특별 시식자들을 향하고 있었고, 이름이 불린 여미지도 일찌감치 준비되어 있었다는 듯이 톡톡 튀는 음성으로 말을 시작하고 있었다.

"자, 오늘 이곳 오지혜 요리학원에서 열리고 있는 북한 요리 공개 특강, 특별 시식자 세 분과 잠시 얘기 나눠 보도록 하겠습니다. 회장님 고향은 어디시죠?"

"예, 함경도 주을입니다. 재작년에 북한엘 가 보니까 경성이라고 이름이 바뀐 것 같더군요."

장정기 회장과는 김명주를 사이에 두고 앉아 있는 유성도가 맞다는 듯이 고개를 끄덕였다. 장회장은 삼 년 전 사업 확장차 북한을 방문하고 와서는 김일성에게 칙사 대접을 받았다고 떠들고 다녀서 물의를 빚은 적이 있었다.

"함경도가 고향이시니까 어릴 때 이 명태 요리도 많이 드셨겠군요."

"그럼요. 아까 저 요리사가 소개를 했지만 '건곰'이라 해서 국을 끓여 먹기도 하고, 북어찜에다가 조림도 있고……. 명태국은 지금도 집 사람이 거의 매일 끓여 주지요."

"명태순대는 잡숴 본 적이 있으세요?"

"어릴 때 먹어 본 것 같은데……. 잘 기억이 나지 않아요."

"예, 잠시 후에 제가 맛있는 진짜 함경도 명태순대를 대접해 올리도록 하겠습니다."

여미지의 잘 뻗은 날씬한 슈퍼모델 다리가 이번엔 김명주 목사 앞에 머물렀다.

"요즘 많이들 귀순해 오셔서 김 목사님이 제일 바쁘실 것 같은데, 어떻습니까?"

"예, 모두들 기꺼이 하나님의 품에 안기고 있으니까, 저는 하는 일이 별로 없지요."

그때껏 침묵을 잘 지키고 옆에 앉아 있던 남편이 "큼큼" 하고 헛기침을 했다. '예수' 얘기만 나오면 그야말로 밸이 틀리는 사람이었던 것이다. 사실 그 점에서는 나도 비슷했다. 나는 시선을 아예 박당삼 쪽으로 돌려 버렸다.

강길동은 펜 뚜껑을 입에 물고, 들고 있던 대본에다 무엇인가를 열심히 끄적이고 있었고, 박당삼은 여전히 초조한 모습이었다. 김이 솟고 있는 솥을, 살짝 열어 보려다 참는 듯하고는 버릇처럼 한 손으로 다른 쪽 소매를 만지작거렸다. 잠시 고개를 들었을 때는, 겁먹은 눈알에서 금세 눈물이라도 쏟아질 것 같은 표정이었다.

"쟤는 지네 아버지 빽 믿고 북한에서 어지간히 잘 먹고 잘 살았나 보더라고. 아버지가 보위부장인가 뭔가, 여기로 말하면 기무사령관에 국가정보원장을 더한 직책쯤 되었던가 봐."

김명주 목사 차례를 지나 유성도 차례에 이르렀을 때 남편이 말했다. 나 대신 나서서 출연 교섭을 한답시고 몇 사람의 탈북 귀순자를 실제로 만나 술잔까지 몇 차례 기울였던 남편이었다. 어떤 날은 북한지도책을 사 와서 펼쳐 놓고는 줄을 쳐대면서 "오지혜 요리학원 북한 분점쯤은 아무 문제도 아니야. 이거 봐 여기, 금강산에 있는 김일성 별장하나만 잡으면 끝이야, 우린" 하고 무릎을 치곤 했다. 유성도의 고종사촌이란 사람이 유성도 집안을 대신해 살고 있는 금강산 기슭의 땅 애기도 그 즈음 들은 기억이 났다.

"쟤가 함흥에 마누라를 두고는 평양 가서는 처녀 여럿 울렸대. 그걸 별 거리낌없이 얘기하더라니까. 고위층 가족 얘기는 저 친구만큼 아는 놈이 없더라구. 새끼, 북쪽에서도 떵떵거리고 잘 살다가, 그걸 남쪽에다 정보로 팔아먹고, 기자회견하고, 책 내서 인세 받아먹고, 연예인들이랑 어울려서 잘 살고……. 개판이야, 개새끼들!"

남편이 또 뜬금없는 욕설로 내 귀를 어지럽혔다.

"빨리 먹고 싶습니다. 제가 함흥에서도 살고 청진에서도 살았는데요, 역시 청진에서 먹어 본 걸로는 노루찜하고, 명태순대가 제일 맛이 낫더군요. 빨리 맛보고 싶습니다."

"예, 이제 요리가 준비되는 대로 곧 시식할 시간을 드리도록 하겠습니다."

여미지가 유성도에게 고개를 까닥해 보이자, 메인 카메라가 다시 빨간 불을 밝혔고, 강길동이 마이크를 받았다.

"여미지 씨, 이따가 세 분 손님이 얼마나 잘 잡수시는지 지켜보아 주시고요. 자, 이제 명태순대가 얼마나 잘 쪄져 있을까 궁금한데요. 어디 볼까요?"

강길동은 뚱뚱한 몸을 살살 흔들면서 화로 위에서 쪄지고 있던 솥뚜껑을 열었다. 김이 피어올라 무대를 잠시 안개 속에 젖게 했다.

"자, 옆구리 터지지 않게 잘 꺼내야겠죠? 우리 북한 요리 전문가 박당삼 씨께서 지금 잘 찜쪄진 명태순대를 꺼내고 있는 순간입니다. 이럴 땐 팡파르라도 울려야 하는데 제가 지금 너무 배가 고파서리……."

박당삼은 명태순대 세 덩이를 솥에서 차례로 도마 위로 꺼내 놓고는 먹기 좋게 도막을 쳐 나갔다.

"큼큼……. 제법 향내 풍기는데, 응?"

남편의 말이 아니더라도, 정말 보기 드물게, 요리 냄새에 둔감해져 버린 내 후각까지 자극하는 진한 냄새가 전해 왔다. 뭐라고 할까, 사람을 미혹케 하는 냄새라고 할까? 어쨌든 박당삼이 학원에서 연습으로 만들 때와는 아주 다른, 남편 말대로 향내가 나고 있었다.

"자, 한 접시씩 특별 시식석으로 옮겨갑니다. 예, 벌써 음악이 흐르고 있지요? 방청객 여러분들께도 이따가 시식할 명태순대를 따로 마련해 드리니까, 너무 억울하게 생각하지 마세요. 예, 우선 주영기업 장정기 명예회장님부터……."

더욱 느릿하고 신중해진 박당삼의 움직임에 비해 학원 보조 강사들의 움직임은 빨라서 명태순대를 담은 세 접시가 특별 시식자들의 자리로 금세 옮겨졌다. 그들로서는 이 힘든 특강을 빨리 마치고 쉬고 싶을 것이었다.

"예, 지금 장정기 회장님에 이어서 김명주 목사님이 시식을 하고 계십니다. 그리고 귀순자 유성도씨도 한 점 집고 계시네요. 저도 먹고 싶지만, 참겠습니다. 자, 장 회장님, 맛이 어떻습니까?"

장정기 회장은 물잔을 들었다가 가볍게 입을 적시고, 실크 손수건으로 입술을 살짝 훔친 다음 말했다.

"아주 그만입니다. 정말 맛이 있네요. ……이런 맛을, 우리 국민들이 모두 얼른 볼 수 있었으면 좋겠습니다."

"예, 박당삼 씨. 회장님께서 맛이 일품이라고 하시네요."

강길동이 장정기 회장의 말을 다시 옮겨 주자 박당삼은 더욱 상기된 얼굴이 되었다. 땀을 잘 흘리던 강길동보다, 이제는 마지막이어선지 박당삼의 이마가 땀에 젖고 있었다.

"이건, 무슨 산짐승찜을 먹는 것 같은데도, 전혀 질기지 않고 입에 살살 녹는데, 그런데 또 찹쌀밥 씹는 느낌도 드는데요. ……어디 또 한 번 먹어 볼까요?"

김명주의 품평은 제법 구체적이었고, 실감나는 말로 채워졌다. 그는 실제로 목사라는 자신의 신분도 잊고 맛에 취하는 것 같았다.

"내 먹어 봤수다. 그 맛입니다."

북한에서 실제로 명태순대 요리를 먹어 본 사람답게 유성도가 박당삼의 요리를 진짜 전문가 요리로 강평해 주었다.

"북한 주민들이 이 요리를 많이 해 먹곤 합니까?"

다시 메인 카메라를 향한 강길동은 얼마간 시간 여유가 있다는 사인을 받았는지 그렇게 물었다. 갑자기 박당삼의 목소리가 격앙되어 흘러나오는 것 같았다.

"오늘처럼 이렇게 상납을 하구서리, 보통 인민들은 먹을 것이 없어 갖구서리……."

오늘처럼 상납한다는 말, 중단시켜야 할 말 같았다. 그러나 그걸 못 깨달았는지 강길동은 그냥 내버려 두고 있었다.

"보통 인민들은 그저 명태를 먹는다 해도 질이 떨어지는 거이 먹고……. 기래서 이런 요리를 해서 바칠 때는 우리 요리사들끼리도 이렇게 말합니다. 야, 이 노루고기 놓쳐서 아깝네……."

"명태순대를 노루고기라고도 합니까?"

강길동은 자신의 질문이 얼마나 어리석었나를 곧 깨닫게 될 것만 같았다.

"명태고 노루고 모조리 좋은 건 다 당 간부들이 먹지요. 특히 평양에서 누가 온다 하면 산짐승이고 바닷고기고 간에 도둑질이라도 해서 갖다 바쳐야지요. 이젠 노루고 사슴이고 산짐승들 다 없는 상태고, 명태는 그래도 좀 잡히는데요, 좀 잘하는 요리사들은 이 명태를 개지고 산짐승 맛까지 낸단 말입니다."

"아하, 기래서 이 명태순대를 노루고기라 그런다는 말이지요?"

아마도 강길동은 때늦은 반공 교육 효과를 방송을 통해 내려고 했던 것 같았다. 박당삼은 말문을 닫지 않았다.

"북한에선 말입니다. 탈출하는 사람 잡는 걸 노루 사냥이라고 합메. 당에서 좋은 음식만 먹는 거이, 인민의 피를 빨아먹는 거이라 해서 우린 그저 있는 대로 해다 바치면서도 무조건 노루고기라 하지요. 특히

이 명태순대 같은 거이 노루고기라 이름을 붙여서리, 우리는 여게다가 마음속으로 청산가리나 생아편 같은 것을 빠개 뿌리고 해서리……."

불필요한 말이 어느새 길어지고 있었던가, 인민의 피, 청산가리, 아편 어쩌고 하는 말이 이 요리 특강 시간에 왜 나와야 하는 것인가를 강길동은 금세 깨닫지 못했다.

도저히 참을 수 없어서 나는 몸을 일으키는데, 요행히 그때 엔지 신호가 난 듯했다. 강길동이 갑자기 왜 그런 얘기를 하느냐는 뜻으로 박당삼을 쳐다보았다. 박당삼의 얼굴은 빨갛게 달아올라 있었고, 겁을 먹고 있었던 두 눈이 홍건히 고였다.

그 순간이었다.

"어!"

나보다 몸을 먼저 일으킨 것은 남편이었다. 무대 좌측에 마련된 특별 시식석에서 쿵, 하는 소리가 났다. 특별 시식자 중 한 사람이 보이지 않았다. 유성도였다. 그의 몸은 의자 옆으로 기울어진 채 파르르 떨고 있었다. 여미지가 "악!" 하고 비명을 지르며 발을 동동 굴렀고, 김명주 목사가 쓰러진 유성도를 일으켜 세우면서 "이보오, 이보오!"라고 소리쳤다.

"저런 악질 당 간부새긴 쳐죽여야지요, 기럼요."

여전히 내뱉고 있는 사람은 박당삼이었다. 약간 희열에 찬 기색으로 박당삼이 다시 뭐라고 말하려는데, 언제 뛰어들고 있었는지 남편이 무대로 나가 박당삼의 면상을 향해 주먹을 날리고 있었다. 픽, 하는 소리가 내 귀에까지 울렸다.

"이 새끼, 미친 놈이잖아. 이 새끼 땜에 우리 사업 다 망쳤어. 확, 죽어 버릴까, 이걸!"

보조 강사들이 내지르는 비명소리가 요란했고, 녹화 스태프진들은 제 장비 챙기는 데 정신이 팔려 있었다. 특별 시식석으로 달려들어 장정기 회장을 들쳐업듯 한 경호원들이, 아직 영문을 잘 모르고 일어서서 우왕좌왕하고 있는 방청객들 사이를 헤치고 황급히 강습실을 빠져나갔다.

"대체, 당신 무슨 짓 하고 있는 거야, 응?"

강길동이, 남편에게 얻어맞고도 금세 몸을 일으킨 박당삼의 멱살을 붙잡고 마구 흔들었다. 박당삼은 흔들리면서도 마이크에 대고 말하듯이 또박또박 말하고 있었다.

"내레 북조선을 탈출할 때 만일에 노루 사냥에 걸리기라도 하면 먹고서 자살할 생각까지 하구서리 이 소매 안에 생아편을 쪼개 넣어 왔는데, 여게 와서 보니까니, 죽이고 싶은 놈들이 여게 먼저 와서 우리보다 더 잘 살고 있단 말입니다. 오늘 저 악질 보위원 놈이 먹는 노루고기에다가 생아편을 적당히 섞어서리……."

"아니, 이 빨갱이 새끼가, 그래도 주둥일 놀려!"

남편이 다시 박당삼 머리통으로 주먹을 날려 보냈다. 쓰러진 유성도를 수습할 일을 내버려 두고 내 손이 왜 그곳에 가 있는지 몰랐다. 나는 남편의 주먹을 손으로 막아 붙잡고는 박당삼에게 발악하듯 소리쳤다.

"어서 도망가, 이 등신아!"

박당삼은 엎질러져 흥건히 바닥을 적시고 있는 반찬 국물 위에 엉거주춤 발 딛고 서서, 뻘건 피가 쏟아져 나올 것 같은 눈으로 나를 보고 있었다. 그의 이마 위로 '북한 요리 공개 특강―오지혜 요리학원' 현수막이 춤추듯이 내려앉았다. 어디선가 "일일구 눌러, 일일구!" 하고 외치는 비명소리가 들려 왔다. 나는 내 눈에서 실제로 피가 쏟아지고 있는 것만 같아 황급히 허리를 꺾으며 얼굴을 감쌌다.

단식

　그들은 사이좋게 단식을 했다. 돌아오는 길에 육삼 빌딩 스카이 라운지에서 주스를 한 잔씩 마셨다. "가만 있어봐. 이거, 주스 값이 얼마지?" 남자가 그때까지 전혀 몰랐다는 듯이 메뉴판을 다시 보았다. 오천 원인가, 육천 원?" 여자가 쉽게 대답하다가 퍼, 하고 바람 빠지는 소리를 냈다.

　그들은 여의도 회관에서 열린 '북한 동포 돕기 한 끼 굶기 운동' 집회에 참가하고 오는 길이었다. 대중교통을 이용하자는 취지에 호응해서 지하철을 타고 왔었는데, 지하철역이 단식 행사를 마치고 돌아가는 사람들로 가득 찼기 때문에 그들은 일부러 강변길을 걸어 육삼 빌딩 앞까지 가 본 것이었다.

　한 끼 굶고 남게 된 오천 원씩을 모금함에 넣은 지 한 시간도 채 흐르지 않았다. 선행을 베풀고 나서 시원한 강바람에 기분 좋게 몸을 맡기는 사이에 그들은 자신들이 왜 그곳에 함께 온 것인지를 잊어 버렸다. 한강 야경을 내려다보다가 어느 새 출출한 기운을 못 이기고 주스를 시켜 놓았던 것이다.

그들은 각기 겸연쩍게 웃으며 마주 보았다. 별로 할 말이 없는 대신, 오늘 하루 뭔가를 같이 모의했다는 것 때문에 오랜만에 묘한 일체감이 느껴졌고, 그래선지 얼굴이 상기되는 것 같았다.

그들은 최근 이틀 동안, 신문에 난 기사 몇 건에 대해 이야기를 나누었다. 처음은, 모대학 총학생회에서 주최한 '북한 동포 아사 체험 및 북한 밥 팔기 행사'에 대한 것이었다. 대학생들이 북한 동포들의 주식량이 된 옥수수죽 이백 그램을 들고 이틀간의 아사 체험에 들어갔다는 기사를 읽던 여자가 말했다. "역시 대학생들이 순수해." "뭔데?" 남자가 곁에서 고개를 들이밀고 신문을 보았다. 남자는 자판기용 종이컵에 옥수수죽을 한 그릇씩 배급받고 있는 대학생들 사진을 보았다. "짜식들! 이백 밀리리터 종이컵 하나가 북한에 가면 얼마짜리 그릇이 되는지도 모르는 애들이……

"얼마짜리가 되는데?" 여자가 물었다. "몰라." 남자는 짐짓 말머리를 딴 데로 돌렸다. "오늘 아침 신문은 못 봤어? 어제 백제 클럽인가 하는 데서 여성단체장들이 잔뜩 모여가지고 일백만 가정 한마음 통장 갖기 운동인가 뭔가 하는 거 발대식을 거행했다는 거 아냐. 절약운동하자는 얘기지. 그런데 그 사람들이 점심으로 먹은 꼬리곰탕이 일인분에 일만 오천 원이었다는 거 아냐. 세상에 일만오천 원짜리 점심을 단체로 먹으면서 뭘 어떻게 절약운동을 하겠다는 건지 알 수 없어."

94

"어디 여자들 모임만 그래? 그게 장소 빌리는 값이지 밥값이겠어? 그럼, 그 사람들이 창고 같은 데 모여서 컵라면으로 점심을 때우면서 발대식 해야 한다는 거야 뭐야? 그래도 경각심을 가진다는 의미는 있는 거잖아." 그렇게 여러 소리로 맞장구쳤던 여자는 이튿날 아침에 신문을 보다가 '북한 동포 돕기 한 끼 굶기 운동' 집회가 있다는 기사를 읽게 되었다. "우리도 한 끼 굶을까?" "좋지!" 남자가 당장 찬성했기 때문에 여자가 깜짝 놀라 쳐다봤다.

오늘의 집회는 종교단체 대표 두 사람과 무슨 운동협회 소속 명사 한 사람의 강연과 귀순자 두 사람의 증언, 북한의 아사 실상을 알리는 비디오 상영, 성금 모금 등의 순서로 이어졌다. 다른 민족, 다른 인종을 위해 굶는 사람들도 많은데 내 민족 내 겨레를 위해 한 끼 굶는 일을 우습게 여겨서 되겠느냐고 설득하거나, 자기 동포를 도울 생각이 없는 사람은 통일을 말할 자격이 없다고 개탄하는 사회 지도층 인사들의 연설에는 별 감흥이 일지 않았다. 대신 귀순자 중 한 사람인 김 아무개 여인의 증언 내용은 장내를 줄곧 숙연하게 했다.

옆집에서 사발 공장에 다니는 딸이 몸이 아픈데도 먹일 것이 없어 빌리러 왔기에 마지못해 옥수수 두 사발을 빌려 주었는데 그 딸이 그만 위가 입척돼 옥수수죽을 먹지도 못하고 죽었다는 얘기. 그 딸의 할아버지가 자기가 먹으면 아이들 먹을 게 없다며 단식을 하다가 결국 또 변을 당했다는 얘기. 식량을 구하러 나가 하루 이백 리씩 걷는 고생을 하다가 죽은 여자 얘기. 닷새간을 굶다가 어머니가 구해 온 옥수수를 먹다가 체해서 죽은 소년 얘기. 먹을 것이 없어 올케 집에 식량을 꾸러 가 보니 그 집 식구들이 하나둘 죽어 가고 있더라는 얘기. 며칠 굶고 학교에 간 아이에게 주려고 간신히 구한 옥수수로 죽을 쑤어 가보니 담임 선생님이 아이 반 친구들이 어제 둘이나 굶어 죽었다며 울더라는 얘기. 양식 배급이 제대로 안 돼 툭하면 진흙을 퍼서 먹고 지내는 가족을 보다 못해 중국 인신매매단에 스스로 팔려 간 처녀 얘기. 장례식 때 쓸 음식은커녕 죽어 들어갈 관으로 쓸 나무도 없어 평소에 판자조각을 모으는 노인들이 늘어났다는 얘기. 사람이 굶어 죽었다고 하면 사상법으로 몰리기 때문에 심장병이나 뇌출혈로 죽었다고 말하고 있다는 얘기. 이 모든 것들이 귀순자가 생길 때마다 일간 신문이나 시사 주간지에 나는 얘기였지만, '일 없음둥', '기레케 하구서리.', '아이 되갔어서' 식으로 막힘 없이 흘러나오는 그 귀순자의 말은 그야말로 실감나는 증언이 되고 있었다.

"곡식을 구하러 나간다고 해도 곡식이 있어야 말이지비. 기레 이백리 길을 걸어서리 게우 애기 손으루다 한줌 고저 모아 가지고 오니까니 막내가 영 못 먹어서리 비실비실거리고 누워서 에미를 멀뚱 보는데, 불쌍해서리 눈을 치어다볼 수 없어……." 여기저기서 혀 차는 소리가 났고, 여자도 손수건을 꺼내 코를 훔쳐야 했다. 남자는 줄곧 비릿한 느낌을 맛보고 있었다. 먹을 게 없어 인육을 내다 판 사람을 공개처형하는 장면을 목격했다는 탈북자의 증언이 담긴 비디오를 볼 때 남자는 속이 메스꺼워 일부러 사방을 두리번거렸다.

그렇다 하더라도 그들로서는, 시켜 놓은 주스를 다 마시지 않을 수는 없었다. 어떤 음식이고 그릇 바닥까지 깨끗이 다 먹어 본 적이 별로 없는 여자도 이번만큼은 빨대로 주스를 잔 밑바닥까지 빨아 마시느라 쪽쪽 하는 소리까지 냈다.

"어, 저 여자 아냐?" 여자가 레스토랑 한켠을 가리켰다.

"푸하! 완전 코미디구나, 이거." 남자도 알아보고는 입에 들어간 주스를 내뿜을 뻔했다. 맞은편 창가에서 오늘 증언의 주인공 여인이 가족으로 보이는 남자와 소년, 소녀와 함께 먹고 마시고 있는 음식은 주스와 콜라와 사이다와 샌드위치 따위로 보였다. "쟤가 아까 말하던 그 막낸가 보다, 그치?" "그래, 저 사람들은 그래도 포식할 자격이 있는 사람들이지."

그들은 집으로 가는 좌석버스에 올랐다가 한참 만에 빈 자리를 얻어 앉았다. 여자가 남자의 어깨에 고개를 기대고 눈을 감았다. 남자는 여자의 허벅지 사이에 손을 집어넣고 속삭였다. "굶어도 할 건 다 하겠네." 그러자 여자가 남자의 배를 찰싹 때렸다. 남자가 갑자기 미간을 찌푸리며 말했다. "나도 이제 단식을 해야겠어!" "피!" 여자가 입을 삐죽거렸다.

이튿날 아침, 남자는 생수 한 모금으로 목을 축인 뒤 곧바로 출근길에 올랐다. 여자는 새로 배달된 우유 백오십 밀리리터와 식빵 한 쪽으로 배를 채웠다. 주스 한 잔으로 저녁을 때운 어젯밤에 남자와 여자는 오랜만에 서로의 육체를 섞었다. 그 때문에 여자는 배가 고파 새벽부터 깨어 있었는데, 그런 배고픔을 참고 남자가 아침을 굶고 그냥 가버린 것이 못내 신기했다.

최근 몇 달 동안 남자의 살은 날로 비대해지고 있었다. 배가 고프다며 너무 급하게 많이 먹었다가 소화를 시키지 못해 애를 먹곤 했다. 이튿날 아침이면 배가 남산처럼 부풀어올랐다. "나도 다이어트 좀 해야겠어." 입버릇처럼 말해 놓고는 정작 퇴근해서는 식탁에 앉아 수저를 달그락거렸다. 술을 마시다 심야에 들어온 날에도 혼자 냉장고를 뒤져 빵이며 우유를 꺼내 먹었다. "속 거북하다고 늘 그러면서 이게 뭐야?" 아침에, 어질러진 식탁을 보고 여자가 짜증을 내곤 했다. "우유고 빵이 고 그냥 썩혀 버릴 것 같아서 먹었다 왜?" 남자는 자신의 식탐을 그렇 게 변명하곤 했다. 그랬기 때문에 남자가 단식을 한다는 건 상상도 할 수 없었다. 필시 오늘 같은 날도 출근하는 도중에 김밥집 앞에서 줄을 설 것이라고 여자는 생각했다. 차가 밀린다면 회사에 도착하자마자 여 직원들 책상에 놓인 요구르트를 훔쳐다 마실 게 틀림없었다.

여자는 며칠 야근을 해야 했다. 여자는 매일 저녁 남자의 회사로 전 화를 걸어 저녁식사를 알아서 해결해야 할 것이라고 알려 주었다. 남 자에 비하면 여자는 먹어도 먹어도 살이 찌지 않는 사람이었으므로, 야근을 하는 동안 이것저것 먹다가 버리고 먹다가 버리고 했다. 아침 이면 여자는 먼저 나가는 남자의 등 뒤에서도 우유와 빵을 먹었다. "지 금 토스트 굽고 있어." 맨 식빵보다 토스트를 더 좋아하는 남자를 위해 거짓말을 했지만 남자는 아무런 반응이 없었다.

남자가 단식을 할 이유는 충분하다고 여자는 잠시 자위했다. 남자는 의협심이 강했고, 진정으로 남을 위해 한평생을 살 수 있는 사람이기 도 했다. 북한 동포들이 기아에 허덕인다는 사실을 제대로 알고 난 남 자는 이제 스스로 굶고 절약한 돈을 그들을 돕는 성금으로 내놓고 있 을 가능성이 컸다. 아침을 굶는 외에도 실제로 남자는 말수도 줄어들 었고 행동도 느려져 있었다. 그러나, 진짜로 단식을 한다 해도 다만 일 시적일 거라고 여자는 생각해 버렸다. '남을 제대로 돕기 위해서라도 자기 스스로가 강해져야 하는 거야.' 남자가 평소 펼치던 이런 지론을 여자는 상기했던 것이다.

야식을 하다가 여자는 갑자기 웩, 하고 속엣것을 게워 낼 뻔했다. 입덧이 아닐까, 하는 생각은 잠시였다. 여자가 음식을 버리는 일로 그들은 자주 다투었었다. 남자가 단식을 하게 된 이유가 바로 거기에 있을지 몰랐다. 우유와 식빵과 과일과 커피와, 밥과 국을 먹는 것보다 버리는 것이 많다고 여자를 구박해온 남자가 여자를 각성시키는 뜻에서 단식을 시작한 것으로 볼 수 있었다.

그뿐이 아닐 수 있었다. 맞벌이를 한다는 이유로 자기가 번 돈으로 주로 옷과 구두와 핸드백과 화장품과 액세서리와 영양비누와 건강칫솔과 패션우산을 산다고 여자를 비난해 온 남자가 이번 기회에 여자의 버릇을 단단히 고쳐 놓으려 하고 있는 듯도 했다. 여자는 일을 하다 말고 "이그그그!" 하면서 자신의 머리를 쥐어뜯었다.

여름 휴가지를 하와이로 잡았다고 해서, 겨울 휴가를 스키장에서 보내겠다고 해서, 친정 아버지 생신 선물로 동남아 여행권을 끊어 드리겠다고 해서, 여자는 남자에게 공박을 당하다가 집을 나가 버린 적이 있었다. "당신 아버지 생신 때였어 봐. 나한테 이러겠어?" 여자는 그때 내지르던 소리를 다시 지르고 싶어서 회사 건물 옥상까지 올라갔다 내려왔다.

여자가, 남자가 진짜로 단식을 하고 있다고 확신하게 된 것은 남자가 아침을 굶고 출근을 한 지 나흘째 되는 밤이었다. 마감을 끝낸 토요일이었기 때문에 여자는 모처럼 일찍 들어와, 파출부가 처리하지 못하는 밀린 집안일을 했다. 행여 남자가 먹을 것을 찾을지 모르겠다싶어 퇴근길에 일부러 아바이 순대를 샀다. 맥주도 몇 병 냉장고에 채워 넣어

두었다. 여자는 혼자서 저녁을 먹었다. 여자가 잠든 사이에 남편이 귀가했고, 여자는 새벽 무렵 남자의 삶을 파고들었다. 여자는 새벽에 주로 성감이 살아나는 체질이어서 신혼 때부터 그 문제로 남자와 마찰을 빚어 왔다. 일을 치르고 나서야 곤히 잘 수 있는 체질인 남자는 초저녁부터 여자의 몸을 슬쩍 쓰다듬곤 했었다. 그런 남자의 손길을 뿌리치고 잠이 들고는 새벽녘에야 여자는 남자의 가슴에 손을 얹어 젖꼭지를 찾곤 했었다. 그때서야 남자도 다시 눈을 뜨고 여자에게 몸을 실어 얹었었다. 여자는 남자의 손길을 버릇처럼 거절하곤 했지만, 남자는 아무리 피곤해도 그러는 일은 없었던 것이다. 그런데 이제, 가슴으로 배로 그 아래로 여자의 손길이 옮겨가는데도 남자는 아무런 반응이 없었다. 아래가 돌출되는 느낌은 분명 있었지만, 평소처럼 폭발할 듯 힘차게 치솟는 느낌은 결코 아니었다. 더구나 남자가 몸을 모로 꼬면서 등을 돌려 버리는 게 아닌가. 여자는 머리카락이 곤두섰다.

"왜 이러는 거야, 대체?" 일요일 아침 여자는, 아침상을 차려 놓았음에도 거실 벽에 기대 앉아, 켜 놓은 텔레비전을 향해 멍한 눈길만 주고 있는 남자에게 소리를 질렀다. 남자의 건강 따위를 염려할 신경세포는 여자에게 깨어 있지 않았다. "불만이 있으면 얘기를 해 보란 말이야!" 여자는 밥알을 떴던 숟가락을 식탁 위로 집어던졌다. 남자가 천천히 고개를 들고 바라보다가 다시 시선을 떨구었다. 여자는 갑자기 입을 틀어막으며 개수통을 향해 달려갔다. 일요일 하룻동안 남자가 여자에게 요청한 일은 물 한 잔이 전부였다. 이번에는 여자가 대꾸하지 않자, 남자는 주방 쪽을 몇 번 드나들며 물 몇 잔으로 하루를 넘기는 듯했다.

사람이 단식을 하는 이유는 주로 병을 고치기 위해서이다. 굶는 동안 체내에 있는 노폐물을 모두 빼내게 되면 사람의 몸은 아무것도 먹지 않은 유아의 소화기관, 호흡기관, 순환기관으로 환원되게 되고 결국 병의 근원이 없어진다는 얘기다. 물론 하루이틀 굶고서야 그런 상태에 도달할 수는 없다. 그런 상태가 되자면 적어도 일 주일에서 열흘은 굶어야 한다. 그렇게 몇 차례 되풀이할수록 더 좋아지는 것은 당연하다. 민간에서는 암이나 골절상 같은 급성 질환을 제외하면 어떤 병이고 단식을 통해 웬만큼 호전될 수 있다고 한다. 먹을 것 안 먹어서 절약하고 병도 고칠 수 있으니 얼마나 좋은 일인가. 남자는 몇 달 전에 그런 식의 말을 동료들에게 한 적이 있었다.

언젠가 남자는 잠자리에서 여자에게 이런 얘기를 들려 준 적도 있었다. 고등학교 때, 관절염에 걸려 휴학을 하고 체질 개선을 위해서 단식원에 들어가 일 주일간 물만 먹고 견딘 친구가 있었다. 그 친구는 원래 김치나 된장을 싫어했는데, 며칠 굶고 나니까 꿈 속에서 김칫국물 흐르는 도시락이 보이고, 된장 끓는 냄새가 무슨 악귀처럼 들러붙었다. 너무 먹고 싶은 것이 많아 나중에는 단식원 앞 숲길에서 맞닥뜨린 뱀을 잡아먹지 못했던 걸 아쉬워하는 꿈까지 꾸었다. 호떡, 떡국, 미역국, 오뎅, 자장면, 풋고추, 고사리, 옥수수, 뽀빠이, 오징어땅콩, 컵라면, 호두과자…… . 음식이라 이름붙일 만한 것이면 어떤 거든지 다 먹고 싶었다. 함께 방을 쓰면서 단식을 하던 어른은 끝내 이겨 내지 못하고 단식 나흘 만에 몰래 단식원을 나가 버렸다. 무사히 단식을 하고 이틀 동안의 보식기를 거쳐 집으로 돌아간 친구는 그날 밤, 호빵 두 개와 뽀빠이 한 봉지와 아이스하드 한 개를 사 먹었다. 얼마 후 친구에게는 무얼 먹기만 하면 트림부터 해 대는 위장병이 생겼다. 게다가 친구는 단식을 하고 나온 지 일 주일 뒤에 무리하게 수음을 하다가 고환에 염증이 생기기까지 했다. 여자는 남자에게서 들은 그 얘기 중에서 마지막 대목만은 확실히 기억하고 있었다.

　남자는 이런 말도 직장 동료들에게 했다. 몸에 좋고 밥값 안 들어 좋다는 그 단식이 왜 사람들에게 널리 전파되지 않는가. 그것은 당장 굶는 고통을 이길 수 없기 때문이다. 또한, 굶는 동안 떨어진 체력 때문에 단식 중에는 말할 것도 없고 단식 후 오랜 동안까지도 일을 제대로 할 수 없는 치명적인 약점도 있다. 게다가 단식을 하고 나서 너무 왕성해진 식욕을 이기지 못하고 마구 먹다가 오히려 위장을 못 쓰게 되는 사례가 빈번하다. 즉, 단식을 하고 나서 단식을 한 기간만큼 조금씩 음식량을 늘려 가는 보식 기간을 거쳐야 하는데 보통 단식을 잘 견딘 사람도 이 보식을 잘 조절하지 못해 실패하는 경우가 많다는 얘기다. 그 무엇보다는, 먹는 즐거움 그것 없이 산다는 것은 섹스를 안하고 사는 일보다 몇백 배 더 어려운 일인지 모른다.

　도대체, 한집안에서 같이 사는 남자는 여자에게 무엇이란 말인가. 돈 버는 일은 같이 하고도 밥 먹는 문제는 여자만이 걱정해야 하는 까닭은 어디에 있나. 그럼에도 불구하고 별다른 이유도 없이 밥을 거부하는 남자라면 마땅히 결별을 요구할 권리가 이쪽에 있지 않은가. 그럼에도 불구하고, 결별 선언은커녕 어떻게든 정성을 다해 남자의 입을 벌리게 할 생각만 하고 있는 자신을 여자는 들여다보았다. 일요일 아침 구토증을 느낀 이후 여자는 아무것도 먹지 않았다. 자꾸 신물이 올라왔다.

　여자는 산부인과 병원을 나오면서 안도의 한숨을 내쉬었다. 그러다 얼굴에 금세 짜증스런 빛을 담았다. 차라리 임신인 쪽이 더 나을 것 같다는 생각이 그때서야 들었다. 여자는 주먹으로 가슴을 치며 몇 발짝 걸음을 옮겨가다가, 갑자기 땅바닥에 쪼그리고 앉았다. 그때까지 여자의 머리끝에서 맴돌던 현기증이 처음으로 여자의 두뇌 안으로 파고들어 여자의 신경을 일그러뜨리고 있는 중이었다. "저 혼자 잘 먹고 잘 살아 보겠다고 게걸스럽게 먹고 있는 걸 보면 구역질이 나서 견딜 수 없다니까!" 남자가 연애 시절 했던 것 같은 그런 말이 그녀의 귀를 어지럽혔다.

여자는 중학교 다닐 때 학교 구내매점에서 산 꽈배기 도너츠를 입에 물고 나오다가 미술 선생님과 충돌을 한 적이 있었다. 끔찍하게도 그날 밤 미술 선생님의 성기를 물고 빨고 있는 꿈을 꾸었다. 그 뒤로 한동안 남이 보는 데서는 음식을 먹지 못해 곤욕을 치렀다. 특히 핫도그나 오뎅이나 아이스바 따위는 쳐다보지도 못했다. 점심시간에도 고개를 도시락 속에 처박듯이 하고 먹었다. "얘, 무슨 반찬 싸 왔니?" 친한 친구들이 놀리는 때면 여자는 얼굴이 새빨개진 채 도시락을 덮어버렸었다. 그 세월을 잊고 살았다니……. 온몸에 소름이 돋았다. 여자는 끝내 위 속에 든 노란 물까지 토해 냈다.

여자는 그래도 남자가 일부러 단식하는 흉내를 내고 있을 뿐이 아닐까 하는 의심을 지울 수 없었다. 여자는 남자의 직장 동료에게서 이상힌 도둑 이야기를 들었다. 노벨상 수상 후보에 오른 우리 나라 사람이 꽤 있는데 그 중에서 옥수수 박사 김순권 박사가 유명하다. 우리가 70년대 후반부터 먹어 오고 있는 개량 옥수수가 바로 그가 개발한 수원 19호라 이름붙은 교잡종 옥수수. 그는 십칠 년 동안 아프리카 나이지리아에 머물면서 그곳 토양에 맞는 개량 옥수수의 대량 생산에 성공해 기아에 허덕이는 아프리카 사람들에게 새로운 삶의 빛을 던져 주었다. 그는 작물이 자라지 않는 지역에서도 자라는 교잡종 옥수수를 개발해 냈고, 아프리카 땅 속에 기생하는 위축바이러스에 저항하는 옥수수 품종을 개발해 냈으며, 아프리카 땅을 황폐하게 하는 악마의 풀 즉 스트라이가(striga)와 공생하는 옥수수를 개발하여 수확을 거두게 했던 것. 보통보다 다섯 배가 되는 수확량에, 알도 많고 큰 옥수수 한 개 길이가 이십오 센티미터 이상. 그 옥수수 박사가 연전에 귀국을 했다. 북한 지역에 맞는 슈퍼 옥수수를 개발해 북한 동포들의 굶주림을 해소하는 데 일조하려는 의도에서였다. 그가 재직하는 대학의 이백오십 평 농장에 심은 옥수수 삼천여 포기에 매달려 있던, 오백여 종의 신품종 옥수수 육백여 킬로그램이 도난당한 일이 최근 발생했다. 천만 명을 먹여 살릴 수 있는 옥수수를 그 도둑이 먹어 치운 셈이었다. "히히, 내가 그때 그 옥수수를 훔쳐 먹었기 때문에 이렇게 건강한 거 아니겠나." 술자리에서 남자가 웃으면서 그 얘기를 했던 것이 며칠 전이었다는 얘기였다. 몇십 년이고 몇백 킬로그램이고 몇천 평이고 그런 그럴싸한 수치 따위가 다 뭐겠느냐며, 여자는 남자의 직장 동료에게 따지고 싶었다. 그런 숫자들은 중학교 다닐 때부터 여자를 어지럽게 했다.

　남자가 집에서 밥을 먹지 않은 그 기간 동안 직장에서도 밥을 먹지 않았던 것 같다고 동료는 진술했다. 동작이 느려지고 말도 어눌해진 것 같더라고 했다. 술자리에 있는 동안도 술을 전혀 입에 대는 눈치가 없었고, 별로 말이 없거나 말을 하더라도 예전처럼 흥분을 하며 열변을 토하거나 하지는 않았다고 했다. 하지만 진짜로 단식을 한다고 보기에는 어려운 점이 많다고 했다. "그 친구 책상 속을 뒤져 봐야 알겠지만, 물약 같은 걸 꺼내 마시는 거 봤어요. 생수도 전에 없이 자주 사다 먹더라구요. 혹시 옥수수 수프 같은 걸 몰래 먹고 있는 거나 아닌지 모르겠군요." 동료가 장난스럽게 말을 하다가 입을 닫았다. 여자의 안색이 변하고 있었기 때문이었다. "하기야 그 옥수수 도둑이 잡힌 것도 몇 달 전 일이라더군요. 마을 주민들이 그냥 재미로 훔쳐서 먹기도 하고 벽에 장식용으로 걸어 놓기도 하고……." 하다가 동료는 자리에서 일어나야 했다. 여자의 눈동자에서 기운이 빠지고 있었기 때문이었다.

여자가 입원한 병실로 남자가 들어온 것은 한밤중이었다. 외근 중이던 남자가 호출기를 확인한 시간 자체가 워낙 늦었기 때문이었다. 조금은 당황했던 안색이었지만, 숨이 가쁘거나 하지는 않았다. 남자가 가방을 내려 놓으며 천천히 다가오는 동안, 여자는 자신의 팔뚝에 꽂힌 링거 주사기를 뽑아 던지고 싶었던 마음이 가라앉는 걸 느꼈다.

"그렇게 무작정 굶으면 어떻게 해?" 남자는 꺼칠해진 여자의 야위고 흰 손을 잡았다. "갑자기 아무것도 안 넘어가잖아. 의사가 영양실조래 글쎄. 말도 많이 하지 말랬는데……." "그래, 실제로 단식을 할 때는 말을 아껴야 에너지 소비가 덜한 법이야." 남자는 가방을 열어 비닐 봉투 하나를 꺼냈다. 그 안에 작은 물통 비슷한 것이 두 개였고 납작한 플라스틱 통이 하나 들어 있었다. "자, 일단 이거 조금 먹어 봐." 남자는 각각의 물병에서 꺼낸 검은 물과 생수를 컵에 부어 섞어 내밀었다. "아무 것도 안 넘어간다니까." 위장약 같은 물이 여자의 몸 속으로 흘러 들어갔다. 남자는 다시 플라스틱 통에서 꺼낸 작은 비닐포 하나를 뜯어 내밀었다. "이건 야채효소라는 건데, 단식하는 동안 체내에 영양 공급을 해 주는 거야." 여자는 남자가 어느 결에 도사가 된 것이 아닌가 싶어 멀뚱하게 쳐다보았다.

옛날식 단식은 무작정 굶으면서 물만 마시고 견뎌 내야 하기 때문에 단식 기간은 말할 것도 없고 단식을 끝내고도 적어도 한 달 이상은 정상적인 활동을 할 수가 없다. 그렇다면, 단식한 효과는 그대로 얻으면서도 단식을 하는 동안 정상적인 활동을 해낼 수 있는 방법은 없는가. 생식을 활용한 단식이 바로 그런 방법이었다. 처음엔 북한 동포 때문에 한 끼 굶고 나서 무작정 더 굶어 보면서 굶어지게 되면 하루 만 원 정도씩 성금으로 내놓으면 어떨까 생각했던 남자는 근자에 잡지에서 읽은 새로운 단식법을 상기하게 되었다. 각종 과일과 야채를 발효 숙성시킨 발효원액을 물에 섞어 하루 몇 잔씩, 야채효소로 만든 분말을 끼니 때마다 한 포씩, 그리고 단식 때 생기는 변비를 방지하는 제산제를 하루 두어 번 먹어 주는 일명 효소 절식법을 곧바로 실천하게 되면서 남자는 점점 기분이 맑아졌다. 발효원액과 효소와 제산제를 미리 사느라 성금 낼 돈은 이미 없어졌지만 그런 건 걱정도 되지 않았다. 해야 할 최소한의 일을 해내는 것만으로도, 이 세상에서 해야 할 모든 일을 다 하고 있는 느낌이 들기 시작했다. 어떤 일에고 별다른 욕심이 생기지 않았다. 말도 많이 할 필요가 없었다. 자동차 운전도 참으로 여유 있게 하다가 마침내 차를 세워 두고 걷거나 버스를 타고 다니게 되었다. 발효원액이나 야채효소 따위도 먹고 싶지 않게 되었다. 남자는 여자의 침대에 함께 누워서 소곤소곤 이런 얘기를 들려 주었다.

"언제 한번 내가 얘기했을 텐데? 안 먹고 산 여자 얘기 말이야." 남자는 언젠가 거래처 건축설계사인 사람에게서 들은 얘기를 또 기억해 내 들려 주었다. 19세기 후반에 인도에서 살던 한 여인 얘기였다. 이 여인은 시집을 가서 시어머니한테 먹기만 하는 식충이라고 구박을 받고 살 정도로 많이 먹는 사람이었다. "제발 안 먹고 살게 좀 해 주세요." 이것이 이 여인의 변함없는 기도문이었다. 어느 날 이 여인은 바라나시의 갠지스 강가에서 이상한 도인을 만나 갠지스 강물로 몸을 씻는 의식을 행하게 되었다. 그 후로 이 여인은 오랜 세월 동안 남을 위해 열심히 일하면서도 아무것도 먹지 않고 살았다. 남자는 천천히 천천히, 자신도 기억에 아삼삼한 그런 얘기를 하면서 지쳐 갔다. 여자의 배를 쓰다듬던 손에서 힘이 빠져나갔다. 잠은 여자가 먼저 잤다. 여자는 새벽녘에도 성욕 따위를 느끼지도 않고 오랜만에 깊이 잠들었다.

사흘 만에 출근한 여자는 남자가 주었던 발효원액과 야채효소로 점심까지 버텨 냈다. 사라졌던 식욕이 일시에 되살아났다. 일시적으로는, 자신에게 아무 말도 없이 단식 아닌 절식을 감행한 남자에 대한 배반감에 몸을 떨기도 했다. 오후가 되자 배가 고파 견딜 수 없었다. "간식 먹을 사람!" 여자는 며칠 앓았던 사람 같지 않게, 일을 하다 말고 동료들에게 소리쳤다. 대표로 간식을 사러 나갔던 여자는 실내 포장마차에서 오징어튀김과 순대와 떡볶이와 오뎅을 먹었다. 들어와서도 동료들과 함께 과자를 먹고 콜라를 마셨다. 퇴근 무렵부터 여자는 숨이 가빠졌다. 집에 돌아와, 남자가 더 이상 필요하지 않다며 남기고 간 발효원액을 물에 타 먹고 소화제를 먹었다. 속이 뒤틀리고 진땀이 났다. 여자는 소파에 누웠다가 남자에게 연락을 취하기 위해 일어서는 순간 거실 바닥에 몸을 눕히면서 떼굴떼굴 구르기 시작했다.

밤중에 돌아온 남자가 여자를 병원으로 옮긴 지 한 시간 만에 여자는 숨을 거두었다. 처음에 남자는 여자를 업어 차에 싣는 동안 여러차례 비틀거렸다. 오랜만에 앉은 운전석에서 전혀 서둘고 있지 않은 자신을 잠깐 원망했다. 여자가 숨을 거둘 무렵에는 남자도 거의 움직일 수 없을 지경이 되었다. 그러자 남자는 다시 마음의 평온을 찾을 수 있었다.

여자를 화장하고 돌아온 남자는 회사에 전화를 걸어 사의를 전했다.

남자는 그 후로도 혼자 끈질기게 살아남아 있었다. 숨이 붙어 있는 동안 남자는 집안 물품을 정리했다. 태울 것과 남이 가져가도 좋을 것을 구분해 표시해 두었다. 기력이 더 남는다면, 진정 먹어서 행복해질 사람에게 내 재산을 다 바치겠다는 유서를 써 둘 것이라고 남자는 생각했다.

함께 있어도 외로움에 떠는 당신들

불편해, 불편해서 미칠 것 같애!

이런 말을 입 밖으로 내뱉지 못해 자기 머리채를 쥐었다 놓는 버릇이
생겨 버린 염정실은 한순간, 제 머리채를 쥘 자유마저 속박당한 듯한
기분에 이를 악물고 가볍게 진저리를 쳤다. 그러는 사이 방심한 그 입
에서 다른 엉뚱한 말이 내뱉어진 걸 그녀는 처음엔 알지 못했다.

"아니, 김선생님. 기냥, 한마디루다 처리하면 될 걸 자꾸 이럽네까?"

금세, 일제히 자신을 돌아보는 동행 사내들의 눈길을 느꼈다.

"후, 염정실씨. 말 재밌게 하는데?"

김선생이 어깨를 툭 치면서 말했다. 한쪽 볼이 싸늘해졌다. 쥐도 새
도 모르게 사라지고 있는 자신의 말로가 모습을 드러냈다 감춘 듯한
느낌이었다.

그녀로서는 곧 다행스런 일이 있었다. 분명 좀 전까지 룸 하나를 차
지하고 놀고 있었을 한 사내가 화장실에 다녀오다가 그들이 나누는 대
화를 들었는지 갑자기 몸을 틀어 카운터에 지폐 몇 장을 꺼내 던지고

출구로 나가 버린 것이다. 사내를 접대하고 있었던 듯한 아가씨가 "정남오빠, 왜 가요?" 하고 따라붙는 사이에 김선생이 사내의 룸을 그들 차지로 만들어 버렸다. 역시 그것도 김선생의 위력이라고 생각하는 편이 옳았다. 거의 한마디 말도 않고서도, 빈 룸이 없다는 단란주점에서 금세 방 하나를 얻어 냈으니까. 염정실은 고개를 떨구는 동작으로나마 자신이 무심코 한 말을 사죄하는 도리밖에 없었다.

사내 혼자 마시고 간 흔적을 치우느라 웨이터와 번갈아 가며 들락거리던 아가씨가 잠시 후 일행의 요청으로 룸에 들어오게 되었다. 최사장이 벌떡 일어나, 미스 양이라 자신을 소개한 아가씨를 김선생 옆에 앉혔고, 자신은 고창규를 억지로 염정실의 옆으로 밀어붙이고 혼자 떨어져 앉았다. 염정실로서는 이런 주점이 처음은 아니었지만, 오늘은 결코 흥을 나지 않을 것 같았다.

단란주점에 오기 전 저녁식사 때도 별로 화기애애한 것은 아니었다. 그들이 합동으로 기획한 한 권의 책 원고가 마침내 탈고된 기념으로 만난 거라 해도 그리 유쾌할 리 없는 자리라는 걸 고창규는 잘 알고 있었다. 원고는 그의 손에서 쓰여졌고 그리고 마감되었지만, 원고를 쓰는 지난 칠 개월간이 그에게는 정말 괴로운 시간이었다. 일 주일 안으로 받을 잔금 원고료까지 치면 모처럼 고액 집필을 하는 셈이었는데도, 그 동안 심한 공복감에 속이 뒤틀리다가 허겁지겁 음식을 먹어 대는 짓을 되풀이해 왔다. 자기 이름을 내세우지도 못하는 원고를 쓰는 데 바치는 문학적 재능을 안타까워할 시간도 없었다. 이번 일을 마치고는 쓰다 만 장편을 마무리지어 일억 원 상금이 걸린 문학상에 투고해 보리라던 계획은, 아내의 승용차 교체 계획에 밀려 일이 끝나기도 전에 완전히 무산되어 있었다.

노루 사냥꾼 염정실. "북조선에 있을 때 불법 도망자를 잡는 일을 노루 사냥이라고 했시오." 실제로 자신이 잡은 노루가 공개 처형되는 걸 세 차례 목격한 일을 그녀는 담담하게 진술했다. 한 번은 연길에서 조교(중국 저구 북한 교포)들의 도움을 받아 탈북 신혼부부를 체포한 국가보위부 소속 특무원이 부부의 손 하나씩을 서로 깍지 끼게 해서 송곳으로 맞뚫어 박은 채 끌고 가는 걸 도와 주었다고 했다. 그러고나서는 탈북자 체포보다는 적동(붉은 구리) 밀매 쪽에 더 주력하다가 소환 명령을 받은 그녀에게 조교로 위장한 김선생이 접근해 갔다. 김선생을 따라 북경을 거치고 홍콩을 거쳐 한국으로 오는 사이 어떤 일이 있었는지에 대해서는 자세한 설명이 없었다. 다만, 남달리 강한 체제의식과 건강한 육체로 여자로서는 드물게 사회안전부 간부로 발탁돼 활약하다가, 스스로 사냥하던 노루들의 탈출 경로를 따라 탈출에 성공한 그 여자의 일생이 고창규의 손에 의해 극적인 드라마로 완성되는 동안, 이상하게 말수도 줄고 얼굴도 처음보다 한결 꺼칠해지고 있었다. 인력관리공단이라는 데서 간호보조원으로 일하면서 어렵게 사는 몸이라, 책 팔아 돈 번 사람 많다는 얘기에는 귀가 번쩍 뜨이기도 하는 모양이었다. "이런 얘기를 누가 사서 보갔시오?" 그런 말을 할 때는 눈가로 성적 매력을 풍기기까지 했다. 그러나 숨겨 둘 이야기를 너무 많이 했다는 뜻인지 아니면 하고 싶은 말을 다 못 했다는 애긴지 그 여자는 완성되어 가는 원고를 보면서 노골적으로 불만스런 표정도 지었고 변명 같은 무슨 말을 하려다가 체념한 듯이 한숨을 짓곤 했다. 좀 전에는 엉뚱하게도, 자신의 전력과 비슷한 남한 기관 출신의 김선생에게 이런 데 와서 룸 하나 얻을 권력도 없어서 어떡하냐고 힐난까지 했다. 김선생의 도끼눈을 보지 않았더라도, 그런대로 그녀를 우호적으로 대해 온 그의 입에서마저도 '아, 이년 봐라?' 하는 식의 말이 절로 튀어나갈 것 같았던 짧은 순간이었다.

김선생은 염정실을 귀순시킬 때처럼 북한의 상층계급 사람들을 무리하게 한국으로 끌어오려던 몇 번의 일로 문책을 당해 결국 면직을 당한 처지였다. 공식적으로는 의원면직이었지만 실은 파면이나 다름없음을 최사장의 설명을 통해 고창규도 알아 버렸다. 그것이 바로 원고가 마무리되고 있던 때라 새삼 이야기 속의 김선생의 역할을 모두 삭제하는 어려움이 따랐다. 당연히 염정실의 탈출 장면도 더욱 상상적으로 고쳐져야 했다. 이번 책으로 자신의 공을 더 높여 보려던 김선생의 ·계획은 수포로 돌아간 것 같았다. 하기야 그 동안 쌓은 재산이며 연줄로도 그는 이 따위 싸구려 출판사 모임에 와서 기죽고 있어야 할 까닭이 전혀 없을 것이다. 그럼에도, 아직 자신의 권력이 꺾이지 않았음을 과시하려는 듯이, 전에 없이 웃음소리도 컸고 농지거리도 아주 야해져 있었다.

어쨌거나 염정실이나 김선생은 몰라도 최사장이 신명을 내지 않는 건 고창규로서는 정말 불만이 아닐 수 없었다. 그는 처음부터 고창규에게 "여간첩 마타하리식에다가, 애정소설 패턴을 얹는다면 충분히 승산 있을 것 같은데, 어때요?"라며 집필 방향을 잡아 주면서 잔뜩 기대를 했으며, 약속 기한을 어기지 않고 꼬박꼬박 분할 원고료를 입금하는 대단한 성의를 보였다. "노루 사냥 할 때 애기가 역시 압권이야. 제목 『노루 잡는 여자』 어때?" 『노루 잡는 여자』라는 제목은 당초 고창규가 우스개로 한 말임을 잊고서 자기가 새로 지어 낸 듯 떠들기도 했다. 첫 탈고 뒤 두 차례의 수정과정을 거친 가완성본을 염정실과 김선생에게 한 부씩 보내던날까지만 해도 "이번 여름 시장에 한번 밀어 붙여 보겠어!"하고 어금니를 물어 보이기까지 했던 최사장이었다. 그들 외에 영업부장과 편집부장이 함께 한 좀 전의 저녁 자리에서부터 불길한 조짐이 나타나 있긴 했다. "요즘 귀순자들이 책을 너무 많이 내서 말이지요, 화제성도 점점 떨어지고 판매도 영 그래요." 영업부장의 설명이 사실 그럴 듯하게 들려왔다. 하지만, 이제 와서 이런 식이라면, 죽도 밥도 못 먹게 된다. 경영 수완이 남다르다고 소문난 최사장이 그 정도 일로 적지 않는 돈을 투자하며 오래 계획해 온 일에 회의를 느낀다면 정말 곤란했다. 가장 현실적으로, 원고료 잔금을 못 챙기게 되지 않을까 하는 불안감도 고창규의 마음을 자꾸 불편하게 하고 있었다.

"제가 먼저 한 곡 뽑겠습니다."

고창규는 먼저 일어났다. 김선생에게 과일 안주를 배분해 주던 미스 양이 노래방 선곡집을 챙겨 내미는 걸 손짓으로 막고는 모니터 앞으로 가 숫자판을 주먹으로 몇 번 찍었다. 오래 골머리를 썩인 원고를 떠나보낸 허탈감만은 씻어 내야 했다. 누구하고든 술을 퍼먹으며 달래야 할 기분이라면, 일단 아무 노래나 꽥꽥거리고 불러 보는 게 상책이었다.

자신이 나서서 분위기를 만들어야 한다는 걸 최사장이 모를 리 없었다. 일부러 양주 두 잔을 내리 마시고 나서 마이크를 잡았다. 자주 부르는 노래였지만, 음조가 너무 높게 잡혀 있었다.

자전소설이니 수기니 하는 귀순자들의 책이 하도 많이 쏟아지고 있어서 판매가 쉽지 않겠다는 영업부장의 불길한 말은 실상 큰 문제가 아니었다. 한국에 와서 기자회견도 없이 숨겨져 있던 북한 사회안전부 소속 여자 안전원의 비밀스런 공작 활동 이야기라면 먼저 나온 어떤 책들보다 호기심을 끌 수 있는 소지가 분명 있었다. 그 뭔가 야릇한 냄새를 풍기기 좋은 대상이었다. 먼저 언론에서 다투어 이 책의 내용을 받아 실을 거였다. 중요한 건 그 뒤였다. 서점 판매 쪽이 아니라 바로 김선생의 영향력이 관건이었다. 이번 책을 시작으로 앞으로 낼 몇 권의 책들이 실은 김선생에 의해 관계기관에 소개되고 단체 구매될 것들이었다. 그런데, 그 김선생은 이제 장래를 알 수 업는 처지가 되고 말았다.

김선생이 파면된 이면에는 계파 선배들의 인사이동 문제가 놓여 있었던 모양이었다. 김선생은 하급 조직원에 불과하던 시절, 운동권 학생이던 최사장을 기관의 끄나풀로 이용했다. 그랬던 최사장을 당당한 운동권 거물 출신으로 기록되도록 해 준 것도 김선생이었다. 두 사람의 관계는 그렇게 깊어졌다. 서로 가정적인 어려움을 밝히고 해소해 주기도 하는 관계로까지 발전한 지도 십 년 가까웠다. 그런데 그것이 어디까지나, 막강한 기관의 중간급 지휘자로 성장한 사람과, 운동권 출신이면서도 그 기관의 권력을 필요로 하는 사람과의 관계라는 사실이었다. 나는 새도 떨어뜨릴 위세가 스스로 바닥에 떨어지고 만 현실이, 그가 데리고 온 북한 여자의 "기냥, 한마디루다 처리하면 될 걸 자꾸 이럽네까?"라는 한마디 말로 증명된 셈이었다.

꼭이 김선생과의 관계만이 문제가 아이었다. 김선생을 비롯해서 최사장이 사업을 하기 시작해서 지금까지 교분을 맺어 온 사람들이란 것이, 결국 모두들 겉으로는 그럴싸한 표정으로 웃고들 있지만 날이 갈수록 구차하게 제 실속만 차리려 드는 볼품없는 인간들이었다. 바로 그들 속에서 그들의 힘을 빌려 책이라는 거룩한 정신문화를 만들어 팔아 보겠다고 했던 자신이 요즘처럼 초라하게 느껴진 적은 없었다. 뭔가 열심히 궁리하고 만들어 팔고는 있는데, 도대체 이게 뭔지, 이게 무슨 수작인지 알 수 없었고, 게다가 이 일은 열심히 하려고 들면 들수록 장사는 더 안 되는 일이라는 회의가 그를 괴롭히고 있는 중이었다.

그렇다 해도 오늘 같은 날 이런 술자리 하나 장만하지 못한대서야 체통이 말이 아니었다. 어쨌든 간에 하루이틀 하고 말 출판업이 아닌데다, 김선생이 준 정보로 오래 전 사 두었던 사옥에서 챙기는 임대료 수입만으로도 웬만한 적자는 막을 수 있을 터라, 이 정도의 술값을 아까워할 수는 없는 일이었다. 최사장은 룸 살롱을 제안했고, 김선생이 "오늘은 우리 염정실 여사도 동참하는 게 좋겠지." 하고 말해 결국 조그만 단란주점으로 정해졌다. 김선생의 억지스런 호기도 예전 같지 않게 보기 민망했고, 제 분수도 모르고 귀부인 대접을 받으려는 듯한 염정실의 태도는 더 못마땅했다. 글쓰는 친구라 늘 한수 접어 봐 주었던 고창규란 친구도 이제 보니 도통 꾀죄죄한 몰골이었다.

찜찜한 채로 노래가 끝나자, 김선생 옆에서 양주도 잘 받아 마시고 안주도 챙겨서 바치곤 하던 미스 양이 용수철처럼 툭 일어섰다. 몸을 약간 구부려 탁자 옆으로 빠져나오는데 보니까 계곡 깊이까지 들여다 보이는 젖가슴이 상당히 풍만했다. "서울 대전 대구 부산 찍고……." 저급한 단란주점 애들이 왔다갔다하는 스텝을 밟으며 부르는 가장 흔한 노래인데도 참 싱싱하고 건강하게 느껴졌다. 미스 양만 꿰차고 2차를 나갈 방법이 없을까, 하는 궁리를 잠시 미루고 최사장은 미스 양에게 눈짓을 보내 김선생을 지명하게 했다.

세상이 얼마나 바뀌고 있는가를 알려면 한국의 단란주점에 가면 된다. 장기간의 외국 출장에서 돌아올 때마다 김선생은 그 사실을 깨닫고 깜짝깜짝 놀라곤 했다. 중국은 말할 것도 없고, 홍콩도 미국도 일본도 한국에서의 변화만큼 급격하고 휘황찬란하지는 않았다. 머리 위에서 현란하게 돌아가는 미러볼하며, 색정적인 내용으로 구성된 화면 배경, 잠시도 가만 있지 않고 꽝꽝꽝 울려 대는 음악소리며, 초미니 스커트를 입고 치어 걸처럼 테니스 공처럼 튀어 다니는 접대부 아가씨들, 그런 여자를 껴안고 겨드랑이나 유방을 집적거려 가며 찍찍거리는 사내들, 잠시 앉아서도 어느 새 수십 병씩 해치우는 주량들, 아직 술과 안주가 잔뜩 남아 있는데도 툭하면 들어와 재떨이를 교환하면서 더 주문할 것을 종용하는 웨이터, 마침내 폭탄주가 돌아가고 누가 손님이고 누가 접대분지 누가 여자고 누가 남잔지 누가 선배고 누가 졸병인지 분간할 수 없는 시간이 와서, 누구는 쓰러져 자고 누구는 싫다는 여자

애를 침을 질질 흘려 가며 빨아 대고 누구는 불쾌하다는 표정으로 먼저 나가 버리고 누구는 그래도 무슨 질서를 잡아 보겠다고 마이크를 잡고 구령을 외쳐 대는 이 기상천외한 풍습을, 이 나라 방방곡곡 사람 모여 사는 곳이면 어디에서든 얼마든지 발견할 수 있었다. 이건 너무들 하는 거 아닌가 하고 실소하는 동안, 술도 달라져 있었고, 각종 술잔이며 안주 따위도 색색이 다른 빛 다른 맛, 접대하는 여자도 싱싱하다 못해 상큼할 정도, 노래 가사도, 계산서도 따라잡을 수 없이 달라져 있곤 했다.

미친 새끼들! 무장 공비가 떼거지로 몰려들어와 있는데도 눈 하나 깜짝하지 않고 환락에 열올리는 무리들……. 김선생은 마이크를 부술 듯이 움켜잡고 노래 가사와는 상관도 없이 괴성부터 길게 질러댔다. 그러나 그 소리가 반주곡 속에 묻힐 것은 뻔했다. 그도 이젠 불혹을 넘긴 나이였다. 전문대를 마친 직후부터 이십일 년간이나 몸 바친 자신을 이 나라는, 마치 술병 바닥에 남은 한 모금치의 술을 바라보듯 취급했다. 아무리 소리쳐도 소용없었다. 미처 변화를 읽지 못한 탓이다. 염정실을 들어올 때까지는 자신의 수법이 통했다. 아무리 탈북 귀순자들이 늘고, 특히 탈북자가 많은 중국과 북한 간의 외교문제 때문에 더 이상의 귀순자들을 받는 일이 힘들게 되었다 해도, 염정실 급 정도면 당장 정보 가치만 해도 대단한 것이었다. 염정실의 귀순 이후 또 한 차례, 중국에서 숨어 지내던 북한 유치원 교사 한 사람을 귀순시켜 주었다. 그때의 심드렁하던 간부들의 반응을 미리 짐작했어야 했다. 이미, 고급 간부는 싹 물갈이된 뒤였다. 사건은 그 뒤에 일어났다. 전에 자강도 당 책임비서를 지낸 인물의 처와 딸을 홍콩으로 인도하는 과정에서 딸이 식중독에 걸려 병원 신세를 지자 부인이 갑자기 심경 변화를 일으키는 바람에 자신의 첩보 활동이 대외에 알려지는 불상사가 있었다. 소환 명령은 즉시 떨어졌다.

내근직에 있으면서 심기일전하는 기분으로 기획을 한 것이 『노루 잡는 여자』였다. 『노루 잡는 여자』가 나오면 언론에서도 흥미롭게 눈독을 들일 것이고, 자연스럽게 자신이 쌓은 공이 인정되는 분위기가 되겠거니 했다. 알고 보니 그렇게 나온 책이 이미 수십 권이었고, 그런 책이 나왔다 해서 자신과 같은 숨은 공로자가 박수를 받는 세상은 아예 없어져 버렸다. 바깥세상에 나가 세계와 호흡하고 돌아온 그가 바로 우물 안 개구리였다. 그가 의원면직되는 데까지는 삼 개월이 채 걸리지 않았다.

"한 곡 더 하세요, 오빠."

예약곡이 없다는 걸 눈치챈 미스 양이 김선생의 허리를 감싸안으며 선곡집을 내밀었다. 물컹 하고, 풍만한 젖가슴이 팔에 느껴져 왔다.

한 번 저지른 잘못을 공연히 만회하려다가 오히려 더 심한 결과를 빚을 수 있다는 걸 잘 알고 있어서 염정실은 일부러 어리숙한 표정을 지으며 잘도 인내했다. 지나치게 뚱하고 있는 것도 보기 안 좋을 것이므로 자리에 앉은 채로나마, 이 나라에 와서 배운 노래를 택해 부르면서 가능한 한 애교 띤 음성을 섞으려 애썼다. 마침 미스 양이라는 접대부 아가씨도 여자인 그녀를 별로 의식하지 않고 재치 있게 분위기를 맞춰 주는 것 같았다. 앵콜을 받고, 북한에서 몇 번 불러 본 남한 노래 「어제 내린 비」를 더듬거리며 부르는 동안에는 왠지 모르게 눈물이 날 것 같았다.

누군가 "우리 폭탄주 합시다!"라고 해서 이쪽 세상에 와서 말로만 듣던 술을 두 잔이나 마신 때문에 마치 천장에서 어른거리는 조명등 불빛과도 같은 복잡한 광채가 머릿속에서 마구 내뿜어지는 듯했지만 염정실은 끝까지 자세를 흐뜨리지 않았다. 차례로 미스 양을 끼고 춤을 추던 일행들이 예의상 한 번씩 와서 손을 내미는 것도 적당히 몸을 빼

거절할 줄도 알았다. 그러면서도 묘하게도, 몸 속 깊이에 파묻혀 있던 성감이 오롯이 살아나는 느낌도 틈틈이 끼여들곤 했다.

별달리 생존의 위협을 느끼지 않는데도 한순간도 방심해서는 안 되는 세상이 있으리라고는 그녀는 한 번도 생각해 본 적이 없었다. 자유, 자유, 그것만으로도 더 이상 남을 한이 없겠건만, 더욱이 풍요롭기까지 한 세상이 아닌가. 그런데 이상한 일이었다. 약간의 노동력만 있으면 의식주가 다 해결되고, 남파된 무장 공비며 각종 폭력범이 날뛰는 중에도 전쟁이나 폭력의 공포를 잊고 있어도 좋은 세상인데도, 불안하고 초조하고 갑갑한 느낌은 웬일일까. 혼자 판단하고 혼자 행하는 일이 얼마만큼 자연스러워졌을 때, 한동안까지도 전혀 생각지 못했던 문제가 염정실을 못 견디게 하고 있는 중이었다. 다들 바쁘게 살아가는데도 어째서 남이 하는 말, 남이 하는 행동에 대해서 서로 그렇게들 눈총이 심하고 간섭도 많은지 몰랐다. 그녀로서는 입 밖으로 나오려는 거의 모든 말을 미리 입 안에서 몇 번이고 되뇌어 봐야 했고, 길을 걷다가도 누가 부르는 소리를 들은 듯이 뒤를 돌아보며 몸을 사려야 할 정도였다. 자주 갈증이 났고, 북한에 있을 때 상급 간부의 모함을 받아 보위부 조사실에서 고문을 받은 후 몇 달을 제외하고는 아파 본 적이 별로 없는 허리가 욱신거리기 시작했다. 『노루 잡는 여자』를 위해 김선생이 소개한 최사장을 만나고 고창규라는 아마추어 작가를 만나고 나서부터는 불면증까지 생겼다. 겨우 잠이 들었다가는 악몽에 시달려 허우적거리다 깨곤 했다. 두고 온 직계가족이 없어서 책을 내서 자신의 처지가 알려졌을 때 생길 수 있는 어떤 후환이나 후유증을 계산에 넣지 않아도 좋은 그녀로서는 정말 알 수 없는 일이었다. 관리공단 의료실 일과를 마치고 탈의실에서 옷을 갈아입다 말고 잠시 넋을 놓고 앉은 그녀는 어쩌다가 나른히 내리닫히는 눈꺼풀을 갑자기 확 밀어 내면서 손으로 자신의 머리채를 휘어잡고 다 뽑아 버릴 듯 당겨 보곤 했다.

118

나는 도대체 지금 어디에서 무엇을 하며 살고 있는가. 태어나 단 한 번도 품어 본 적이 없는 생각이 허공을 걸어다니면서 무수한 잡념을 불러일으키고 있었다.

염정실은 술 대신에 생수를 한 모금 입에 대려다가, 소스라치게 놀랐다.

"아니, 김선생님. 기냥, 한마디루다 처리하면 될 걸 자꾸 이럽네까?" 단란주점에 들어왔을 때 무심코 내뱉고는 스스로 섬뜩스러워했던 염정실의 그 말을 누군가가 흉내내 뱉고 있었던 것이다. 미스 양을 끼고 한참을 놀아나다 이편을 돌아본 고창규가, 마다하는 염정실의 손을 붙들고 애써 앞자리로 나오게 하려는 김선생에게 한 말이었다. 그 말을 듣는 순간, 볼 한쪽이 일시에 싸늘해졌고, 불편해서, 불편해서 정말 미쳐 버리고 싶은 느낌에 이어, 보이지 않는 손이 자신의 머리채를 감싸 쥐고 몸을 확 낚아채는 것 같은 느낌이 그녀를 다시 공포감 속으로 몰아넣었다.

날 놀리는 기야, 뭐야! 책이고 뭐이고 다 집어치우라우! 소리치고는 밖으로 뛰쳐나가 버릴까 하는 생각과는 다르게 무거워진 몸이 소파 속으로 푹 꺼지고 있었다. 막상 사내들은 잠시 찜찜한 표정이더니 염정실의 반응에 더 개의치 않겠다는 듯 시선을 돌렸다. 마이크를 잡고 서서 근자에 리바이벌되어 히트를 친다는 구식 노래를 부르고 난 최사장의 다른 손 하나가 그 옆에 선 미스 양의 겨드랑이로 스멀스멀 기어가는 게 보였다. 정작 그녀의 입에서 알 수 없는 말이 또 내뱉어진 건 그때였다.

"미친 새끼들! 전부 49호 병동에다가 처넣고 말갔어!" 염정실은 어느 결에 폭발할 것 같은 심정으로 자기 머리카락을 스스로 움켜쥔 자신의 온몸에서 소름이 오싹오싹 돋아오는 것이 느껴졌다. 그녀는 황급히, 잔에 남은 술을 들이켜며 스스로의 입을 막았다. 그와 함께 귀를 찢는 음악이 치솟고 있었다. 미스 양이 "이햐!" 하는 괴성을 몇 차례 지른 다음 혀 꼬부라진 말소리로 미친 듯이 노래말을 쏟아 내고 있었다. 미니 스커트를 살짝 걸친 미스 양의 엉덩이는 훌라후프 돌리듯 잘도 튀고 있었다. 최사장이 미스 양의 엉덩이 뒤에 바짝 붙어 서서 미스 양의 율동대로 몸을 흐느적거렸다.

광란하는 노래 때문에 또 한 번 구원을 받은 염정실은 눈을 깊이 감아 버렸다. 일단 동공이 안구 안쪽으로 놓이게 되자 잠깐 동안 마음이 편안해졌다. 곧 이어 송곳 같은 것이 귀를 찌르는 듯한 아픔 속에서 염정실은 어린 노루 한 마리가 아득한 낭떠러지로 굴러떨어지는 것을 보았다.

염정실은 몸을 일으키며 머리를 짚었다. 화장실에라도 다녀오지 않으면 이 자리에서 미쳐 버릴 것 같았다.

"흥!"

정남은 중국에 머물고 있을 때 처음 본 무협 영화의 주인공처럼, 휴대용 다용도 칼을 꺼내 든 손 엄지손가락으로 자신의 코를 가볍게 쳤다. 칼끝에서 짧게 빛이 반사되는 모양도 그럴 듯했다. 고등중학교 다닐 때 아버지한테 선물로 받아 지니고 다니며 뽐내던 접이식 손칼에 비하면 이 얼마나 멋진 무기인가. 무 깎아 먹는 데도 산나물 캐는 데도 나뭇가지를 잘라 젓가락을 만들 때도 아주 유용하게 썼던 그 손칼이 없어서 남한에 와서 처음 일이 년은 툭하면 주머니를 뒤져 보다 가슴이 철렁 내려앉는 기분을 느끼곤 했다. 주유소에서 일하다 주운 이 다용도 칼로 말하면 북한 암시장에 내놓으면 옥수수 반 트럭 분과 맞바꿀 수 있을 정도였다. 오늘 그 여자의 입에서 튀어나온 어정쩡한 함경도식 사투리를 듣는 순간, 그의 손은 주머니 안으로 빨려들어갔었다. 그는 서서히, 자신이 이 세상에 존재하고 있는 동안은 반드시 해야 할

120

일 하나를 찾았다고 생각했다.

여기까지 와서도 저토록 콧날이 높이 서 있는 그 여자는 카운터 문을 밀고 나와 화장실로 오르는 계단에 발을 딛고 있었다. 화장실 문이 밖에서 안으로 열리는 동안 정남은 세면대 수도꼭지를 틀고 손을 씻는 척했다. 마치 오래 전부터 이런 일을 연습해 온 것처럼 몸이 가뿐했다. 하나, 둘, 셋! 정남은 재빨리 몸을 틀었다. 예상대로, 화장실로 들어온 염정실이 숙녀용 변소 쪽으로 몸을 튼 직후였다.

"홉!"

염정실에게로 다가가던 정남은 얼른 몸을 추슬러야 했다. 이웃 주점에서 일하고 있는 듯한 한 여자가 어느 새 화장실 안으로 들어서고 있었다. 정남은 손을 씻다 만 사람처럼 다시 세면대로 몸을 올렸다.

"에이, 씨팔! 술 맛 되게 안 나네, 오늘."

염정실을 춤판으로 끌어오려다가 무안을 당한 김선생이 뒤늦게 자책하듯이 맥주잔으로 탁, 하고 탁자를 내리쳤다. 확 뒤집어엎을까 망설이는 틈에 염정실이 화장실에 다녀오겠다고 일어섰고, 그녀가 돌아오는 대로 한 대 올려붙이고 보겠다는 생각은 취기 때문에 어느 새 흐려진 것 같았다.

자신이 어쩌다가 이런 피라미 같은 것들 앞에서 머뭇거리고 있어야 히느지, 알 수 없었다. 그러다가 그는 염정실이 좀 전에 머리에 손을 얹으며 신경질적으로 했던 말을 떠올려 보았다. 음악소리 때문에 잘 듣지는 못했지만, 손을 뿌리친 동작으로 봐서 그건 분명 누군가에게 욕을 퍼붓는 소리였다. 설마 누굴 어디로 처넣겠다는 말은 아닐 테지만, 어쨌거나 자유를 찾게 해 준 생명의 은인과 다름없는 자신에게는 천인공노할 반응이었다. 처음에 단란주점에 들어서서 '기냥 한마디루다' 어쩌고 할 때 단단히 혼을 내 놓는 건데, 그러지 않았다가 이런 수

모를 당한다 싶었다.

"김선생님, 한잔……."

무슨 눈치라도 챈 듯이 고창규가 반쯤 일어서서 탁자 건너로 양주잔을 내밀고 있었다. 원래 하얀 얼굴에 술기운 때문에 붉은 점이 여기저기 번져 보였다. 게다가 취한 모습을 가리려고 웃음까지 담고 있어서 평소보다 더 비굴해 보이는 얼굴이었다. 두 해 전 북한에 밀입국을해 물의를 빚었던 한 작가가 저렇듯 표리부동했다. 겉으로는 민족이니 예술이니 하고는 실제로는 부와 명예를 챙기는 일에만 급급한 것이 문학하는 녀석들의 공통점이었다.

"이봐, 고작가. 당신 말이야, 잘 해!"

"예?"

음악소리가 두 사람의 말을 잡아먹었다.

"잘 하라니까, 이 새끼야!"

"아, 예."

내친 김이란 듯이, 김선생은 고창규가 따르는 양주를 받고는 염정실 쪽으로 몸을 틀었다.

"야, 염정실이. 너 오늘 보니 무슨 공주 같구나, 평양에서 온 낙랑공주 같애, 응? 자, 한잔 해. 원샷!" 염정실이 양주잔을 들고 김선생 잔에 살짝 갖다 대었다. 이번에도 제멋대로 굴면 그 자리에서 박살을 내리라 내심 작정하고 있는데, 의외로 그녀는 다소곳이 양주잔을 다 비워 내고 있었다. 염정실은 다시 차분해진 모습으로, 남한 부르주아들과 자주 어울려 본 사람처럼 자신이 마신 양주잔을 생수잔에 몇 차례 부신 다음 고창규에게로 내밀었다.

고창규는 미스 양이 부르는 노래를 흥얼흥얼 따라 부르면서 술에 취해 가고 있었다. 김선생에게 술을 권한 뒤부터는 정신이 오락가락 하는 중이었다. 김선생이 뭐라고 기분 나쁜 투로 말하는 것 같았는데, 김 선생 자신도 웬만큼 취해서 혀가 꼬부라져 있었다. 이번 일이 여자 귀 순자 스토리였으니, 다음은 또 어떤 이상한 물건이 걸려들까. 내일 만 나기로 한 선배의 은근한 전화 목소리로 보면 상당한 건수일 듯싶었 다. 그걸 짐작해 보면서 잠시 마음이 들뜨던 그는 이내 처참한 기분이 되었다. 쓰고 싶은 글만 쓰다가 죽겠노라던 젊은 날의 패기를 다시 못 찾아도 좋았다. 죽어도 그 따위 글을 쓰지 않겠다고 생각했던 바로 그 글이 아니면 한시도 생존이 불가능한 존재가 바로 자신이었다. 수챗구 덩이 속을 기어가는 나날들이었다. 모양새는 온몸에 피칠갑을 하고 제 몸 속에서 혼을 불러 내는 예술가 비슷한데, 실상 예술가는커녕 머릿 속에 그득한 똥을 입 밖으로 게워 내는 일로 먹고 살고 있는 하등 동물 이 바로 자신이었다.

"고선생님, 책 쓰느라 정말 고생 많이 했시오."

염정실이 술을 따르며 한마디 했다. 무슨 병원 냄새 같은 것이 물씬 풍겼다. 고창규는 잠깐 정신이 들었다. 이러다간, 술만 마셨다 하면 폭 음에 기억이 끊어지는 술버릇이 재현되겠다 싶었다. 걸레처럼 바닥을 핥으며 아스팔트 길을 기어가는 그런 버릇들…….

미스 양은 여전히 최사장과 손을 잡았다 풀면 몸을 붙였다 뗐다 하고 있었다. 귀가 멍멍해 그들이 부르는 노래는 제대로 알 수 없었다. 염정 실이 준 술로 입술을 적시고 보니 맞은편에 김선생이 방만한 자세로 몸을 뒤로 젖히고 앉아 담배를 물고 있었다. 그가 내뿜는 연기가 이곳 을 마치 진공 속처럼 보이게 했다.

그는 주위를 둘러보았다. 머리가 조금씩 맑아져 왔다. 49호 병동, 좀 전에 그렇게 소리지른 사람이 염정실이었음을 고창규는 기억해 냈다. 북한에서 정신병자를 수용하는 병원을 49호 보양소라 일컫는다는 걸 고창규도 잘 알고 있었다. 염정실은 북한에 있을 때, 성한 사람도 정신병자로 몰아 49호 병동에 넣어 버릴 만큼 권력이 있었던 사람이었다. 그리고 그녀에게는, 스스로 정치범으로 몰려 정치범 교화소로 갈 위기에 처했다가 힘 있는 군의관에게 뇌물을 주고 일시적으로 49호 병동 신세를 진 경력이 있었다. 그녀의 이름으로, 사십 년 가까운 세월을 속고만 살아왔다는 사실을 온 천하에 알려서 지금 그곳에서 시달리고 있는 우리 동족을 구원해 달라는 머리말을 써 두었다. 그녀는 자유를 찾았노라고 진정 말할 수 있는 사람이었다. 자유와 풍요의 의미를 온몸으로 증명할 수 있는 사람이 그녀였다. 보통의 인민들은 쳐다보지도 못했던 권력을 그녀는 가지고 있었다. 스스로도 고백했듯이, 중국 길림성을 몇 차례 드나든 경험이 없었다면 아마도 영원히 그 권력을 유지하면서 살았을 것이었다. 그런 그녀가 이제는 옛날의 그 권력이 없어서 몸서리치게 불편을 겪고 있는 게 아닐까. 뒤늦게 자유와 풍요에 젖은 몸이 다시 옛 권력까지 되찾고 싶어하고 있는 게 아닐까.

인간의 욕망이란 원래 그런 것인지도 몰랐다. 살아남아 있는 모든 인간들은 끝없는 편리와 끝없는 풍요를 향해 달리는 질주족들이었다. 인간으로서는 견딜 수 없는 땅을 벗어나서, 이제 마음놓고 숨쉬고 사는 땅에 와서는 더욱 더한 갈증에 시달리고 있는 염정실이나, 굶어 죽을 염려까지는 안 해도 되는 처지이면서도 하염없는 공복감에 시달리는 고창규 자신이나 별다를 게 없었다. 빌어먹을! 아직도 제가 무슨 대단한 기관에 있는 몸인 줄 착각하는 김선생이나, 어리석게도 그런 사람에서 빌붙어서 뭔가 부를 획득해 보려는 최사장이나 모두가 그런 족속들이었다. 이 세상 모두가 49호 병동 그 자체였다.

신기한 일이 없지는 않았다. 정신병동이란 데도 사람의 희로애락이 넘쳐나는 곳이었다. 저렇듯 통통 튀는 몸, 엉덩이로부터 실 같은 곡선을 그으며 발끝으로 내리뻗어 오는 몸매, 폐부 깊이 위치해 있는 비밀스런 감정의 샘을 잘 알고 있다는 듯이 가늘고 경쾌하게 파도쳐 밀려

124

드는 목소리, 그리고는 마침내, 취해 비틀거리는 남자의 몸에 불뚝불뚝 생기를 불어넣기까지 하는 생명력……. 미스 양을 쳐다보며 스르륵, 감겼던 고창규의 눈이, 한참 만에 다시 떠졌다.

하룻저녁에 세 건은 아주 기분 좋은 경우였다. 첫 손님으로 맞은 세 명의 남자는 딱 한 시간을 정해 놓고 앉아서 양주 큰 병 하나와 맥주 다섯 병을 마시다 갔다. 번갈아 그들의 몸을 안고 춤추고 어울리다 보니 시간 가는 줄도 몰랐다. 그러는 사이에 정남오빠가 와 있었다. 오늘로 다섯 번째 우리 가게를 찾는 정남오빠는 유일하게 미스 양만 지정하는 손님이었다. 그가 묵묵히 술을 마시는 동안 하염없이 노래를 불러 주는 일이 그녀의 업무였다.

"나는 모두 모르는 노래니까, 무조건 여기 있는 노래 다 불러만 줘." 그것이 정남오빠의 요구 사항이었다. 노래라면 몇 박 며칠을 해도 바닥이 드러나지 않는 그녀였으므로, 참으로 흔쾌했다. 노래를 부르다 저절로 감정이 복받쳐서 울음이 섞여 나오기도 했고, 어린 댄스 그룹들처럼 몸이 공중으로 붕붕 날아오르기도 했다. 행여 그가 비웃지나 않을까 싶어 얼핏얼핏 쳐다보면, 그는 놀랍게도 그녀의 노래에 취해서 눈물 젖은 얼굴로 그녀의 표정을 따라 울기도 하고 웃기도 하고 있었다.

정남오빠가 나타나면 일단 그걸로 장사는 끝이었다. 자정이 될 때까지 그랬으니까. 그런데 오늘은 뒤늦게 들이닥친 손님에게 룸을 내주고 가 버렸다. 던지고 간 돈을 헤어 보니, 시켜 놓고 거의 입에도 안 댄 술값에다 팁까지 보탠 금액이었다.

세 번째는, 사내 셋한테 혼자 둘러싸이고도 동행한 여자 손님에게 또 다른 신경까지 쓰게 된 미스 양이었지만, 짜증을 내지 않았다. 세건째면, 돈이 얼마랴 싶었다. 게다가, 잘 하면 외박까지 뛸 수 있는 분위기

아닌가. 아닌게아니라, 집에다 돈이라도 부쳐 주고 싶은 마음이 요즘 들어 불쑥불쑥 들곤 했다. 미스 양은 춤을 추면서 엉덩이에 몸을 붙여 오는 남자 쪽으로 가끔씩 상체를 붙여 보였다.

오랜만에 일이었다. 꿩 대신 닭이라고, 일이 잘 안 풀릴 땐 여자를 찾아 해소하는 버릇이 자신에게 있었음을 상기한 최사장이었다. 그러고 나면, 아니 그러고 나야 일도 잘 풀렸다. 그러니 이번 일의 내일을 알 수 없는 오늘, 미스 양 정도면 충분히 투자를 할 가치가 있었다.
"이따가 나가서 전화할 테니까 대기하고 있어, 응?"
최사장은 미스 양의 손에다 두둑하게 지폐를 쥐여 주면서 속삭여뒀다. 미스 양이 그것을 재빨리 스타킹 속으로 집어넣었다. 김선생이 감정을 잡고 노래를 부르던 동안의 일이었다. 시간도 제법 흘렀고, 대접할 만큼 한 셈이었으니까, 이제 술을 더 마셔서 몸을 축낼 필요가 없었다. 언젠가 폭탄주를 실컷 마신 후 여자를 데리고 모텔 방을 찾았다가 몸이 말을 듣지 않아 무참했던 전철을 밟을 수는 없는 일이었다. 최사장은 슬그머니 밖으로 나갔다.
술값을 치르고 화장실을 다녀오는데 염정실이 룸을 빠져나오다가 흠칫 놀라는 시늉을 했다.
"왜 먼저 가시려구요?"
"예, 화장실엘……."
술자리에서는 인사 없이 미리 자리를 뜨는 것이 큰 허물이 아닐 수 있다는 사실을 모를 리 없을 텐데도 그녀는 뭔가 발목이 잡혀 있는 사람처럼 머뭇거리고 있는 눈치였다. 그러고도 제멋대로 행동하지 못하는 처지가 된 자신이 갑갑해 자주 신경질적으로 상을 찌푸리곤 하는 그녀의 태도는 여간 불쾌하지 않았다. 자신의 이야기를 책으로 엮어주는 출판사의 정성과 경비 지출은 아랑곳하지 않고 어디서 들었는지

126

"책 정가의 십 퍼센트가 인세라고 들었는데요?" 하고 되묻던 그녀였다. 물에 빠진 놈 건져 주었더니 짐 내놓으라 한다고, 자기가 무슨 문필업을 하는 전업작가나 된 듯이 인세 십 퍼센트 운운하다니……. 내심 육 퍼센트 인세까지 생각하고 있었다가, 오 퍼센트로 낮춰 버렸더니, 나중에는 그것이라도 잘 챙겨 주십사 하는 태도라니…….

최사장이 룸으로 다시 들어갔을 때는 미스 양이 김선생과 고창규를 양 옆으로 세우고 저질스럽고 외설스러운 가사를 외쳐 대고 있었다. 그녀가 치는 탬버린을 고창규가 뺏어 치기 시작했고, 그 틈을 이용해 김선생이 여자의 허리를 싸안았다. 몇 번 김선생에게 여자를 사서 갖다 바친 적은 있었다. 그러나 오늘은 그럴 수 없었다. 아니었다. 이젠 영원히 그런 일은 하지 않을 것이다. 누가 늙은 당나귀에게 신선한 홍당무를 골라 바치려 하겠는가.

"고형은 취했구나, 응?"

최사장은 우선 고창규의 손에서 탬버린을 빼앗고는, 미스 양의 음정을 따르느라 목에 핏대를 세우던 고창규를 슬쩍 밀어 소파로 몰았다. 그 바람에 고창규의 몸이 쿵, 하고 소파로 나자빠졌다. 최사장은 미스 양의 엉덩이를 쓰다듬어 올리면서 슬몃 미스 양의 허리에서 김선생의 팔을 풀었다.

그 순간이었다. 퍽, 하는 소리가 김선생의 머리 위에서 났다.

"어맛!"

미스 양이 노래를 부르다 말고 비명을 질렀다. 미스 양의 몸에서 떨어져 나가던 김선생의 머리에서 흘러내리는, 술인지 물인지 모를 액체가 누구의 소행인지를 깨달은 회사장의 몸이 갑자기 둔중한 몸체에 짓눌려 넘어지고 있었다. 마이크가 요란한 기계음을 내며 내팽개쳐졌다.

"너 이 새끼까지 나를 멸시해!"

최사장의 짓이라 여긴 김선생의 기습이었다.

"어머머, 어머머!"

미스 양이 발을 구르고만 있었고, 고창규가 자신이 무슨 일을 했고 어떤 일이 눈앞에서 벌어지는지 모르겠다는 듯이 또 다른 생수병 하나를 들고 자신의 머리 위에다 붓고 있는 모습이, 김선생에게 짓눌리고 있는 최사장의 눈에 비쳤다.

정남은 여전히 칼을 손에 쥔 채 취객처럼 웅크리고 계단에 앉아 있었다. 그 자신으로 치면, 두 번째로 운명이 뒤바뀌는 순간인지도 몰랐다. 이미 경험한 한 번은, 신통하게도 마치 전생에서의 일처럼 아득했다. 외화벌이꾼으로 가장해 북한을 탈출하려던 형이 연길에서 붙잡혀 와서 공개 처형을 당하는 걸 두눈 뜨고 보아야 했던 그는 그 이후 자신의 인생 항로를 이을 그 어떤 일도 없으리라 생각했다. 형과 함께 공개 처형된 사람들의 가족들, 회령에서 밀수를 하다가 붙잡힌 아녀자들, 탈북자 가족들 등과 함께 포승줄에 엮이고 낡은 트럭에 실린 채 양강도의 로중 광산으로 이송되던 중이었다. 빗길에 트럭이 낭떠러지로 굴렀고, 캄캄한 밤, 그는 진흙구덩이 속에서 숨쉬고 있는 자신의 헐벗은 육신을 발견했다. 그리고 그곳은 그냥 진흙구덩이가 아니라 이미 시체가 된 사람들이 서로 뒤엉켜 있는 지옥이라는 사실을 알았다. 시체더미 속을 헤치고 나왔을 때 그의 행로는 정해졌다. 그는 처음에 형이 계획해서 자신에게 보여 주었던 두 개의 탈출 경로 중에서 형이 택하지 않았던 남은 하나를 택했다. 두만강을 헤엄쳐 건너는 길이었다. 물론 그때까지만 해도 자신 앞에 단 한 번도 꿈꾸어 보지 않은 운명이 닥칠 것이라고는 생각하지 못했다. 서방 세계에서 가장 유명하다는 어떤 문인이 그랬다는 것처럼 그에게는 그때, 죽느냐 사느냐 그것이 문제였을 뿐이었다.

일생 동안 꾸어야 할 꿈을 한꺼번에 몰아서 꾸고 있는 듯한 나날이 이어졌다. 생전 처음 받아 보는 거액의 돈을 정착금 명목으로 받아 들고는 그것이 무엇을 뜻하는지 몰라 한동안 어리벙벙했다. 고된 군사 훈련 칠 년에 제대하고 나와서는 줄곧 공장에만 있었던 그가 이곳 세상에 와서 할 수 있는 일이라고는 오직 몸으로 때우는 노동밖에는 없었다. 그는 귀순자들로서는 흔하디흔한 반공 강연에도 나가지 못할 말주변이었다. 그런데도 그는 뜻밖으로 자신의 몸의 소중함을 처음 깨달았다. 공사판 막노동에, 주유소 아르바이트는 기본적인 일이었다. 체증 심한 도로 위에서 뻥과자와 오징어를 판매하는 일이 가장 벌이가 좋았다. 뛰는 전세금이 심각한 경제 문제라는 얘기를 한쪽 귀로 흘려보냈다.

곱절로 뛴 전세금을 간신히 충당하고 났을 때 그는 가슴 한가운데가 뻥 뚫린 듯한 느낌을 받았다. 주유소에서 일할 때의 동료를 따라 오게 된 곳이 이곳 단란주점이었다. 한 주일 벌어 먹고 남은 돈을 이곳에서 다 쓰고 가는 셈이었다. 천사보다도 더 예쁜 여자가 불러 주는 노래를 들으며 취기에 빠져들면서 그는 지극한 희열에 몸을 떨곤 했다. 그런 날은 뒤늦게서야, 집에서 밤이 새도록 자위행위를 했다. 그에게는 나날이 세상의 시작이고 세상의 끝이었다.

단란주점에 드나든 지 오늘로 다섯 번째, 그는 자신에게 찾아든 새로운 운명 앞에서 잠시 신경이 마비되었다. 단란주점에서 멀리 떨어진 대로변에 나가 택시를 잡어타려다가 그는 정전기에 감전이라도 된 듯 동작을 멈췄다. 그토록 호화로운 택시를 아주 자연스럽게 타고 내리곤 하는 자신이 우선 놀랍기 그지없었다. "무장 공비 색출 속보입니다. 군은 오늘도 달아난 무장 공비 잔당을 추적했으나……." 택시 안에서 흐르는 라디오 소리를 들으며 그는 다시 주머니에 손을 넣고, 뻥과자와 오징어를 팔면서 늘 휴대하고 다니던 칼을 만지작거렸다.

형을 압송해 왔다는 그 여자, 꼿꼿이 서서, 형이 총탄을 맞고 몸을 떨다가 픽, 하고 고개를 떨구는 것을 지켜보던 그 자, 깊은 악몽이 아니면 기억 속으로 불러 내지조차 않았던 그 여자, 북한에서의 당당함과 꼭같이, 약간의 가자미 같은 눈을 뜨고, "한마디루다 처리하면 될 걸……." 함경도 사투리투로, 콧날을 오똑 세우고 생생하고 싱싱한 모습으로 눈앞에 온 여자…….

그는 곁눈으로, 염정실과 일행인 한 사내가 화장실에서 내려와 다시 주점 안으로 들어가는 것을 보았다. 잠시 뒤였다. 그는 다시 칼을 움켜쥐었다. 염정실이 계단을 올라오고 있었다. 술에 취해 지친 사람처럼 그는 고개를 자신의 다리 사이로 더 깊이 처박았다. 화장실 문이 열리는 소리가 났고, 곧 변기 물이 쏟아져 내리는 소리가 들렸다. 정남은 단란주점 쪽을 살핀 다음 몸을 일으켜 화장실로 들어섰다. 여자 화장실 쪽으로 소리 없이 진입한 그는 몸을 가늘게 떨고는 칼을 다잡아 쥐었다.

변기에서 또 한 번 물 내리는 소리가 났다. 옷을 추스르는 소리, 그리고…… 문고리가 따지는 소리, 문이 밀쳐지면서 염정실의 핸드백을 걸친 어른쪽 어깨가 모습을 드러냈다. 정남은 잽싸게 그녀의 턱을 쳐올리면서 목을 감싸쥐었다. 당황한 그녀의 몸이 금세 밑으로 쳐지면서 끄윽 하는 짧은 비명을 쏟아 냈다. 한 손에 든 칼로 그녀의 목을 천천히 눌렀다. 그녀의 팔이 허우적거렸다.

"안전원 동지, 이런 데서 만나서 반갑수다레!"

무슨 말인가 더 하고 싶었다. 이곳 세상에서 보게 된 드라마처럼 길게, 좀더 처절하게 말하고 싶었다. 이 여자에게 붙잡혀 처형당한 형을, 그곳에서 살아온 자신의 삼십 년 인생을, 누군가를 죽여야만 할 것 같다는 느낌을 몰아 내기 위해 악몽을 꾸다가도 다리를 오므리곤 했던 지난 사 년의 세월을, 더듬거리면서, 토악질을 하듯이 말하고 싶었다. 그러느라 칼을 들고 오래 머뭇거리던 팔이 한참 만에 허공을 향해 멀리 뻗어나갔고, 곧 그녀의 심장 쪽으로 돌진해 가고 있었다.

"정남오빠! 왜 이래!"

무엇엔가 쫓기듯 화장실 밖에서 뛰어들어온 미스 양의 울부짖는 목소리가 그의 동작을 흩뜨려 놓았다. 칼은, 힘껏 몸을 비튼 염정실의 어깨에 닿았다. 염정실의 몸이 바닥으로 가라앉는 사이 정남은 왈칵 눈물을 쏟으며, 더 비명도 못 지르고 안절부절못하는 미스 양의 머리를 슬쩍 쓰다듬은 다음 화장실 밖으로 뛰쳐나갔다.

고창수는 피비린내를 맡으며 눈을 떴다. 눈을 뜨자마자 그가 한 일은 스스로에게 코웃음을 치는 일이었다. 정해진 순서인 듯이, 그의 몸은 아스팔트에 엎어져 있었다. 면상으로 바닥을 쓸면서, 마치 무슨 구더기가 기어가듯이 조금씩조금씩 자리 이동을 하고 있는 중이었다. 택시 한 대가 멈춰 서서 그의 머리 위로 한참 동안 헤드라이트를 비추다가 지나가고 있었다.

그는 일어서자마자, 잠시 휴식을 취한 것뿐이라는 듯이 옷을 툭툭 털고는 몇 걸음 자리를 옮겼다. 누군가하고 마구 싸우던 생각이 났고, 뒤죽박죽 엉기어 있던 최사장과 김선생, 울부짖고 있는 미스 양과 얼굴에 피가 묻어 있는 염정실의 모습이 떠올랐다. 전혀 아무런 통증도 없이 자신의 몸이 움직여지는 것으로 보아 더 이상 별다른 일은 없는 것 같았다.

고창규는 눈에 띄는 구멍가게로 들어가 버릇처럼 섬유음료 한 병을 꺼내 마셨다. 오늘도 자정 넘기고 들어올 바엔 아예 외박하라던 아내의 협박이 떠올라 절로 공중전화를 찾고 있는 그의 눈에 가겟방 쪽에 놓인 텔레비전이 보였다. 가게 주인 내외와 젊은 사내 손님 몇이 서서 아예 텔레비전에 열중하고 있었다.

"다시 한 번 알려 드리겠습니다. 칠성산 부근으로 잠복했을 것으로 추정되는 북한 무장 공비를 추적 중이던 군은 잠시 전인 어젯밤 열한 시 삼십분, 무장 공비 한 명을 생포했습니다. 잠시 후 공식 발표가 있겠습니다. 그럼, 현장으로 연결……." 가게 안에 약간의 웅성거림이 있었다. 아나운서의 격양된 말을 얼핏 이해할 수 없었다. 신문이고 방송이라면 며칠씩 귀와 눈을 꼭 막아 버리곤 하는 습관 탓이려니 했다. 잠시 섬뜩한 기분이 들었다. 누군가가 칼을 들고 뒤에 서 있지나 않은가 싶어 목을 뒤로 젖혔다. 그는 섬유음료 한 병을 더 꺼내 들고는 천 원짜리 지폐를 공중에 흔들었다. 주인 내외는 여전히 돌아보지 않았다. 고창규는 지폐를 그냥 주머니 속에 넣어 버렸다.

그는 길을 걷다 말고 비수가 자신의 목덜미를 찌르려고 내리꽂히는 것만 같아 자꾸 목을 이리저리 흔들었다. 이내, 몹시 취한 사람처럼 온몸을 건들거리며 한길로 뛰어들었다

세 사람

1.

　원래는 세 사람이라야 했다. 더 정확하게는 두 사람이어야 했고, 그 두 사람 속에 자신은 없어도 좋았다. 주철남은, 세 사람 중 한 사람이면 모를까 두 사람 중 한 사람이 되어버린 자신이 아직도 어색하고 난감해서 운전을 하면서도 한쪽 어깨를 자꾸 들썩거린다. 태어나 처음 오는 곳을 차를 운전해 달리는 중이기도 해서, 이래저래 응어리지는 긴장을 그렇게리도 풀어내야 했다.

　수원역까지 용케 잘 왔다. 별로 줄어들지 않은 자동차 행렬 때문에 자주 길이 막혀서 그렇지 대한민국 제일번 국도의 이정표는 비교적 친절하고 정확한 편이었다. 오면서 지도를 곁눈질해 보니, 서울 삼성동에서 굳이 수원까지 오려면 경부 고속도로를 타다가 첫번째 인터체인지로 빠지는 편이 좋을 법했다. 그런 걸 처음에 문지훈이 안양 유원지 쪽에서 만나자는 바람에 먼 길을 둘러온 것이다. 안양 닿을 즈음에야 문지훈이 다시 알려왔다.

"급한 게 아직 해결이 안돼서 말이야. 미안하지만, 그냥 곧장 수원으로 가라구. 어차피 시간이 괜찮으면 수원 화성을 구경시켜 주려고 했으니까, 그렇게 설명하면 알 거야. 수원역 앞 광장에서 말이지, 경기도청 쪽으로 꺾어. 중간에 내가 다시 연락을 할 테니까."

수원 화성(華城)이라면…… 입으로 되뇔수록 낯설지 않은 지명이었다. 조선시대 때 정약용이라는 실학자가 특이한 기계를 발명해서 그걸로 성곽을 지었다는…… 혁명 역사 시간에 그렇게 배운 것도 같다. 옛날의 전설을 즐겨 들려주시곤 하던 할머니의 쭈글쭈글한 인중이 떠오른다.

"리조 때 어떤 님금이 있었디. 그 할아바이 님금이 아바지를 뒤주 속에 넣구 죽예서……"

그런 식이다. 정조던가, 아니면 영조라던가, 조선시대 그 어떤 임금이 억울하게 죽은 자기 아버지를 추모하려고 경기도 수원이라는 곳에다 화성이라는 성을 지었다는 사실을 남한에 와서 텔레비전을 통해 확인한 적이 있다. 그걸 현장에서 취재하던 리포터 아가씨의 발랄한 표정도 생각날 듯하다. 세계 최초의 계획도시, 효의 도시, 유네스코 지정 세계의 문화유산…… 수원역에 이르는 거리 곳곳의 홍보판에 그런 말들이 씌어 있었다.

"이거이, 여게는 고저 아이엠에프도 아이구만 기래."

수원역 앞 로터리가 자동차로 가득 메워진 걸 보면서 주철남은 내뱉듯 중얼거렸다. 그제야 뒤에 두고 깜빡 잊고 있었던 여자가 룸미러로 다시 느껴진다. 언젠가부터 오디오 볼륨을 줄인 상태다. 가까이서 사람이 듣고 있는 데서 이렇게 진한 고향 말로 지껄여본 일은 남쪽에 내려온 뒤 처음이 아닌가 싶다. 짜증이 나는 가운데서도 주철남의 입가로 슬몃 웃음이 피어난다. 뒷좌석에 앉은 여자가 그 표정을 눈치챘는지 덩달아 얕은 보조개 위로 미소를 담아내고 있다.

— 조금만 참으세요. 문 선생님이 원래부터 여기를 보여드리려고 했답니다. 오히려 잘됐지 않습니까? ……문 선생님도 곧 나타나실 겁니다.

유네스코, 화성, 계획 도시, 사도세자, 세계의 문화유산…… 이런 낱말들이 머릿속에서 뱅뱅거리기만 할 뿐, 당연히 연결돼 나오지 않는다.

— 아, 네. 너무 고맙습니다!

에어컨을 끄자, 의식하지 못했던 향수 냄새가 잠시 진동한다. 오는 도중에 얼마간 조는 모습이던 여자의 목소리는 어느새 해맑고 깔끔한 음색으로 틔어 있었다. 못 보는 사이에 얼굴 화장까지 고친 게 분명하다. 작고 깡마른, 그래서 어찌 보면 볼품없이 생긴 것 같은데도 속에 감추고 있는 진지한 분위기가 겉으로 배어나오는 여자다. 볼수록 그렇다. 호텔 커피숍에서 만나 곧바로 가게로 모시고 가 냉면과 돼지고기 보쌈을 대접할 때만 해도, 유부남에 호남형인 문지훈이 무슨 일로 저 왜소한 일본여자와 야릇한 관계가 되었는지 궁금했다.

"이 친구야, 그런 건 물을 거 없고, 자넨 그냥 독일어로 통역만 열심히 하라우."

어제까지 문지훈의 목소리에는 그렇게 자신감이 실려 있었다.

"급한 불 좀 끄고 갈 테니까 냉면이나 대접하고 있으라구. 내가 이자까지 다 계산해 줄 테니까, 응?"

오전에 통화할 때까지도 그랬다. 점심으로 냉면을 접대하고 올림픽 공원이나 몽촌토성 산책길 정도까지는 동행해 줘야겠구나 싶었다. 한데, 그 문지훈도 없이 반나절, 혹시 처녀 총각 중매할 뜻이 아닌가 했던 일말의 기대감도 사라진 후다.

"이거이, 참!"

주철남은 이정표에 쓰인 화성 방향으로 접어들었다가 아차, 한다. 문지훈이 말한 경기 도청으로 가자면 역 광장 앞 로터리 중앙 홍보 탑을 끼고 좌회전을 해야 했던 것이다. 자신이 택한 길은 수원의 유적지 화성이 아니라 경기도 화성군 쪽이라는 판단이 금세 든 셈이지만 한발 늦었다.

— 무슨 일이세요?

두 귀를 쫑긋 세운 토끼 같은 표정을 지으며 여자가 물어온다. 주철남은, 차도 오른편 인도 연변에 줄을 잇고 있는 대학 통학 버스 정류장 입간판들 중에서 언뜻, '융건릉'이라 쓰인 것을 발견하고는 소스라치듯 놀라 얼른 대답한다.

— 화성 가는 길에 왕릉도 하나 보고 가지요.

여자는 잠시 복잡한 느낌을 얼굴에 담더니 천천히 고개를 끄덕이는 눈치다.

— 네에……, 그것도 좋겠군요.

진땀 난다.

융건릉이란 말이 어째서 자신에게 동명왕릉이라고 비쳤는지 알 수 없다. 평양에서 가까운 곳에 있어 몇 번이나 가볼 수 있었던 곳이 동명왕릉이다. 그 앞에서, 수령의 조상이라는 동명왕의 위대한 업적을 생각하면서 주먹을 불끈 쥐곤 했었다. 따지고 보면 평양이야말로 둘째 가라면 서러워해야 할 완전한 계획도시다. 서울보다 면적은 세 배 가까이 크면서 인구는 그 십분의 일을 넘길까. 화려하고 웅장하면서도 깨끗한 세계적인 대도시 평양…… 이제 그곳도 사람이 더욱 눈에 띄게 줄어들고 달리던 전차들이 수시로 걸음을 멈추고 있는 텅 빈 거리가 되어가고 있을 것이다. ……고등중학교 삼학년 때던가, 아버지 차에 동독인 교수 한 사람과 함께 타고 개성에 있는 공민왕릉을 둘러보고 오던 길에 놀랍게도, '지금 여기가 공민왕 말년 때와 같다'는 엉뚱한 생각을 하고는 며칠 밤을 악몽으로 시달렸다. 하기야 그런 악몽의 밤쯤은, 베를린 장벽이 허물어지는 틈에 동독을 탈출해 서베를린 주재 한국 대사관 주변에서 노숙하며 지내던 사흘 주야에 비하면 아무것도 아니다. 아니, 남한에 와서 처음으로, 단란주점 아르바이트 여대생과 몸을 섞던 그 전율과 공포의 순간에 비하면, 그 모든 건 새벽 안개처럼 흐릿한 것들이다.

주철남은 오디오 볼륨을 높이면서 눈을 더욱 크게 떠본다.

2.

포장된 길이었지만 시골 풍경이 확연한 데로 들어서자 세찬 바람이 반쯤 열어놓은 차창 너머로 파고드는 소리가 요란하다. 바람 속에는 아직 여름 장마 냄새가 묻어 있다. 결국 문지훈도 한국에 찾아든 IMF 태풍에 휩쓸리고 있다는 걸까? 이상하게도 코끝이 찡해온다. 아까부터 요의도 없는데 자꾸 오금이 당긴다. 산타 마리코(山東麻里子)는 다시 거울을 꺼낸다.

한국에는 절도 참 많고 왕릉도 많은 게 분명하다. 어제까지 이틀 동안 천년 왕도(王都)라는 경주에서 본 왕릉들도 결국은 천 년 이상씩 보존돼 왔다는 얘기다. 어젯밤 침대에 누워 관광 가이드 책에서 혹시 오늘 가보게 될지도 모르는 서울 근교 왕릉을 밑줄 치며 읽었다. 석릉, 영릉, 광릉, 동구릉, 서오능, 공양왕릉……. 그런데 그 책에서는 본 기억이 없는 융건릉이라는 왕릉도 있다고 한다. 이 나라에 왕을 지낸 사람이 그만큼 많다는 것인지, 아니면 그만큼 왕릉이 잘 보존되고 있다는 것인지 알 수 없다. 하긴, 일반 사람들도 죽어서는 개별적인 무덤에 묻혀 보존되는 나라니까, 왕의 무덤 역시 많을 수밖에 없을 것이다. 다만 이상한 것은, 그처럼 왕릉을 잘 보존하고 있는 나라에 어째서 왕이 없을까 하는 점이다. 그런데도 일본 사람들이 자기네 왕을 처단했다고 믿고 있고 그 때문에 일본 사람을 증오하는 게 한국 사람이라는 얘기를 아버지에게 들었다. 어쨌든 이런 얘기도 문지훈과 나누면 퍽 재미있을 게 아닌가.

핸드폰을 걸던 주철남이 뭔가 잘 안된다는 듯이 중얼거리면서 또 어깨를 들썩, 한다. 전혀 예상하지 못한 통역자였다. 어제 전화 통화 때까지만 해도, 일부러 일본어에 능통한 호텔 지배인을 통해 오늘의 일정을 설명하게 한 사람이 문지훈이다. 누군가를 대동한다면 일본어를 구사할 사람일 줄 알았다. 그런데, 독일어 통역이라니. 이건 틀림없이, 마리코가 독일인 회사에서 오래 근무했고 또 독일에서 삼년간 생활했다는 걸 기억한 문지훈의 인상 깊은 배려였다. 게다가 그 통역자가 독일에서 유학하다 탈출에 성공한 북조선 유학생이라면, 흥미롭다 못해 너무 복잡해서 머리가 아플 지경이다. 감탄을 자아내게 하는 의외의 말들, 한 번의 짧은 만남과 십여 차례의 인터넷 교신, 그리고 이번 방문에 따른 몇 차례의 전화 통화로 굳건한 신뢰감을 갖게 한 문지훈이라면, 어쩌면 마리코를 더욱 놀라게 할 어떤 계획을 꾸미고 있다는 뜻일까.

차가 융건릉 앞 주차장에 가 닿는 동안에도 주철남의 핸드폰은 다시 울리지 않는다. 차에서 먼저 내린 주철남이 매표소로 가는 동안 마리코는 또한번 고개를 내젓는다.

왕릉 입구를 에워싸고 있는 담벼락 아래의 주차장에는 스무 대는 넘음직한 승용차에다 대형 버스와 미니 버스 몇 대가 불규칙하게 주차되어 있다. 주차장 밖 이차선 도로 건너편 길가로는 음식점과 가게가 늘어섰다. 도로 위를 트럭 두 대가 연이어 달려가고 건너편 가겟집들 사이에서 소형 승용차가 기다렸다는 듯이 빠져나온다. 알 수 없는 일이

138

다. 어떤 왕이 묻힌 곳인지, 이렇게 먼지가 날려서야 될 일인가. 어제까지 경주 구경을 할 때도 그렇게 느꼈지만 왕이 잠든 곳에서조차도 대체로 질서가 없고 시끄러운 곳이 한국이다.

마리코는 융건릉 출입문 쪽으로 걸어가 안내판 앞에 선다. 땀 때문인지 몸이 끈적끈적해졌다. 매표소에서 표를 사 들고 온 주철남이 곁에 와서 섰다. 융건릉, 하고 혼자서 소리내 읽어보던 주철남이 갑자기 '어?' 하는 표정을 지었다.

— 하하하, 저는 왕릉이 하나인 줄 알았습니다. 융릉, 건릉 두 개를 합쳐서 융건릉이라 하는군요.

경주의 왕릉과도 다르고 주철남이 살았다는 북한의 왕릉과도 다른 모양이다. 마리코는 문득, 남북한의 역사가 언제부터 서로 갈린 것인지 가늠해 보지만, 그것은 안내문의 영문과 한문을 번갈아 읽어 의미를 파악하는 것보다 더 힘든 일이다. 입속말로 한글 안내문을 읽어본 주철남이 그걸 요약해서 독일어로 간신히 읽어가듯이 떠듬떠듬 옮겨준다.

— 조선 왕조 스물한 번째 임금이 영조라는 분이었습니다. 신하들이 세자를 모함해서 영조가 세자인 친아들을 뒤주 속에 가두고 굶어죽게 했습니다. 세자의 아들이 임금이 되었는데, 이분이 조선왕조 스물두 번째 임금 정조이지요. 정조는 즉위하자마자 죽은 친아버지의 묘를 이곳으로 옮겼는데 그 능을 융릉이라 합니다.

한국에서 아들을 죽인 아버지 임금이 살던 때는 일본으로 치면 언제일까? 에도〔江戶〕 시대 이후까지 그런 야만적인 일이 벌어지고 있었다면, 한국은 어쩌면 일본에 병합되기 전까지는 굉장히 미개한 나라였는지도 모른다.

— 일단 들어가 보시지요. 저도 덕분에 한국 역사를 다시 공부하게 되었군요…… 들어가서 문 선생님한테 공중전화로 다시 연락해 보겠

습니다. 제 핸드폰이 여기 오니까 신통찮군요.

주철남은 마리코가 답답해 하는 표정을 알아채고는, 손에 든 핸드폰을 흔들어 보였다.

답답한 마음을 씻어주려는 듯이 융건릉 안은 수목원처럼 울창한 숲과 서늘한 그늘로 이어지고 있다. 왕릉이라기보다 주민들이 쉽게 드나들면서 휴식을 취하는 공원 같다. 숲 그늘 아래 자리를 깔고 누워 있거나 앉아서 음식을 먹고 있는 사람들이 예상 외로 많아보인다. 담배를 물고 바지를 무릎까지 걷어붙이고 둘러앉아 하나후타[花察]를 즐기는 사내들도 있다. 일본에서는 일부 야쿠자들이 즐기는 놀이일 뿐 일반인들은 별로 하는 사람이 없는 저 놀이가 한국에서는 화투(花鬪)라는 이름의 오락으로 유포되어 있다고 가이드가 설명해 주었다. 그중에서도 특히 고스톱이라는 놀음은 어른이면 누구든 모여서 새로운 방법을 함께 만들어가며 즐기는 전국민적인 도박이라고 들었다. 마리코는 그 고스톱 무리 중에 혹시 아는 사람이 있기라도 한 것처럼 그들을 유심히 훑어본다. 물론 그 안에 문지훈이 있을 리는 없다.

당연히 있어야 하고 또 분명히 있기는 있는데 도무지 모습을 안 드러내는 사람…… 인터넷으로 문지훈에게 편지를 쓸 때의 미묘한 감정이 떠오른다.

소나무숲 길을 한참 걸어들어가도 왕릉은 모습을 드러내지 않았다.

3.

융건릉은 장조(莊祖)와 경의왕후(敬懿王后)의 합장릉인 융릉(隆陵)과, 그 아들 부부인 정조(正祖)와 효의왕후(孝懿王后)의 합장릉인 건릉(健陵)을 함께 부르는 이름으로, 사적206호로 지정되어 있다. 정조는 영조

28년, 서기 1752년 9월 22일 창경궁 경춘전에서 태어난다. 장헌세자 (莊獻世子)와 혜경궁 홍씨(惠慶宮 洪氏) 사이의 아들이고, 영조의 손자다. 나이 일곱 때 세손으로 책봉되고, 열 살 때 아버지의 쓰라린 죽음을 목격한다. 정조의 아버지 장헌세자는 세자 시절 부왕 영조를 대신해 정무에 임할 정도로 치세 능력을 일찍부터 발휘해 나갔는데 이 때문에 정치적으로 위기에 몰린 집권당인 노론에게 모함을 당해 결국 부왕의 노여움을 사서 뒤주 속에 갇혀 죽게 된 것이다. 흔히 알려져 있는 사도세자(思悼世子)란 이름은, 영조가 죽은 아들을 땅에 묻고 나서야 후회하며 붙인 이름이고, 정조가 영조의 뒤를 이어 즉위하면서 곧바로 그의 존호를 장헌이라 추상했다. 사도세자의 능이 원래 양주의 배봉산 기슭, 지금의 서울 동대문구 휘경동에 있었는데 정조는 즉위 13년 만인 서기 1789년에 현재의 화성 땅으로 이장해 왔다. 이때부터 능호를 융릉이라 불렀고, 그 묘호를 장조라 했다. 정조는 장조의 능 이장 때, 원래 태안의 화산(花山) 아래 있던 관아를 지금의 팔달산(八達山) 아래로 옮기고 읍명을 화성이라 지었다. 그리고는 세계 최초의 계획도시라 일컬어지는 화성 축성을 시도해 이년육개월 만에 역사적인 완공을 보게 되는데…… 그로부터 불과 이 년 후 정조는, 사도세자의 복권에 반대하는 노론 벽파(僻派)의 반발 속에서 갑작스럽게 죽임을 당하고……

"푸후……, 촌놈! 머저리! 홑껍데기!"

양호용은 홍살문을 넘어 걸어들어가면서 혼자 끝없이 중얼거리고 있는 자신에게 욕을 퍼붓고 만다. 방금 전에는 홍살문과 융릉 안내판 사이에 서서 카메라 구도를 잡는 듯이 주춤거렸다는 것도 깨닫는다. 정면에 보이는 정자각을 마수 쳐다보며 미간을 자기 주먹으로 턱, 친다. 정자각 오른편 어깨 뒤켠 능선 너머로 봉분을 드러내고 있는 융릉이 오늘따라 한참 멀어져 보인다. 두통이 정수리 밖으로 멀리 뿜어져 나가는 듯하더니 어느새 뇌세포를 헝클어놓는다. 어젯밤 일이 기억나지

않는다. 새벽에 눈을 떠보니, 아랫도리를 발가벗은 채 거실 바닥에서
잔 모습이었다. 욕실에서 거실 사이에 흩어져 있는 바지와 티셔츠와
팬티를 주워 대충 입고 집 안을 둘러보니, 작은방에 장모와 아내가 자
는 눈치고 큰방 침대에 두 아들이 엉겨 잠들어 있었다. 양호용은 생수
한 통을 온전히 비우고 밖으로 나와 사우나로 직행했다.

 목이 탄다. 정자각을 향해 털레털레 걸어가다가 양호용은 걸음이 절
로 반듯해진 걸 느낀다. 정자각으로 가는 직선 거리에 크고 긴 박석들
이 맵시 있게 잘 깔린 참도를 용포(龍袍)를 걸치고 걷기도 했었다. 이
참도가 임금이 걸어다니는 길이고, 양쪽으로 한 층계 낮게 깔린 박석
길은 신하들이 걷는 길이다. 왕릉 구역에서 임금이 걷는 참도 외에는
잔디를 까는 것이 상례인 것에 비해 이 융릉과 건릉의 경우는 신하의
길까지도 참도와 같은 박석들로 깔아놓을 정도로 신경을 많이 썼다는
사실을 알았을 때는 모든 게 끝난 뒤였다.

 "푸후……! 등신, 멍텅구리, 바퀴벌레!"

 양호용은 정자각 계단을 걸어올라가 가방을 던지며 털썩 주저앉는
다. 더이상 와볼 필요도 없는 곳에 와서 더이상 상기시킬 필요도 없게
된 역사 지식에 여전히 시달리고 있는 자신을 도대체 얼마나 더 증오
해야 한단 말인가.

 "에이, 아무것도 없잖아!"

 정자각 격자문 창살 사이로 안을 들여다보던 한 아이가 투덜거렸다.

 "임금님이 능행을 왔다가 여기서 쉬신 거야."

 아버지인 듯한 사내가 대꾸해 준다.

 "너 이녀석 거기 안 서!"

 보이 스카우트 복장을 한 소년 하나가 갑자기 정자각 뒤에서 앞으로
뛰어나오고 그 뒤를 또다른 대원이 추격하다가 양호용의 가방을 툭 차
고 만다. 가방을 추스리는 양호용의 손이 수전증 걸린 것처럼 떨린다.

젊은 남녀 한 쌍이 홍살문을 넘어서 참도로 걸어들어오는 것이 보인다. 여자 쪽은 다소 어리벙벙한 표정으로 주변을 두리번거리면서 종종걸음으로 걸어오고 있다. 그러면서도 동행 남자 쪽을 신경쓰면서 걷는 모양새가, 누군가 무슨 소리를 내기만 하면 "하이!" 하고 달려오는 일본의 잡화점 여점원 같다. 여자와는 일정한 거리를 둔 사내는 손에 든 핸드폰을 빙글빙글 돌리면서 애써 여유를 부리고 있는 눈치다. 사내의 얼굴이 조금은 낯이 익다. 여자 쪽은 왠지 더 눈에 익어보인다. 양호용의 눈길이 남녀가 계단을 올라 정자각 안을 들여다보는 모습을 절로 뒤따른다.

정자각 옆을 끼고 돌아서면 융릉 묘역으로 오르는 구릉이 시작된다. 그러나 구릉 한가운데를 붉은 목책이 둘러쳐져 있어 묘역 안으로는 들어갈 수 없게 되어 있다.

"저기는 들어갈 수 없나 봐."

아들과 남편보다 먼저 구릉 하단으로 걸어나간 주부는 선글라스를 낀 얼굴을 치켜들고 융릉 쪽을 손가락질해 보인다.

"들어가면 안돼, 엄마?"

아이가 뛰어 올라가 엄마의 손을 잡는다. 젊은 남녀는 구릉을 오르기 시작하다가 마는 눈치다. 남자가 여자에게 뭐라고 하는 말이 알아들을 듯 말 듯한 서양 말이다.

일반인들이 들어갈 수 없도록 막아놓은 그 묘역 안으로 양호용은 수십 번 드나들었다. 꽃 모양을 새기고 있는 병풍석과 인석, 그것을 아래위로 떠받치고 있는 지대석과 갑석 들로 둘러싸인 융릉은 피비린내 나는 역사의 비극을 담은 능이라고는 상상할 수 없을 정도로 평화롭고 한가로워보인다. 묘역을 널찍이 에워싼 곡장 뒤를 소나무와 갈참나무들이 에워싼 채로 조금씩 가을빛을 담아내고 있는 중이다. 나무숲이 몸을 흔들며 내는 소리가 마치 먼바다 파도소리 같다. 숲 배경에 펼쳐진 파란 하늘이 보이자 속이 뒤틀리는 허기가 몰려온다.

무심코 젊은 남녀 뒤를 따라 걷던 양호용은 묘역을 올려다보고 서서 잠시 눈을 감는다. 능 앞 오른편 하단에 무인상(武人像)을 하고 서 있는 두 개의 석인(石人) 사이에 서서 천천히 앞으로 걸어나오다가 능 쪽으로 몸을 돌리는 장면에서 여러 번 리포터를 진정시켰다.

"좀더 처연하게 말이지, 아주 비감하게 걷는 게 좋겠어."

수원 화성을 한 바퀴 돌고, 용주사를 거친 다음, 그 다음이 융건릉이었다. 효심으로 가득 찬 도시 수원 화성을 부각시키면서 자기네 대학을 홍보하겠다는 것이 그 대학 총장의 뜻이었다. 그 대학의 부총장이 양호용에게는 절친한 친구의 아버지이기도 했고 전통 있는 고등학교의 대선배이기도 했다. 그걸 믿고, 자신이 이 년 전부터 차려 운영하던 프로덕션의 사운을 걸 수밖에 없었다. 사운을 건다고 했지만, 회사에 남은 직원은 사장인 자신과, 이름하여 조연출자인 아르바이트 생이 전부였다. 일 년 전부터 글 구성도 직접 하고 있었고, 카메라도 조명도 모두 필요할 때만 외주팀을 쓰고 있었다. 어쨌든 석 달 제작에 오천만 원이면 제작을 완료하고도 서너 달 정도는 근근이나마 더 버텨낼 수 있는 금액이었다. 그러나 착수금 천만 원 받고 제작 완료 직전에, 대학의 재단 비리 문제로 재단 이사장과, 외유 중인 총장을 대신해 부총장이 검찰 조사를 받게 되는 지경에 빠지고 말았다.

"스미마센……"

양호용은 자신의 입에서 튀어나간 말이 일본 사람을 향한 말이라는 걸 깨닫는다. 남녀가 뒤돌아본 것은 융릉 구릉의 오른쪽 하단, 장조 내외의 묘비를 안치하고 있는 비각(碑閣) 앞에서다. 양호용은 그들이 조금 전까지 주고받던 말이 독일어라는 걸 그제서야 짐작해 낸다. 젊은 여자 쪽이 일본인이라는 것도 진작부터 눈치채고 있었던 자신이 일순간 신기하게 느껴졌다.

144

"일본 말을 아십니까?"

남자가 예상외로 반색을 하면서 한걸음 다가온다. 이제 보니 이 남자를, 텔레비전 방송을 통해 본 것 같다. "아십니까?" 하는 말에 묻어 있는 평양식 사투리 어투도 함께 읽어낸다. 양호용은 자세를 가다듬으면서 말했다.

"괜찮으시다면, 제가 안내를 해드려도 될까요?"

4.

이상한 세 사람이 되었다. 우선은, 한숨을 놓을 수는 있었다. 일상어도 더듬거릴 수준의 독일어 회화로, 주인공도 없는 자리에서 손짓 발짓 섞어 가며 이국인 처녀를 안내하는 일에 너무 지쳤다. 융건릉에 와서 문지훈과 연락이 두절되고부터는 더욱 짜증이 나던 중이었다. 하지만 다행스럽다는 생각도 잠시, 이 어색한 세 사람 중 한 사람 자리가 점점 불편해지기 시작했다.

도대체 문지훈 사장에게 무슨 일이 있는 걸까? 주철남이 시계를 자주 들여다보는 사이에 시간이 흘렀고, 세 사람은 그만큼 둘러보는 곳이 늘어났다. 융릉의 축소판으로 보이는 건릉을 간단히 둘러보는 일에도 만만찮은 시간이 소요되었다. 원래 신라 때 지어졌다가 임진왜란 때 불탄 것을 정조가 사조세자의 넋을 위로하기 위해 다시 지었다는 용주사도, 양호용이라는 전직 방송국 프로듀서가 제법 능숙하게 안내했다. 수원 시내로 들어와서, 역시 양호용이 일러주는 대로 팔달산 중턱으로 올라가 팔달공원 서장대 주차장에 차를 주차시키고 팔달문 방면으로 걷기 시작했을 때 이미 네시가 넘었다.

기왕 저녁 때까지는 희생하기로 했으니까 마음을 비우려 애썼다. 양호용의 설명을 듣는 것도 생소하고도 유익한 경험이었다. 양호용 곁에 있다 보니까, 방송 출연길을 다시 터놓을까 하는 욕심이 일 것 같아 곤혹스런 심정이 되기도 했다.

"모든 성이 그렇지요. 동서남북 사대문이 있는데, 이곳 화성은 북쪽에 장안문, 남쪽에 팔달문, 동쪽에 창룡문, 서쪽에 화서문이 있지요. 이쪽으로 가면 팔달문이지요."

서장대에서 두 팔을 벌려가며 사방을 가리키면서 이어진 양호용의 가이드가 조금씩 두서가 없어지고 있는 듯도 했다. 한국어로 한 차례, 같은 뜻의 일본어로 한 차례 번갈아 얘기하던 규칙적인 통역도 어느덧 기준이 깨졌다. 그러나 마리코는 주철남과 둘이 있을 때보다는 한결 눈동자가 총명했다. 수첩을 꺼내 뭔가를 기록하는 모습은 모르긴 해도 일본 사람들의 전형적인 태도가 아닌가 했다.

"정약용 선생이 수원성 지을 때 발명한 게 있다고 들었습니다만……"

주철남도 호기심이 이는 대목이 없지 않아 끼어들곤 했다. 북한식 어투를 줄이려 애쓰다가 독일어도 구사하다가 하는 중에 어느결에 하품도 났고 자꾸 어깨가 들썩거려졌다. 지금쯤 저녁거리 준비가 한창일 가게 모습이 눈에 선연했다.

"정약용 선생의 발명품이 활차하고 거중기라는 건데…… 크레인이라는 거 알지요? 거중기가 바로 그거예요."

양호용의 설명에 따르면 거중기를 씀으로 해서 사십여 근의 힘으로 이만오천 근의 무게를 들어올릴 수 있었다고 한다. 그 덕에 공사 기간이 이십 퍼센트로 단축되었다. 축성에 벽돌을 사용한 것도 수원성이 처음이란다. 특히 성벽 방어시설에는 벽돌을 썼고, 일반적인 성벽은 돌을 썼다. 성벽 위로 일 미터 정도 되는 여장(女墻)도 벽돌을 쌓아 만들었고, 거기에 여러 개의 총구를 규칙적인 간격으로 뚫어놓았다.

주철남은 성곽을 따라 걸어가다가 가끔씩은 총구를 통해 성 밖으로 내다보기도 했다.

인민학교 전투체육 시간 때 미제군인 분쇄놀이를 하던 기억이 났다. 그때 나무로 만든 칼을 잘못 휘두른 친구 때문에 한쪽 눈을 실명한 아이가 있었다. 칼을 잘못 놀린 친구는 오히려 영웅적으로 훈련에 임했다고 칭찬을 받았고, 실명한 친구는 병원에서 나오자마자 평소 생활총화에 소홀해서 그런 실수를 저질렀다는 이유로 혹독한 비판을 받아야 했다.

주철남도 다른 동무들과 함께, 힘없는 일개 초급당원의 아들인 그 친구에게 마구잡이로 비판을 퍼부었다. 갑자기 눈물이 핑 돌았다. 자신이 남한으로 넘어온 후 숙청을 당해 집단농장에서 살던 아버지가 병으로 죽었다는 소식을 접한 게 이 년 전이었다.

주철남이 북한식 음식점 '평양 냉면 함흥 온반'을 개업하던 날, 문지훈은 자기 회사 주변에 냉면 먹을 데가 없어 고민 중이었다며 대여섯 명의 직원을 이끌고 찾아왔다. 따지고 보면 그때부터 지금까지 문지훈만한 고객도 없었다. 손님 없는 날은 문지훈과 대작해 자정을 넘기기도 했다. 방송가에서 만난 한 매니저 출신의 안내로 주식 투자를 했다가 번 돈을 고스란히 날린 적이 있는 주철남이라 더이상 누구에게도 속마음을 열지 않았는데, 어느새 문지훈에게만은 덤이다 외상이다 하면서 마음을 열어놓곤 해왔다.

이래저래 품이 커보이는 신사 문지훈. 그러면서도, 남의 말에 귀기울일 줄 모르는, 잘난 사람들의 특징이 나타나지 않는 사람이었다. 오히려 남의 말을 잘 듣고 있다가 이것저것 충고해 주기를 좋아하는 그런 유형이었다. 탈북자 출신 사장이어선지 종업원들이 사장을 대하는 태도가 불량한 것 같다는 주철남의 고백을 들은 문지훈의 충고가 이랬다.

　　"불과근 불과원(不過近不過遠)! 지나치게 가까이하지도 말고 지나치게 멀리하지도 말고!"

　　회식을 할 때는 남의 음담패설에 적당히 맞장구를 쳐주며 흥겹게 마시다가, 이튿날 점심 식사 때면 아주 근엄한 표정으로 직원들에게 훈계하는 모습이 자주 보였다.

　　"선생 출신이래요, 우리 사장. 괜히 꼰대 냄새 팍팍 나잖아요."

　　문지훈 회사의 직원 하나가 주철남에게 귓속말 하듯이 알려주었다.

　　학교 선생이면 그런 건지, 아니면 겉으로 좋아보이는 사람이면 다 그런 건지, 문지훈의 태도는 볼수록 이중적으로 여겨졌다. 늘어나는 외상값을 갚을 생각을 하는 건지 마는 건지 무신경한 듯하면서 툭하면 종업원들 고생한다며 팁을 내미는 게 그랬고, 지난 봄에 귀순자동지회 모임을 할 때 우연히 옆에서 주연을 벌이다가 갑자기 주철남을 불러 금일봉이라며 십만원짜리 수표를 내민 일도 그랬다. 아직까지도 설마 문지훈이 한 말이라고 믿고 싶지는 않지만, 지난 봄 어느 날 문지훈 일행 자리에서 이런 말이 들려왔다.

　　"저런 친구들 말이야, 피해의식이 가득 차서 말이지 아무리 잘해줘도 잘해주는 건지 어떤 건지 모른다 이 말씀이야……"

　　그 말을 들은 그날 주철남은 초저녁부터 술을 마시고, 직원들을 불러놓고 한바탕 야단을 쳤다.

　　"이런 종간나 새끼들! 내가 무슨 무장공비야 뭐야! 내 말 안 듣고 제멋대로 빈둥대려면 모조리 그만두라구!"

　　다섯 중에서 사내녀석 하나가 그 다음날부터 모습을 드러내지 않았다. 아직 가게 매출이 줄어들지는 않았지만 돌아가는 사회 경제적인 정세로 봐서 그렇잖아도 구조 조정을 해두어야 마땅했다.

　　한 사람을 내보내고 보니 그 다음은 쉬웠다. 남은 직원들이 먼저 그만둔 직원에게 잔여 급여를 제때 지급하지 않은 일로 쑥덕거리고 있다

148

는 걸 눈치챈 주철남은 다시 명령했다.

"웃는 얼굴로 일할 생각이 없는 사람은 일주일 내로 거취를 결정해!"

음식값을 낮추자, 줄어들 기미를 보이던 손님들이 줄을 이었다. 문지훈이 그걸 모르고 "야, 이 집 나 아니었으면 지금쯤 문 닫고 방콕 가야 한다는 거 알아야 돼" 라는 식의 농담까지 했다. 실제로 여전히 많은 손님을 끌어오고, 그 손님이 또다른 손님을 끌어오도록 하는 효과도 가장 큰 사람이 바로 문지훈이었다. 최근 너무 오래 모습을 드러내지 않아 외상값도 상기시킬 겸 전화를 한 게 열흘 전쯤이었다.

"요새 바빠서 말이야. 다음주쯤 한 팀 끌고 갈게. 그리 알고 있으라우."

여전한 당당함과 여유로움에, 이북 출신 흉내를 내는 것도 이젠 놀리는 것만 같아 듣기가 좋지 않았다. 그래도 애써 경계심을 풀고 있는데, 정작 한 팀을 끌고 오기는커녕 불쑥 일본 처녀 얘기를 꺼내면서 독일어 통역을 부탁해 온 것이다.

팔달문에서 시장통으로 들어서서, 개천을 가로지르는 작은 다리를 건너고부터 다시 성벽이 연이어졌다. 다섯 개의 커다란 연기통을 하늘을 향해 세워둔 봉돈을 지나고, 동포루를 지나고, 창룡문 지나 도로를 건너, 푸른 잔디 언덕 위에 서 있는 원통형 모양의 망루인 동북공심돈을 향해 걸어갈 때쯤 되자 저녁 분위기가 완연해졌다. 융건릉을 나올 때 문지훈에게서 온 것으로 여겨지는 신호음이 울린 이후, 이제는 그런 신호조차 없다. 회사 전화도 계속 통화중 신호. 문지훈의 회사가 부도난 게 아닐까 하는 예상이 벌써부터 당연한 수순이었던 것처럼 여겨진다. 주철남은 가게로 전화를 걸어 상황을 파악해 두기를 잊지 않는다. 핸드폰으로 다시 한번 문지훈 회사 전화번호를 누르다가 주철남은, 자기 스스로 찾아들어 십 년 가까운 세월을 살고 있는 이 땅이 갑자기 흔적도 없이 꺼져버릴 것 같다는 생각을 한다.

그때다. 마리코와 몇 걸음 앞서 걸으며 더듬더듬 말을 나누던 양호용이 갑자기 허리를 꺾으며 잔디 언덕 위에 푹 무릎을 꿇으며 나뒹군다. 마리코가 자기가 한 무슨 말인가 때문에 그런 줄 알고 놀라 팔짝 뛰는 동작을 한다.

"난노 고토데스까, 양 상(어쩐 일이십니까, 양선생님)?"

주철남도 꿈에서 깨듯 놀라 다가간다. 간신히 몸을 추스리고 일어나 잔디를 깔고 앉은 양호용이 악취를 뿜어내며 말한다.

"별일 아니오. 스미마셴, 마리코 상."

주철남으로서도 뭔가 대책을 세우지 않을 수 없는 처지가 되어 마리코를 돌아봤다.

— 내려가 저녁을 먹으면서 연락을 기다려보다가 연락 안 오면 호텔로 돌아가지요. 제가 끝까지 모셔다 드릴 테니 안심하세요.

"하이! 당케!"

마리코가 두 번 세 번 고개를 까딱거린다. 어쩔 수 없다. 잘 알지도 못하는 한 한국인 남자를 믿고서 왔다가, 낯선 사람들을 따라 더욱 낯선 곳으로 온 일본 여자와, 내로라 하는 지위에서 거지 신세로 전락하고도 아직 직업적인 버릇을 다 버리지 못하고 있는 한 전직 프로듀서…… 이들에게, 눈 질끈 감고 얼큰한 걸로 대접해 주는 거다. 한번 더 문지훈을 믿어보기로 한다.

"나 이거 참……"

주철남은 양호용을 부축해 언덕을 내려오면서, 어느결에 자기가 중심이 되어버린 세 사람의 처지를 생각하고 웃음을 내뱉고 만다.

150

북한 평양에서 즐겨 먹는다는 물냉면과 돼지고기 보쌈 몇 점이 아주 입에 맞는 점심이었다. 특히 보쌈 김치는 돼지고기를 싸서 함께 먹어서 그런지 일본에서 먹던 김치와는 아주 달랐다. 첫번째 한국 방문에서 사간 김치와도 달랐고, 일본에서 문지훈을 처음 만났을 때 얻었던 김치와도 달랐다. 냉면 반찬으로 나온 열무김치라는 것도 처음이었다. 마리코로서는 한국을 김치로밖에는 생각할 수 없는 사람이랄 수 있다. 김치가 다양한 나라 한국, 배춧잎이든 배추뿌리든 열무든 상추든, 그 무슨 식물이든 절이고 삭힌 김치로 만들어 먹는 나라 한국……

마리코는 조총련계든 민단계든 알고 있는 한국인들 중 그 누구와도 별 관련 없이 성장한 일본인이었지만, 일본의 무수한 젊은이들 중에서는 한국이란 나라를 잘 아는 편에 속했다. 마리코의 아버지쪽 조상이 원래 중국의 산둥 반도 출신이었다. 그러다가 한국의 바닷길을 거쳐 일본에 들어와 살게 되었다고 한다. 텔레비전에서 한국 이야기가 소개될 때마다, 아버지는 한국의 남쪽 바다에서 해상 왕국을 세워서 일본과 한국과 중국의 해상 무역을 주도한 장보고라는 인물에 대해 얘기를 했다.

"우리 조상이 산둥 반도에서 출발해서, 장보고가 진치고 있던 조선 남해 쪽 어떤 섬을 거쳐서 일본에 온 게 아닌가 싶다."

그럴 즈음이면 어머니의 보충 설명이 대화를 압도한다. 마리코의 집안은 그 옛날 일본에 이주해 와서 주로 해상 무역 일을 했다는 것, 산둥이라는 성을 산타라 부르게 된 것은 시모노세키에서 무역을 하면서 만난 스페인 사람들이 자기네 식으로 그렇게 부른 것에서 유래되었다는 것, 그 때문인지 마리코의 친척들 중에서 기독교 신자가 많다는 것 등등……

실제로 마리코가 대학 입학에 실패하고도 일본과 독일의 합자회사에 취직을 하고 마침내 독일로 파견 가서 일하면서 어학 연수까지 받을 수 있게 된 행운도 일본인이면서도 이름에 동서양의 것이 절묘하게 어울린 덕분이라고 하지 않을 수 없었다.

마리코가 한국에 처음 방문한 것은 일본 축구 대표팀을 응원하는 응원단 '울트라 니폰'의 일원으로서였다. 그때는 1998년 프랑스 월드컵에 아시아 대표로 출전할 팀을 가리는 그 경기에만 열중했다. 뒤늦게, 한국을 대표하는 가장 유명한 음식인 김치를 사두지 못했다는 생각에 호텔 가까운 슈퍼마켓을 돌며 있는 대로 김치를 샀다. 이박삼일 동안 한국에 있으면서 경복궁과 비원이란 데도 가보았지만, 별다른 인상을 담지는 않았다. 그러나 김치만은 먹을수록 묘했고, 생각할수록 신기했다.

"원래 김치는 이런 게 아니었단다. 분로쿠 게이초의 역(文祿慶長の役: 임진왜란) 때 일본에서 건너간 고추로 한국 사람들이 이런 김치를 개발한 거란다."

마리코가 사간 한국 김치를 먹느라 콧잔등에 땀방울이 송골송골 맺혔던 어머니의 설명이 오래 기억에 남았다.

문지훈을 만난 것은 그로부터 한 달 뒤였다. 도쿄 힐튼호텔에서 도쿄 의과대학병원 가는 샛길, 스페인계 혼혈아가 경영하는 '도쿄타이틀'이라는 주점에서였다. 자정이 넘은 시각이었고 마리코는 단골로 오는 다른 손님들과 어울려 흥겹게 술을 마시는 중이었다.

문지훈은 동료 한 사람과 들어왔다가 동료가 떠나자 혼자가 되었다. 누가 먼저 말을 걸었는지 기억이 나지 않았다. 낯선 손님과 쉽게 어울리는 게 그 집 분위기였다. ……당신과 더 많은 얘기를 나누고 싶다…… "스미마센" 또는 '아이 원 어' 초보적인 일본어와 불명확한 영어를 섞어 문지훈이 전해온 말이었다. '電子', 이런 한자를 종이에다

써보이다가 갑자기 '컴퓨러', 이렇게 말했고, 마리코가 독일인 회사에 다니다가 얼마 전에 퇴직했다는 뜻으로 "마이 헤드 커팅 바이 도이치 바리깡"이라고 말하자 문지훈은 손에 든 커다란 호프잔을 엎지를 것처럼 몸을 흔들며 웃었다. 대화 중에 필리핀계 친구가 끼어들어 마리코 옆에서 집적거리자, 문지훈은 "갓뎀!" 하고 소리쳤다. 그게 마음에 들어서 오래 이마를 맞대다시피 하면서 대화를 나누었다. 말이 통하지 않았으니 많은 내용이 오갈 것도 없었다. 둘 모두 취한 눈으로 손짓 몸짓을 하나도 놓치지 않으려 했다. 땀이 맺힌 인중을 서로 손으로 닦아주기도 했다. 뭔가를 적어주면서 무슨 약속을 한 것도 같았다.

이튿날 마리코는 아르바이트를 마치고 밤에 또 '도쿄 타이틀'에 들러 정말 약속이라도 한 것처럼 문지훈을 기다렸다. 손에는 문지훈의 명함이 들려 있었다. 한참 뒤에 도쿄 힐튼 호텔에서 근무한다는 사내가 와서 마리코를 찾았다. 쉰내가 나는 도시락이었다. ……김치 기브 유…… 전날 밤 취한 채로 마리코가 한국 가서 사온 김치 얘기를 나눴던 게 틀림없었다. 이미 아침에 자신의 나라로 귀국길에 오른 문지훈에게서 온 짧은 인터넷 편지가 확인된 것은 귀가 직후였다. ……당신을 만난 느낌, 인생에서 처음 느끼는 신선함…… 다시 만날 수 있기를…… 역시 영어와 한자와 일본 문자와, 그리고 한국어인 듯한 글자들이 마구 뒤섞여 있었다. 다음날 마리코는 야에스 북 센터로 나가서 한국 관광 가이드 책을 샀다.

한국은 도대체 어떤 나라인가. 역사가 깊은 나라라는 사실, 한국어란 것이 따로 있다는 사실, 옛날에는 중국의 속국이었다가 근대에 들어 일본의 속국인 적이 있다는 사실, 한국의 도공들이 일본에 많이 건너와서 살면서 일본 도예문화를 꽃피웠다는 사실, 나라가 남과 북 두 쪽으로 나뉘어져 있는데 그 때문에 일본 사람들이 피해보는 것이 많다는 사실, 박 대통령이라는 독재자가 나라를 지배할 때 산업을 크게 일으켰고 그 무렵 스포츠 진흥정책을 펴서 마침내 축구를 비롯한 많은 종목에서 일본을 앞지르게 되었다는 사실, 일본의 갑부나 야쿠자 두목, 유명 문화예술인 중에서 한국인이 제법 많은 수가 된다는 사실, 과거 역사를 들먹거리며 일본이 하는 일에 사사건건 트집을 잡아 이익을 취하려 하는 나라라는 사실…… 한국에 대한, 굳이 애써서 할 필요도 없는 이런 생각을 마리코는 조금씩 정리해 갔다.

　……한국이 얼마나 역사가 깊은 나란지 아실는지? 신석기시대 유물이 남아 있는 곳도 있고, 청동기 시대 때 쌓은 토성도 모양이 잘 남아 있는 곳이 있다. ……공룡 발자국이 선명히 남아 있는 곳은 세계적으로 유명하다. 이걸 다 보여드리고 싶다…… 문지훈이 보낸 인터넷 편지가 이런 내용이었다. 때로는 일본어를 잘 아는 어떤 사람이 도와주었는지 온전한 일본어 문장이 되기도 했다. 냉면에 대한 얘기도 있었던 것 같았다. 회사 얘기는 거의 없었다. 혼자 된 어머니를 모시는 문제로 아내와 다투고 나서 편지를 보낸다는 내용도 있었다. 그럴 때는 마리코도 한국어 몇 자라도 써서 보내리라 마음 먹기도 했다. 공룡 발자국하고 청동기시대 유물하고 무슨 관련이 있는지 모르지만, 어쨌건 한국은 마리코나 마리코의 부모가 알고 있는 것보다 더 유서 깊고 복잡한 역사를 가진 나라임에는 틀림이 없는 것 같았다. 하지만, 관광 가이드 책의 설명만으로는 그 모든 의문이 풀릴 리 없었다.

　두 번째인 이번 방문은 모 방송국 시청자 퀴즈에 응모해서 받은 한국 여행권 덕분이다. 그 퀴즈문제가 바로 김치에 관한 것이었다. 연예인들이 등장해서 토크쇼를 벌이는 프로그램으로 그날 갖가지 음식에 관한 문제가 출제되었다. 김치는 한국이 원산지로, 배추에 고춧가루 양념을 넣어 삭힌 음식이다. 그렇다면 한국이 일본에서 고추를 처음 수입한 때는? 분로쿠 게이쵸의 역 무렵. 원래는 '울트라니폰'에서 사귄 애인이 부추겨 응모를 한 것인데 정작 애인은 그후 떠나버렸고 여행권

두 장만이 도착해 있었다. 어머니 또한 오래 편찮으셨기 때문에 해외 여행을 할 기분이 전혀 아니었다. 그러다가 이번에 어머니 친구 한 분이 한국에 가야 할 일이 생겨, 그 동안 묵혀 둔 두 장의 여행권을 써먹을 수 있게 되었다. 그러자 갑자기 문지훈을 만나야겠다는 생각이 들었다. 한국 방문을 마음먹고 책장 서랍을 샅샅이 뒤져 여행권을 찾아냈을 때 왜 갑자기 코끝이 시큰해졌는지 알 수 없다.

"애, 그 문이라는 사람 결혼한 사람이라고 하지 않았니? 결혼한 사람이 너한테 이렇게 친절해도 되니?"

어제 문지훈의 전화를 받은 호텔 지배인이 베풀어주는 친절을 보고 어머니 친구인 미찌코 아줌마가 얼굴에 일부러 샘난다는 표정을 담으며 염려했다.

"아줌마는, 참. 제가 원래부터 돈 많은 홀아비만 좋아한다는 걸 잘 아시고선!"

마리코는 누가, 결혼 언제 할 거냐고 질문하면 그런 식으로 답하곤 했다. 어제는 잠자리에 들면서 실제로 그런 상상을 처음 해보았다. 문지훈이 곧, 일본에서 이름을 떨치는 컴퓨터 회사의 한국계 재벌처럼 될지 누가 아는가.

용주사 입구에서 음료수 한 캔 마신 것으로 적절하다 했더니, 내내 입 안이 텁텁했다. 양호용이 가리키는 음식점으로 들어가자마자 화장실 앞에 설치된 공중전화기 앞에 섰다. 아침에 시내 고궁 관광 대열에 끼어든 미치코 아줌마는 아직 호텔로 돌아오지 않은 모양이었다. 문지훈이 호텔 방으로 연락을 취해 두지 않았을까 기대했지만 메모된 게 없다는 교환의 대답이었다. 냄새가 독해 접근하기 어려운 화장실에는 결국 못 들어가고 수돗가에서 손만 여러 번 씻고 들어와 앉는다. 용주사에서 비운 방광이 아직은 위험 경지는 아니다. 그러지 않으리라 했지만 오늘 자꾸 종종걸음을 걸어서, 굽이 거의 없는 구두였는데도 다

리가 퉁퉁 부어 있다. '아귀탕'이라는 특별한 요리라는데, 배가 좀 고
프긴 해도 맛있게 먹을 수 있을 것 같지가 않다. 맞은편에 앉아 벽에
등을 기댄 양호용이 주전자 물로 자기 잔을 다시 채워 금세 비운다.

양호용이 고개를 숙이며 물잔을 놓고는, 이를 갈 듯이 무슨 말인가
중얼거린다. 끓기 시작한 냄비가 들컥, 하고 놀라는 소리를 낸다. 욕을
한 것 같은데 시선을 봐서는 특별한 의미를 둔 것 같지는 않다. 그래도
자꾸 겁이 난다. 치한을 만났을 때 취할 행동을 속으로 되뇌보며 입술
을 살짝 깨물었다. 그 옆자리에 앉은 주철남이 양호용의 팔을 슬몃 잡
으며 마리코의 반응을 살피는 기색이다. 다른 자리에 앉은 손님들이
이쪽을 힐끔거린다.

— 몸도 별로 안 좋으신 분이 우리를 가이드하느라 지친 것 같군요.

주철남이 생각 끝에 하는 말이다. 마리코는 고개를 끄덕여준다. 그러
나 불안하고 초조한 마음을 속일 수 있을 것 같지는 않다. 저녁 식사고
뭐고 그냥 일어서는 편이 좋겠다는 판단이 섰다. 핸드백을 들고 일어
서려는데, 갑자기 양호용의 입에서 멀쩡하게 정중해진 일본어가 흘러
나온다.

— 아하, 오늘 제 가이드가 두 분께 도움이 되었다면 좋겠습니다.

이런 어색한 지경에 빠지게 한 문지훈을 원망해 본다. 문지훈이라는
인물이 과연 실존하는 사람인가 처음으로 의심스러워졌다. 알 수 없는
수치심에 얼굴이 화끈 달아올랐다.

6.

새파란 가을 하늘로 높이 띄워졌다가 갑자기 끈이 끊어져 위로 치솟
던 애드벌룬, 마침내 바람이 빠져 쭈글쭈글해진 몸으로 허공을 헤매고

다니는 그 모습…… 일시적인 포만감과 급작스런 허기 사이에서 시달리는 양호용의 내장이 그런 꼴이다. 공중파 방송이 네 개인 도시에, 어느 날 삼십여 개의 채널이 생기더니 연쇄도산 행렬을 잇게 된 케이블 텔레비전 방송사들 모습이 그랬다. 그걸 믿고 우후죽순처럼 생겨났다가 빛 좋은 개살구가 된 프로덕션들이 그랬다. 그걸 믿고 돈을 대출해준 은행이며, 그걸 받아 작지 않은 집을 얻어 살고 있었던 사람들이 그랬다. 하루하루를 어떻게 연명하고 있는지 모를 세월이 가고 있다.

소주 한 잔에 아귀탕 국물 한 모금이다. 주철남은 운전을 빌미로 아예 술을 따라두지도 않고 부지런히 아귀를 먹어댄다. 서울에서도 먹기 힘든 아귀 요리를 먹을 수 있는 곳으로 양호용이 정신이 혼미한 채로 이끌고 온 것이다. 마리코는 술은 입에 대는 시늉만 한 번 하고, 시뻘겋고 흉물스럽게 생긴 아구 한 점을 앞접시에 옮겨놓고 젓가락으로 이리저리 헤집어보고 있다.

무슨 말인가, 양호용 혼자서 하고 있는 듯하다. 그 말의 꼬리를 제대로 물으려 애써본다.

"……오늘 두 분은 화성의 반만 보신 겁니다. 반대편 쪽으로 가면 화홍문이라는 데가 있는데, 정조가 수원을 드나들면서 절경이라 꼽은 수원팔경 중의 하나지요. 문 아래 무지개꼴 즉 홍예로 된 수문이 일곱 개 있는데 물이 흘러들어올 때 마치 폭포수가 옥처럼 부서지면서 장관을 이루었다는 거지요. 그런데 요새는 물이 옥처럼 부서지기는커녕 폐수에 악취에……"

자신의 멀쩡하던 어투가 또 금세 이상해지는 걸 양호용은 이번만큼은 놓치지 않으려 애쓴다. 이들은 융릉 앞에서부터 양호용을 기다리고 있었다. "하이!" 하며 줄곧 뒤를 따라 걷던 마리코의 표정이 일그러진 게 용주사에서였나, 화성의 봉돈에서였나…… "일본 신궁에서 받드는 왕들은 대부분 고대 한국에서 건너가 그 지역의 우두머리가 된 한국인들이다." 이런 말을 하다가 스스로 "곤나 하즈가(이럴 수가)……!" 하고 외마디소리를 질러놓고는 급작스레 몰려온 허기를 견딜 수 없어 허리를 꺾고 토악질을 해대야 했던 것이다…… 그리고…… 그리고…… 어떻게 이곳에 와 있는 것일까……. 양호용은 애써 아귀 한 점을 입에 물고 씹어본다. 밥을 먹어본 지 며칠이나 되었는지 기억에 없다.

"제가 무식해서 하루종일 쩔쩔매고 있었는데 선생님 덕분에 구제됐습니다. 오늘 감사했습니다."

주철남이 한참 만에 한마디 한다. 자리를 파하자는 신호인 게 분명하다. 양호용은 그들을 붙들듯이 급히 소주 한 잔을 또 비워낸다. 오사카의 한 전문대학에서 사진촬영술을 배울 때 사귀던 리에라는 여자아이가 눈앞에 있다. 아르바이트로 한국인 관광객 가이드를 시작한 지 두 번째 되는 날 밤의 일이었다. 그녀이 "조센진 때문에 일본이 얼마나 더 러워졌는지를 생각하지 않고는 내 앞에 오려고 하지마" 하고 소리지르고 돌아서는 걸 붙들고 뺨을 후려쳤다. 담당 교수의 힘을 빌려 간신히 유치장 신세는 면했지만 학업을 더 오래 할 수는 없었다…….

"융릉 봤지요? 정조가 왜 그처럼 아버지를 복권시키려 애를 썼을까. 그건 단순히 효의 문제만이 아니다 이런 얘기예요. ……개 같은 새끼들! 나라 꼴을 엉망으로 만들어놓고는, 결국 정조마저도 독살한 게 분명하다구……! 이제 수돗물에다 독약을 풀어서 우리까지 죽이려 드는 거야.!"

주철남이 알 만한 간단한 독일어로 마리코를 일으켜 세우는 중에도 양호용은 "아귀탕에도 독약을 풀어가지고, 개 같은 년이……" 하고 떠드는 자신을 내버려둔다.

알 수 없는 노래가 흥얼거려진다. 양호용은 어깨에 멘 가방을 수돗가 의자 위에다 집어던지고 화장실로 걸어간다. "아, 비쿠리시타(깜짝이야)!" 화장실 문이 열리고 안에서 웬 일본 여자가 튀어나오고 있다. 리

158

에다. 양호용은 여자를 화장실 안으로 밀고 들어간다. 악취가 난다. 쿵, 여자의 머리가 화장실 벽에 부딪치는 소리가 난다. 여자가 비명을 지르려고 벌리는 입을 손으로 틀어막는다. 작은 몸인데도 엉덩잇살이 풍성하다. 바지가 밀착된 가랑이 사이로 손을 집어넣었다. "악!" 비명은 양호용의 입에서 튀어나온다. 마리코가 양호용의 손을 깨문 것이다. "빠가야로!" 양호용의 몸이 화장실 밖으로 떠밀려 나간다. "바스이스트 로스(무슨 일입니까)?" 주철남이 달려오면서 마리코를 감싸안는 게 보인다. 리에가 울음을 터뜨린다. 그저께 파마를 한 머리다. 허공에서 헬리콥터 소리가 나는 것 같더니 "엽!" 하는 기합 소리가 나고 흙이 눈에 튀었다.

"이런 종간나 새끼!"

난데없이 알 수 없는 인민군 복장을 한 사내가 나타나더니 군홧발로 양호용의 얼굴을 걸어찼다.

"저런 놈을 믿고 따라다녔네, 나 참."

주철남이 혀를 차는 소리가 멀어져 간다. 주철남에게는 어깨를 들썩거리는 버릇이 있다. 양호용은 화장실 앞 바닥에 주저앉아 있었다. 음식점 종업원 아줌마가 수돗가로 나오다 말고 이쪽을 기웃거린다. 그 여자의 얼굴 뒤로 검은 하늘이 보인다. 어젯밤 일이 생각난다. "봐라, 이기 너거들 아빠다!" 아내의 음성이 들려온다. 프로덕션 사무실은 전세 보증금까지 다 까먹었다. 경매에 들어간 집은 두 번째로 유찰되었다. 마지막으로 암보험까지 다 해약했다. 어디선가 도장을 잃어버렸다. 낮 동안 용주사에서 지내고, 대학 홍보 비디오를 발주한 부총장의 아들인 친구를 만나 술을 얻어먹다가 주먹질을 한 게 밤 깊은 시간인 게 분명하다. 잇몸에서 피가 배어나왔다. 집 앞 골목길 포장마차에서 소주를 몇 병 마셨는지 알 수 없다. 열쇠로 문을 따고 들어가서는 옷을 벗어던지며 화장실로 달려갔다.

토악질을 한 것 같다. 한바탕 똥을 누고 기어서 거실로 나왔다. 잠이 밀려오는데 "아빠!" 하는 소리가 났다. 장모가 작은방 문을 열고 나오다 "어머!" 했다. "건드리지 마!" 아내가 발악하듯 소리를 질러 아이들을 막았다. "이 냄새!" 아내가 화장실로 들어가 좌변기의 물을 내리고 나오면서 다시 소리쳤다. "똑똑히 봐라, 이기 너거들 아빠다!" 잠깐 잠깐, 아랫도리를 벗은 그 몸으로 무덤 속으로 무덤 속으로 깊이깊이 기어들어가고 있는 자신이 느껴졌었다.

양호용은 천천히 일어나 엉덩이를 털어낸다. 수돗가에 던져둔 가방을 들다가 "아!" 하고 손을 추스린다. 엄지손가락 마디에 움푹 패인 자국이 있다. 핏물 사이로 하얀 뼈 같은 게 보인다. 반대편 손으로 가방을 들고 음식점 문을 나선다. 내장이 다시 뒤틀렸지만, 이번에는 그냥 버텨낸다.

양호용은 아무 일 없다는 듯이 인도를 한참 걸어가 버스 정류장 앞에서 선다.

끝이 없는 길

"제가 끝까지 모셔다 드려야 하는 건데……."

인사치레로 하는 말인가 했더니 그게 아니다. 일부러 광고 시간을 기다렸다는 표정이다. 두 해를 같이 일하고도 아직 속을잘 알 수 없는 아이가 명애다. 먼저까지 하던 해원이 괜찮은 후배라고 소개를 한 터이기도 하고, 실제로 큰 무리가 없이 일을 해왔기 때문에 그냥 그러려니 했다. 세태 변화와 유행을 뒤따르지 못하는 사람이면 금세 도태되는 곳이 방송계지만, 한편으로는 별 특징 없이 무난한 친구가 의외로 끈질기게 살아남는 경우도 많다. 명애가 그런 셈이다. 오류가 적은 대신 이렇다 할 개성도 안 보이는 게 명애의 원고다.

명애의 최대 실수는 이런 것이다. 벼슬도 싫다마는 명예도 싫어. 정든 땅 언덕 위에 초가집 짓고 낮이면 밭에 나가 길쌈을 매고 밤이면 사랑방에 새끼 꼬면서…… 하는 노래가 있다. 투고된 엽서에 가사만 있고 가수 이름도 제목도 안 써 놓은 것을 명애가 「물레방아 도는데」라고 제목을 달아 왔다.

"이거, 제목 틀리잖아?" 내가 지적했을 때 피디가 "「물레방아 도는 내력」이지, 그건." 하고 일렀다.

간판 프로랄 수 있는 내 시간에서까지도 구성작가를 안 쓰기로 할 방침이라는 얘기가 나오던 때였다. 명애는 자신의 부정확성을 부끄러워하기는커녕 아주 천연덕스레 말했다.

"역시 옛날 분들이라 옛날노래 제목은 잘 아시는군요."

생방송에서 내 입을 통해 「물레방아 도는 내력」이라고 제목이 말해졌다. 노래 나가는 사이에 피디가 어떤 전화를 받는 눈치였다. 내선을 통해 픽, 하는 웃음을 뱉으며 전해왔다.

"제목 틀렸대, 국장이. 물레방아가 아니고 물방아래. 물방아 도는 내력."

굳이 정정까지 할 사항이 아니어서 나는 그냥 방송을 마쳤다. 피디가 말했다.

"나더러 시말서 쓰래, 국장 전화 또 왔어."

그런 정도의 실수는 최근의 라디오 방송에서는 비일비재한 일이었으니, 명애에게도 큰 허물이 될 수는 없었다. 대학이나 전문대 나온 삼사년 경력의 처녀아이들에게 호랑이 담배 먹던 시절 노래 사연까지 다 믿고 맡길 수야 없는 일이다. 그런 건 피디나 진행자가 보완해야 할 책임이 있다. 명애의 원고는 오늘처럼 녹음일 때는 물론이고 평일 생방송일 때도 특별히 긴장할 대목이 없었다. 전화를 직접 받을 때를 빼면, 청취자 엽서건 팩스문이건, 신경쓰기 귀찮을 땐 명애가 윤문을 해준 대로만 읽어도 족했다.

"나 신경쓰지 말고 취재 잘하고 올라가."

나는 라디오에서 흘러나오는 화장품 광고 카피에 공연히 신경이 쓰였다.

"에이, 말이 취재지요. 제가 뭘 쓰겠다고 취재겠어요. 그냥 핑계 김에 친구 만나 놀다 가려고 한 건데요, 뭐."

"그러지 말고 한번 도전해 봐. 뜻이 있다면 끝까지 해보는 거지, 뭐."

적당히 때우려는 말은 아니었다. 정식 직원들도 대량으로 감축되고 있는 때에, 구성작가들은 그에 비할 바도 아니다. 달면 삼키고 쓰면 뱉는다, 이게 방송사의 철칙이니까 기회 닿을 때 더 대접받을 수 있는 자리에 가 있어야 한다. 십여 년 간판 프로만을 지키고 있으면서, 라디오 방송국 아닌데서 해달라는 일은 철저히 가려서 하는 나까지도 예외일 수 없다.

"나, 마음 비웠어."

프로그램 개편 때마다 그렇게 말하며 어깨를 으쓱해 보이고는 커피잔을 드는 나였지만, 실상 그 손은 미세하게 떨리고 있기 일쑤였다. 밖에서 내 방송을 들을 때면, 아직도 이렇게 얼굴 붉히며 조마조마해 한다.

"이게 그 노래였어요?"

명애가 속도를 내다말고, 광고 끝나고 재개된 〈노래 속의 사진첩〉에서 첫 곡으로 소개해 주는 노랫소리에 놀랍다는 듯이 나를 돌아다본다. 아침에 녹음할 때 음반을 제때 찾지 못해 빈자리를 남기고 건너뛴 그 노래가 갑작스레 각성제 구실이라도 한 듯, 졸음기를 싹 가셔낸 얼굴이다.

"으응……."

조금 전까지 앞 차창에다 프리즘 빛을 만들던 햇발이 때 이르게 슬금슬금 잿빛으로 풀어지고 있는 모양을 나는 본다. 라디오에서 흘러나오는 내 목소리가 바람결에 잦아드는 듯하다. 길가에 가로수 옷을 벗으면 떨어지는 잎새 위에 어리는 얼굴……. 이 노래를 들을 때면 한쪽 가슴이 저려오면서 떠오르는 사람, 첫 직장에 입사할 때 상사이던 그 사람과의 짧았던 연애 시절을 회상하고 있는 한 여자 청취자의 신청곡이었다.

"선생님, 제가 그냥 친구분 계신 데까지 모셔다드릴게요."
명애는 뭔가, 더 얘기하고 싶은 게 있다는 눈치다.

원래 오늘은 생방송을 해야 하는 날이다. 일요일 방송분만은 보통 토요일 생방송 전에 녹음을 해두는 것이 관행이었다. 그런데 어제 생방송이 끝나자마자 명애가 갑자기 이랬다.
"내일은 제가 꼭 안 나와도 되죠?"
"날 잡았으면 미리 말을 했어야지, 말을."
피디가 재빨리 우스개로 받았다.
"내일하고 모레하고 지방에 가서 보고 올 게 있어서요."
별로 숨기는 기색도 없는 명애였다.
"또 병이야?"
피디의 말뜻을 나는 한참 만에 짐작했다. 명애가 여러 번씩이나 텔레비전 드라마를 써서 투고했다는 사실을, 공모대회 심사에 참여한 드라마 작가인 친구를 통해 피디가 우연히 알고
"너무 깊대, 깊은 건 일단 새털처럼 뽑히고 날고 한 뒤에 얼마든지 할 수 있는 거 아냐?"
하고 떠벌렸었다.
"나도 실은 지방에 갈 일이 있는데……."
내 말에 피디가 왜들 이래, 하는 표정을 지었다.
"그럼, 내일 아침에 두 탕 연달아 뛰고들 가는 걸로 추진해 보지 뭐. 나도 내일 열두시에 늦장가 가는 친구가 있어서 시간이 복잡해질 거 같았거든."
전화로 스튜디오 사정을 알아보고 난 피디가 선언하자, 남은 일은 명애 차지였다. 사실, 토요일 생방송 때는 아예 전화 신청을 받지 않고 있었고 팩스로 사연을 보내주는 사람도 별로 없는 편이어서 문제가 발

생할 가능성은 희박했다. 일요일분 녹음은 더욱이나 그랬다. 출연자나 전화 인터뷰 대상자만 잘 챙겨두면 무리가 없었기 때문에 해원이 일할 때만 해도 작가가 나와 있는 경우는 거의 없었다. 출연자들 시간을 조정하고 나오느라 한참 늦게 된 명애는 식당으로 오자마자 물었다.

"선생님도 어디 멀리 가시려구요?"

명애는 이미 전부터 여행할 생각을 품고 있었던지 최근 들어 유난히 여행이니 섬이니 정거장이니 하는 내용을 많이 담아왔다. 점점 스산해지고 있는 날씨 때문이겠지 하면서도 나도 모르게 그 분위기에 젖어간 모양이었다.

"사람들 사이에 섬이 있다. 그 섬에 가고 싶다. 정현종 님의 시죠. 이 시에 담긴 깊은 뜻이 따로 있겠지만, 저는 이 시를 읽을 때마다 아하, 섬이란 곳이 바로 내 곁에서 숨쉬는 공간이구나 이런 생각을 해봐요. 훌쩍 떠나 가보기에는 왠지 멀게 느껴지고 두렵게 느껴지는 곳, 하지만 그냥 산책 나가는 기분으로 가까운 섬으로의 여행을 시도해 보시는 게 어떨지요. 자, 여러분을 노래와 함께 추억 속으로 모셔가는 이 시간, 들으실 곡은……."

샛노란 은행잎이 말없이 진다 해도 정말로 당신께선 철없이 울긴가요……. 문정선의 「나의 노래」가 흐르는 동안 팩스 한 장이 들어온 것이 이번 주 월요일인가 그랬다. 섬 얘기 듣다가 불현듯 떠오르는 노래가 있어 컴퓨터 자판을 두들긴다고 했다.

며칠 전 텔레비전을 통해서 북한에서 침투한 무장공비의 것으로 보이는 시체 한 구를 인양하는 것을 봤다. 신문에서도 그 사진만 크게 눈에 띄더라. 어릴 때 아버지를 따라 고흥반도 앞에 있는 무인도에서 낚시를 한 적이 있었는데 그때 내 낚싯줄에 사람 시체가 걸린 걸 보았다. 며칠 밥도 못 먹고 잠도 못 잤는데, 사실 그때부터 말이 없고 생각이 깊은 사람으로 변한 것 같다. 이런 음악 프로를 즐겨 듣게 된 것도 그

때부터다. 살아 있는 것의 덧없음을 느꼈다고나 할까. 이런 얘기가 방송에 나갈 수 있을지 모르지만, 노래만은 꼭 들려달라…….

명애가 피디와 쑥덕거리다가 이내 스튜디오로 들고 들어와 붉은 플러스펜으로 마구 지우고 적고 한 팩스 원문이 대체로 그런 내용이었다. 물론 나는 명애가 시키는 대로 적당히 얼버무렸다.

"어릴 때 아버지와 낚시를 즐기던 무인도의 가을을 생각한다는 사연 적어 보내셨네요. 「무인도」, 김추자가 부릅니다……."

그 다음날인가 그 못지않은 이색적인 사연이 꼬리를 물었다.

"고등학교 때 친구들이랑 칠갑산에 놀러갔었걸랑요. 한 친구가 노래를 굉장히 좋아했거든요. 거시기, 밤새도록 산꼭대기에서 노래를 부르다가 텐트에 들어와 잤는데, 거시기, 아침에 눈 떠보니까 그 친구가 없어졌어요. 지금까지 소식이 없어요. 거시기, 산 전체를 다 뒤졌었걸랑요. 십오 년도 더 됐었걸랑요. 이번에 거시기……."

남자의 음성은 느껴지는 나이답지 않게 안쓰러울 만치 떨리고 있었다. 나는 일단 말을 끊었다.

"그 친구분이 잘 부른 노래가 어떤 노래였나요?"

"거시기, 이번에 보니까……. 북한에서, 옛날에 남한에서 납치한 사람을 간첩 남파 교육시키는 교관으로 일 시키고 있다고 해서 혹시 그 친구가 거시기 거기 있나 싶어서……."

북한의 대남 공작원양성소 교관 중에는 1970년대 말에서 1980년대 초 한국 해안에서 납치된 사람이 스무 명이 더 된다는 얘기가 대문짝만하게 난 게 몇 달 전이던가. 남파되었다 체포된 공작원이 기자회견에서 밝힌 내용이었다. 지금 주로 삼십대 후반에서 오십대 초반이 된 사람들로, 당시 학생이거나 낚시꾼, 해녀 등이었다고 했다. 그 중 몇은 이름과 당시 재학중이던 학교명까지 알려지게 되었고 죽은 줄로만 알았던 자식 소식을 이제야 듣게 된 부모들이 통한의 눈물을 터뜨리는

166

장면이 텔레비전과 신문에 소개되기도 했다.

또, 지난달 동해안으로 침투했다가 붙잡힌 침투조원은 북한에 있을 때 양성소 교관들이 하는 이런 농담을 들었다고 밝혔다.

"이보시오, 동무. 남한에 가거든 해변에서 텐트를 치고 자는 사람 데려오지 말고 북한에 꼭 가겠다는 사람만 데려오시오."

추억의 내용은 엇비슷한데도 자신을 추억에 젖게 하는 노래는 제각각이었다. 십오 년 전 산에서 실종된 친구를 회상하고 있는 남자는 그 친구가 잘 불렀다는 「칠갑산」이라는 노래를 청했다. 콩밭 매는 아낙네야 베 적삼이 흠뻑 젖는다. 무슨 사연 그리 많아…….

그 옛날 상처받은 마음을 되살리는데 어떤 사람은, 여름 바다에서 만난 연인을 잃고 그 바다를 가을에 찾아보았다는 사연을 곁들이며 송창식의 「철 지난 바닷가」를 청한다. 철 지난 바닷가를 혼자 걷는다. 달빛은 모래 위에 아득한데……. 어떤 이는 나훈아의 「해변의 여인」을 흥얼거리며 눈시울을 적신다. 키보이스의 「바닷가의 추억」, 최백호의 「내 마음 갈 곳을 잃어」, 김상희의 「코스모스 피어 있는 길」, 김세환의 「길가에 앉아서」, 정태춘의 「북한강에서」, 혜은이의 「당신은 모르실 거야」……. 살아온 시간 속에서 알게 모르게 흘러든 그 노래들은, 오래고 오랜 뒤의 그 어느 날, 그 사람의 몸과 마음에 얼마나 수분이 남아 있나를 확인하는 자동시험액과 같다. 명애가 나이답지 않게 그런 것까지도 다 알아차리고 있는 걸까. 명애는 오늘 방송 원고에서 놀랍게도 나이 여든의 원로 시조시인 얘기를 꺼내고 있었다.

"……아이엠에프 이후에 자식들이 생업을 잃고 아내마저 노환에 시달리게 돼 살고 있던 집을 팔고 전세방으로 옮기면서, 자신의 장서 사천여 권을 어느 사찰에 기증했다고 하지요. 오십 년간 곁에 두고 손때를 묻혀온 책들이 트럭에 실려 떠나는 날 그 원로시인은 자신의 관이 실려가는 것을 보는 것 같아 비를 맞고 서서 한참을 우셨다고 합니다.

……아침 신문에서 이런 기사를 보고 저는 문득 이렇게 생각했지요. 아직도 내 앞에는 걸어가야 할 머나먼 길이 놓여 있구나. 자, 그 길이 험하고 힘든 길일지라도 다정한 애인이나 친구의 손을 붙잡고 의지하면서 함께 걸어가보는 것이 어떨까요. 가는 길에 풍경 좋은 데가 있거나 유적지가 있다면 잠시 머물기도 하면서 말이지요…… 좀더 멀리, 바닷가로나 섬으로 가볼 수도 있겠지요. 우울하게 시작된 여행이라도 마음속에서 조금씩 새로운 기운이 싹트는 걸 느낄 수 있을 거예요. 이어지는 노래, 패티김이 부릅니다……"

들에는 들국화 소소로이 피고 길에는 코스코스 수런수런 피었네. 높푸른 하늘에 흰구름 떠가고 그 모습 그리워라 보고 싶어라. 아아아아아아 가을인가, 음음음음음음 사랑의 계절…… 그런 노랫소리가 떠도는 가을이면, 나도 모르게 내 마음 속에서 뿜어져 나오는 어떤 기운이, 몸을 선선하게 훑고 가는 바람에 실려 허공으로 아련하게 퍼져가는 모습을 볼 때가 잦다. 바람도 햇빛도 들 리 없는 방송국 스튜디오 유리창에 푸르스름한 기운이 서리고…… 그런 나날, 내 귓바퀴에 와서 떠돌곤 하는 또 하나의 노래가 있다.

음음음 음음음 음음음 으음음 음음음음 음음음음 음음음 음음……. 콧노래로 그 노래를 따라 부르다가 나는 곧잘 목이 메곤 한다. 바람 한 점마다에 각각의 무늬가 있다고 나는 믿는다. 그 노래를, 이제 다시 듣게 된 것이다. 아 이 길은 끝이 없는 길, 계절이 다 가도록 걸어가는 길…….

"아 참! 명애씨가 윤씨지? 그럼, 어떻게 되나……?"

객실 출입구 쪽 자리를 차지하고 둘러앉은, 대학생으로 보이는 십여 명의 남녀들을 들여다보다가 하릴없이 깜짝 놀란 나다. 명애도 대번에 이를 드러내며 웃었다. 촌스러운 분위기가 나는 통통한 얼굴이지만 웃음 하나는 참 맑은 애다. 지금쯤 학교를 파하고 집에 와 쓰러져 있을 딸아이에게 전화를 걸고픈 충동이 인다.

"따져보실 것도 없어요, 선생님. 제 고향이 보길도예요. 고산 윤선도 선생이 저희 집안 할아버지시고요. 그 할아버지가 지으신 세연정 앞에 있는 초등학교를 다니다가 목포로 전학을 갔지요. 아참, 선생님 감기 드시면 안 되잖아요."

"괜찮겠지, 뭐. 다 와가잖아?"

"네, 이제 반 정도 왔을까요?"

명애가 내 손을 붙잡고 객실 안으로 끌어당긴다. 자기 고향으로 가는 길이어서일까, 자상스럽기가 보통 때와는 사뭇 다르다.

해는 졌고 바다는 어둠 속에서 거칠어지고 있었다. 우리는 파도를 가르는 뱃소리 때문에 서로의 입을 쳐다보면서 얘기를 나누어야 했다. 점퍼를 꺼내 입은 채였지만, 밤바다의 기운은 몸 깊은 데까지 한기를 느끼게 하는 중이다. 그래도 객실에 그냥 앉아 있기 답답해 난간에 나와 서서 바다를 본다. 게다가 명애가 사온 캔맥주까지 따서 마시고 있다. 나보다 맥주를 더 좋아하는 명애는 오징어포로 만족한다. 토말 선착장에서 떠나는 막배를 붙들다시피 해서 올랐다. 그나마도 명애가 자동차를 배에 실을 수 있다는 사실까지도 알고서 제법 익숙하게 서둘러 행동한 덕이다.

나주에 있는 친구를 불러내 함께 다산초당과 선운사 쪽을 둘러 볼 계획이라던 명애보다도, 토말에 와서 그림을 그리고 있는 친구 작업실에서 하루나 이틀 자고 가겠다는 내 쪽이 훨씬 더 거짓이었다. 실제로 토말에 와서 그림 작업을 하던 내 친구는 몇 년 전에 이미 프랑스로 건너갔다. 그렇다고 친구가 토말에 있는 동안에 와보기라도 했느냐 하면 그것도 아니었다.

"놀러 좀 와라, 좀. 여름에 하더니 가을이고 가을에 하더니 벌써 겨울 아니니.”

친구는 엽서에다 토말 사자봉에서 내려다보이는 땅끝 광경을 스케치해 보내오곤 했다. 명애는 요새, 드라마 쓰는 데 필요한 취재라기보다 그냥 공부 겸해서 여행을 시작했다고 한다. 시집가서 농사를 짓고 있는 중학교 동기가 나주에 살아서 이쪽으로 두 번 내려왔단다.

“운흥사터에 있는 이상하게 생긴 돌장승도 보고 덕산리에 있는 커다란 고분들도 봤는데, 아, 사람들이 이래서 문화 유산을 답사하는구나 하는 느낌이 막 드는 거 있죠.”

답사는 좋은데, 친구에게 시집 식구 눈치보게 하는 것 같아 망설이다가 우연히 동행자와 행선지를 바꾼 셈이었다.

“선생님은 대학 때 처음 여길 와보셨다고 그랬죠? 그럼 몇 년 만인가, ……십년? 아니 참, 선생님 연세가…….”

“연세가 뭐야, 이팔 청춘더러…… 어휴!”

가볍게 눈을 흘기는 시늉을 하고는 한숨을 내뱉자 명애가 가늘게 찢은 오징어포 한 쪽을 건네며 뒤늦게 웃는다. 바닷바람을 못 견디고 객실 안에 들어와 앉아 대학생들의 애깃소리를 가까이서 듣게 된 후다. 피곤할 테니 다리 뻗고 편히 앉으라고 해도 명애는 연신 나와 대화하는 게 즐겁다는 투다. 도중에 내가 잠깐 운전대를 잡은 적도 있지만 거의 대여섯 시간을 혼자서 차를 몰고 달려온 사람으로서는 아주 생생하다.

“저도 목포로 전학을 간 뒤로는 한번도 온 적이 없어요. 한동안은 윤선도 선생 후손이라는 자부심이 남아 있었지요.”

대학생들 자리에서 누군가 최근에 유행하는 신세대 노래의 랩 대목을 흉내내는 소리가 났고, 한바탕 웃음이 터졌다. 그 웃음이 크게 꼬리를 잇는 기척이 없는 걸 보니 아무래도 나이들이 제법 있는 층 같다. 원래부터 동행해 왔는지 인솔 교수 같아 보이는 늙수그레한 남자도 끼

170

여 있다. 또래들이 지니고 다닐 만한 기타 정도도 들고 온 사람이 없는 걸로 보면, 대학원생 답사팀 같기도 하다. 나는 캔에 남은 맥주를 마저 들이켠다. 명애가 다시 포를 건네준다. 배가 심하게 일렁이는 통에, 막 세워둔 빈 맥주 캔이 넘어져 구르는 걸 명애가 얼른 잡아 일그러뜨려 놓는다.

"그땐 배도 하루 한 차례밖에 없었고, 그나마도 노화도를 경유해서 주로 완도로 다녔는데…… 지난번 나주 친구한테서 들으니까 자동차 도 실을 수 있다고 하더라고요."

"그랬나? 우리는 그때 토말에서 노화도 경유하는 뱃길이었던 것 같 은데?"

"토말이 더 가까웠지만, 완도는 그때 이미 완도교가 있어서 국도로 바로 통할 수 있었거든요."

용산역에서 출발해 새벽에 목포에서 내렸다면 완도로 가는 국도로 갔을 법했는데 누구의 힘이었던지 트럭을 얻어 타고 토말에 와서 배를 탔다. 내가 대학 일학년 때였다. 일행은 모두 여덟 명이었고, 지도교수 를 내세울 수 없는 세 개 대학 연합 서클 멤버 중 일부였다. 같은 대학 사학과 사학년 선배가, 어수선한 시국일수록 미래를 준비하며 공부하 는 자세가 중요하다며 계획한 문화 유산 답사가 뜻밖에 호응을 얻은 듯했는데 정작 남은 인원 중에서 여자는 나 혼자였다. 그때 고산 윤선 도와 송시열에 대한 자료를 내게 넘겨주며 "공부 쫌 해가 온나." 했던 사학과 선배는 지금 자기 고향인 대구 근교에 있는 한 대학의 교수가 되어있다. 윤선도. 조선 중기의 문신, 시조작가. 본관은 해남. 호는 고 산…… 병자호란 때 임금이 청나라에 항복하자 이에 충격을 받고 제주 도로 가던 중 보길도의 풍경에 반해서…… 송시열…… 호는 우암…… 제주도로 귀양을 가다가 풍랑을 만나 보길도에 상륙…… 바윗돌에 귀 양 가는 심정을 한시로 새겼는데…… 이런 식이었을 것이다. 선배들로부터 질문을 받으면 답해 두리라 단단히 준비를 했는데, 대통령이 부하가 쏜 총을 맞아 죽고 대학에 휴교령이 내려져 있는 상태에서 그런 고색창연한 주제가 처음부터 어울릴 까닭이 없었다. 우리나라 조경문화의 걸작으로 평가된다는 세연정의 운치 있어 보이는 정경과, 절벽을 파서 짓고 거기서 책 읽으며 지냈다는 한 칸짜리 정자 동천석실을 둘러보면서 고산 윤선도 선생의 특이하고도 품격 있는 정신을 엿보는 일도 거의 건성이었다. 예송리 바닷가에 와서 민박을 하면서, 한국 민주주의의 앞날을 전망해 보자는 누군가의 그럴싸한 제의에 맞장구쳐진 얘기는 대개 대통령 저격 배후에 미국이 있는가, 저격 현장에 있었던 여자 모델은 어떤 대학 소속이냐, 다음 대통령은 누가 될 것인가……이런 내용이었고, 그러다 어느결에, 모닥불 피워놓고 마주앉아서 우리들의 이야기는 끝이 없어라…… 통기타 세대다운 건전가요 사이로, 어떤 분노도 목표도 가질 수 없게 된 시대의 불확실한 미래 앞에서 방황하는 젊은 청춘이 바락바락 악을 써대는 유행가들이 불쑥불쑥 취기를 토해내고 있었다.

큰 비닐 가방을 든 아낙네 둘이 일어서서 선창 너머로 배가 나아가는 방향을 보고 있다. 내릴 때가 되었다는 걸 알고 있는 눈치다. 대학생들도 자리를 치우며 일어나는 기색이다. 그들이 앉은 가운데로 맥주캔이 어지러이 놓여 있다. 남학생 둘이 그걸 재빨리 비닐 봉지에 담아낸다. 한 남학생은 아까부터 무슨 노래인가를 웅얼거리고 있다.

"선생님은 혹시 기억 나실지 모르겠네…… 옛날에 텔레비전에서 시청자들의 자작곡을 공모해서 발표해 주고 시상하는 프로가 있었는데……"

내 손을 잡아 일으켜 세워준 명애가 말했다. 점심을 휴게소에서 간단히 가락국수로 때운 뒤 공복에 이르러 마신 맥주에 이제야 위벽이 전율하는 모양이다. 방송 중에 틈틈이 목을 축이는 영지 달인 물로부터 오늘은 해방되어야겠다고 한 게 역시 만용이었다.

"보길도에서는 텔레비전이 없어서 그걸 못 보고요, 방학 때 목포 외가에 가서 봤어요. 특별히 제가 그 프로를 기억할 이유는 없는데요, 우리 외삼촌이 거기 출품할 거라며 작곡한 노래를 제게 부르게 했어요. 그 프로 기억 안 나세요?"

배는 클클거리며 선착장에 다가갔다. 보길도는 어둠 속에서 점점의 불빛으로만 모습을 드러내고 있었다. 한기를 뿌리치려는 듯이 내 몸이 진저리쳐졌다.

"선생님은 걸어서 내리세요."

명애는 늦게 배에 오른 덕으로 오히려 빨리 하선할 수 있게 된 자동차로 종종걸음쳐 갔다.

"노래가 무섭다!"

갑자기, 이틀 전 완전 별거에 동의하고 나서, 다시 뜬금없이 외치던 남편의 목소리가 떠올랐다.

"아, 저 소리!"

해변으로 이어지는 자갈밭으로 걸어 내려가면서 명애가 탄성을 질렀다.

잘그락잘그락, 바닷바람 소리려니 싶은데, 그게 아니라는 걸 대번에 알아낸 명애다.

한 눈에 쉽게 들어오는 아늑한 해변의 한쪽은 바닷속으로 뿌리를 두고 있는 겹겹한 바위들이 막아준다. 오른쪽으로는 멀리 인공 방파제가 바다를 가로지르고 있다. 하늘에는, 누가 왜 저렇게 어지럽혀 놓았을까 싶게 별들이 함부로 찍혔다. 바다가 그 별빛을 받아내면서 빨랫줄 흔들리듯 뒤친다. 그럴 때마다 그 언저리에서 푸르스름한 기운이 띠를 이루었다 엷어져 간다.

명애는 몸을 수그려 바닥에서 돌을 줍는다. 엄지손가락 마디만한 동글납작한 검은 자갈돌이다.

"이걸 보세요, 선생님. 여기에서는 이걸 깻돌이라고 불렀어요."

깻돌밭을 걸어 바다에 닿는다. 민박집에서 저녁밥을 먹고 나서 한참을 쉬고도 거북했던 속이 절로 개운해지는 느낌이다. 그 느낌은, 자기가 살던 옛 집터가 아스팔트 길로 변한걸 보고 상심한 듯한 기색이던 명애쪽이 더한 게 틀림없다. 하지만 방심할 수 없어 나는 목에 맨 스카프를 다시 단단히 단속한다.

잘그락잘그락. 파도가 흰 거품을 내며 달려오다가 내 발끝에 와서 잠시 머물러본다. 뜻밖에 따뜻하다. 잘그락잘그락, 파도가 밀려나고 밀려들 때 나는 그 소리, 깻돌밭을 훑어가는 그 소리 사이사이로 알 수 없는 노랫소리가 흘러간다. 그 파도소리, 그 깻돌소리, 그 노랫소리, 그 소리들 속에서 잠시, 시간이 멎는다.

명애는 손에 든 깻돌로 힘차게 물수제비를 뜬다. 역시 젊다. 돌은 아주 잠시, 물위에 어리는 별빛을 건너뛰다 금세 어둠에 잠겼다. 단발머리가 명애의 코와 입을 덮었다.

"내 마음, 내 영혼, 그대에게 바치리…… 랄라라라 랄라라라 랄라라라라 랄라라라 랄라라라 랄라라라 랄라라라라 랄라라…… 이런 노래였어요, 외삼촌이 만든 곡이요."

앙감질로 파도를 훌쩍 뛰어넘어, 민박집에서부터 통굽형 슬리퍼를 끼고 나온 새하얀 맨발을 바닷물에 적시고 난 명애가 흥얼거린다. 파도소리에도 그 가락이 선명하다. 슬로 록 풍이다.

어느 날 여고시절 우연히 만난 사람 그것이 나에게는 첫사랑이었어요…… 이수미가 부른 「여고시절」 풍을 떠올리게 만든다. 그 모습 보려고 가까이 가면다시 한번 그 시절로 가고 싶어라…… 「끝이 없는 길」, 그 노래도 슬로 록 주법의 기타 반주에 맞춰 불리던 노래다.

마지막으로 나와 동침한 날 남편이 이런 얘기를 했다.

"그 친구, 내 노래 때문에 결국 이혼했다는 거 알아?"

남편은 친구의 결혼식 뒷풀이 주연에서 노래를 불렀다.

"어제 나는 그이의 전부였는데 오늘은 지나간 여인이 되어 여기 이렇게 남았습니다. 오늘도 창 밖엔 비가 내리고 우리의 이별을 잊게 하는데……." 자신의 모든 것을 남자에게 버림받고 비 오는 날 혼자 우는 여인의 흐느낌…… 김수희가 부른 「지금은 가지 마세요」였다. 남편이 늦은 나이로 입대해서 초년병 시절 공용으로 상급부대를 드나들다가 들르게 된 다방에서 듣고 배웠다는 이 노래를 휴가 나와 내게 처음 불러주었다. 물론 음치에 가까운 노래 실력이었다. 그 무렵에 친구들 사이에서 이미, 무뚝뚝하고 재미 없는 경상도 샌님으로 알려진 남편의 입에서 쥐어짜는 뽕짝이 흘러나오자 모두들 박장대소를 하며 반겼다. 앙코르, 앙코르, 쏟아지는 재청 신청을 진정시키면서 남편은 노래에 얽힌 사연을 설명했다. "오늘 이 결혼식 때문에 울고 있는 지나간 여인이 있다카는 거를 다시 한번 상기하자는 뜻에서 불러드렸십니다……." 그날의 신랑에게는 실제로 결혼을 약속한 여자가 따로 있었는데 동성동본이라는 이유 때문에 결국 성사되지 못했다는 걸 많은 사람이 알고 있었다. 남편이 그날 그 사실을 떠올리게 하려고 그 노래와 그 말을 한 게 아니라는 건 누구나 다 알고 있는 것이었다. 나 역시도 남편에게 그런 유머 감각이 언제 있었나 하고 새삼 남편의 얼굴을 쳐다보곤 했다. 그런데 그 이후 그날의 신랑은 내 남편에게 자주 투덜거렸다. "야, 우리 마누라 지금도 툭하면 니가 한 노래 얘기를 하면서 날 볶는다. 내 지나간 여인들이 꿈 속에서 자기를 괴롭힌다나 어쨌대나."

그 노래 때문에 의부증이 생겼고 결국 이혼을 하게 되었다는 얘기였다. 그 얘기를 끝내놓고 남편은 거무튀튀하게 검은 얼굴로 내 눈을 쳐다봤다.

“나는 노래가 두렵다!” 남편은 내 눈빛에서 흐르는 노랫소리를 들으며 결국 그렇게 말했다.

“외삼촌이 그때 그 프로에 출품했어?”

나는 명애와 가까워지게 해변을 걸으면서 조심스럽게 물어본다.

“그 프로 정말 기억 안 나세요, 선생님? 저는 언젠가 우리 프로에서도 선생님이 그런 자작곡 발표회를 진행해 보셨으면 참 좋겠다 생각했는데…….”

“그런 프로는 안 되지. 전화 노래방이면 호황이잖아. 텔레비전이면 왜, ‘전국노래자랑’ 같은 거 있잖아? 우리나라 사람들이 음악 좋아한다는 거, 그게 대개 딱 그 수준이거든.”

나는 한숨을 내쉬었다. 걷고 있는 해변의 오른편 둔덕 위를 둘러치고 있는 방풍림이, 때마침 모질게 몰아오는 바닷바람을 막아내는 소리를 낸다. 명애는 옛날 생각에 눈물이라도 날 것 같은지 머리칼을 허공으로 뿌리면서 바다 쪽 하늘을 쳐다본다.

“외삼촌이 여기서 실종되셨거든요.”

나는 걸음을 멈췄다. 컥, 하고 기침이 났다. 명애가 손을 들어 방풍림 쪽을 가리킨다. 함께 배를 타고 왔던 대학생들이 노래를 부르며 방풍림 앞을 걸어가고 있는 게 이제야 보인다.

“외삼촌은 친구들이랑 여기로 놀러오셔서는, 밤에 우리집에 잠시 들렀다가는 곧장 밖으로 나와 저기 상록수림 안에 텐트를 치셨어요. 우리집이 저기서 꽤 멀었는데, 제가 따라나가 외삼촌이 텐트 치는 걸 도왔지요. 잘 기억은 나지 않는데, 그때 외삼촌이 뭘 가져 오라고 시켜서 그걸 가지러 집에 갔다가, 엄마가 야단을 쳐서 그냥 집에서 잠들고 말았어요. 나중에 생각해 보니까 외삼촌이 절 일찍 재우려고 일부러 이상한 걸 주문한 것 같기도 해요. 이튿날 학교에 갔다가 오니까…… 세연정 옆에 학교 하나 있었잖아요, 집에서 거기까지 이십 리는 될 거예

요…… 집에 오니까 분위기가 이상한 거예요. 파출소 순경도 와 있고
요. 외삼촌이 바닷물에 실려 어디론가 사라졌다는 거예요…… 죄송해
요, 선생님……."

명애는 두 손으로 얼굴을 가리고 고개를 숙인다. 나는 그 어깨를 다
독거릴 수 없다. 잠시 모든 게 동작을 정지해 버린 듯, 내 귀에 아무런
소리가 들리지 않는다.

"잊혀진 얼굴이 되살아나는 저만큼의 거리는 얼마쯤일까. 바람이 불
어와 볼에 스치면 다시 한번 그 시절로 가고 싶어라. 아, 이 길은 끝이
없는 길 계절이 다 가도록 걸어가는 길…… 이게 이절이죠, 선생
님……."

"박건호 작사, 이현섭 작곡, 박인희가 부르는……."

내게는 전화 송수화기를 들면서도 "안녕하세요, 노래 속의 사진첩에
송유미예요." 하고 말하는 버릇이 붙었다. 그렇게 익숙하게 뇌다 한숨
을 길게 뿜어 본다. 방파제 끝에 앉아, 방파제 밑동 아래로 물러나고
있는 바다를 본다. 바다의 수분을 받아 눅눅해진 머리칼이 마구 헝클
어진다.

외삼촌이 실종된 몇 달 뒤에 명애는 목포로 집을 옮겼다. 수색 경찰
과 잠수부들의 주둔지가 된 명애의 집은, 아들 찾는 일을 지상에서의
마지막 업으로 삼은 외할아버지가 쓰러지면서 비로소 버리고 떠날 수
있었다. 명애가 외삼촌의 유품에서 여러 개의 악보를 찾고 거기에 자
기 편지를 보태 자작곡 공모를 하는 프로그램에 투고한 것은 중학교
이학년 때였다. 막 그 프로그램이 폐지된 때였다. 그로부터 몇 년 뒤에
어느 라디오 방송에서, 해변에서 실종된 외삼촌이 작곡한 노래를 방송
국에 보낸 소녀 이야기를 소개했다. 「끝이 없는 길」은 그 소녀 외삼촌
의 악보 갈피에 꽂혀 있던 기성 가요였다. 한때 내가 너무도 자주 불렀

던 노래, 적어도 잠재의식 속에서는 단한 번도 잊지 않았던 그 노래가 내 프로그램에서 한번도 소개되지 않았다는 건 놀라운 일이다.

그날 밤, 소주에 취해 악을 쓰듯 노래하는 분위기를 견딜 수 없다는 듯이 내내 기타를 치고 있던 한 대학생이 일어났다.

"나, 누나 집에 가서 자고 올게요."

인솔 책임자 격인 선배한테 보고하고 짐을 챙기러 간 그 뒤를 한참 뒤 내가 뒤따라갔다. 짐을 쌓아둔 방안에서 우리는 재빨리 포옹했다. 내가 처음 남자를 사귄 것이 서클에 들고 얼마 후였다. 기타를 들고 노래하며 팀을 이끄는 다른 대학 이학년생이었다. 극장에서 밤 공원에서 자주 하던 대로, 우리 입술은 상대의 입술을 망설임 없이 끌어당겼다. 그의 손이 내 셔츠의 단추 하나를 풀고 들어와 유방을 감싸안고 아프게 비틀었다. "아!" 짧은 비명 소리가 다른 사람의 인기척으로 느껴져 우리는 얼른 떨어졌다가 소리 죽여 웃었다. "바닷가로 나오면 상록수림이 있어. 한 시간 뒤쯤 거기로 와." 그는 낮은 목소리로 말했다.

나는 잠잘 준비를 한다는 듯이, 내 방과 주연이 이어지고 있는 방과 세면장 사이를 왔다갔다 했다. 한 시간을 기다릴 수 없었다. 해변으로 향하는 길을 민박집의 얇은 슬리퍼를 신고 달려갔다. 해변의 자갈밭으로 내려서다 발을 다치기도 했다. 상록수림 안에서 텐트를 치고 있는 사람은 그와 한 소녀였다. 조카딸일 거라고 짐작했다. 그의 누나집 식구들에게 손가락질 받을 수 없기는 그도 나도 마찬가지였다. 나는 서성거리다가 민박집으로 돌아오는 중이었다.

그때 렌턴을 들고 찻길에서 해변으로 내려서는 시멘트 계단에 서 있던 사람이 있었다. "어데 그래 돌아댕기노? 감기 걸리마 니 목소리 다 베린대이." 신촌의 한 음악다방에서 아르바이트로 서빙도 하고 간간이 디제이 일도 보던, 당시로서는 별로 소문내고 싶지 않은 나의 재수 시절을 알고 있는 유일한 회원이었다. 평소에 그 사실을 떠벌리지 않은

채로 남이 듣는 데서 내 목소리가 좋다는 칭찬을 자주 늘어놓아 내게
호감을 표해온 그 선배를 의식하지 않으려 애쓰지도 않았다. 답사여행
을 앞두고 그에게서 건네받은 낡은 역사잡지를 내가 곱게 책갑을 입혀
가며 공부를 한 것도 그런 때문이었다. 술자리에서까지도 중후한 주제
를 놓치지 않으려고 애쓰는 그를 내가 중늙은이로 여기지 않은 이유도
마찬가지였다. "니, 발에 피나네! 함 보자." 미역이 널려 있는 자갈밭
곁에 앉아 한 남자가 손수건으로 발을 감싸주는 것을 나는 잠깐 동안
허락했다. "야, 내 니 목소리 쫌 오래오래 들을 수 없겠나?" 민박집에
와 닿는 순간 남자는 말했다. 그게 구애 이상의 고백이었음을 나는 오
래지 않아 알게 되었다.
　그날 밤 나는 다시 해변으로 내려가지 못했다. 그 선배가 거의 밤새
도록 내 방 문앞을 서성대는 기척을 뚫고 집단을 이탈하면서까지 무서
운 밤길을 걸어 처녀를 바치러 가는 일에 맹목적일 만큼 나는 야성적
이지 못했던 것이다. 나는 비몽사몽간에, 끝없이 이어지는 기타 반주
에 맞춰진 노랫소리를 들었다. 그리고 아침에 잠에서 깨어나면서 분
명, 해변의 남자가 누군가에게 붙잡혀 가면서 지르는 외마디비명을 들
었다.
　"맥주를 가지고 나올 걸 그랬어요."
　명애가 일어서면서 말했다. 목을 감싸면서도 나는 가볍게 "그렇지?"
하고 대꾸한다. 대학생 일행이 어느새 우리가 앉았던 방파제 끝까지
걸어왔다가 앞서 돌아가는 중이다. 맨 뒤꽁무니를 따르는 남녀 한 쌍
이 앞서가는 일행들이 눈치 못 채게 자기들 몸 뒤로 서로의 손을 잡고
걷고 있다. 일행 중에서 누군가 휘파람을 분다.
　"청취자 대상 가요 프로, 그것 좀 뭣하잖아? 말도 안 되는 얘기를 호
호거리며 들어주고 기분좋게 맞장구 쳐주고 그래야 되잖아?"
　지방대학에 임용될 무렵 남편의 사투리는 거의 완치단계가 되어 있

었다. 내가 성우 생활을 하는 동안 남편은 늘 나와 함께 대사 연습을 했으니까. 아예 자기를 따라 고향으로 내려갔으면 하는 눈치인걸, 나는 오히려 남편이 더욱 바라지 않는 프로를 맡는 걸로 맞서버렸다. 남편은 노래에, 특히 가요 따위에 젖어서 사는 인생을 인정할 수 없는 사람이었다. "제가 이 노래를 좋아하는 건, 밝힐 수 없는 사연이 있어선데요……." 이렇게 말하는 여자를 가장 천하게 여기는 사람이었다. 딸아이가 초등학교 때부터 가수 사진을 오려서 일 년에 몇 권씩 연예잡지를 만들어오던 버릇을 중학교에 입학하면서 청산한 것도 남편의 끈질긴 권유 때문이었다. 남편은 내가 마음으로 만나고 있는 연인이 자신이 아니라는 걸 결혼 무렵부터 지금껏 잊지 않았던 사람이었다. 언젠가부터는, 어떤 노래들이 내 핏속으로도 흐르고 있음을 깨달은 듯 집에 있는 오디오며 비디오의 코드를 다 뽑아 버렸다. "조용히 해, 조용히, 응? 나 좀 쉬어야겠어, 좀!"

"어멋!"

명애가 소리를 내지르기 전에 내가 먼저 놀랐다. 그 직전에 앞서 걷던 여학생의 입에서도 비명소리가 났다. 여학생과 손잡고 걷던 남학생이, 서로 장난을 치다가 여학생이 갑자기 손을 놓는 바람에 방파제 밑으로 미끄러진 것이다. 남학생은 다행히, 시멘트로 된 방파제 길에서 미끄러져 나가가다 금세, 방파제를 형성하고 있는 툭 튀어나온 바위 끝에 걸터앉은 꼴이 되었다. 다친 것에보다, 상의가 위로 긁히듯 쳐들려서 맨살이 다 드러난 것에 당황하는 모습이 역력했다. 돌아서 달려든 일행들이 손쉽게 남학생을 일으켜 세운다.

"어머, 어떻게 해."

"괜찮아?"

"조심해야지."

많은 말들 사이로, 잠시 전까지 남학생과 은밀히 손잡고 있던 여학생이 드러나지 않으려고 애쓰면서 발을 동동 구르는 게 보인다. 문제의 남학생은 동료 남학생의 팔을 붙들고 일어서서 몇 걸음 움직여 본다. 엉덩이와 팔꿈치 부위를 다친 듯, 이리저리 근육을 더듬는다.

"모든 길에 먼저 걷던 사람의 상처가 남아있는 걸 저는 가끔 느껴요."

그들을 두고 우리가 앞서 걸어가게 되었을 때 명애가 말한다.

"어머, 그래?"

무심코 대꾸하다 나는 웃음을 흘린다. 명애가 투고했다는 드라마 원고를 두고 하던 피디의 말이 생각나서다. "너무 깊대, 깊은 건 일단 새 털처럼 뽑히고 날고 한 뒤에 얼마든지 할 수 있는 거 아냐?" 나는 곧 웃음을 멈춘다. 그저 무난한 것 속에 어쩌면 처절하도록 깊은 뜻을 담으려 애썼던 게 명애였던지도 모르겠다.

"저도 마찬가지고요. 저도 저 학생들처럼 상처를 남기면서 길을 걷고 있는 거예요."

나보다 더 늙은 말을 하는 이십대 후반의 처녀에게 해줄 말을 다시 떠올려보다가 나는 문득 뒤를 돌아본다.

지난 주, 텔레비전을 보다가 딸아이가 말했다. "어머, 저 무장공비 멋쟁이였나봐. 장발이야, 엄마. 아휴, 징그러." 나는 그때 보았다. 바다에서 건져올려 해변에 펼쳐놓은 무장공비의 시신을, 알몸을 드러낸 상반신 왼쪽 젖꼭지 밑에 새겨져 있던 선명한 흉터를…… 나는 방송국 자료실 신문철을 뒤지는 일에 며칠 골몰했다. 이십 년도 다 된 지난 일, 그때 기타를 치며 노래하던 장발의 대학생, 야윈 체구에 내 손을 잡아 자기 젖꼭지를 만지게 하고 그 젖꼭지 밑 흉터를 만지게 하던 그 남자의 이름이, 북한의 남파공작원 양성소에 근무하고 있다는 남한 출신 교관 명단 속에 들어 있지 않을까…… 물론 없었다. 나는 일주일에 한 번 상경해 며칠 머물다 가는 남편에게 잘 들으라는 듯이 오디오의 볼륨을 최대한 높여놓고 지냈다. 노랫소리가 뇌세포를 찌르는 듯하던 며칠 동안, 내가 걷는 길 위에 또 한 차례 짙은 상흔이 남겨졌다.

나는 겨우 할 말을 찾는다.

"그래. 모두가 그럴 거야. 다만 말을 하고 있지 않을 뿐일 테지."

"어머, 미안해요, 선생님. 제가 오늘 괜한 말을 너무 많이 한 것 같아요."

이제는 내 차례라는 듯이 명애가 나를 쳐다본다.

우리는 방파제를 걸어나와 상록수림 쪽으로 걸어갔다. 잘그락잘그락…… 방풍림이 해풍을 막으며 우우 울음을 우는 사이로, 갯돌 쓸리는 소리가 한 순간도 쉴 수 없다는 듯이 내 마음을 훑는다.

동화 읽는 여자

1. 어른이 읽는 동화

"잠깐만요……."

숨차 헉헉대는 음성이 먼저 들렸고, 뒤이어 계단에서 복도 쪽으로 작은 체구를 드러낸 여자가 있었다. 여자는, 화장실에서 돌아와 가게문을 밀고 있는 민규가 이제 문을 닫으려 하고 있는 걸로 안 모양이었다. 실제로 이미 문을 닫았어야 했는데, 민규는 그 잘난 뉴스 때문에 공연히 혼이 나가곤 했다.

"애가 또 책을 찾네요."

여자는 손에 들고 온 책 두 권을 내밀었다. 낮에 와서 대여점에서는 흔치 않은 그림 동화책을 찾아 빌려간 여자였다.

"동화책인데, 싸게 안 돼요?" 성인용 책 대여료보다는 싸야 할 거 아니냐고, 여자는 부스스한 얼굴에 동공이 유난히 크고 검은 눈으로 돌아보았었다. 책을 좋아하는, 그것도 처녀 같아 보이는 젊은 여자라면,

더 싸게 해주고 말고지, 하고 짖궂게 혼자말을 했을 법도 했다. 여자가 마침 '아동용 도서 600원'이라 쓴 가격표를 본 듯 "백원 싸구나." 하고 중얼거렸었다.

"애가 여태 안 자나 보죠?"

여자 나이를 짐작할 수 없게 된 이 시대는 분명 풍요롭다는 얘기일 텐데, 사는 게 도무지 어려워만 지는 것이 꼭 호감 가는 여자한테 접근도 하지 못하는 자신의 신세 같다고 민규는 생각해 보았다. 여자는 대꾸도 없이 아동용 도서들이 꽂힌 진열대로 걸음을 옮겨갔다. 민규는 여자가 반납한 책의 번호를 컴퓨터 모니터에서 확인했다. 이제 보니 평소에 여성지에다 국내 여성작가들이 쓴 제법 수준 있는 소설도 몇 권 빌려 보았고, 두 차례는 연체한 적도 있는 것으로 기록되어 있었다. 끄지 않은 텔레비전에서는 오늘 자정에 소백산맥의 오지에 있는 한 장수촌 얘기를 담은 다큐멘터리가 방영된다고 했다. 민규는 버릇처럼 리모컨을 눌렀다. 끝나지 않은 뉴스가 또 있었다.

"……경제적 위기의 원인을 자기 자신과는 완전히 별개의 것으로만 인식했을 때, 바로 그와 같은 극단적인 돌파구만을 생각하게 되는 거죠……. 이렇듯 경제 파탄을 정신 파탄으로 이어가는 사람들이 늘어난다는 건, 우리 사회가 정말 극단으로 가고 있다는 조짐일 수 있어요……."

초대손님으로 나온 교수의 말을 앵커가 중단시킬 시점을 놓친 모양이었다. 교수는 갑작스럽게 맞은 가정의 경제 파탄 때문에 가족 동반 자살이나 유괴 사건이 늘어나고 있는 상황이 이 나라의 불길한 미래를 짐작하게 하는 하나의 조짐이라고, 정말 불길한 어조로 역설하고 있었다. 동병상련이라는 건지, 며칠째 뉴스 시간만 되면 나오는 그, 조금도 신선하지 않은 서글픈 뉴스가 자꾸 가슴에 아렸다. 퇴직금이라도 준다고 할 때 빠져 나와 이 가게를 시작하지 않았다면 민규 자신도 지금,

184

대책 없는 실업자 신세로 지하철을 타고 하루 종일 왔다갔다 하면서 신문에 난 구인 광고나 찢어 모으고 다니고 있을지 몰랐다.

"글자가 좀 더 많은 건 없을까요?"

여자가 몇 권의 책을 뽑아보는 눈치이더니 물어왔다.

"애가 몇 살인데요?"

"……열…… 살요."

아이 참, 빨리 가봐야 하는데……라고 여자는 중얼거리다가 간신히 말했다. 도무지 남의 시선에는 관심을 두지 않는 편인 듯했다. 민규는 서둘렀다.

"애가 책을 좋아하는가 본데……. 이거 어때요, 요즘 어른이 읽는 동화라고 나온 거 보니까 다 애들 거더라구요. 빠르면 초등학교 오륙 학년생이 읽어도 좋을 것 같은데……."

일반 서점에서 소설류로 분류돼 한동안 베스트셀러로 판매되고 있었 다는 '어른을 위한 동화' 두 권이 여자에게 내밀어졌다. 전화벨 소리가 울리는 걸 민규는 그냥 내버려두었다.

"이건 내가 읽은 것 아닌가……?"

한 권을 받아들고 망설이던 여자가 금세 다급해져서, 지갑을 열었다. 작고 앙증맞은 가죽지갑이었고, 여자의 손은 의외로 하얬다. 여자가 무슨 향내라도 뿜고 있다는 느낌이 갑자기 들었다.

"이거 두 권 그냥 천 원에 안 돼요?"

여자가 하는 말에 민규는 헛, 하고 웃음을 흘렸다. 전에도 이 여자가 이러지 않았나 싶은데 기억은 더 나지 않았다. 집하고는 도서대여점이 있는 상가를 사이에 두고 바로 건너 동에 사는 여자니까 어쩌면 아내 와는 아는 사이일지도 몰랐다.

두 권의 책을 컴퓨터에서 확인해 대여 표시를 하고는 돈 천 원과 바 꾸었다. 사실이었다. 화장기도 없이, 잠자리에 들려다가 나온 듯한 얼굴임에도 그 야윈 몸 안에서 당분 섞인 체취가 뿜어져 나왔다. 민규는 아내의 얼굴을 떠올렸다. 틈날 때마다 도서대여점 일도 봐주면서 점심 때는 식당 일 아르바이트를 하게 된 이후 줄곧 피곤에 지쳐 모든 일에 인색한 표정을 풀지 않고 있는…….

민규는, 책을 들고 돌아선 여자의 뒷모습을 보고 있었다. 이제 보니 엉덩이까지 덮은 카디건을 위에 입고는 있었지만, 긴 원피스형 치마가 잘록 들어간 허리 부분과 도드라지게 나온 엉덩이 부분이 선명한 몸매를 다 가리지는 못했다. 저 몸에서 열 살 된 아이라니……?

……어쨌든 밤에 이렇게 들러 준다면, 무슨 방법이 있을 수도 있지……. 민규는 무슨 턱없는 기대인가 하고 스스로 픽 웃고는 텔레비전을 끄고, 컴퓨터 모니터를 껐다. 그리고는 잊었다는 듯이 황급히 문 밖으로 나가 복도 반대편 끝 비디오 가게를 살펴보았다. 불이 꺼져 있지 않다면, 오늘 같은 밤에는 에로영화라도 한 편 빌려 봐야겠다는 생각을 한 건 그 다음이었다.

잠시 전 끊어졌던 전화벨 소리가 다시 울렸다. 집에서 온 전화일 게 분명했다. 아내의 전화라면 미리 진하게 농담이라도 해두어야지 하면서 송수화기를 들었다.

"아빠!"

하는 큰아이의 말을 듣는 순간. 민규는 가슴속에서 천둥 소리 같은 것이 울렸다.

"아빠, 오늘 그거 잊지 마, 꼭."

잊지 말라는 말, 그게 뭔지, 그것이 문제였다. 기억에 없었다. 뭔지 알 수 없었다. 더 큰 문제는 다음에 있었다. 기억에 없는 일인데도, 그런데도 뭔가 크게 잘못했다는 느낌, 그 느낌이 순간적으로 민규의 목덜미를 싸리비질하듯 쓸고 갔다.

"으응, 그럼……."

밤늦게 학원 과외를 마치고 돌아와 있는 딸아이……. 그 아이를 위해 해줄 그 어떤 것도 이제는 없구나 하는 느낌에, 퇴직 후 한동안은 시달렸다. 큰아이가 고등학교를 가고, 대학교를 다니게 될 때까지는 뭔가 다른 길이 열리겠지 하고 다소간 체념 어린 태도라도 갖게 된 것이 겨우 지난 달 들어서였다. 둘이 돈 쓸 시간 없이 몸으로 때워 벌고 있으니까 뭐가 돼도 될 것 같다는 확신, 그게 그나마 어렴풋하게나마 삶의 실체를 감 잡게 해 주었다.

가족 나들이는커녕 값싼 외식도 손꼽을 정도라도, 그런 걸 꼭 죄로 느끼는 것이 좋다고 볼 수는 없었다. 다만 가장으로서 아주 기본적인 일초차 영영 못하게 되면 어쩌나 하는 조바심만은 어쩔 수 없어, 자주 얼굴이 화끈거리고 엉덩이가 시큰거려 왔다.

"그래, 임마. 안심하고 씻고 공부하고 있어. 엄마 자면 니가 과일 꺼내 먹고……. 영국인 자니?"

일부러 대화를 더 끌어봤는데도, 끝내 기억이 나지 않았다.

나, 참……. 민규는 도서 진열장을 한바퀴 둘러보았다. 오늘, 그래도 괜찮았다. 미반납 도서도 다른 날보다 적은 편이었고, 일본 요리만화하고 대하소설이 몇 질씩이나 나가주는 덕분에 근래에 보기 드문 호황이었다. 내일 신간들이 들어오면 휘파람 불며 기분 좋게 책갑을 입히리라. 게다가 밤에, 밤에 피는 한 떨기 야생화도 만났다……. 그랬는데, 그랬는데, 그게 뭐지?

민규는 자리로 돌아와 서랍 한 구석에 밀어 넣어둔 담뱃갑을 뒤져 담배 한 개비를 꺼내 물었다. 몸에도 좋지 않고 책에도 나쁘다는 판단에 도서대여점을 연 후로는 담배를 피우는 일이 거의 없었다. 접대용으로 둔 재떨이도 언젠가부터 없어진 걸 보면 민규로서는 여간 달라진 면모가 아니어서, 아내한테 "대단해, 자기." 하고 칭찬까지 들었을 정도였다. 민규는 아주 길게 빨아들였다가 픽, 하고 연기를 일시에 뿜어보았다. 괜시리 송수화기를 들었다가 떨어뜨리듯 놓아 버렸다. 벌떡 일어나 담배를 쓰레기통에다 직접 비벼 껐다.

민규는 아주 오래 씩씩거렸다. 손에는 '완전 성복'이라는 수험생 참고서 같은 제목의 에로비디오가 하나 들려 있었다. 순식간에, 아직 문이 열려 있는 비디오 가게로 달려가 첫눈에 닿은 에로물을 집어든 것이었다. 평소 잘 아는 주인이 눈을 뚱그렇게 뜨는 걸 돈을 던지듯 주고 나왔다. 돌아오자마자 그걸 가방에다 넣고, "모르겠다, 모르겠다" 하고 외치면서 폐점을 서둘렀다. 불을 끄고, 문을 잠그고, 셔터를 내리고, 그리고……. 그리고…….

에이, 몰라, 몰라……. 민규는 울고 싶어졌다.

분명히 딸아이가 부탁한 게 있었다. 며칠 전부터였다. 어제도 오늘도 꼭!이라고 생각하고 나왔었다. 그게 생각 안 나다니……. 그리고는 밤 늦게 온 여자 손님한테 잡념이나 품고, 에로비디오를 빌려가 애엄마하고 몰래 즐길 계획이나 하고 있다니……. 이 몹쓸 애비…….

그렇게 더 처절하도록 자신을 욕해 보는데, 그렇다고 또 처절해지는 것 같지도 않았다. 민규는 자기 집으로 올라가는 계단을 탁, 탁, 탁 스스로의 발걸음 소리를 느끼면서 오르고 있었다. 눈물도 메말라갔다. 눈물이 다 말라붙어 버렸다.

"어, 너 안 잤니?"

문을 열어준 아이는 둘째였다. 큰아이 말로는 영국이는 잔다고 했었다. 실제로는 아까까지 방에서 책을 읽고 있었다고 했다.

"얘, 요즘 공부 안하고 소설책만 본다, 아빠?"

요즘 들어서는 소설책 읽는 걸 공부라고 해주어야 할 것 같다는 생각이 자꾸 드는 중이었다. 둘째가 들고 있는 책을 보니까, 며칠 전 낮에 가게로 나와 들고 들어간, 명작도 아니고 그렇다고 싸구려 무협소설도 아닌 그런 번역소설이었다. 컴퓨터 게임에 빠진 것도 아니고, 게다가 애비가 하는 도서대여점에서 뭐 나쁜 책을 보급하고 있는 것도 아니니, 어쩌랴 싶었다.

"아빠도 과일 드세요."

아이들은 음악을 틀어 놓고 과일을 먹고 있었고, 아내는 방에서 이부자리도 제대로 펴지 않고 잠들어 있었다. 가방을 아내 발밑으로 밀어넣고 나오는 민규의 입에 딸기 한 개가 쏙 들어갔다. 역시 딸아이가 제일이다. 그러나 민규는 딸아이를 외면하면서 목욕탕 앞으로 갔다. 그 딸아이는 이번에 잠옷을 챙겨다 준다. 녀석의 젖가슴이 너무 커 보여서 고개가 절로 외로 꼬였다.

양말을 벗고, 목욕탕으로 들어가는 민규의 등뒤에서 딸아이의 말이 들려왔다.

"아빠, 가방 안에 있어?"

쿵, 하고 아주 가까운 곳에서 다시금 바윗덩이 떨어지는 소리가 났다.

"아빠 오셨니?"

하는 아내의 말소리도 들렸다. 민규는 바지를 벗다 말고 황급히 밖으로 나왔다.

"당신 자는 척했구나. 왜 그래, 사람이?"

무슨 얘기를 하려는 것인지, 민규 자신도 잘 몰랐다. 우선 딸아이의 손길을 막아서며 자기 가방을 다시 들었고, 양말을 발로 끌면서 현관 쪽으로 걸어갔다.

"어디 가시는데요, 아빠?"

딸아이가 놀라는 표정을 지었다. 민규는, 소파에 앉아 입안에 사과쪽을 넣고 우물거리며 소설책을 읽고 있는 둘째아이를 다시 보았다. 아내도 잠옷차림의 몸을 추스리면서 일어나 나왔다.

"뭘 빼놓고 왔어?"

"그래. 금방 들어올게."

그렇게 얼버무렸다.

휴우……. 한숨을 내쉬었다.

그랬다. 그 책이었다. 어른을 위한 동화. 그 책 두 권을 딸아이 학교 숙제 때문에 따로 빼놓은 게 사흘 전이었다. 아이들한테 제일 인기 있는 국어 선생님이 추천하면서 그걸 읽고 논술 공부하는 시간을 가져 보겠다고 했다는 거였다. 늦어도 오늘부터는 읽기 시작해야 된다고 딸아이가 아침에도 몇 번 다짐을 받았다. 그 사실을, 무작정 가방을 들고 나오다가 둘째아이 영국이가 책 읽는 모습을 보고서야 비로소 기억해 낸 것이었다.

민규는 가게로 돌아가 컴퓨터에서 그 여자의 주소를 확인했다. 전화번호 네 자리 숫자도 정확하게 기입되어 있었다. 조금은 졸린 음색인 그 여자와 떠듬거리며 통화를 했고, 사람 몸에 척척 감기는 듯한 여자의 웃음기를 느끼면서 다른 동화책 세 권을 골라 들었다. 묘하게 일렁이는 가슴을 책을 든 손 손등으로 몇 차례 쓰다듬었다.

표은경이라는 이름의 여자가 사는 낡은 복도식 아파트는 각 동 현관 쪽이 어두운 대신 입구 양편으로 건물 둘레의 화단마다 영산홍들이 붉은 기운을 마구 뿜어대고 있는 중이었다. 입구로 들어서다 말고 민규는 잠깐 화단으로 상체를 숙여 영산홍 향기를 코에 묻혔다.

숨을 고르며 계단을 올라갔다. 5층. 침을 꿀꺽 삼켜 보았다.

크흠…….

가볍게 기침까지 한 후 벨을 누르기 위해 손을 짧게 뻗었다. 그때, 민규는 제 풀에 화들짝 놀라며 뒤로 물러섰다. 오후 뉴스 시간에 잠깐 소개되던 동화 읽어 주는 여자 유괴범 얘기가 떠올랐던 것이다.

2. 어떤 유괴사건

　명수의 말을 듣는 순간, 은경은 이마 쪽으로 피가 한꺼번에 치솟아 쏠리는 느낌이었다. 운전대를 잡은 두 손 손등에 파란 핏줄이 선명해 보였다. 처음에는, 차가 밀려 길이 막힌 데서 온 짜증이 아닌가 했다. 명수와 함께 있게 된 지 일 주일 만에 처음 겪는 일이었다. 은경은 신호등불이 바뀌기를 기다리며 몇 차례의 심호흡으로 숨을 골랐다.

　어쩌면 라디오에서 들려준 한 유괴사건 소식에 공연히 속이 언짢아진 탓일 수도 있었다. 라디오 속의 남녀 진행자는 어느새 킬킬거리며 한 청취자의 편지를 읽다 말고 읽다 말고 하고 있지만, 방금 전에는 연신 혀를 끌끌 차면서 노숙자들이 늘고 자살한 사체가 하루에 몇 구씩 발견되고 유괴사건이 다반사가 된 어수선한 시국을 한탄하고 있었으니까.

　사업에 실패하고 수천만 원의 빚을 안고 길거리로 나앉게 된 한 부부가 부잣집 아들을 유괴했다. 남자는 협박 담당이었고, 여자는 유괴한 아이를 지키는 일을 맡았다. 남자는 부잣집에다 요구한 돈을 찾으러 나갔다가 체포되었고, 뒤이어 여자도 구속되었으며, 아이는 무사히 집으로 돌아갔다. 아이의 부모는 의외로 아이의 몸이 깨끗하고 또 부모를 보고도 크게 반기는 기색이 아니라는 사실을 이상하게 생각했다. 그것이 여자가 유괴한 아이를 잘 보살펴준 때문이었다. 여자는 아이와 함께 있는 닷새 동안 궁한 형편대로 극진히 보살폈다. 식후에도 잠자리에 들기 전에도 꼭 이를 닦도록 도와주었으며 양말도 잘 세탁해 주었다. 그 동안 여자는 아이에게 열 권의 동화책을 읽어 주었다. 검찰에서도 이 사실을 알게 되었다. 결국 검찰은 남자만 기소하고 여자는 훈방했다.

　두 진행자는 ’기막힌’이라는 말과 ‘아이러니컬’이라는 말을 섞어가며 한 유괴사건의 후일담을 숙연한 어조로 전해 주었다.

"아이에게 동화를 읽어 주는 일이야말로 너무 아름다운 일 아니겠습니까? 어머니가 포근한 음성으로 동화를 읽어주시면 엄마 품에서 아이는 동화 속으로 빠져들어 상상의 나래를 펴다가 꿈나라로 젖어들고…… . 이런 모습 얼마나 훈훈해요. 그런데, 돈을 뺏을 욕심으로 아이를 유괴해 갖고는 그 아이한테 동화를 읽어 주면서 보살폈다는 얘긴데요, 글쎄요…… ."

"이걸 미담이라고 웃어야 하는 건지, 아니면 흉악한 얘기라고 치를 떨어야 할지 모르겠네요…… ."

은경은 어쩌면, 아이에게 동화를 읽어 주고 있는 자신을 남들이 보고 유괴범으로 착각할 수도 있겠다는 생각을 했다. 지난 일 주일 동안 명수와 함께 있으면서 아무런 보상도 바라지 않았고, 또 큰 불편도 느끼지 않았는데, 이제 와서 그런 일을 당하게 되면 얼마나 억울할까 싶기도 했다. 아닌 게 아니라 며칠 전 한밤중에 동화책을 바꾸러 온 도서대여점 주인 남자만 해도 얼마나 이상한 눈으로 집안을 기웃거리던지.

그렇듯 마음이 심란해지던 차에, 명수도 같이 라디오에 귀 기울이다가 갑자기 부모 생각이 났는지 함경도 지방 사투리로 울먹이는 소리를 내고 만 것이었다.

"선생님, 저를 아버지한테 데려다 주면 안됩니까?"

손, 발, 머리에서 땀이 바짝바짝 나서 그만 차를 내 버리고 어디 가서 세수라도 한번 했으면 싶었지만, 그냥 시간에 떠밀리듯 버텨내는 수밖에 없었다. 명수한테 새삼스럽게 아버지를 찾으러 갈 수 없다는 사실을 설명할 수도 없는 노릇이었고, 명수 또한 그걸 모를 아이가 아니었던 것이다.

은경은 근무하는 학원 건물 뒤의 좁은 주차장에 간신히 차를 밀어 넣고 명수의 손을 잡고 계단을 오를 즈음에야 대꾸할 말을 찾아냈다.

"야, 너 자꾸 기렇게 시뚝해 있을 거이야?"

192

그때껏 은경 스스로도 말 그대로 '시뚝해' 있었고, 그 분위기를 알았는지 명수 또한 울먹이는 인상 그대로인 채 입을 굳게 닫고 있었으니, 그나마 그저께 명수한테 배운 북한말 하나를 간신히 건져 올려서 명수를 달랠 수 있었던 것이 다행이라면 다행이었다.

"내 자리에서 책을 읽고 있든가, 아니면 3층 피시 방에 가서 놀고 오든가……. 어쩔래, 명수야?"

은경은 원장한테 또 한 번 명수를 인사시켜 두고는 지갑에서 천 원짜리 석 장을 꺼내 명수에게 건넸다. 명수가 쭈볏거리다가 돈을 받아들고 "그럼, 피시방에 갔다 오겠습니다." 하고 웅얼거리는 것이 그래도 '시뚝한' 기가 숙지막해져 보였다.

"그러다가 미혼모라고 소문나면 어쩌려고 그래요?"

은경에게 자기 친척 오빠를 소개해 주지 못해 안달인 영어 담당 민 선생이 명수가 나간 문으로 막 들어섰다. "미혼모가 아니라 유괴범이라고 할지 모르죠, 뭐." 하고 가벼운 웃음으로 넘겨보는데, 평소 은경을 세상 물정 하나도 모르는 어린애로 비유하기를 즐기는 원장 언니가 짚고 나섰다.

"애 집에서는 아무 소식 없어?"

"예." 하는 대답이 또 어이없이 절로 후, 하는 한숨소리로 이어졌다.

어제까지, 아니 오늘 오전까지도 이렇지 않았다. 밥을 먹이고 첫 직장 때 쓰던 도시락으로 밥을 싸주고 옷을 입혀 학교에 보내고, 학교를 파할 때는 직접 학교에 가서 실어 오는 일이, 마음 써주어야 하는 동생도 없이 자란 처녀로서 좀 낯설고 피곤한 경험이긴 해도, 실제로 별로 고되지 않았다. 오히려, 자주 우울증 환자처럼 침울해지는 증세가 명수 덕분에 저절로 해결된다는 느낌마저 들었다. 명수한테 들려줄 겸 읽는 동화책도 초등학생을 가르치는 자신에게 꽤 도움이 된다는 판단도 했다. 그런데 이제 일 주일 만에, 마음 밑바닥에 어떤 조바심이 요동치기 시작했고, 자기 주변도 정리하지 못하고 사는 처지가 목을 서서히 옥죄어 오는 느낌으로 생생해지고 있었다.

"그러잖아도 수업 마치고 나서 전화를 해보고 안 되면 직접 찾아가 볼까 그래요, 언니."

"볼까가 아니지, 지금. 수업 마치고 자시고 할 것도 없잖아. 수업 준비 다 됐으면 전화부터 해보는 거야. 애를 저렇게 두고 수업인들 제대로 되겠어?"

학원을 위해서가 아니라 자신을 위해서 해주는 말인 줄 알면서도 은경은 얼굴이 붉어지고 말았다. 결국은 명수를 어서 누군가의 품으로 돌려보내야 한다는 애기였다.

"저, 수업 들어갈게요."

은경의 표정을 읽은 원장이 뒤에서 "쟤가 저래 가지고 어떻게 각박한 세상을 살아…….'' 하면서 끌끌 혀를 차고 있었다.

두 시간 수업을 마치고 전화기 앞에 앉았지만, 명수 집도 또 명수를 데려온 권 집사도 전화를 받지 않았고, 다만 권 집사 집 전화 응답기에다 용건을 남길 수는 있었다.

오늘은 수업 중에 말을 많이 한 편도 아니어서, 은경은 누군가한테 실컷 수다라도 늘어놓았으면 하는 기분이 들었다. 하지만, "아이쿠, 이젠 날씨가 더워져서 지치는구나." 하면서 슬쩍 말을 붙여 오는 민 선생의 시선을 피하면서 화장실 쪽으로 몸을 숨겼다. 거울 앞에 서서 어쩐지 측은한 낯색이 된 스스로를 들여다보았다. 그때부터 입술이 저절로 달싹거리기 시작했다.

있잖아요. 이런 일이 있었거든요. 우리 동네에 유괴사건이 일어났는데요. 사업하다 실패한 부부가 유괴범이었대요. 그런데 아이를 유괴해 놓고는 그 아이한테 과자도 사주고 동화책도 읽어 주고 이도 닦게 하면서 잘 보살펴 주었대요…….

그러고 보니 그 얘기가 무슨 동화 같기도 하고 소설 같기도 했다.

돈이 없어서 아이를 유괴하고는 그 아이에게 동화를 읽어 주며 놀아준 여자 얘기 들어보셨어요? 그걸 기막히다고 해야 하나요, 아이러니컬하다고 해야 하나요? 아니면 미담이라고 해야 하나요, 어쨌거나 흉악한 유괴사건이라 해야 하나요?

중얼거림 끝에 은경은 당연한 수순이라는 듯이, 자신의 입술을 엷은 미소를 띄고 지켜보고 있는 한 사내의 가느다란 눈을 떠올렸다.

감독님, 실은 저한테 아이가 있거든요. 이름은 명수예요…….

이렇게 놀려도,

으흠 그래, 올해 몇 살 됐더라?

짐짓 표정을 지운 투박한 얼굴에 미세하게 의문부호를 만들어낼 진 감독이었다. 그리고는 고개를 조금씩 까딱거리면서 때로는 오호, 으흠, 하는 감탄사를 조그맣게 내고 때로는 "좀전에 뭐하고 했지?" 하며 말머리를 조정하면서 아무리 길고 야단스러운 상대의 말도 경청할 사람이었다. 다 듣고 나서도 빨리 자신의 의견을 내놓지 않고서, 음 좋은 얘긴데, 아주 미묘한 대목에서 빛을 발할 수 있는 삼빡한 심리극 한 편은 될 것 같은데……? 식으로 어눌하게 말을 늘어놓다가 상대가 은근 조바심을 낼라치면 어느새 단호하게, 이게 좋겠다고 그럴싸한 해결책을 제시하는 사람……

은경은 휴대전화를 만지작거리다가 저장된 전화번호 목록 속에서 '진 감독님'이라는 문자를 찾아냈다. 물론 키를 누르지는 않았다. 일 년을 사귀었고, 그 후 일 년은 걸려 오는 전화를 받기만 했고, 그 후 지금까지 두 달 여 동안은 단 한 번의 전화와 두 통의 전자우편만 받았다. 그렇게 멀리 떨어뜨리는 데는 성공했지만, 때로 미친 듯이 전화를 걸고 싶은 것을 꾹, 꾹, 눈물을 끊어서 흘리듯 참아냈다. 영화를 보고 나서 감상을 말하고 싶을 때, 책 한 권을 읽고 났을 때, 수업 준비를 하다가 짜증이 날 때, 서툰 젓가락질로 반찬을 잘못 짚었을 때……. 애기를 하고 싶어서 혼자서 온종일 중얼중얼중얼거렸지만, 끝내 진 감독의 휴대폰을 울리게 할 단축키를 누르지 않았다.

아이의 이름은 오명수인데요……, 당연히 아빠가 오씨거든요. 올해 만으로 열 살인데 남들보다 한 해 늦어져서 지금 초등학교 삼학년이에요. 삼 년 전에 아빠하고 둘이 북한을 탈출해서 중국에서 도망 다녔대요.

으흠…….

그런 표정 짓지 마세요. 이건 다큐멘터리도 아니고 진짜라니까요.

그래, 다큐멘터리가 진짜를 찍는 거야. 드라마나 쇼하고는 찍는 게 틀려.

아, 그런가? 아무튼요, 제 얘기 잘 들으셔야 해요.

그래, 나처럼 남의 말 경청 잘 하는 사람 있으면 나와 보라 그래.

라디오 방송국에서 리포터 일을 잠시 할 때 환경 운동가 단체에 인터뷰하러 가서 만났던 환경 전문 다큐멘터리 감독이었다. 실은 감독이라기보다 주로는 혼자서 비디오 촬영기를 들고 다니면서 단독으로 취재를 하고 가끔씩 프로덕션의 의뢰를 받으면 계약제로 일을 하는 촬영 전문 작가라 해야 옳았다. 은경과 연인처럼 사귈 때 나이가 벌써 불혹이었고, 가정불화가 잦은 것 같긴 했지만, 애인을 따로 두어서는 곤란한 평범한 가장이었는데, 그래도 따르는 여자들이 제법 있는 눈치였고, 그 중에 한 사람이 된 한 미혼녀에게는 자신의 감정을 속이지 않겠노라 고백해 버린 뒤로는 그 미혼녀와 만날 수 있는 시간으로 하루 24시간을 마련해 두고 살아갔다. 그 미혼녀인 은경이 조심스럽게 그 시간의 지극히 적은 일부를 함께 썼다. 남의 눈을 의식하면서 만나고 아예 남의 눈을 피해 여행하며 대화하고 애무하는 시간이 꿈처럼 빨리 흘러갔고, 애쓰고 애써서 더 이상 그 시간마저 쓰지 않겠다고 선언하

196

고 물러났지만, 그 후로 줄곧 그 사람과의 대화 습관을 씻어 내지 못해 친구와도 또 다른 남자친구와도 도무지 한 시간 이상 마주하고 있을 수가 없었다.

명수 아빠가 명수를 데리고 중국에서 한국으로 밀항을 한 거예요. 중국에서 육 개월 있었대나 그러니까 다른 탈북자들보다 고생은 덜한 축에 속한대요. 명수 할머니도 원래 먼저 북한을 탈출해 갖고 있었는데, 나중에 제삼국을 거쳐서 한국으로 들어왔대요. 그래서 명수 할머니, 명수 아빠, 명수 그렇게 한 집에서 살게 되었대요.

제삼국이면 어딜 말하는 거지? 그 사람들 툭하면 중국 갔다가 제삼국을 거쳐서 우리나라로 건너온다는데 제삼국이면 어디야, 대체?

아이, 그걸 저한테 물으면 어떡해요? 제 말 중간에 짤르면 제가 화낼 거라고 그랬죠?

아니, 확실히 짚을 건 짚어야 타개책이 생기는 거야. 뭔 얘기 할 건지 모르지만.

아무튼 들어보세요. 명수 아빠 이름이 오준태래요. 이 사람이 사람은 좋은 사람인데 남들하고 잘 어울리지 못하고 좀 외곬수래요. 주위에서 여자도 소개시켜 주고 그랬는데, 다 싫대요. 오직 한 여자만 좋아한대요. 감독님은 한 여자만 좋아하세요?

진지하게 듣고 있는데 무슨 얘기야?

진 감독의 뚱하고 내미는 입술이 오히려 묘하게 정감을 불러일으키곤 했다.

다시 한 시간 수업을 마치고 나왔지만 명수가 와 있지 않았다. 그저께 명수를 피시방에 데려갔을 때 시간당 천오백 원이라고 했으니, 두 시간 수업을 마쳤을 때쯤이면 돌아와 있어야 했다. 은경은 책상을 정리하면서 더 기다려보다가 아예 핸드백이랑 명수 가방이랑 챙겨 들고 피시방으로 내려갔다.

명수를 데리고 있은 지 오늘이 일주일하고 하루째였다. 처음에 권 집사가 하루이틀만 맡아 달라며 전화를 걸어왔을 때 그러죠 하고 선뜻 대답한 것은 교회에 자주 나가지 못한 미안함 때문이었다. 특히 초등학생부 지도 교사라는 직분을 수행하지 못해 몇몇 아이들에게 "선생님, 사랑해요. 빨리 교회 나오세요."라는 문자 메시지를 자주 받곤 했다. 명수는 그러는 중에 같은 반에 들어와 있어서 친할 기회를 갖지는 못했지만, 탈북 가족이라는 말에는 신경도 쓰지 않았고, 그저 교회에서 애들 대하듯 하면 되겠거니 하고 맡은 것이었다.

"아, 걔?"

피시방 주인은 말을 하다 말고 은경을 한번 훑어보는 기색이었다.

"저 혼자 게임을 한 시간이나 했을까, 저한테 이천 원 내고 저기 아이스크림 하나 입에 물고 그리고는 이 컴퓨터 저 컴퓨터 기웃거리다가 아까 전에 나가던데……. 말 좀 어눌하게 하는 애 맞죠, 걔? 조선족인가요, 그 아이?"

말은 어눌하지만 셈은 그래도 정확하더라는 얘기인지, 아니면 애한테 돈을 더 받은 것 없다는 결백을 표하려는 것인지 주인은 명수를 정확하게 기억해냈다.

한 여자만 좋아하세요, 감독님? 여기 한 여자만 좋아하는 아버지 때문에 고아가 된 아이가 있답니다.

명수가 이 집 저 집 교인들 집으로 잠시 은경에게 맡겨진 것이 한 여자만 좋아한 오준태의 성격 탓이라고 말할 수도 있었다.

세 사람의 정착금으로 마련한 전셋집은 2년이 지나 오른 전세금을 감당하지 못해 인계하고 더 누추한 집으로 옮겨야 했다. 집안 형편이 더 나아질 가능성은 전혀 없었다. 그러던 중에 오준태는 직장 동료의 소개로 한 여자를 만나 얼마 동안 교제하게 되었는데, 그 교제가 실패로 돌아가자 갑자기 북한에 두고 온 아내 생각에 견딜 수가 없어졌다.

오준태가, 부산으로 출장을 떠나며 며칠만 돌봐 달라고 다니는 교회의
교인들한테 어머니와 명수를 부탁하고 떠난 것이 벌써 한 달. 그 사이,
명수 할머니마저 중풍으로 쓰러져 병원 신세를 지게 되었고, 혼자 남
게 된 명수는 교인들 집을 전전하다가 이번에 은경 집에서 묵게 된 것
이었다.
　은경은 처음에 어쩌면 명수가 탈북 귀순 가족이라는 점에서 호기심
이 더 동했던지도 몰랐다. 그러나 실제로 명수 집이 그처럼 복잡한 상
황에 처했다는 사실을 안 것은 나흘째 되는 날인 일요일에 명수를 교
회에 데리고 갔을 때였다. 권 집사가 뭔가 숨기는 듯하더니 끝내 설명
을 하고 말았다.
　"명수 할머니는 뇌경색으로 거의 식물인간이 되었다고 봐야 하고,
명수 아버지는 명수 엄마를 찾으러 북한으로 잠입했지만 못 나오고 있
는 걸 보면 거기서 잡혀 죽었을 수도 있어요."
　그 애기를 듣고 나서도 은경은, 손에 들고 있던 교회 홍보책자에서
동화책 목록을 발견하고 명수한테 무얼 읽어 줄까 궁리하기까지 했다.
이제, 정확하게는 오늘이 일 주일하고도 하루가 되는 날, 은경은 책읽
기를 좋아하는 명수에게 더는 동화 읽어 주는 여자가 되지 않겠다고
작심하고 있는 중이었다.
　은경은, 혼자 학원으로 돌아와 강의실을 기웃거리고 있는 명수를 찾
아냈다. "애, 어딨었이!" 하는 소리에 가슴 밑바다에서 울컥 하는 느낌
이 얹어진 듯했다. 갑자기 온몸에 전율이 훑고 지나갔다.
　밤이 깊어지자, 은경은 명수한테 동화책을 빌리러 간다고 해놓고 밖
으로 나왔다. 그리고는 영산홍 꽃길을 따라 화단 주변을 거닐다가, 진
감독의 휴대전화에 음성 메시지를 남겼다.
　"감독님, 저 어떻게 하면 좋죠? 명수를 맡아서 길러야 할지도 모르겠
어요."

3. 아이와 함께 쓰는 동화

마지막까지 임무 완수하겠다고 노이 바이 공항까지 따라 나갔지만, 거기서 호준이 한 일이라고는 여행사 측 짐을 부치는 일을 도와주고 공항 대합실에서 다시 한번 기념 촬영을 해주는 일밖에 없었다. 결국은 일행이 출국 수속을 다 밟고 나서도 시간이 남아 기념품이라도 몇 개 사겠다고 상점가를 기웃거리는 사이에 호준은 여행사 박 사장과 일행의 단장 격인 고 교수한테만 악수를 나누고 돌아서야 했다. 공항을 나서자마자 다시 질척거리듯이 후끈거리는 베트남 특유의 끈적이는 공기가 들러붙었지만, 아, 그래도 이게 어디랴 싶었다.

십 년 전에 일본 도쿄에 연이어 두 차례 다녀온 것을 제외하면 해외 나들이는 이번이 두 번째였다. 두 해 전, 방송 관계자들과 함께 한 중국 여행 때는 처음이라 개인적으로 아무런 모험도 감행하지 못하고 돌아와서는 두고두고 후회했었다. 이번에도 친구인 박 사장의 부탁으로 전 일정을 디지털 카메라와 슬라이드 필름으로 촬영해 주는 조건으로 무료로 동참하게 되었기 때문에 또 이래저래 개별 행동은 자제할 수밖에 없다고 생각했다. 게다가 여행에 나설 무렵 아내와 전세금 문제로 심하게 다투었기 때문에 심리적으로 차분히 촬영 계획을 세울 틈도 없었다.

이곳에 와서 사박 오일째. 여행을 제대로 하는 사람에게는 어쩌면 이건 여행이랄 수도 없었다. 우선 호치민과 하노이 두 도시에서 의례적이지만 각각 공식 행사가 잡혀 있어서 관광을 할 수 있는 시간이 절대적으로 부족했다. 그 행사가 현지인들과의 회의나 협상보다 한인들이 경영하는 회사나 한인 2세를 교육하는 기관을 방문하는 등으로 짜여져 있어서, 일종의 생활 답사 성격이 된 것이 그나마 다행이었다. 단체의 성격상 이미 한두 차례씩 베트남을 다녀간 사람들이 대부분이어서 일행 중 삼분의 일은 호치민에서의 이틀 중 하루를 단체 관광 코스에서 빠져 미토에서 유니콘섬으로 이어지는 환상의 메콩델타 기행에 나서기도 했고, 남은 사람들도 전쟁범죄 박물관이며 담셈공원 등지를 돌고, 서북쪽으로 75km 떨어진 구찌 터널의 거대한 거미줄 같은 땅굴을 직접 관람한 것으로도 나름대로 만족하는 기색이었다. 구찌 터널 속을 기듯이 걸을 때 왕년에 그 용감하던 우리의 맹호부대 용사들이며 미군들의 무자비한 공세에도 불구하고 패망하지 않고 승리를 얻은 베트남의 저력이 서늘하게 확인되는 느낌은 오래 남을 듯도 싶었다.

삼 일째 되는 날 호치민에서 항공편으로 하노이로 왔다가 3천 개의 기암괴석을 자랑하는 하롱베이를 유람하고 그곳에서 일박, 그리고 어제 다시 하노이에 와서 바딘 광장의 호치민 묘소를 들르고 호안 키엠 호수를 거닐었고, 오늘은 아침나절 좀 여유 있게 호텔 부근에서 있다가 공항으로 가는 일정이었다. 나쁠 것도 없었다. 단체의 회원인 여행사 사장이 직접 일정을 짜고 가이드 역할까지 해서 무엇보다 큰 잡음이 일어나지 않은 데다, 더구나 호준 자신은 '공짜 여행'이 아니었던가.

호준은 그런 정도에서 만족하려 했다. 어제 늦은 저녁 식사를 마치고 호텔 바에서 일행 여럿과 마지막 밤을 기념하는 뜻으로 한 잔 걸치면서 반쯤 술에 취해 "박 사장, 나 임무 완수 다했지? 나 여기 남을 테니까 먼저들 귀국해." 하던 말은 당연히 빈말이었다. 말이 씨가 된다고, 그 말이 끝나기가 무섭게 바 지배인이 다가와서 서툰 한국어로 호준을 찾았다. 베트남 주재 한국대사관에서 전화가 왔다는 것이었다. 대사관의 요청이 호준의 귀국을 늦출 만큼 강력한 것이었나 하면 그것도 아니었다. 술이 덜 깬 채로 대답을 건성으로 하고 전화를 끊었는데, 오늘 아침에 무엇엔가 쫓기듯 일어나 보니 맨 먼저 대사관 전화부터 생생하게 기억이 났다.

이건 나 혼자서 여기 더 있다 가라는 계시다.

　호준은 편하게 그렇게 생각해 버렸다. 꼭 대사관의 출두 요구에 응하 겠다는 마음도 없었다. 자신은 이미 어제 대사관에서 해야 할 일을 나 서서 정말 땀을 뻘뻘 흘리며 처리해 주었다. 굳이 남는다면, 오늘부터 는 내 마음대로 베트남 사람들 속에 끼여 한 며칠 지내면서 이것저것 되는대로 경험해 본다는 목적이었다. 어제의 호인 키엠 호수만 해도 북쪽의 시장통이며 크고작은 사찰들 쪽으로는 가보지도 못했고, 전쟁 때 미군 포로수용소였다는 하노이 힐튼이라는 곳도 꼭 가보고 싶은 곳 이었다. 시간에게도 사람에게도 구속받지 않고 자유롭게, 전체적으로 중국 분위기를 밑바탕에 둔 프랑스풍 집들과 화단들, 호치민에 비해 훨씬 수준이 떨어지는 자본주의 도시 같으면서도 오히려 더 안정감이 느껴지는 이 하노이에서만이라도 며칠 더 유람해 보리라 생각했다.

　그러나 하노이 시내로 들어오는 택시 안에서 호준은 바로 그런 똑같 은 이유에서 자신의 생각을 조금 수정하기로 마음먹었다. 호준은 일단 아침에 호텔에서 알아놓은 모텔로 가닿아 짐을 두고 다시 길을 나섰 다. 이번에는 잽싸게 달려오는 씨클로 기사와 제법 익숙하게 흥정을 했다. 어린 기사는 머리를 갸웃하면서 마지못해 응한다는 기색이었다. 대사관까지 가는 내내 기사는 앞에서 뭐라고 뭐라고 불만 섞인 소리를 했다.

　어제의 일도 바로 이런 씨클로를 탔다가 내리면서 일어났다. 호치민 박물관에서 바딘 광장으로 나올 때 씨클로를 타면서 분명히 흥정을 하 고 탔는데, 기사 말이 중간에 물을 사느라 한 번 쉬었으니까 1달러를 더 내야 한다는 것 같았다. 어디서 모여드는지 구경꾼이 꽤 있었는데, 그 구경꾼들 중에서 꾀죄죄한 몰골의 한 여자 하나가 튀어나오면서 호 준의 팔을 감듯이 달라붙었다.

　"살려주세요, 선생님. 저를 한국 대사관에 데려다 주십시오."

　그때의 섬뜩한 기운이라니! 필시 우리말이었다. 이건 뭔가 함정이구나 했다. 씨클로 기사 무슨 낌새를 느꼈는지 처음 준 1달러만 든 채 비실비실 뒷걸음질로 도망치더니 재빨리 씨클로를 몰고 가버렸다. 순간, 여전히 여자에게 팔 하나를 꼼짝없이 잡힌 채 채머리를 흔들어 보는 호준의 머릿속으로 표은경의 작고 하얀 얼굴이 떠올랐다.

이럴 땐 감독님이라면 어떻게 하시겠어요?

일부러 천천히 의견을 말하곤 했지만, 실은 그렇게 묻기 이전에 호준은 이미 답을 생각해 두고 있곤 했다.

오호, 역시 감독님이야! 저렇게 머리가 빨리 돌아가는 분이 어째서 지금까지 출세를 못하셨을까?

어깨를 움칠 하면서 혀를 날름 내미는 표은경을, 아직도 이처럼 미친 듯이 보고 싶을 때가 있었다.

등에 누가 버린 끈 달린 비닐가방을 맨 채, 누더기같이 된 후줄근한 남방풍 옷에 어떤 베트남 여자들보다 더 깡마른 몸을 가린 사십대 여자가 찾고 있는 곳은 한국대사관이었다. 그리고 그 억양은 얼핏 들으면 강원도 내륙 지방 말투 같은, 다름 아닌 함경도 풍이었다. 호준은 자신의 다리가 후들후들 떨리는 것을 느끼면서도 천천히 주위를 둘러다보면서, 여인의 손을 오히려 잡아당기면서 광장 한 가운데를 가로질러갔다.

"괜찮아요, 안심하세요, 안심하세요."

호준의 말에 긴장이 풀리는지 팔을 붙든 여자의 팔에서 기운이 빠져나가는 것이 느껴졌다. 호준은 카메라 가방에 매달린 주머니에서 생수를 꺼내 여자에게 건넸다.

"자, 일단 이걸 마셔요. 자, 쓰러지면 안 돼요. 자, 자, 이걸 마시고……."

호준은 택시 승강장 쪽으로 가면서 주위를 살폈다. 만일 무슨 일이 발생하면 무조건 카메라를 들이대고 찍기부터 할 태세로, 마치 춤을 추듯이 여자를 이쪽 저쪽으로 에워싸며 걸어갔다. 그제서야 저 멀리서 박 사장과 일행 둘이 씨클로에서 내려서 호준을 알아보고 손을 흔들고 있었다. 그 거리가 어쩌면 두만강의 이편저편처럼이나 멀어 보이던 지……. 호준은 택시에 오른 뒤에야 그들에게 손짓으로 안심하라는 신호를 보낼 수 있었다.

남동생과 함께 북한을 탈출했다가 중국에서 공안(경찰)에게 잡혀 북한으로 압송되던 중에 혼자 탈출한 여자는 그 후 일 년 만에 베트남으로 밀항해 한 달 동안을 거지처럼 지내면서 기회를 엿보다가 이 날 극적으로 한국에서 온 한 중년사내를 붙잡고 한국대사관을 찾아가는데 성공한 것이다. 이것이 어제 한국대사관으로 여자를 데려다주고, 밤에 또 대사관 직원과 전화 통화를 하면서 알아낸 사실이었다.

"어제 진 선생이 가고 나서까지도 그런 대로 얘기를 잘 하더라구요. 그런데 저녁을 먹고 나서 화장실에 다녀와서 처음에는 진 선생을 찾더라구요. 일정이 급해서 가셨다고 하니까 그때부터 갑자기 아무 말도 안 하는 거예요. 밥은 제대로 먹지 않지만 국물만이라도 마시고, 그리고 화장실 사용은 하니까 무슨 시위를 하는 것 같지는 않지만, 이거 격정되잖아요. 이미 본국에 보고는 다 했는데……. 제가 베트남 대사관 생활 2년 만에 여섯 번째로 맞은 탈북자인데, 여자 혼자는 처음이어서 제가 흥분을 하고 있는 거나 아닌지 밤새 고민했다니까요, 허허……."

어제 만난 대사관의 최 서기관은 난감하다는 듯이 고개를 절레절레 흔들다가 스스로도 어이가 없다는 듯이 웃음을 지었다. 실은 여자의 어제 몰골은, 성적 매력은커녕 성적 징후조차 완전히 잃은 여자의 육체가 어떤 것인가를 일부러 촬영한다고 들면 그 모델로서 어울려 보일 정도였다.

"제 귀국은 대사관에서 책임지실 거죠?"

호준은 여자가 묵고 있는 대사관 내의 내빈 숙소로 가면서 짐짓 엄살을 떨어 놓았다.

"허허, 저희가 힘은 없지만, 항공편이며 숙박, 씨클로 차비 정도는 다 책임져야지요. 단, 저 여자 입은 열어놓고 가셔야지요."

"제가 무슨 치과의사도 아니고……."

이건 다큐멘터리가 아니에요, 진짜라니까요?

표은경의 말이 생각났다.

그래, 그렇구나. 진짜니까 이건 훨씬 리얼한 다큐멘터리가 될 수 있을 거야.

어떨 때는 이렇게 진지하게 대답해 주는 편이 옳지 않았을까? 자연을 전문으로 찍지만 자신이 하는 일이란 결국 인간에 대한 것이었다는 사실을 호준은 이 낯선 땅, 아니 그리 낯설지 않아 보이는 나라에 와서, 동족의 나라를 탈출해서 다른 동족의 나라로 넘어오고 있는 한 여인의 초라고 빈약한 몸을 보면서 처음으로 느끼고 있었다.

여자는 안락해 보이는 하얀 침대에 남방 풍의 여성용 잠옷을 입고 그 위로 한 겹 홑이불을 덥고 누워 있다가 가늘게 실눈을 떠 보였다. 팔에 꽂힌 포도당 주사는 머리 뒤쪽의 행거에 연결되어 있었고, 침대 끝의 화장용 탁자 위에는 생수 한 병과 물잔, 그리고 한국에서 나오는 여성 잡지 여러 종이 가지런히 쌓여 있었다. 호준은 뭔가 불길한 느낌으로 최 서기관을 돌아보았다. 최 서기관은 눈짓으로 염려 말라는 듯 침대 중간 부분에 부착된 벨트 쪽을 시선으로 확인시켜 주었다.

"자, 도영희 씨. 도영희 씨, 눈뜨시고 진 선생님 모시고 오셨으니까, 무슨 얘기든 해보세요."

자, 진 선생님 하고는 최 서기관이 밖으로 나갔고, 호준은 어쩔 수 없이 침대로 다가가 정말 익숙한 보호자처럼 여자의 손을 가만히 잡았다. 주사를 놓으려다 혈관을 찾지 못해 실패한 자국이 손등에 남아 있었다. 딱딱한 뼈가 그대로 만져지는 여자의 앙상한 손에서 미온을 전해올 뿐 별다른 감정이 담겨 있지 않았다. 호준보다는 다섯 살 아래인, 아마도 결혼을 해서 아이도 몇 있고, 어쩌면 그 아이들을 위해 부지런히 일하고 살았을 여자……. 남동생하고 탈출을 했다면 어쩌면 가족들이 먼저 탈출을 했을 수도 있을……. 머릿속에서 수많은 말들이 요동쳤지만, 정작 아무 말도 할 수 없었다.

"피곤하면 그냥 눈감고 있어도 좋습니다. 제가 없다고 생각하시고…… 저는 그냥 여기 좀 있겠습니다."

어차피 오늘은 이곳 대사관에서 저녁을 먹으면서 최 서기관의 도움을 받아 내일부터의 여행 일정을 짜보리라 마음먹었다. 호준은 살며시 손을 놓고 일어서서 창 쪽으로 걸어갔다.

창은 밖으로 열어지지 않는 튼튼한 통유리로 되어 있었다. 커튼을 젖히자 멀리 야자수들이 줄이은 대로 위를 한국글씨가 그대로 남아 있는 중고버스 한 대가 몇 대의 외제 승용차들 뒤를 달리고, 그 가로 아오자이와 삿갓 모자를 쓴 여자들 몇이 자전거를 타고 달리고 있었다. 세상은 이렇듯 마구 뒤섞이며 살아가는 것인데, 그런데, 그런데, 그 중에서 그 어떤 것, 자기 안에 두어야 할 어떤 것을 찾아내는 것에 인생의 참과 거짓의 가름이 있지 않을까. 이런 데 와서 철든 생각을 하고 있는 자신의 모습을 호준은 창 안에서 희미하게 확인했다.

감독님, 이제 철드나 봐.

며칠 술을 끊었다는 호준의 말에 표은경이 그랬다.

창 아래로는 아열대 열매를 주렁주렁 매단 분재들이 줄이은 사이로, 누가 심어 꽃을 피운 것인지 한국의 봄부터 초여름에나 필 진달래과로 보이는 꽃들이 한 무더기씩 피어 있었다. 진달래도 참꽃도 영산홍도 만병초도 아닌, 아니, 지리산에서도 한라산에서도 백두산에서도 볼 수 있을 것 같은 저 붉은 꽃들을 갑자기 여자에게 보여주고 싶어졌다.

여자는 가끔 가수 상태에 빠졌다가 무슨 꿈이라도 꾸는 건지 퍼뜩 눈을 떴다가는 이내 다시 감기를 되풀이했다. 간간이는 눈가로 눈물이 흐르는 것을 그대로 두어, 눈물이 그대로 말라붙은 자국이 선명했다. 그러는 동안에도 호준은 도무지 무슨 말이든 건넬 수가 없어서 한국에서도 잘 보지 않던 여성잡지를 들고 이리저리 펼쳐가며 끈질기게 침묵을 지켰다.

호준은 여성잡지에 난 화려하고 깨끗한 색감의 여체와 주방 기구와 각종 요리, 뛰어난 패션 감각, 이혼당한 여자의 통한의 수기, 여자 탤런트 수중 분만하던 날 들을 넘겨 가다가 '아이와 함께 쓰는 동화'로 게재된 글 한 편을 읽게 되었다. 한 여성 시인이 자기 아들에게 읽어 주면서 감상을 듣고 여러 번 고쳐 발표한 동화라는 편집자의 설명이 붙어 있었다. 아빠가 엄마와 다투고 집을 나갔는데, 그걸 모르고 밤마다 아빠를 기다리던 두 아들이 꾀를 써서 부모를 합치게 하는 코믹한 내용의 동화였다.

뭐해 아빠?

감독님, 오늘 동화 한 편을 읽었거든요…….

아들의 음성 위에 또 표은경의 혓바닥이 겹쳐졌다.

오늘은 어쩔 수 없이 집으로 전화를 걸어야겠다는 생각을 하면서 호준은 얼핏 여자 쪽을 돌아보았다.

"도영희……."

하고 불렀을 때는 이 동화라도 들려주려는 뜻이었다. 그때 호준은 망치로 치는 듯한 통증을 느꼈다. 호준은 얼른, 보고 있는 여성지를 마구 넘기기 시작했다. 정말 뭔가 있었다. 물에 젖다가 찢기기 직전으로 몰린 듯한 흔적의 페이지였다. 호준은 그 페이지와 여자의 얼굴을 몇 차례 번갈아 보았다. 그러다가 그러다가…… 호준은 그 페이지를 소리내어 읽기 시작했다.

서로 사랑한 남자와 여자가 결혼해서 아이를 낳았지요. 그들이 살고 있던 자신의 땅에 대해 한을 품게 되었을 때, 서로 의견이 달라 여자는 남고 남자와 아이는 떠나게 되었지요. 몇 년이 흘러도 남자는 여자를 잊지 못했지요. 남자는 끝내 여자를 데려오려고 그 땅을 찾아갑니다. 그 사이 여자도 남동생과 함께 그곳을 탈출합니다. 남자는 여자가 사는 곳을 수소문하다가 그 땅 사람들한테 들켜 재판을 받게 되지요. 남자가 총살당했다는 소식을 아이는 듣지 못하고 있고, 여자의 소식은 알 수가 없습니다…….

옥수수 탐정

1. 너를 보고 싶어!

"나는 잠꾸러기다!"

나는 소리친다. 세상에 자기를 잠꾸러기라고 놀리는 바보가 어디 있나.

"그래도 나는 잠꾸러기다!"

이렇게 소리를 버럭 지르는데도 잠이 오지 않으니 정말 미치겠다.

"나는 잠꾸러기고, 바보이고, 또 쩠다, 멍텅구리……!"

나는 소리치고 중얼거리고, 소리치고 중얼거린다.

지금이 몇 시인지도 모르겠다. 좀 전에 괘종시계가 열한 번인가 열두 번인가 울렸다. 늦게까지 실로폰을 치며 놀던 은솔이가 잠잠해진 것도 오래 전이다. 아빠 엄마도 잠자리에 드신 게 분명하다.

요즘 들어 왜 이러는지 모르겠다. 몸은 노곤한데 정신이 말똥말똥해서 잠이 안 올 때가 많다. 숙제를 하는 동안에 하품이 절로 났는데도 지금은 그렇지 않다.

잠 안 올 때는 잠자는 것을 포기하고 인터넷의 바다에 풍덩 빠지는 애들도 있다는데, 우리 집에는 그런 인터넷의 바다가 없다.

우리 집은 바다에서 너무 멀다.

그래서 인터넷의 바다도 멀리 있는 것 같다. 케이블 선이 그 바다에서 우리 집까지는 안 닿는다.

인터넷을 사용하려면 학교 앞 피씨방으로 가야 한다. 학교 컴퓨터실에서도 인터넷 접속을 할 수는 있지만, 선생님의 지도로 지정 시간에만 쓸 수 있다.

집이 학교에서 멀고, 또 집에서 일을 도와야 할 때가 많아서 나는 피씨방에 가도 오래 있지 못한다.

집에서도 인터넷을 쓰고 또 그것도 모자라 학교 앞 피씨방을 제 집 드나들 듯하는 친구들에 비하면 나는 컴퓨터에 서툴다. 게임도 완전 초보다.

"나는 뭐든지 바보다! 이 바보야, 잠 좀 자자!"

내가 지르는 소리가 공중에서 뛰어논다. 갑자기 인터넷이 하고 싶다.

나는 게임보다 이메일에 관심이 많다. 하루에도 몇 번씩 이메일을 확인하고 싶어 염통이 다 아프다.

지금이 그렇다.

자야 한다고 생각하고 몸을 뒤척일수록 가슴속에서 딩동딩동, 하고 벨이 울리는 소리가 자꾸 들린다.

밤잠을 설치면 다음 날 수업시간에 졸게 된다. 그저께도 졸다가 선생님한테 꾸지람을 들었다.

"다, 너 때문이야!"

어둠 속에서 울리는 내 소리에 놀라 나는 더 크게 소리지른다.

"너 땜에, 너 땜에, 나 못 자고 있다. 메일 한번 보내 주는 게 그렇게 어려우냐? 어디, 손가락이라도 부러져?"

공포감이 진정되는가 싶더니, 금세 내 입에서 풋 하는 웃음이 터진다.

전학 간 해란이한테서 처음으로 이메일을 받고 혼자 얼굴이 빨갛게 달아오르고 가슴이 쿵쾅거리고 꼬추가 따끔하던 때가 떠올랐다.

친구야, 보고 싶다.

그때의 이메일 제목이 그랬다.

오, 그래! 너도 날 보고 싶었구나! 그러면 그렇지. 진작에 이렇게 나올 일이지, 후후후!

이메일을 열 번도 더 보내 겨우 한 장 답장을 받고 내 가슴은 터질 것 같았다. 나는 서둘러 이메일을 열었다.

친구야, 그 동안 새 학교에 적응하느라 정신이 없었지만 너를 잊은 적은 한번도 없었단다. 얼마나 보고 싶었는데…… 얼마나 소식 전하고 싶었는데……

내용으로 보면, 좋아하는 친구한테 하는 말임이 틀림없었다.

그런데, 그런데……,

그 이메일은 나한테만 온 게 아니었다. 내 진심을 눈치채고 내게만 특별히 답장을 써 보냈구나 하는 기대는 단숨에 산산조각 났다.

해란이의 이메일은 주로 4학년 때 같은 반이던 아이들 전체에게 보낸 편지로, 수신자 이름이 서른 명 가까이나 적혀 있었다.

그걸 모르고 기뻐서 오줌까지 찔끔 쌀 뻔했으니…….

수십 명에게 똑같은 메일을 보낸 거지만, 해란이는 마치 한 사람에게

보내는 말투로 썼다. 그렇다면, 서른 명 중 누구 하나에게만은 진심을
털어놓고 있다는 뜻도 된다.

그 한 사람이 바로 나다.

나는 이틀을 끙끙거리며 그렇게 마음을 고쳐먹었다. 그러고는 간신
히 이메일을 써 보냈다.

**여기 생각 너무 자주 하지 마. 새 생활에 빨리 적응해 나가는 것이 중요
하잖아. 대신, 내가 여기 소식 자주 전할게. 생각날 때 가끔 답장만 해줘.**

정말 나는 바보다.

강해란은 지난 4학년 때 나랑 한 반이었다. 원래 우리 마을에 산 게
아니라 3학년 때 우리 학교로 전학 온 아이다.

4학년 처음 한 달 동안 내 짝꿍이었는데, 별로 친하지 않았다. 서먹
서먹했다.

내게서 이상한 냄새가 난다고 코를 막는 시늉을 하며 놀리는 해란이
팔을 주먹으로 한 대 친 적도 있다.

그때 이상하게 울지도 않고 나를 보는 해란이의 눈초리에 내가 도리
어 겁을 먹었다. 사과하고 싶어도 마음대로 잘 안 됐다.

해란이가 다른 아이의 짝이 된 지 얼마 뒤부터 나는 해란이를 속으로
콕 찜해 버렸다.

이유는 잘 모르겠다. 저절로 그렇게 됐다. 해란이 얼굴은 재채기를
막 끝내고 눈을 뜨는 어린애 얼굴 같다.

해란이를 찜하기는 했지만 혼자만의 생각일 뿐 어느 누구 하나 내 맘
을 알아 줄 리 없었다. 친구들은 여전히 나를 따돌렸다.

그러나 해란이 앞에서 나를 괴롭히거나 무시한 녀석은 어떤 식으로
든 내게 괴롭힘을 당했다. 어떤 애한테는 옷에 염소똥을 묻혔고, 어떤

212

애는 내가 미리 책상에 넣어둔 송충이를 보고 기겁을 했다.

애들은 나를 두고 이렇게 말했다.

"똥이 무서워서 피하냐, 더러워서 피하지."

나는 싸움을 잘 못하니까 내가 살아 있다는 걸 보여주려면 어쩔 수 없었다.

내 몸에서는 거름 냄새가 났고, 얼굴은 거무튀튀했으며, 옷차림도 늘 세련된 옷만 입는 해란이 같은 아이들에 비해 초라하기 이를 데 없었다.

다행히 해란이는 처음처럼 나를 놀리거나 하지 않았다. 덕분에 나는 용기를 내 해란이한테 선물도 할 수 있었다.

한번은 수양버들 잔가지를 꺾어 버들피리 여덟 개를 만들었다. 그 중 여섯 개를 집이 읍내인 친구들한테 삼백 원씩에 팔았다. 남은 두 개를 해란이가 복도에 나간 틈을 타서 얼른 책 펼친 데다 넣었다.

그걸 나중에 펴보고 환하게 웃다가 남들 몰래 책상 서랍으로 옮기는 해란이의 몸놀림을 나는 봤다.

그때 발그레해진 볼을 보고, 나는 밤새 맘이 두근거렸다.

한번은 해란이 생일에 맞추었다.

해란이는 그날 여자친구들 여럿과 남자애 셋을 초대해서 학교 앞 떡볶이 집에서 군것질을 했다. 얼마 뒤 피아노 학원에 갔다가 혼자 집으로 갔다.

나는 해란이 집 앞 골목길 모퉁이에 숨어 있었다.

해란이는 내내 잘 걸어오다가 내가 숨은 곳쯤에서 갑자기 앙감질을 했다. 그 바람에 나는 멈칫 놀라 얼른, 주머니 속에서 만지작거리고 있던 돌멩이들을 꺼내 땅바닥에 흘리고는 그것을 줍는 척했다.

"바보, 멍청이, 쪼다짱!"

해란이가 지나가고 나서 나는 내 스스로에게 짜증을 냈다.

그 돌멩이가 바로 내가 해란이한테 주려는 선물이었다. 가끔씩 동네 뒤 개울가에 나가 주워 오는, 작지만 갖가지 모양을 한 희한한 돌멩이들이다.

결국 헤어지는 날까지 가방에 넣고 다녔을 뿐 해란이한테 전하지 못했다.

그래, 내일은 해란이한테 그 돌멩이 얘기를 하는 거다.

공룡 모양에서부터, 목인 긴 기린 모양, 허리에 띠를 두른 비행접시 모양, 입을 벌린 아기 새 모양까지…….

그런 돌멩이를 너에게 다 주고 싶었다고 내일 이메일에 쓰는 거다.

아니, 그걸 다 얘기하면 나중에 쓸 말이 떨어질지 모르니까, 꾹 참고 한번에 하나씩만 말하는 거다.

나 혼자만 주로 다니는 그 개울의 이름을 해란강이라고 쓰는 거다.

독립군 대장 주덕술 장군이 말을 타고 가다 잠시 멈춰 서서 그 강물로 목을 축이는 거다.

파문이 일던 강물이 잠잠해지면 그 강물 속에 머리를 양 갈래로 땋은 해란이 얼굴이 뾰족코부터 선명하게 드러나는 거다.

"아, 보고 싶다, 보고 싶다, 보고 싶다!"

나는 벌떡 일어나 책상 서랍을 열었다.

해란이한테 선물을 하지 못한 뒤로도 버릇처럼 주워 모은 돌멩이들이 서랍 안쪽에서 쏟아질 듯 앞으로 쏠려나왔다.

2. 왜 우세요, 아저씨?

"너, 꾀병이냐 전염병이냐?"

수학 문제를 풀다가 졸린 탓에 깜빡 고개를 떨군 내게로 다가와 귀를 잡아 비틀던 선생님이 내 낯빛을 보고 고개를 갸웃했다.

선생님으로서는 깜상이라고 부르기 딱 알맞은 내 얼굴빛이 달라진 까닭을 짐작할 리 없었다.

나는 내 얼굴이 핼쑥해진 것을 누구에게 변명하고 싶은 생각이 없다. 그래서 더욱 멍한 표정이 된 것이다.

"어제 밤에 뭐 했지?"

"잤는데요."

"그럼 왜 졸아?"

그저께 토요 견학 시간에는 읍내 문화회관에 갔다가 반 친구 무리의 꽁무니를 놓치고 끝날 때까지 전시관을 헤매기도 했다.

미술 전람회장에 아이들 여럿이 몰려 있어 쫓아갔더니만, 북한을 탈출해 온 어린이들이 자신들이 그린 그림을 전시하는 중이었다.

덕분에 그림 구경을 오래 하다가 서서 꾸벅 졸았다. 졸다가 하마터면 넘어질 뻔했다. 아니, 그때 넘어져서 머리를 다친 거나 아닌지 모르겠다.

어제는 하루 종일 뭐 했는지 기억이 안 난다. 그저께 일이 어제 일 같고, 낮이 밤 같다.

"어, 이 녀석! 야단맞으면서도 졸고 있잖아!"

푸하하하, 아이들 웃음소리가 교실 안을 가득 메운다. 방금 전 선생님이 내 이미에 꿀밤을 먹인 것 같다.

"졸음도 전염병의 일종이야, 알아?"

"압니다."

내 대답에 다시 아이들 얼굴에서 폭소가 터진다.

"너희들도 조심해. 한 녀석이 게으름을 피우면 그것이 그 옆으로 전염되는 거야. 이걸 도미노 이론이라고 한다. 도미노 게임 알지?"

"저, 게임은 잘 몰라요."

바보! 아이들은 바보를 위해 환호성을 울린다.

"하나 쓰러지면 그 다음 것이 차례로 쓰러지는 도미노 게임 몰라? 따라서 처음 원인을 발본색원해야 그런 일이 안 생기는 거야. 알아? 발, 본, 색, 원!"

선생님은 칠판에 한자로 拔本塞源이라고 썼다.

"너 이것 읽어봐!"

선생님은 내 핏기 없는 얼굴이 재미있는 모양이었다.

"뜻이 뭐야?"

나는 또 더듬거리다 말았다.

"일의 근원을 드러내 뿌리를 뽑는다는 뜻, 즉 너 같은 놈을 색출해서 깨끗이 뽑아 내버려야 한다는 뜻이야. 그래야 뒤탈이 없다. 유, 비, 무, 환, 알지? 후환을 없애기 위해 이런 녀석은 완전히 추방해야 마땅한데……. 부처님처럼 인자하신 이 선생님으로서는 차마 그런 극약처방을 내리지는 못하겠다."

나는 그제서야 자리에 앉을 수 있나 싶었다.

"다만, 더 이상의 전염을 막기 위해서 부득이 격리시킬 수밖에 없다. 감금, 투옥, 유배, 그리고 사약! 격리시키는 방법 중에 이런 것들이 있는데, 조선왕조 때 주로 축출한 임금님이나 역모에 연루된 왕족들한테 행한 위리안치라는 것을 명하겠다. 위, 리, 안, 치!"

선생님은 한자를 쓰다가 기억이 안 나는지 멈칫 했다.

나는 선생님의 명령으로 수돗가에 가서 찬물로 세수를 하고 다시 돌아와 복도로 격리되었다. 물론 두 팔로 가방을 들고 만세를 부른 채다.

선생님 설명으로는, 집 둘레에 가시 울타리 같은 것을 치고 죄인을 그 안에만 있게 하는 것을 위리안치라고 한단다.

교실 안 선생님은 어떤 낱말을 말할 때면 유난히 목소리가 커진다.

난형난제!

216

이런 말을 하면서 곧바로 '도토리 키재기', '오십보 백보', '그놈이 그놈' 같은 말을 마구 이었다. 나처럼 조는 애가 또 있다는 뜻 같다.

사면초가, 이런 말은 삼국지나 수호지 같은 만화책에서 본 듯하다. 등하불명, 밝은 대낮에 이런 말이 필요 없을 텐데, 갑자기 교실 안이 조용해진 걸 보니 아예 선생님 코밑에서 엎드려 자고도 용케 들키지 않은 녀석이 있었다는 얘기다.

수업이 끝날 때쯤 나는 교실 안으로 원대복귀되었다. 그런 내게 남다른 숙제 하나가 떨어졌다.

"아닌 땐 굴뚝에 연기 날리 없는 법, 올림픽 성화 봉송의 최종 주자처럼 늠름하고, 월드컵 결승전 연장전에서 골든골 넣고 세리모니하는 것처럼 희희낙락하던 네 얼굴이 그렇게 창백해진 건 뭔가 이유가 있을 것이다. 그 이유를 복사용지 한 장으로 집필하여 내일 등교시까지 제출할 것!"

선생님은 고사성어를 많이 쓴 글을 좋아한다.

나는 학교 앞 피씨방에서 인터넷으로 고사성어를 찾다가 포기하고 이런저런 핑계를 댄 반성문을 완성했다.

해란이 생각으로 잠을 못 자고 있다고 쓸 수는 없는 일이다. 만일 그런 애길 반성문으로 써 가면 선생님은,

"이건 상사병으로서…… 상사병은, 서로 상, 생각 사, 이렇게 쓰는 건데, 원래 서로 사랑하는데 만날 수 없는 두 그루 나무라는 뜻에서 상사수라 하였으나, 오늘날에 이르러 혼자 짝사랑하는 것을 일컬어 상사병이라 한다……."

하며 혀를 차고 놀릴 게 분명했다. 인터넷에서 사전을 검색해 보니 상사병이란 것이 그랬다. 나는 상사병을 앓고 있는 것이 틀림없다.

나는 며칠 전에 비닐 하우스에서 메론 씨 뿌리는 일을 했다. 그 뒤 며칠 동안 토마토를 따서 종이상자에 넣는 작업을 주로 했다.

오늘은 오후에 고추를 따야 한다고 아버지가 그러셨다. 아빠 엄마가 함께 정신없이 바쁘실 때는 은솔이 보는 일이 내 차지다. 그렇게 바쁘게 일을 해야 하기 때문에 피곤해서 자꾸 조는 거라고 반성문에 썼다.

"해란이 너 땜에 내가 반성문까지 쓰게 됐어!"

나는 혼자 중얼거렸다. 해란이한테는 차마 상사병 애기를 할 수 없었다.

대신 토요 견학 시간에 전시회에서 본 그림 애기를 몇 줄 쓰다가 비로소 돌멩이를 떠올렸다.

개울가에서 돌멩이 하나를 주웠는데 그게 낙타 모양이더라고 썼다. 등에 혹이 두 개인 쌍봉낙타인데, 반대쪽으로 살짝 튀어나온 눈알이 있다고 했다.

그걸 컴퓨터로 몇 차례 그림 그리기를 했다.

실패다. 컴퓨터에 서툴러서 그렇다.

숙제할 것도 있는 데다 집에서 기다릴 식구들 생각 때문에 더 열중할 수도 없다.

집에 오니 아버지, 어머니는 비닐 하우스의 토마토 밭을 갈아엎는 일에 한창이시다. 지난주까지 토마토를 모두 수확하고, 이제 그곳에 방울토마토를 심을 작정인 거다. 보아하니 오늘 고추 딸 시간은 없겠다 싶었다. 마당에서 세발 자전거를 타고 놀던 은솔이가 오빠, 하고 달려 왔다.

"아빠, 동석이집에 가서 숙제하고 올게요."

나는 등 뒤에서 소리쳤다. 엄마가 뭘 좀 먹고 가라고 그러는지, 은솔이랑 놀아주라고 그러는지 몇 차례 손짓을 했다.

나는 얼른 거실로 들어가 엄마가 쪄서 빈 밥상에 얹어 둔 고구마 두 개를 쥐고 가방을 다시 들쳐 멨다.

자전거를 타고 나서자 초롱이가 재빨리 따라 왔다.

218

개똥도 약에 쓰려고 하면 안 보인다더니, 동석이가 그렇다. 동석이는 오늘도 피씨방에서 반성문을 쓰고 있는 내 옆에서 게임을 하면서 괴성을 질러댔다.

녀석의 눈을 피해 해란이한테 이메일을 보내는 사이, 녀석은 먼저 사라지고 없었다. 곧장 집으로 간 줄 알았더니 집에 아무도 없다.

나는 동석이네 논까지 갔다가 옥수수 농장을 둘러 해란강으로 향했다. 고구마를 까먹고 강물을 퍼마셨다.

강둑 밑에 붙어 서서 오줌을 누었다. 오줌이 유난히 노랬다. 상사병으로 죽는 사람까지 있다는데, 내가 그 꼴이 될지도 모른다고 생각하니, 덜컥 겁이 났다.

나는 몸을 부르르 떨면서 바지춤을 여몄다.

돌멩이를 찾아본다.

오늘 잠이 잘 올지 모르겠다. 숙제도 덜 했으니 잠이 쏟아져도 안 된다. 잠이 와도 걱정, 안 와도 걱정이다. 잠결에 읽던 책들이 생각났다.

우주과학 책에서는 우주 어딘가에 지구 같은 행성이 있고 거기에 인간과 같은 생명체가 살고 있을 가능성이 있다고 한다.

그 생명체를 만나게 된다면?

그 생명체는 지금은 안 보이지만 아주 중요한 것 아닌가.

에잇, 모르겠다.

꼭지점들이 뭉툭한 불가사리 모양의 돌멩이 하나를 주워 들고 개울가에 누워 버렸는데, 얼마를 지났을까.

내 몸이 조금씩 공중으로 뜨고 있다. 타타타, 하는 소리와 함께 헬리콥터처럼 떠오른 내 몸이 멀리 우주로 날아간다.

고만고만한 직사각형으로 잘 나눠진 우리 동네 논과 밭들이 내려다보인다. 고층 아파트 창문 사이로 해란이가 컴퓨터 앞에 앉아 있는 모습이 보인다. 모니터로 무얼 보고 있는지 연신 까르르 웃는다.

또 꼬추가 아프다.

헬리콥터는 마을 뒷산을 다시 넘어와서 우리 마을로 들어선다. 의형이네 흑미 논이며 동석이네 고추밭 위를 날아온다.

잘 자란 옥수수 밭 사이로 한 아이가 누군가에게 쫓겨가고 있다. 머리 위로 바싹 다가온 헬리콥터에 놀란 아이가 그대로 엎어진다.

그때였다. 초롱이가 콩콩 짖었고, 누군가가 자전거를 타고 강둑 위를 지나가는 듯하더니 문득 멈춰 서는 기척이 났다.

"어, 덕솔이구나! 거기서 뭐 하니?"

옥수수 농장 관리인인 정태 아저씨다.

나는 몸을 일으켰다.

"안녕하세요? 동석이집에 갔다가 없어서 저 혼자 놀고 있어요."

정태 아저씨는 어딘지 불안한 기색이다.

"저기 말이다. 너 혹시 친구들이랑 옥수수 농장에 온 적 없니?"

그끄제 밤에 우리 집에 와서 아버지한테도 그런 얘기를 했다. 아버지가 쓸데없는 걸 묻고 돌아다닌다고 핀잔을 주었다.

"도대체 무슨 일인데 그러세요?"

정태 아저씨는 자전거를 세워놓고 둑 아래로 내려왔다.

"설마, 네가 그러지는 않았겠지?"

우리 마을 옥수수 농장은 아무나 들어가서는 안 되는 곳이다. 그걸 모르는 마을 사람들은 없다. 설사 그걸 모른다고 해도 그곳에 들어가서는 안 된다.

옥수수 농장 둘레로 비닐 막이 제법 튼튼하게 쳐져 있고 군데군데 관리인 허락 없이 들어가서는 안 된다는 팻말이 붙어 있다.

"무슨 말씀이세요, 아저씨? 제가 무얼 어쨌게요?"

"너, 말이다. 옥수수 농장에 들어간 사람이 있다는 얘기를 들으면 즉시 내게 얘기를 해 줘야 한다. 알았지?"

정태 아저씨는 내게 다짐을 받고는 잠시 눈을 감으며 하늘로 고개를 젖혔다. 지친 기색이 역력했다.

정태 아저씨는 우리 마을 출신인데 수년 전에 도시로 나갔다가 지지난해 옥수수 농장이 들어서면서 관리인으로 우리 마을에 돌아왔다.

옥수수 농장 가까운 폐가에다 숙소를 마련해 살면서 농장도 지키고 농장에 오는 연구원들이나 손님들 안내도 했다.

동네 어른들은 도시 물을 먹고 와서 너무 으스댄다고 정태 아저씨를 싫어했다.

한참 농사 짓고 있는데 자전거 타고 지나다니면서 별 쓸데도 없이 참견하는 걸 나도 몇 번 봤다.

아버지한테는 형님, 형님 하면서 잘 따르는 눈치였는데, 아버지가 말상대를 않자 그 뒤로 우리 밭 근처로는 잘 안 지나다녔다.

"입농사꾼이야!"

아버지가 정태 아저씨한테 붙인 이름이었다.

아빠는 농사는 입으로 짓는 게 아니라 몸과 마음으로 함께 짓는 거라고 했다.

그래도 정태 아저씨는 우리 또래들한테는 인심이 좋다. 아무에게나 보여주지 않는 옥수수 농장에 들어가게 해준 것이다.

그 중에서 나한테는 두 번이나 따로 농장에 들어오게 했다. 사실 그 옥수수 농장이야 여우산 중턱에서 내려다보면 잘 보이지만, 그렇게 보는 것하고는 달랐다.

싱싱하고 무성한 옥수숫대 사이로 걸어가고 있으면, 내가 무슨 밀림 가운데 서 있는 느낌이 들었다.

"그런데 아저씨, 왜 우세요?"

정태 아저씨는 손수건을 꺼내 소리내며 코를 풀었다.

"내가 언제 울었다고 그러냐?"

분명 아저씨 눈에 눈물이 남아 있다.

그걸 보자 나도 울고 싶어졌다. 해란이 얘기를 다 털어놓고 싶었다.

"에이, 아저씨. 우시는 걸, 뭐."

"우는 게 아니래두. 너, 옥수수 농장에 혼자 들어간 사람 얘기가 들리면 즉시 내게 알려야 한다!"

정태 아저씨는 굳은 얼굴로 둑 위로 올라가 자전거에 올랐다.

3. 누구의 장난일까?

"대한민국에서 노벨상을 수상한 사람은 모두 몇 사람인가? 1번, 한 사람. 2번, 두 사람. 3번, 세 사람. 4번, 네 사람."

"에이. 아저씨. 그건 식은 죽 먹기죠."

뭐라도 아는 척하고 나서는 동석이보다 정태 아저씨가 더 이상하다.

옥수수 농장에서 일어난 사건 현장으로 우리를 안내하면서 유치원생 수수께끼 같은 걸 지어 던지고 있다.

"그렇지. 그런 누워서 떡 먹기지. 그렇다면 이 문제는 어떠냐? 대한민국의 노벨상 수상자는 누구이고 어떤 부문이며, 언제 받았을까?"

"참, 아저씨도! 우릴 어떻게 보고 그런 문제를 자꾸 내시는 거예요? 아, 덕솔이 너한테는 좀 어려울 수도 있겠구나!"

"이녀석이!"

나는 동석이한테 주먹을 들어 보였다.

"자, 자, 방심하면 안 돼. 대한민국 사람으로서 노벨상 후보에 가장 많이 오른 사람은?"

이번에는 동석이가 슬쩍 내 표정을 살피고는 말했다.

"옥수수 농장에 무슨 일 생긴 것하고 노벨상이 무슨 상관인데 그러세요?"

동석이는 다 잊은 모양이다.

작년에 정태 아저씨가 우리들에게 옥수수 농장을 구경시켜 줄 때 다 얘기하셨다.

이 옥수수 농장에서 직접 옥수수들을 재배하고 있는 옥수수박사님은 우리나라 사람으로 노벨상 후보에 다섯 번이나 오른 분이다. 그 분이 북한 땅에 심을 옥수수 씨앗을 얻기 위해 조성한 농장이 바로 여기다.

동석이는 몰라도 나는 그 정도는 기억한다. 그 분 이름이 김, 김순, 뭐라고 그랬던 것 같다.

"너희들이 나를 도우려면 이 옥수수 농장이 어떤 곳인가를 잘 알아야 한단다."

동석이 집에서 숙제를 하다 말고 놀러 나왔다가 정태 아저씨가 눈물 글썽이던 생각이 나서 찾아왔으니 정태 아저씨 얘기를 귀담아 들어줄 수밖에 없다.

정태 아저씨는 옥수수 밭 사이로 앞장서 걸어가면서 몇 번이고 뒤돌아보면서 우리를 다그쳤다.

"이 농장의 어른이신 김순권 박사님은 옥수수에 관한 한 세계적인 권위자다. 일찍이 우리나라에서 대학까지 마치고 미국으로 유학 가서 촉망받는 육종학 박사가 된 분이다."

"육종이 뭔데요?"

"농작물이나 가축 같은 생물의 유전적인 성질을 이용해서 품질이 우수한 신품종을 개발하고 증식시키는 걸 육종이라 한다."

"증식이 뭔데요?"

동식이 또 물었지만 이번에는 무시했다.

"옥수수박사님은 미국에 남아 일해 달라는 청을 뿌리치고 한국에 돌아왔다. 이후 하와이를 드나들면서 우리나라 실정에 알맞은 교잡종 종자를 스스로 얻어내 국내 재배에 성공했다. 모두들 실패할 거라고 생각했는데도 말이야."

정태 아저씨는 푸르게 자라고 있는 옥수숫대를 가리켜 가면서 설명했다.

동석이는 또 입을 달싹거리다가 참는 기색이다.

"보디빌더의 팔 근육처럼 잘 생긴 옥수수들…… 굵고 빽빽하고 촘촘한 옥수수알들…… 놀라운 수확량…… 작고 자잘한 알갱이에 그치던 이전의 재래종 옥수수와는 아주 다른 옥수수들이 차례로 탄생한 거야. 당시로서는 기적과 같은 일이었단다. 김순권 박사의 그 새로운 옥수수에는 당시 농촌진흥청이 있던 도시 수원의 이름을 따서 '수원 19호' '수원 20호' '수원 21호'라는 공식 호칭이 붙게 되지. 이때가 1970년대 후반이다. 이때부터 김순권 박사에게는 늘 '옥수수박사'라는 칭호가 붙었단다."

"옥수수가 그렇게 중요해요?"

"바로 그거다."

내 질문에는 정태 아저씨가 반색을 했다.

"옥수수는 밭에서 나는 쌀이라고 불려. 그만큼 영양가가 많다. 쌀하고 밀, 그리고 옥수수까지 해서 삼대 주식으로 불린다. 요즘은 옥수수를 쪄서 간식용으로 먹지만 실제로 강냉이밥, 강냉이수제비, 강냉이범벅 식으로 해먹으면 쌀밥 못지 않은 주식이 되지. 옥수수박사님 덕분에 한국 농가에서 옥수수 증산이 두드러져서 농촌 살림살이에 큰 도움이 되었지. 이것이 국제적으로 알려지면서 동남아시아의 개발도상국들도 옥수수 품종 개발에 열을 올리게 되었다. 그 중 태국 같은 나라는 지금 옥수수 수출국이 되어 있지."

"우리나라는요?"

"가만 있어 봐. 옛날 이야기에도 다 순서가 있는 법이잖니? 고국 땅에 옥수수 개발에 성공한 옥수수박사님의 다음 행선지는 아프리카의 나이지리아였단다. 그곳에서 황무지와 같은 땅을 일구고 그곳 토양에 맞는 옥수수 개발에 성공해서 그 나라 국민들의 배고픔을 해결해 주었다. 특히 놀라운 것은 '악마의 풀'이라 불리는 '스트라이가'에 적응할 수 있는 옥수수를 개발해 성공을 거둔 일이다. 스트라이가는 아프리카 땅 전역에서 번식하고 있는 토종 잡초의 일종으로 어떤 작물도 자랄 수 없게 만드는 독초란다. 그 독초들 사이에 뛰어난 품종의 옥수수가 자랄 수 있게 한 사람이 바로 옥수수박사님이다. 이 일은 세계 육종학자들이 놀라고 감격한 일대 사건이었단다. 그들도 스트라이가를 없애고 그 자리에 옥수수를 자라게 하는 데는 성공했다. 그런데 그 옥수수는 몇 년 지나지 않아 다시 변형된 스트라이가에 속절없이 당하고 말았지. 그에 비해 옥수수박사님의 옥수수는 어땠느냐? 이게 중요한 거다."

정태 아저씨는 연신 몸을 수그렸다 세웠다 하면서 옥수수가 독초들 사이를 뚫고 자라는 시늉을 했다. 그러다 갑자기 부동자세로 서서 자신이 옥수수박사님이라도 된 듯이 근엄한 목소리를 냈다.

"백퍼센트의 저항성을 가진 품종은 언젠가는 그 저항성을 파괴하려는 병원균 유전인자에 의해 무너지게 된다. 병원균 유전인자에게도 오퍼센트 정도의 숨쉴 여지는 남겨 두어야 한다. 그래야 생태계가 파괴되는 것도 막고, 병원균 유전인자의 돌연변이도 막을 수 있으며, 결국 우리가 원하는 이로운 품종들이 오래도록 폭넓게 성장할 수 있게 된다."

알쏭달쏭한 말이다. 담임 선생님이 하시던 말이 어렴풋 생각난다. 고양이한테 쫓기는 쥐도 막다른 골목에서는 죽기를 무릅쓰고 대드는 법이다.

그러니, 적을 쫓을 때도 도망갈 구석을 남기고 쫓아야 해!

손자병법에 나오는 말이라고 한 것 같은데, 그것하고 옥수수박사님 말하고 무슨 관련이 있는지 모르겠다.

나는 침을 꿀꺽 삼켰다.

"으험…… 그걸 모두 설명하자면 며칠 밤을 새워서 얘기해도 모자라. 어떻든 옥수수박사님은 스트라이가를 완전히 멸종시키지 않고 그기를 적당히 살려둠으로써 오히려 새 품종 옥수수의 생명력에 맞설 수 있는 왕성한 힘을 앗아 버린 거야. 살려 두기는 하되 무기는 지닐 수 없게 하는, 일종의 무장해제 같은 것이다. 옥수수박사님은 이 스트라이가뿐 아니라 작물의 성장을 가로막는 각종 바이러스에 저항할 수 있는 옥수수를 개발하셨다."

아함, 하고 동석이가 멀리 여우산을 바라보며 기지개를 키다가 정태 아저씨랑 눈이 마주쳤다.

동석이 눈에서는 하품하다 고인 눈물이 흐르는데, 정태 아저씨 눈에서는 붉은 눈물이 흘러내릴 것 같다.

"너희들, 옥수수박사님이 지금 어디 계신지 아니?"

우리는 할 말이 없었다. 그냥 죄 짓는 기분이 든다.

"17년 동안 나이지리아에서 일하던 옥수수박사님이 한국에 오신 것이 1995년이야. 북한의 무수한 동포들이 못 먹고 굶주리고 있다는 소문을 듣고서 북한 땅에 맞는 옥수수를 개발해서 북한 사람들의 배고픔을 해소하겠다는 일념으로 귀국하신 거야. 그 사이 우리나라도 옥수수에 대한 관심이 줄어들어 옥수수 수입국 제2위라는 불명예까지 안았어."

정태 아저씨의 얼굴은 정말 슬퍼 보인다.

"그뿐이냐? 우리나라가 수입하고 있는 많은 옥수수들이 딴 나라 사람들이 유전자를 조작해서 얻은 옥수수야. 옥수수박사님은 북한 땅에서 옥수수 재배가 성공되면 북한의 기아도 해결하고 남한도 북한의 싱싱한 옥수수를 수입해서 서로 큰 이익을 볼 수 있다고 생각하신 거야. 이 얼마나 숭고하신 생각이야.”

“아하, 그렇지 참! 이 옥수수들을 북한 아이들에게 준다고 그랬죠?”

동석이가 모처럼 감탄을 했다.

“이 옥수수를 그냥 주는 게 아니야. 이 옥수수들에게 씨앗을 얻어서 그걸 북한 땅에 뿌리는 거야. 이 농장이 북한 토양에 가장 적합한 슈퍼 옥수수 종자가 개발되는 곳이야. 석 달 후가 되면 첫 씨앗을 얻게 되어 있단다. 옥수수박사님은 지금 북한에 가서 그곳 농장 상황을 살피고 계셔. 그런데 말이야……”

드넓은 옥수수 농장이다. 가장자리로 한 바퀴 두르자면 30분은 더 걸릴 거다.

농장 출입구에서 여우산 기슭 끝자락까지 가운데 길을 질러서 걷는 데도 그 정도 시간이 걸린 것이 정태 아저씨 얘기 탓이다.

“에고 다리야!”

하던 동석이가 갑자기 앗! 하고 소리질렀다.

수십 포기의 옥수숫대들이 마구 쓰러져 있었다. 산사태가 난 것도 아니고 폭우가 쏟아진 일도 없었다.

자세히 보니 옥수수들은 마구 쓰러진 것이 아니라 누군가가 거대한 빗자루로 쓸어 놓은 듯 한쪽 방향으로 쓰러졌다. 농구장 크기 반쯤은 돼 보일 넓이였다.

“이게 누구 짓이에요, 아저씨?”

내 입에서도 단숨에 소리가 터져 나오는데 마치 쇠를 긁는 것 같다.

아저씨는 아무 대답도 못했다. 어제 해란강에서 그런 것처럼 또 고개를 꺾었다가 하늘을 보았다가 할 뿐이었다.

“사흘 전 이 사실을 알고 나서 잠 한숨 못 자고 있다”

정태 아저씨는 한숨을 내쉬었다.

"불순분자의 짓일 수도 있어."

불순분자라는 말에 내머리가 쭈뼛 섰다. 돌아보니 동석이는 오줌을 싼 것처럼 몸을 오그리고 있다.

"옥수수박사님이 처음 귀국해서 조성한 옥수수 시험농장에 도둑이 든 적이 있었단다. 그때는 이웃 사람들이 옥수수를 다 따간 걸로 밝혀졌지. 그런데 이번에는 옥수수 열매가 그대로 있어. 마을 사람들 짓인가 해서 수소문해 보았지만, 헛일이었어."

"경찰에 신고해야지요."

삼촌이 경찰관이라고 뽐내길 좋아하는 동석이다운 말이었다.

"다음 주에 박사님이 오시니까, 그 전에 꼭 범인을 밝혀내야 해."

"도대체, 누가 이런 장난을 쳤다는 거예요?"

내 몸이 절로 떨렸다. 두 주먹이 불끈 쥐어졌다.

4. 이웃을 탐문수색하라!

며칠 동안 나는 잠을 잘 잤다. 해란이한테 이메일 답장을 받았기 때문이다.

아니다. 이메일 답장을 받고 너무 설레 잠을 못 잘 뻔했다. 다행히 잠이 잘 왔다.

"너 요즘 잘 때 코 고는 것 같더라."

밤에는 좀처럼 내 방 근처에 오는 일이 없는 엄마가 그러신 걸 보니 모처럼 코 고는 소리까지 내면서 마음 편하게 잔 것 같다.

낮 시간은 무얼 했는지 모르게 빨리 지나갔다.

"너 요즘 뭐 하느라 그렇게 바빠?"

저녁 식사 때 결국 아빠도 한 마디 하셨다.

"학교에 남아서 같이 토론하면서 숙제를 해야 하거든요."

핑계를 대고 보니 그건 핑계가 아니었다. 나는 요즘 전에 없이 친구들하고 대화를 많이 하고 있었다.

내가 친구들하고 대화를 많이 하게 된 것은 해란이가 그렇게 하라고 시켰기 때문이다. 나는 해란이에게 옥수수 농장 사건을 얘기했다.

이어 해란강 돌멩이 하나를 또 간신히 그림으로 그려 보냈다. 삼층탑 모양을 한 돌멩이였다. 그랬더니 해란이가 기다리고 있었다는 듯이 곧바로 이메일을 보내 왔다.

해란이는 서울에 살다가 처음 내려간 시골이 바로 옥수수 도둑 사건이 일어난 그 마을이라고 했다. 그 마을에서 살다가 우리 동네로 전학 온 거라고 했다.

우리가 거기로 이사가기 전에 그런 일이 있었대. 마을 주민들 모두가 도둑질을 한 거라고 후회하더라. 세상에 태어나서 그렇게 큰 옥수수는 본 적이 없었다고 그랬어. 그게 북한 동포를 살리고 우리 경제에도 큰 도움을 줄 옥수수인 줄 몰랐대. 문제가 커지니까 놀라서 모두 자수했대. 그래서 벌은 받지 않았나 봐.

이번 일도 혹시 그런 건 줄 모르니까 그 동네 사는 친구들한테 물어 봐. 혹시 장난으로 그랬을 수도 있는 거잖아. 탐정이 되어서 용의자들의 알리바이를 캐는 거야.

이메일은 이 정도에 그치지 않았다. 해란이는 작년 자기 생일날 내가 뒤따라간 것을 알고 있었다.

너, 언젠가 내 뒤를 따라오는데 보니까 꼭 탐정 같았어. 뭐 별로 멋있어 보이지는 않았지만, 이번에 한번 탐정 솜씨를 내봐.

옥수수 얘기라면 그 옥수수 도둑 마을에 내가 살아서 그런지 나도 눈이 번쩍 뜨이거든. 우리 엄마도 옥수수를 좋아하셔. 어제도 옥수수를 쪄 주셨어.

아, 참. 요새 니가 들려주는 돌멩이 얘기. 그 돌멩이, 그러니까, 그때 내 생일날 나한테 선물하려고 그랬던 거란 얘기지?

아무튼, 잘 해 봐라. 나는 그곳을 떠났으니까, 탐정을 하든 뭐를 하든 니 마을은 니가 잘 지키도록 해.

탐정…… 탐정이라면 만화영화에 많이 등장한다. 코난이나 홈즈가 주인공인 만화영화를 본 적은 많지만, 내가 정말 탐정이 될 수 있다는 생각은 한 번도 해 본 적이 없다.

그런데 해란이한테 말을 듣고 보니, 아주 멋있는 것 같았다. 피씨방을 나가는데 공연히 선글라스 같은 것을 써야 한다는 생각이 들었다. 옷깃을 세우고 주머니에 손을 찔렀다.

그리고 함께 집 쪽으로 가는 동석이한테 불쑥 물었다.

"너, 솔직하게 말해 봐. 너 혼자서 몰래 옥수수 농장에 가봤지?"

그러자 동석이가 주먹으로 내 가슴을 쳤다.

"이 자식이, 갑자기 왜 눈을 치켜뜨고 그래? 가 봤다면 어쩔 건데?"

나는 물러서지 않았다.

"숨기지 말고 얘기해. 언제 갔었지?"

"주덕솔! 이게 미쳤어?"

동석이는 어이없다는 표정을 짓고 나를 뿌리치면서 저만큼 앞서 걸었다.

탐정을 하려면 조수가 있어야 하는데, 동석이 녀석은 역시 고분고분하지 않아서 안 되겠다 싶었다.

의외의 수확도 있었다.

담임 선생님이 무슨 말인가 끝에 최근 신문기사로 보도되는 무차별 연쇄 저격사건 얘기를 하다가 '탐문 수색'이라는 말을 했다.

"이게 무슨 말인가 하면…… 아는 사람?"

선생님은 칠판에 '探問 搜索'이라고 썼다. 선생님의 눈길이 내 얼굴에 와 닿는 순간, 나는 불쑥 손을 들고 일어섰다.

"경찰들이 범인들을 잡기 위해 묻고 찾고 하는 것을 탐문 수색이라고 합니다!"

선생님이 놀라는 표정으로,

"괄목상대! 환골탈태!"

하고 알 수 없는 환호성을 내시는데, 마침 종이 울렸다.

나는 그때부터 정말 탐정이 되어 학교 아이들과 이웃을 탐문하기 시작했다. 학교 아이들 중, 학교에서 옥수수 농장 방향으로 집이 있는 친구들부터 파악했다.

오리 농법으로 쌀농사를 짓고 있는 황의영 집, 흑미 농사를 주로 짓고 있는 마상미 집, 닭을 쳐서 유정란을 팔고 있는 오성권 집, 메론 농장을 하고 있는 조영란 집…….

그리고 우리 집과 같은 고추, 가지, 방울토마토 등을 재배하고 있는 김동석 집도 예외일 수 없었다. 아무리 친구라지만 옥수수 농장에서 가장 가까운 집을 용의선상에서 빼놓아서는 탐정이 될 수 없다.

그 집 아이들은 어릴 때부터 잘 아는 사이여서 순순히 내 말에 답할 리가 없었다. 내가 무슨 말을 하면 나를 놀리기부터 하는 아이들이었다.

이럴 때는 아버지를 내세우면 된다. 이 마을에서 편하게 살려면 우리 아버지 말은 무조건 듣는 게 좋았다.

"최근 보름 동안 가족들 중에 옥수수 농장 근처에 간 일이 있는 사람 다 조사해 오래. 우리 아빠가 나중에 다 확인하러 다니시겠대."

나는 조수도 없는 탐정이었지만, 그래도 초롱이를 앞세우고 집집마다 두 차례씩이나 다녀왔다.

"니네 아빠가 뭔데?"

상미란 여자아이가 겁 없이 내게 쏘아붙였다.

우리 아버지로 말할 것 같으면…….

나도 잘 모르겠다. 하지만 마을 사람들은 아버지를 모두 무서워하신다. 아버지는 원래 이 마을 사람이 아니었다.

엄마가 이 마을 출신인데, 아빠가 대학 시절 농촌 봉사 활동을 왔다가 엄마를 만나고는 결혼을 하기 위해 졸업도 하지 않고 이곳에 왔다고 했다.

그때부터 혼자서 무농약 농사법으로 농사를 지어 비싼 값에 도시로 팔아 넘기는 수완을 발휘했다. 우리 마을에서 농약을 추방시킨 사람이 아버지란다.

엄마 집에서 반대하는 결혼을 결국은 성사시키면서 오히려 외할아버지한테

"장인어른께서 계속 농약을 쳐서 농사를 지으시면 저 따님한테 장가 안 갑니다."

라고 했던 분이란다.

요즘도 몰래 자기 밭에 농약을 치다가 아버지한테 들켜 혼쭐나는 사람이 가끔 있다.

또 무농약으로 재배한 작물이 비싸 생각만큼 잘 팔리지 않는다고 값을 내리는 사람도 마찬가지다.

어렵게 재배한 만큼 인체에 아주 이로운 작물이 되어야 하고, 그래서 그만큼의 값을 받아야 한다는 것이 아버지의 뜻이다.

아버지가 남을 혼쭐내는 방법은 그리 특별한 게 아니다. 평소에는 별 말이 없다가도 그런 사람하고 부딪치는 순간에는 상대가 설득될 때까

지 같은 말을 되풀이한다.

정태 아저씨도 아버지 앞에서 수익성 높은 농작물에 관한 얘기를 자꾸 하다가 그때마다 아버지가 질리게 추궁하는 바람에 궁지에 몰린 적이 여러 번이다.

아버지한테는 정말 변명 같은 건 통하지 않는다. 공부하고 남는 시간에 집안 일을 돕는 것이 농부 아들이 할 도리라는 것이 아버지 뜻이다.

부창부수라고, 엄마도 비슷한 생각을 하는 것 같다. 부전자전이라고, 나도 아버지 뜻을 따르는 게 당연하다고 절로 생각하고 말았다.

아닌게 아니라, 집안 일 도우면서 게으름도 피우고 꾀도 많이 부리긴 해도 내가 아버지 닮은 게 하나 있다.

그건 상대방을 질리게 만드는 고집이다. 3학년 때는 5학년 형 한 명이 나를 손찌검하다가 내게 옷깃이 붙잡혀서 쓰레기장에 처박히고는 슬슬 물러섰다.

나는 싸움을 해서 이기지는 못해도 마음만 먹으면 누구에게도 지지는 않는다.

나는 아버지가 지는 걸 본 적이 없다.

그런 우리 아버지를 상미는 잘 몰랐지만, 상미 아버지는 잘 알았다.

"오, 덕솔이로구나. 옥수수 농장 말이지. 거기는, 으흠…… 지난 달에 칡 캐러 여우산에 가다가 그 근처로 지나간 적이 있고…… 그 외에는 잘 모르겠다."

그러는 상미 아버지에게 내가 들고 간 탁상용 달력을 내밀어 여우산에 칡 캐러 간 날짜를 적게 했다.

황의영 집 식구 중에는 할머니 할아버지가 의영이의 동생을 데리고 약수를 뜨러 여우산으로 가는 길에 가끔 옥수수 농장을 기웃거리고 있다고 했다.

양계장을 하는 오성권 집은 읍내 쪽이면 모를까 여우산 쪽으로는 바빠서라도 갈 틈조차 없다고 했다.

나는 내 또래가 살고 있지 않은 몇몇 집도 초롱이를 앞세우고 한 차례씩은 돌아다녔다.

정태 아저씨를 만나러 옥수수 농장에도 두 번 갔다. 옥수수 농장에는 연일 연구원 아저씨들이 찾아와 있었다.

밑둥이 꺾인 옥수숫대는 정확하게 서른다섯 포기였다. 꺾였지만 다행히 죽은 건 아니라고 했다.

만약 그게 누군가의 장난이 아니라 어떤 병충해나 병균 때문에 그런 거라면, 그땐 정말 문제였다.

"다른 것은 바라지도 않아. 그냥 장난삼아 한 짓이라는 것만 밝혀졌으면 좋겠어."

정태 아저씨는 체념하듯 말했다.

나는 내가 범인을 밝혀낼 수 있다고 말하려다 그만 두었다.

어쨌든 그러느라 나는 피곤했고, 그리고 뭔가 하는 일이 있는 듯한 보람도 느꼈다. 덕분에 나는 잠을 잘 자고 있다.

5. 미스터리 서클을 아십니까?

아이, 깜짝이야.

난 또 우주에서 나한테 보낸 신호 줄 알았잖아.

도대체 어떤 모양을 그려서 우주인과 교신해야 하나 하고 잠시 고민했지 뭐야.

너, 일부러 신기한 모양으로 그리는 거야, 컴퓨터로 그림 그리기를 못해서 이러는 거야?

돌멩이 모양, 정말 신기하다.

지난번 불가사리 모양도 보통 별 모양하고 다르게 그렸더라.

그 마을 개울에 그런 신기한 돌멩이들이 많다니, 믿을 수 없어!

나도 가본 적이 있을 텐데, 나는 왜 그런 걸 보지 못했을까. 네 눈에만 보이나?

그럼 너, 주덕솔, 이름도 이상하더니, 우주인?

아니면, 아니면……

그 돌멩이들, 혹시 우주에서 떨어진 운석 조각이나, 아니면…….

히히, 외계인들이 누고 간 똥 아닐까…….

킥킥, 아이, 창피! 취소, 취소!

발 밑에서 쿵쿵거리는 초롱이의 재롱을 무시하고 해란강 자갈밭에 벌러덩 드러누웠다. 귓바퀴에서 윙 하는 소리가 난다.

해란이가 보낸 이메일을 떠올린다. 이마에 꽂히듯 내리비치는 햇빛을, 두 팔로 얼굴을 감싸 막아 본다.

머리가 어질어질하다.

여자애들이 둑길을 지나가면서 나를 두고 뭐라고 중얼거리는 걸 그냥 내버려둔다. 정말 야릇한 기분이다.

외계인들이 누고 간 똥…….

똥…….

똥…….

내가 그린 돌멩이 모양을 보고 받은 해란이의 느낌이 그랬다는 거다.

지금까지 돌멩이 얘기는 여섯 개째 했고, 그림 그리기로는 세 개째였다.

가장 먼저 쌍봉낙타 돌멩이 얘기를 했고, 그 다음에 공룡 모양을 애기했다.

불가사리 모양은 그리기가 쉬워서 그림까지 그려서 보냈고, 입을 벌린 아기 모양을 그려 보내고, 또 어제 허리에 띠를 두른 UFO 모양을 그려서 보내고…….

해란이는 어제 이메일로 보낸 UFO 모양의 돌멩이 그림을 보고 우주에서 보낸 신호인 줄 알고 깜짝 놀랐다고 했다. 그건 분명히, 이제 내가 보내는 이메일을 반갑게 보고 있다는 뜻이다.

나 역시 그 답신을 읽는 동안 찌릿한 기운이 내 아랫배 쪽을 찌르는 듯한 느낌이 들었다.

이쯤 되면 이제 서로의 마음을 솔직하게 털어놓고 날마다 좋아한다, 사랑한다, 변치 말자 이런 얘기를 당당하게 할 수 있겠다 싶은 생각도 했다.

그런데, 이상했다.

아주 기분 좋은 느낌이 곧 이어 야릇하고 비릿한 느낌을 몰고 왔다. 해란강 가 자갈밭에 누워 있는 동안 그런 느낌이 내내 내 몸으로 밀려들고 있다.

"좋으면서 왜 이래?"

"얼굴이 확 달아오르고 꼬추가 따끔거리고 목살이 가려우면서 왜 이래?"

하고 나는 내게 묻고 싶다.

똥, 이라고 해란이는 그랬다.

어머니가 쪄준 옥수수를 베어 물고, 옥수수 알을 입으로 오물오물거리면서 똥, 이라고 그랬다.

그 귀엽고 예쁘고 앙증맞은 입으로 똥, 이라고 그랬다.

눈앞에 있는 듯, 만지고 싶고 간질이고 싶고 뽀뽀하고 싶은 그 입이 똥, 이라고 발음하면서 동그래져 있다.

236

그 입술은 상상하면 할수록, 나를 파르르 떨리게 하고, 그런 한편에서 내 마음을 우울하게 한다.

그렇다. 나는 지금 해란이의 이메일을 받고, 그토록 보고 싶은 해란이의 이메일을 받고 갑자기 기분이 이상해진 것이다.

그토록 사랑하는 마음속, 그 한 곳이 전에 없이 차갑게 식어가는 느낌, 그런 느낌 때문에 나는 당황스럽고, 우울하고 쓸쓸하고, 기분 나쁘고 미안하다. 내가 해란이 때문에 기분이 이럴 줄 몰랐다.

해란이도 똥을 누는 사람이고, 똥 얘기를 할 수도 있는데, 내가 그걸 모를 리 없는데, 기분이 왜 이럴까?

내가 해란이를 좋아하지 않았던 것일까?

멍, 멍…….

또 누군가 지나가는 인기척이 있어서인지 초롱이가 짖어댄다. 얼굴을 가린 팔뚝 사이로 논둑길 쪽을 보았다. 정태 아저씨가 연구원 아저씨들과 함께 마을에서 농장 쪽으로 올라가고 있다.

정태 아저씨는 잠시 일행 뒤로 처져서 내 쪽을 내려다보고 뭔가 말을 하려는 듯하더니 그냥 지나간다. 어깨가 처진 것이 보기 안 됐다.

내가 탐문 수색 작업을 계속하기는 했지만, 별 성과가 없다. 게다가 그저께 저녁에는 아버지가 일침을 가해오셨다.

"너, 집에 왔다가 친구 집 가서 숙제한다고 나가서는 어딜 돌아다녀?"

"그냥 숙제가 아니라, 관찰 숙제거든요. 옥수수 성장 관찰도 하고……."

이번 일만은 둘러대고도 왠지 당당하긴 했다.

숙제는 아니지만, 내가 옥수수 때문에 옥수수 농장에도 가보고, 이 집 저 집 탐문도 하는 이 일은 숙제보다 더 중요하기 때문이다. 실제로 이 며칠 동안 숙제를 두 번이나 못해 가서, 선생님 지시대로 '석고대

죄'하는 흉내를 내야 했다.

오늘은 나 스스로 기운이 쭉 빠진다.

말이 탐정이지 더 이상 무얼 해야 할지 방법도 모르겠다.

이제 해란이한테 어떻게 해야 할지도 모르겠다.

깜빡 잠들고 나니, 해가 제법 기울었다.

나는 몸을 일으켜 버릇처럼 맨발이 되어 개울 속으로 걸어갔다. 초롱이가 따라오다가 물 맛을 보고 꼬리를 흔들어댄다.

햇빛이 등 뒤로 내려 내 몸을 물 위로 그림자지게 한다. 내 그림자를 밟으며 걸음을 옮겨 본다.

송사리떼들이 놀라 달아나는 게 꼭 실타래에서 실이 풀리는 것 같다. 그 아래로 물이끼가 낀 돌들이 미끈하게 발바닥으로 열을 전해온다. 갑자기 뒷덜미가 서늘해지면서 물 위로 산그늘이 진다.

서편 하늘로 기우는 해가 그마저 구름 속으로 들어갔다. 그래도 구름은 아직 붉지 않고 새하얗고, 하늘은 파랗다.

우리 마을은 그 하늘에 비스듬한 구릉으로 이루어 맞닿은 여우산까지이다. 산은 낮아도 구릉이 첩을 이루어 의외로 계곡은 깊다.

꼭 꾀부리는 여우 같다 해서 이름도 여우산이다.

지금 여우는 다 사라졌다 하지만, 옛날에는 산짐승이 제법이나 출몰했단다. 요즘도 겨울이면 토끼사냥을 할 수 있다. 해란강은 여우산 그 계곡 깊은 곳에서 나온다.

여우산에서 내려다보면 우리 마을은 산 한쪽 기슭 쪽으로 조성한 옥수수 농장을 포함해서 학교가 있는 읍내까지 너른 논밭 지대로 모아져 있다. 논과 밭이 그린 듯이 사각형을 이루어, 질서정연하게 농사를 짓고 있는 곳이 우리 마을이다.

이런 마을에 옥수수 농장을 침범한 사람이 있다니……. 믿을 수 없는 일이다.

나는 또 버릇처럼 강물 속에서 돌 하나를 주워 들었다. 콩알처럼 작은 건데 야릇하게 생겼다. 양쪽이 볼록하고 가운데 허리가 쏙 들어간, 아령 같기도 하고 장구 같기도 한 모양이다.

내가 생각해도 참 이상한 일이다.

이런 돌이 어째서 나한테만 보이는 걸까. 해란이 말대로 내가 외계인일까?

하기는 무뚝뚝한 아빠나, 농사와 시장 일에 바빠서 나를 돌볼 틈이 없는 엄마를 생각하면 나는 우리 엄마 아빠가 낳은 애가 아니라 외계인이 몰래 우리 집 앞에 두고 간 아이인지도 모르겠다.

내가 부모한테 별로 사랑도 받지 않고 친한 친구도 별로 없이 사는데도 외롭다고 생각해 본 적이 없는 것만 해도 이상하지 않은가.

아!

하고 나는 소리친다. 이 돌멩이들이 모두 나를 지구에 두고 간 외계인들이 나한테 보내는 신호인지도 모른다는 생각을 하는 순간, 내 머릿속으로 이상한 그림들이 스쳐 지나갔다.

나는 황급히 책가방을 뒤져 잠잘 때 머리맡에 펼치던 우주과학 책을 펼친다.

그랬다. 그 그림들이었다.

밀이나 보리가 자라고 있는 넓디넓은 밭에 어느 하룻밤 새 밀대나 보릿대를 꺾어 뉘어서 만든 거대한 도형이었다. 크고 작은 원들과 직선과 곡선으로 같은 문양을 되풀이하거나 변화시키면서 나타낸 이 신비한 도형이 어떻게 생겨나는지 사람들은 알지 못했다.

게다가 참으로 알 수 없는 일은 줄기가 꺾인 밀이나 보리가 죽지 않고 그대로 성장한다는 것이다. 누가 어떤 목적으로 만든 것인지 알 수 없어서 사람들은 이 도형을 미스터리 서클이라고 부른다.

미스터리 서클!

미스터리 서클과 해란강 가의 신기한 돌멩이들…….

그렇다면, 그렇다면, 외계인들이 우리 마을에 뭔가 끊임없이 신호를 보내고 있는 것이다.

나는 가방을 싸고 자전거에 올랐다. 초롱이가 뒤를 따랐다.

6. 어린이 화가들, 용의선상에 오르다

"어, 어, 맞다, 맞아!"

여우고개 약수터 정자에 오른 동석이는 외마디 소리를 질러댔다. 정태 아저씨는 정자 기둥을 잡고 서서 연신 눈을 비볐다.

날씨는 흐렸지만, 잘 구획된 논밭에서는 푸른 기운이 싱싱했다. 그 중에서도 옥수수 농장은 여우산 기슭에서 마을 한켠으로 넓고 길게 뻗어나간 모습이 선명했다.

어제 저녁, 혼자 산에 올라와서 보았을 때는 그렇게까지 선명하지 않아서 사실 미심쩍었다. 오늘 보니 역시 분명했다.

정교하지도 않고, 크지도 않았지만, 옥수수 농장의 끝자리 부분에 옥수숫대들이 꺾인 자리는 분명 누군가가 의도적으로 만든 도형임에 틀림이 없었다.

"별 모양 같기도 하고…….'

정태 아저씨가 마침내 중얼거렸다.

"별 모양인데, 이상해요. 별을 만들다 만 것 같아요. 외계인들이 바빴나 봐요."

"별 모양은 별 모양인데, 별빛 살이 네 개예요."

동석이와 내가 연이어서 말했다.

"응, 그래! 별빛의 살 끝이 무디어져 있구나."

240

정태 아저씨의 눈도 더는 어둡지 않았다.

"저게 끝이 무디어진 건 아마 내가 억지로 저걸 일으켜 세우려고 애써서 그런 걸 거다."

"그럼, 덕솔아! 외계인들이 우리한테 무슨 전할 말이 있어서 저렇게 신호를 써 놓은 거란 얘기가 되는 거니?"

동석이도 모처럼 눈알을 빛내고 있다.

"그럼. 그렇지 않으면 누가 저런 모양을 소중한 옥수수 농장에다 만들고 가겠니?"

나는 주머니 속에 넣어 둔 해란강 가의 돌멩이들을 만지작거리며 득의양양하게 말했다.

그때, 정태 아저씨는 고개를 갸웃했다.

"가만, 가만…… 저런 걸 미스터리 서클이라고 한다는 거지? 그런데 말이야. 내가 누구한텐가 들은 이야기인데, 저런 미스터리 서클을 만드는 사람들이 있다더라."

"에이, 그럴 리가요!"

동석이가 나 대신에 받았다.

"어쨌든 오늘 옥수수 농장에서 연구원 아저씨들이 모두 모여서 회의를 열기로 했으니, 미스터리 서클 얘기를 거기서 해 보자꾸나."

우리는 정태 아저씨를 따라 옥수수 농장으로 내려왔다.

내려오는 동안 나는 내내 가슴이 벅차 올랐다.

그러나 옥수수 농장에 들어서서 얼마 지나지 않아서부터 억울한 감정이 꽉 들어찼다. 우리는 옥수수 농장 연구원 아저씨들에게 우리가 본 미스터리 서클에 대해 설명했다.

연구원 아저씨들 사이에서 기분 나쁜 웃음소리가 들려오는 걸 처음에는 듣지도 못했다.

"미스터리 서클이라구? 그것 참 놀라운 생각이구나! 미스터리 서클이란 농작물이 자라는 들판 가운데 원형을 비롯해서 여러 기하학적인 모양으로 농작물들이 눌려 있는 것을 말하지. 1930년에 캐나다 몬트리올주에 나타난 것이 최초의 것이고, 지금까지 알려진 것 중에서 가장 큰 것이 1987년에 스웨덴에서 발견된 직경 오십 미터짜리야. 주로 밀밭이나 보리밭에서 발견되는데, 가끔씩은 옥수수밭에서도 발견되지. 이것을 어떤 사람들은 신의 계시라고도 하고, 어떤 사람들은 너처럼 다른 행성에서 사는 우주인들이 지구에 온 흔적이라고도 하지. 과학적으로는 기체 내에 생긴 급작스런 열이 농작물에 영향을 준 것이라고 설명한단다. 그런데, 1991년 더그 바우어즈와 데이비드 촐리 이 두 사람이 사람들이 보는 곳에서 널빤지하고 밧줄. 야구 헬멧 같은 걸로 간단하게 미스터리 서클을 만들어 보였단다. 미스터리 서클은 니가 생각하는 것처럼 그처럼 허황된 것이 아니란다. 알겠니? 그나마 우리나라에서 발견된 적은 한번도 없어. 네 말대로라면 이 옥수수 농장이 한국 최초로 미스터리 서클이 새겨진 역사적인 장소가 되는구나. 하하하, 꼬마야. 좋은 얘기를 해 줘서 고맙구나."

　민교수님이라고 불리는 아저씨의 말이 끝나자 열대여섯 명의 연구원 아저씨들은 내 쪽으로 등을 돌리고 말았다.

　어쩔 수 없었다. 민교수님의 말이 아무리 빈 틈이 없다 해도 나도 그냥 물러설 수는 없었다. 나는 주머니 속에 들어 있던 돌멩이들을 꺼내 펼쳤다.

　"이걸 보라구요! 이렇게 생긴 돌멩이 보셨어요?"

　역시 반응이 있었다.

　"그걸 어디서 주웠니, 꼬마야?"

　민교수님이 안경 안에서 호기심을 빛냈다.

　"해란강에서요."

　아차, 싶었지만 나는 돌멩이를 든 손을 앞으로 쭉 내밀었다.

"해란강? 해란강이라면, 저기 북한도 더 넘어 두만강 건너 있는 강 아니냐? 관리인 아저씨, 이 동네에 해란강이 있어요?"

정태 아저씨가 우물쭈물하는 동안 여기저기기서 비웃음이 터져 나왔다. 사람들은 돌멩이를 바라보지 않았다.

"그래, 좋다. 해란강이든 한강이든…… 너는 이 돌멩이들이 모두 외계인이 우리 마을에 와서 두고 간 것이라는 거지? 너 그럼, 외계인하고 만났겠구나."

민교수님의 말에 나는 숨이 막힐 것 같았다.

"아이 참, 외계인들이 지구인들한테 말을 걸려고 미스터리 서클도 만들고 돌멩이도 남기고 그러는 거라니까요. 외계인들이 옥수수를 못 쓰게 하지도 않고요. 대를 꺾기는 하지만 영양 공급이 되게 해서 식물을 그대로 살려 둔다니까요!"

내 말에 기다렸다는 듯이 한 연구원 아저씨가 꺾인 옥수숫대를 치켜들었다.

"네 눈에는 이 옥수수가 살아 있는 걸로 보이니?"

나는 더 이상 아무 말도 할 수 없었다. 그끄제 정태 아저씨가 이 현장을 보여 줄 때만 해도 살아 있던 옥수수들의 색이 거의 바래 있었다.

그때 다시 민교수님이 나섰다.

"하하하, 꼬마야. 이건 미스터리 서클이 아니야. 하지만, 네 생각도 훌륭하다. 이게 별 모양을 하고 있다고 일러 준 건 바로 너니까. 우린 그 동안에 옥수수에 무슨 전염병이라도 생긴 게 아닐까 노심초사하고 계속해서 조사했다. 그러나 오늘 네 덕분에 그게 아닐 거라고 확신할 수 있었다. 누군가가 이 농장에 들어와 의도적으로 별 모양을 내며 옥수숫대를 쓰러뜨린 게 분명해."

민교수님의 음성은 한결 부드러워졌다.

그러나 민교수님은 나를 보고 있지 않았다. 어디서 많이 본 얼굴이다 싶더니 꼭 우리 담임 선생님을 닮았다.

처음에 정태 아저씨가 나를 소개했을 때 나하고 동석이의 이름과 학교를 묻고 담임선생님 이름을 물은 걸 보면 정말 담임 선생님하고 무슨 관련이 있는지도 몰랐다.

사람을 무시하고 잘난 척 잘 하는 게 어쩌면 저렇게 같을까 싶었다.

초록은 동색, 가제는 게 편…… 담임 선생님이 하던 말이 절로 떠올랐다.

민교수님은 연구원 아저씨들 전체를 향해 마치 수사반장이나 된 듯이 얘기하고 있었다.

"별 모양이 무엇을 뜻하는가에 대해 생각들 해 보세요. 별은 보석처럼 빛나지요. 별은 곧 사람이 품는 이상이나 영원한 꿈을 상징하지. 옥수수를 수십 포기나 못 쓰게 하면서까지 옥수수 농장에 별을 아로새길 사람이 누구냐? 바로 여기에 열쇠가 있다고 볼 수 있어요."

연구원 아저씨들은 모두 이마 위로 별 하나를 떠올리는 기색이었지만, 나는 더 할 말이 떠오르지 않았다. 그때껏 아무 말도 못하던 동석이가 비아냥거렸다.

"너 땜에 창피만 당했잖아. 우리 동네에 해란강 같은 게 어딨다고 그런 멍청한 소릴 해. 너 같은 걸 따라온 내가 바보지. 야, 그런데 그 돌멩이 나한테 주라. 더 이상 필요도 없게 됐잖아."

그때, 손에 뭔가를 들고 뒤지고 있던 젊은 연구원 아저씨가 무언가를 발견한 듯이 손을 높이 들었다.

"관리인 아저씨, 이 일지에 쓰인 이게 뭐죠?"

정태 아저씨는 일지를 받아들고 앞뒤로 넘기면서 고개를 갸웃거리더니 한 순간, 아차 하고 탄성을 질렀다.

"얘네들, 읍내 학교 교장 선생님들이 안내해서 견학을 왔어요. 애들이 자기 고향에 보낼 옥수수라고 대단히 좋아했지요."

244

정태 아저씨가 일지에 쓴 기록을 보고 기억해 낸 것은 얼마 전 옥수수 농장을 견학한 어린이들이었다.

가족들과 함께 북한을 탈출해서 남한에 살게 된 아이들로, 최근에 전국을 순회하면서 그림 전시회를 열었다.

그 아이들이 우리 마을에서 그림 전시회를 열 때 나도 본 적이 있다. 견학 시간에 읍내 문화예술회관에서 일행의 꽁무니를 놓쳐서 그 그림들을 지겹도록 봐야 했다.

"그 애들이 여기 왔을 때 누구 집에서 묵었죠?"

민교수님의 질문이 잇따랐다.

내 머릿속에는 북한 출신 아이들이 그린 그림 한 장이 떠오르고 있었다.

숲이 우거진 산에서 나무들을 베어내 '통일'이라는 글자를 선명하게 새긴 풍경을 그림으로 옮긴 것이었다.

7. 꿈◆은 이루어진다

갑자기 꼬추가 따끔거린다. 가시에 찔린 거나 아닌지 모르겠다.

아니, 이번 일이 내게 충격이 꽤 큰 것 같다. 탐정으로서 처음 한 일에 나는 큰 오점을 남기고 말았다.

사건은 엉뚱한 방향으로 흘러갔다.

어쩌면 그게 잘 된 건지도 모르겠다. 내가 외계인이라는 사실이 알려지는 것보다 그게 낫다. 아니, 지금 내가 무슨 생각을 하고 있나?

뭐가 뭔지 모르겠다.

숙제하는데 정신 집중도 잘 안 되고 잠도 오고 그래서 그냥 불 끄고 누웠다. 어지러운 꿈속에서 헤매다가 잠에서 깨어났다.

몇 시나 됐을까? 다시 잠을 청해 보지만 머리만 무겁고 잠은 오지 않는다.

해란이 생각이 또 난다. 하지만 전처럼 그냥 보고 싶어서가 아닌 것 같다.

낮에는 해란이에게서 온 메일을 읽고도 답을 안 해 줬다. 해란이는 옥수수 농장 사건이 어떻게 되어 가는지 궁금하다고 물었다. 왠지 답장 보내기가 싫었다.

해란이 얼굴을 떠올려 보다가, 해란이를 껴안는 생각을 해보다가, 그저께 주운 허리 잘록한 돌멩이를 생각했다. 옥수수 밭에 새겨진 각이 무딘 별 모양도 떠올랐다.

북한을 탈출해서 남한에 온 어린이들 몇 명이 우리 읍내 문화회관에서 그림 전시회를 했다.

그때 우리 학교 교장 선생님 안내로 옥수수 농장을 견학했다. 그날 밤에 우리 마을 이장님 집에서 하룻밤 묵었는데, 바로 그날 사건이 일어났다.

북한 출신 아이들이 자기 고향 땅에 씨를 보낼 옥수수가 자라는 모습에 감동해서 그 밭에 몰래 별 모양으로 자신들의 소망을 아로새긴 것이다.

그렇게 결론을 낸 연구원 아저씨들 중 몇이 정태 아저씨를 앞세우고 이장님 댁으로 몰려갔다. 이제 그 아이들을 찾아 사실 확인만 하면 모든 게 끝이 난다.

옥수수박사님이 오셔서 이번 일을 다 아시게 되더라도 크게 염려할 일은 아닐 것 같다. 그 아이들은 처벌을 받지 않아도 될 것이다.

옥수수박사님은 오히려 아이들의 소망을 담은 별 모양에 힘입어 옥수수 종자 개발에 더욱 박차를 가할 것이다.

이번 사건은 그렇게 마무리될 것이다.

그러나, 그러나, 나는 그럴 수 없었다.

나는 끝까지 탐정이다.

농장에서 집으로 오는 길에 집집마다 둘러 옥수수 농장 사건에 대해 탐문 수색했다. 동석이한테 가서는 한참 심술을 부리고 왔다. 앞으로 내 앞에서 까불면 입안에 염소똥을 처넣는다고 엄포를 놓았다.

그러던 어디쯤에서 그랬을까. 꼬추에 가시가 박힌 게 틀림없다.

먼 데서 경운기 소리가 들리고, 창문이 희붐한 것을 보니 벌써 새벽이 온 것도 같다.

이상하다. 꼬추에 뭔가가 만져진다. 알 수 없는 두려움에 꼬추가 쪼글쪼글해진다. 잠이 확 달아났다.

나는 일어나 잠옷 바지를 내렸다. 빛이 들어오는 쪽으로 앉아 꼬추를 꺼낸다.

그렇다, 뭔가가, 뭔가가 있는 게 분명하다.

틀림없다!

얼굴이 화끈거려온다. 얼른 바지를 올렸다가 바지 속으로 손을 집어넣고 다시 꼬추를 만지작거려 본다.

아, 까칠까칠한 감촉!

어김없다! 내 꼬추에 옥수수 수염이 나고 있었다!

가슴이 철렁 내려앉는 느낌이다.

그때나!

또 한번 바지를 내려보려다가 화들짝 놀라고 만다. 밖에서 두런두런 말소리가 들려온 것이다. 초롱이 짖는 소리도 들리지 않은 것 같은데 이상한 일이다.

"꼭두새벽부터 미안하네. 공연히 새벽잠을 깨운 거나 아닌지 모르겠네."

"아닙니다. 벌써 일어나 있었습니다. 어쩐 일이신지요?"

찾아온 손님을 아빠가 맞이하고 있다.

"옥수수 농장 일 때문에 덕솔이가 고생이 많아."

"덕솔이가 무슨 고생을요. 매일 빈둥거리고 놀기만 하는 걸요."

아빠가 내가 며칠 사이에 한 일을 모르고 있는 것은 참으로 다행이다. 손님으로 온 사람은 그런 것도 모르고 옥수수 농장 얘기를 계속하고 싶어하는 눈치다.

"저기 말이야, 옥수수 농장 사건……."

"누가 옥수수 농장을 망쳐 놓았다고 듣고는 있습니다만……."

"사람들은 그걸 북한에서 온 아이들이 저지른 것으로 판단한 모양인데 말이야, 사실은 그게 아니라네. 어제 저녁에 덕솔이가 와서 옥수수 농장에 간 적이 있느냐고 또 꼬치꼬치 묻는 통에 내가 견딜 수가 있어야지. 잠 한숨 못 자고 있다가 일찌감치 일어나 산에 가려는데, 아 글쎄 발길이 절로 이리로 옮겨지더라구."

알 것 같은 목소리다.

나는 방문 옆으로 붙어 앉았다. 문틈으로 내다보니 한 아저씨의 굽은 등이 보인다. 그 앞쪽에 서 있을 아빠 모습은 잘 보이지 않는다.

아빠의 얼굴을 볼 수 없으니, 더 걱정이다. 아빠는 내가 옥수수 농장 일로 이웃집을 탐문 수색하고 돌아다닌 걸 알면 나를 야단 치실 게 뻔하다.

아빠는 무슨 이상한 낌새를 느끼셨는지 아무 대꾸 없이 아저씨를 쪽마루에 앉혔다.

이제 보인다. 아저씨는 황의영이네 할아버지다. 혼자가 아니다. 그 옆에 의영이 동생 의철이까지 데리고 왔다.

의영이 할아버지는 아빠보다 훨씬 나이가 많다. 원래 순한 분이기도 하지만 오늘은 아빠한테 자꾸 머리를 조아린다. 한손으로는 연신 의철이의 어깨와 팔을 손으로 만지면서다.

의철이는 3학년인데, 학교를 가는 날보다 안 가는 날이 더 많은 아이다. 선생님 말도 잘 알아듣지 못하고 자기 것을 잘 못 챙겨서 학교를 보내기가 쉽지 않다고 한다. 그런 아이를 자폐아라 한다고 엄마한테 얘기 들었다.

그 의철이가 잘못한 것이 있는지 의영이 할아버지는 뭔가 간절하게 당부하는 듯하다.

"얘가 아무것도 잘 하는 게 없는데 아주 가끔 깜짝 놀라게 할 때가 있어. 믿을지 모르지만, 애가 그림을 잘 그린다네. 우리 집 논이 몇 개로 바닥이 나눠져 있는 건지, 어느날 애 그림에 선이 정확하게 그어져 있는 걸 보고 너무 놀랐어. 어떤 것은 얼른 보고 그냥 지나쳤으리라 싶었는데 그걸 기억해 내서 그림을 그리는 거야. 작년에는 말이지, 이상한 새를 그렸길래 이게 무슨 새냐고 물었더니 갈매기라는 거야. 우리 마을이 바다에서 멀리 떨어져 있는데도 가끔 갈매기가 날아온다는 거 그때 알았어. 지난 번 월드컵 끝나고는, 애가 붉은 악마 응원단이 하는 응원 그림을 그렸다네. 대형 태극기가 출렁이는 걸 그린 적도 있고, 그 왜 '꿈은 이루어진다' 하는 것도 있었잖아, 이런 것을 그릴 때는 씩씩거리면서 얼마나 흥을 내는지, 다 그리고 나서는 손뼉치고 난리가 났지."

의영이네는 어찌된 사연인지 아빠 엄마가 없고, 할아버지, 할머니가 의영이, 의철이를 키운다.

지난달에는 의영이네를 비롯해서 오리농법으로 쌀농사를 짓는 이웃들이 일제히 오리 입수식을 하느라 마을 전체가 잔치를 벌였다.

그때 우연히 의영, 의철 형제가 내 옆자리에 있었다. 우리가 속날개가 잘린 어린 청동오리를 한 마리씩 논으로 던져 넣을 때마다 의철이는 자기도 해 보겠다고 떼를 썼다.

내가 한 마리 손에 쥐어 주었는데, 의철이가 너무 꽉 쥐어서 그만 오리가 죽고 말았다. 내내 시무룩해져 있어서 끝낼 때쯤 또 한 마리를 주어 결국 성공시켰다.

그때 의철이가 얼마나 환하게 웃던지.

의영이 할아버지는 바로 의철이의 그 환한 표정을 말하고 있다.

"근자에 의철이가 영 힘이 없고 그림도 전혀 손에 대질 못 하길래 열흘 전에 내가 의철이가 그린 월드컵 응원석의 별 문양을 옥수수 농장에다 몰래 옮겨 심은 거야. 아침마다 의철이 데리고 여우산을 오르내리면서 그 별 모양을 내려다봤지. 의철이가 다시 그림을 그릴 수 있도록 하려고 말이야."

말씀을 끝낸 의영이 할아버지는 한동안 숨을 거칠게 몰아 쉬었다. 오래 말이 없구나 싶더니 아빠가 할아버지의 등을 토닥토닥 두드리고 계신다.

"후……."

내 입에서 길게 한숨이 난다.

범인은 멀리 있었던 게 아니다. 내가 처음부터 탐문 수색을 펼친 집이었다. 그 집에 사는 자폐아와 그 할아버지가 범인이었다.

나는 한참 동안 멍 하니 방바닥에 누워 있었다.

이제 아빠가 모든 걸 아시게 되었으니 나를 이해해 주실 것이다. 아니, 나로서도 할 일은 다했으니 아빠가 야단을 쳐도 나는 전혀 불만이 없다.

나는 역시 탐정이다. 내일은 해란이한테 아주 당당하게 이메일을 보낼 수 있을 것 같다.

나는 다시 이불 속으로 들어갔다. 꼬추의 까칠한 감촉을 손으로 느끼며 잠을 청해 본다.

그러다 벌떡 일어난다. 서랍을 열어 돌멩이를 모두 꺼냈다.

얼핏 해란이 얼굴을 떠올린다.

해란강 강물 속으로 머리를 양갈래로 땋은 해란이 얼굴이 뾰족한 코부터 나타난다.

"이 돌멩이를 의철이한테 주는 게 어때?"

일그러져 있던 해란이의 얼굴이 조금씩 웃음을 머금고 있다.

나는 묻는다.

"그래도 되지?"

혜란이가 입모양을 동그랗게 한다.

나는 말했다.

"이 돌멩이, 의철이한테 모두 줄게. 의철이가 이 희귀한 돌멩이들을 가지고 놀다가 하나씩 그림으로 그릴 수 있게. 그림을 그리면서 의철이가 '꿈◆은 이루어진다' 하고 속으로 소리칠 수 있게."

소설창작의 배경

우리 시대를 위한 소설창작실기론

내 소설 속의 탈북자들

"옥수수"를 소설로 쓰기

우리 시대를 위한 소설창작실기론

1. 동시대를 위한 소설창작실기론의 필요성

소설을 창작하는 사람을 일컬어 우리는 소설가라 이름한다. 쉽게 생각하면 세상의 모든 소설은 이들 소설가에 의해 창작된 것이라고 볼 수 있다. 이들이 창작해서 마침내 발표하게 되는 소설은 공통적으로, 한 편의 문학작품으로서의 형태를 갖추는 것을 시발로 해서 궁극적으로 되도록 많은 독자가 읽고 어떤 형태로든 감명을 받게 되는 것을 목표로 삼게 되어 있다.

그 소설들 중에는 그야말로 그 작가가 죽고 난 뒤까지 오래도록 남겨져 읽히는 소설도 있고, 얼마간 '좋은 소설'이라며 평가되다가 금세 잊혀지는 소설도 있고, 과연 소설인지 아닌지 평가받을 기회도 얻지 못하는 소설도 있으며, '뛰어난 소설'임에도 별로 알려지는 바 없이 사라지는 소설도 있을 것이다. 무수한 소설가들은 오늘도 '좋은 작품'으로 평가받으며 오래 읽혀지기를 기대하는 소설을 쓰고 있다. 당연한 애기지만, 소설가는 '좋은 소설'을 얻기 위해 자신의 능력을 집약해서 그것을 창작 과정 속에 담아내려 애써서 마침내 그 결과물을 세상에 내놓는다.

여기서 소설이 누구에 의해 왜, 어떻게 창작되는가를 설명했지만, 사실은 그것이 그렇게 간단하지 않다는 것을 누구나 어렵지 않게 짐작하고 있다. 우선 소설을 쓰는 사람을 소설가로 단정지었지만, 꼭 그렇게 말할 수 있는 것도 아니다. 소설 창작을 업으로 하는 소설가가 되고자 노력하는 소설가 지망생을 포함해서 최근 날로 증가 추세를 보이고 있는 컴퓨터 통신상에서 활약하는 무수한 작가들, 그리고 스스로 소설가가 될 능력이나 자격이 있는지 없는지 헤아리지 못하고 있는 사회교육 기관과 대학의 문예창작과나 국문과에서의 소설 창작 습작생들도 많은 소설을 쓰고 있다. 그 소설들 중의 어떤 것들은 처음의 습작 차원을 넘어 보다 공식적인 지면에 발표되는 수도 있고 나아가 일반 소설가들의 창작물과 같은 성과를 얻는 경우도 있다. 또 국내에서는 드문 일이지만, 유럽과 미국의 대학처럼 문학 연구를 위해 문예창작 과목을 이수하는 과정에서 수준 높은 소설을 얻는 경우도 더러 있다.

소설 쓰는 사람을 소설가라 하지만, 실은 그 소설가의 범주도 이처럼 폭넓어졌다. 이에 따라 그들 넓은 범주의 소설가들 각각이 원하는 소설도 흔히 말해온 대로의 '좋은 소설'이라고 말하기도 어렵게 되었다. 쓰기만 하면 누구나 다 소설가일 수도 있는 현실에서 그 많은 소설가와 그 소설 들 중에서 특별히 돋보이는 존재가 되지 않으면 '좋은 소설'로 평가받을 수 있는 대상에서 소외된다는 의식이 날로 팽배해진 상황이고 보면, '좋은 소설'이란 무엇보다 독자들의 관심을 쉽게 끄는 요소를 빼놓고는 아예 성립할 수조차 없게 된 것인지도 모른다. 이는 당장 오늘날 문화상품화, 문학상품화 경향이 두드러진 추세를 생각하면 더더욱 외면할 수 없는 문제로 보여진다. 이제, 흔히 바라는 '좋은 소설'이란 '많이 읽히는 소설' 즉, '많이 팔리는 소설'일 수도 있는 셈이다. 어쩌면 소설가의 능력은 '좋은 소설'을 향하기보다 '잘 팔리는 소설'을 향해야만 하는 시대로 변모해 있는지도 모른다.

또는 등단 지망생이나 강의실에서의 습작생이라면 '신춘문예 당선' 따위의 등단을 가능하게 하는 작품이나, 무엇보다 '소설적인 특징을 잘 수용하고 있는 작품' 등의 시험용 소설이 '좋은 작품'의 표본일 수도 있다. 물론 그러한 것들 역시 궁극적으로는 넓은 의미에서 '좋은 소설'을 얻으려는 과정의 부산물이라고 볼 수 있겠지만, 어쨌든 보이지 않는 궁극의 결과로서의 '좋은 소설'보다는 당장 눈앞에서의 '좋은 소설'에 더욱 치중하는 소설가들이 폭증하고 있고, 그 결과 '좋은 소설'에 대한 판단 근거 역시 날로 혼미해진 상황이거나 아니면 적어도 기존 감식안과 식별력의 권위를 위협받고 있는 처지임에는 틀림이 없는 것으로 보인다.

소설을 쓰는 창작 주체의 변화와 그것에 따른 '좋은 소설'에 대한 기준의 혼란은, '왜 소설을 통해서 이야기하고자 하는가'라는 문예심리학적인 문제, 그리고 '소설이란 무엇인가'라는 문학 원론적인 문제를 재고하게 한다. 그러나 이 글은 그런 원론적인 문제를 취급하지는 못한다. 반면에 이 글은 문학 연구나 문학 강의에서 이론적인 지점에서 접근해서 얼마간 합의를 이룬 것으로 보이는 기존의 소설창작론을 재론하는 차원에서 벗어나 보다 실제적인 방법론 확보에 접근한다. 이 글은 주로, 그렇듯 다양해진 창작 주체의 처지를 고려하여 그들 모두가 어떤 의미에서이건 결과적으로 얻고자 하는 '좋은 소설'에 이르는 효과적인 방법을 실제적인 창작 실습 과정에서 터득하게 하려는 의도에서 시작되고 있다.

최근 들어 전국의 많은 대학에서 문예창작학과가 거듭 생겨나고, 사회교육원이나 여성문화센터 등 각 사회 단체에서도 문예창작에 대한 관심이 높아져 가고 있으며, 그 중에서도 오래도록 각광을 누리던 시 장르에 비해 소설 창작에 대한 관심은 더욱 높아져 있다. 또한, 문화적인 생산물을 시장의 중요한 상품으로 인식하고 있는 세계 자본주의의 흐름을 보더라도 최고의 문화상품으로 각광 받게 된 영화나 게임 등의 시청각적 장르 외에도 소설에 대한 기대 또한 결코 수그러들지 않은 상태다.

그럼에도 불구하고 창작이란 것이 거의 개인의 재능이나 노력에 의해 완성되는 것일 뿐이라는 생각이 지배적이다. 대학 강의실 등에서의 창작 교육도 강사마다의 개성적인 교육 방법을 활용하고는 있지만 대개 그런 재능을 발굴해 주고 격려하는 차원에서 이루어지는 편이다. 한편으로는 문학 원론적인 차원에서 문학 작품에 접근하는 이론 강의의 다양성에 비하면 문학 창작 강의는 심지어는 '문예창작학과'라는 대학의 독자적인 학과 내의 가장 중요한 과목으로 자리잡게 된 상태임에도 체계적인 교안을 마련하고 있는 경우는 흔하지 않은 것으로 보인다.[1] 특히 장르적인 특성상, 문학 원론에서 도움 받기도 쉽고 다양한 작품 사례가 제시되기도 쉬운 시 창작실기 시간에 비하면, 소설창작의 경우는 원론에서 실기 방법론을 얻기도 쉽지 않고 창작 주체들의 다양한 경험적 편차를 두루 고려한 창작실기론을 얻기도 쉽지 않은 실정이다.[2]

이 글은, 창작 주체의 변화와 양산, 소설작품 수용자들의 달라진 문

---

1) 1999년 12월 현재 필자가 조사한 바로 문예창작학과(또는 학부의 문예창작 전공)이 있는 대학이 서울·경기권만 22개 대학(4년제 11개, 2년제 11개)이며 소설 창작 실기 강의를 맡고 있는 전임 교수의 대부분이 현역 소설가이거나 소설가로 등단한 사람들이다.
2) 대학 강의실에서 소설 창작 실기 교재로 쓰이는 공식적인 실기론 책은 다음 정도인 것으로 알려져 있다.
　　구인환,『소설 쓰는 법』, 동원출판사, 1982.
　　전상국,『당신도 소설을 쓸 수 있다』, 문학사상사, 1991.
　　송하춘,『발견으로서의 소설 기법』, 현대문학사, 1993.
　　오에 겐자부로(노명희, 명진숙 옮김),『소설의 방법』, 소화, 1995.

학소비 현상, 다양해진 소설작품 소통 경로 등을 고려하여, 이같이 달라진 문화 환경에 걸맞게 소설창작에 임할 수 있는 방법론을 제시하여, 궁극적이면서도 현실적인 '좋은 소설' 창작을 위한 실기 기반을 마련하는 데 목표를 두고 있다.[3]

2. 작품 읽기를 통한 창작실기 기초 수업

창작을 잘 하려면? 이런 질문에 대한 손쉽고 보편적인 답을 우리는 많이 알고 있다. 아마도 가장 흔한 것이 "많이 생각하고, 많이 읽고, 많이 쓰라" 하는 말일 것이다. 또, '체험과 상상력'을 강조한 답도 있을 것이다. 체험 중에서도 특히 '원체험(原體驗)'이 강조되기도 하고,[4] '여행'이나 '취재'를 예로 드는 경우도 있을 것이다. 어떤 사람들은 "세상 모든 것이 창작의 스승이요 대상이다"라고 말하기도 한다. 그 같은 답들은 모두가 정답인 것이지만 사실 직접 창작을 하는 처지에서 보면 그것들은 대개가 너무 막연하고 폭넓은 것이어서 스스로 언제나 부족하다고 여길 수밖에 없는 것이거나 현실적으로 당장은 해결할 수 없는 것이기가 보통이다. 독서량이 부족하고 습작 기간이 짧은, 그래서 당장은 남 이상으로 많이 읽고 쓰는 일에 서툰 어느 소설가 지망생에게 거듭 많이 읽고 많이 쓰는 버릇을 강조하고 있을 수만 없는 일이고, 평소 체험 영역이 좁은 어느 습작생이 소설 완성보다 체험 쌓기가 중요

---

3) 문학강의실, 특히 대학의 문학강의실에서의 창작교육실기 강의는 일차적으로는 실기 결과물의 성과를 목표로 하지만, 부수적으로 얻는 효과 또한 강의 목표에서 제외시켜서는 안 된다. 즉, 그 강의는 전 수강생을 기성 문학가로 키우는 것을 목표로 삼을 수는 없다. 소설 창작의 원리, 소설의 요소, 문학의 정의를 체득하는 데도 이러한 실기 과정이 가져다주는 효과는 크다. 또 소설창작실기 경험을 토대로 보다 실용적인 창작, 예를 들면 드라마 등 여러 유형의 시청각적 장르의 대본 구성이나 무수한 인쇄매체에 활용되는 이야기 구성에서 남다른 능력을 발휘할 수도 있다.
4) 전상국은 자신의 체험적인 창작실기론『당신도 소설을 쓸 수 있다』(문학사상사, 1991)에서 특히 원체험의 중요성을 강조하고 있다.

258

하다는 판단 아래 생활 전선에 뛰어들어 다양한 생활 체험부터 하기도 쉽지 않을 것이다.

그러나, 지금 현재 소설 창작을 행하고 있거나 계획중인 사람이더라도 언제라도 할 수 있고 반드시 해야 하는 초보적인 실기기초 작업은 상정할 수 있다. 무엇보다 다른 사람의 작품을 읽으면서 창작 훈련을 하는 방법을 떠올릴 수 있다. 사람들은 누구나 책을 읽는다. 그 책 중에 문학작품이 포함되지 않기는 쉽지 않다. 소설가도 예외일 수 없는데, 그러나 소설가의 문학작품 읽기에서는 다른 사람들과 같은 책읽기 과정과 더불어 그 책의 것을 여러 가지 경로를 통해 자신의 창작실기 도구로 삼는 과정을 겪어야 한다. 이것은 우선 내가 잘 쓰려면 남이 잘 써 놓은 글을 참조하는 것이 좋다는 점에서 너무 당연한 일이다. 이 점은 저 유명한 아리스토텔레스의 모방론적 관점의 예술 기원론에 맞닿아 있는 내용이기도 하다. 그러나 여기서는 보다 구체적으로 문학작품 읽기를 창작의 기초작업으로 삼는 방법을 설명해 본다.

가. 최근의 문학작품 읽기

사람이 살아가는 데 있어 독서는 무엇보다 중요하거니와 인류의 정신적 지표가 되어온 고전이나 명작을 읽는 일은 특히 성장기에는 요긴한 교양 체험이 된다. 문학을 공부하게 되는 사람이나 그렇지 않은 사람 모두에게, 인류가 남긴 위대한 저작을 통해 인간이란 무엇인가, 나는 누구인가 하는 보편적이며 실존적인 질문들을 떠올리고 답을 찾으려 고심한 시간이야말로 자신이 살아갈 인생에 있어 엄청난 자양으로 자리잡는다.

소설 습작생이라고 예외가 될 수 없다. 그러나 습작생은 그러한 고전이나 명작을 꾸준히 읽어가는 한편으로 반드시 읽어야 하는 책들이 있다. 즉, 자신이 살고 있는 시대에 변화무쌍하게 발표되는 신작 작품들이 바로 그것이다. 동시대를 해석하는 정신과 방법, 그리고 무엇보다 표현력을 배우는 데는 가장 최근에 발표된 소설작품만한 것을 찾기는 쉽지 않을 것이다.

1) 이렇게 비 내리는 날이면 원구(元求)의 마음은 감당할 수 없도록 무거워지는 것이었다. 그것은 동욱(東旭) 남매의 음산한 생활 풍경이 그의 뇌리를 영사막처럼 흘러가기 때문이었다. 빗소리를 들을 때마다 원구에게는 으레 동욱과 그의 여동생 동옥(東玉)이 생각나는 것이었다. 그들의 어두운 방과 쓰러져 가는 목조 건물이 비의 장막 저편에 우울하게 떠오르는 것이었다. 비록 맑은 날일지라도 동욱의 오누이 생활을 생각하면, 원구의 귀에는 빗소리가 설레이고 그 마음 구석에는 빗물이 스며 흐르는 것 같았다. 원구의 머릿속에 떠오르는 동욱과 동옥은 그 모양으로 언제나 비에 젖어 있는 인생들이었다.[5]

2) 늦저녁 한때 모처럼 햇무리까지 끼고 있던 하늘이 어느새 칙칙한 잿빛으로 되바뀌었는가 싶자 고대 잘금잘금 빗방울이 눈앞을 가리고 들었다. 줄달아 엿새를 두고 쏟아붓던 폭우가 잦아들어 간신히 빗밑이 드는가 싶더니만 채 반나절도 되지 않아 우르릉 다시 하늘 끝이 울었다.[6]

1)은 '평론가 53인이 뽑은 20세기 한국 단편소설 20선'[7]에 드는 등 많은 평자들에게 그 수준을 인정받고 있는 대표적인 한 단편소설의 첫 문단이다. 이 소설이 처음 발표된 것은 1953년이다. 6·25 전쟁의 피난지 부산에서의 "어둡고 질척거리는 장마철을 배경으로 전쟁으로 인

---

5) 손창섭, 「비 오는 날」, 『한국 현대문학 100년, 단편 베스트 20—무진기행』, 가람기획, 1999.
6) 민경현, 「기정제」, 『작가세계』, 1999, 가을.
7) 주3)의 책으로 편찬되었다.

해 인간성이 파멸된 정황"[8]이 작가 특유의 시선과 문체에 녹아 독특한 경지를 이루게 된 이 소설을 읽는 일은 한국 소설사를 함께 호흡하는 일이기도 하고 흔히 하는 대로 시대적 상황(분단이라는)과 개인적 의식(실존주의적인)의 문학적 형상화 문제를 익히는 일이기도 할 것이다. 그런데 소설 습작생이 이 작품을 통해 소설 창작 공부를 한다고 할 때 유념해야 할 내용이 있다. 이 작품에서 구사되고 있는 문장을 1999년작인 2)에서 구사되고 있는 문장과 비교해 보자. 1)에 쓰인 문장은 당장 "―것이었다" 식의 종결어의 남발이 눈에 띈다. 그것이 이 시대의 감각과 얼마나 거리가 있는지에 대해서는 가령 2)의 문장의 종결어를 '―것이었다' 식으로 고쳐 보면 쉽게 알 수 있다. 2)는 '고대' '잘금잘금' '빗밑' 등 비일상적인 어휘들로 고풍스러운 느낌을 자아내고는 있지만, 일단 종결어의 쓰임에서 현대적인 언어 감각을 유지하고 있기 때문에 동시대성을 확보하는 데는 무리가 없다. 사정이 이렇다면 1)의 작품이 더욱 높은 명작의 지위에 있는 작품이라 하더라도 적어도 그런 문체적 상황만큼은 모방해서는 곤란하다는 결론이 나온다. 고전이나 명작을 많이 읽지 않은 습작생일수록 문학적 깊이에서 문제가 있을 수 있는 것처럼, 습작생이 고전이나 명작만을 읽고 동시대의 작품을 외면하게 되면 이처럼 당장 표현상에서 설득력 있는 문장을 얻기 어려울 뿐 아니라, 동시대인으로서 세상을 이해하는 관점을 확보하기가 쉽지 않을 것이다.

　최근작 중에서는 보다 민감하게, 문학계에 영향력이 큰 문학잡지에 발표된 것들을 읽는 것이 아주 유리하다. 문학계의 유행이나 문단의 권력 상황을 이해하기 위해서가 아니다. 문학잡지란 유행에 편승하는 요소와 그것을 경계하는 요소를 동시에 가지고 있기가 보통인데, 그곳

---

8) 손창섭의 「비 오는 날」을 주요한 모티브로 삼고 있는 박덕규의 단편소설 「20세기 비 오는 날」 (『날아라 거북이!』, 민음사, 1996)에서 인용.

에 실린 작품을 부지런히 읽음으로써 현 문학작품의 수준과 그 가능성
과 보완책을 스스로 더욱 가름할 수 있게 된다. 그 연장선에서 자신의
중심 장르인 소설작품을 비롯, 동시대의 시나 비평적 조류 등도 가능
한 대로 접하고 있는 편이 유리하고, 또 고전이나 명작에 대해서 이 시
대의 안목으로 평석하고 재해석한 글들도 다시금 접해 문학에 대한 포
괄적인 이해력과 감식력을 넓혀 나가는 것이 좋다.

　나. 소리내어 작품 읽기

　다른 사람의 작품을 읽을 때 자주 소리를 내어서 읽는 것이 작품을
쓰는 데 아주 유리하다. 흔히 작품 읽기가 그 작품이 담고 있는 정보를
얻고 이해하는 차원으로만 만족되기가 보통인데, 창작자는 그 이상으
로 그 작품이 내재하고 있는 내적 질서를 체득하는 과정이 필요하다.
가령 소설에 비해 언어적 표현 형식에 대한 배려가 훨씬 큰 시 장르의
경우 그것을 소리내어서 읽어보지 않고 그 형태적 질서를 이해하기란
쉽지 않을 것이다. 습작기의 창작자들은 특히 시를 많이 읽어야 하고,
그것도 습관처럼 소리내어서 읽을 필요가 있다. 그 연장선에서 많은
시를 외울 수 있는 차원이 되면 문학하는 사람으로서는 상당한 재산이
될 수 있다. 이에 비해 소설은 작품을 관통하는 서술 상황을 이해하는
과정이 중요해서 소리내면서 읽어 가는 장르로는 불편한 편이긴 하지
만, 가능한 한 자주 소리내어서 읽는 편이 좋다. 특징적이거나 인상깊
은 대목은 되풀이해서 읽어서 소설적 언어의 쓰임이 몸에 배이게 할
정도면 더욱 좋다.[9] 시에서만큼은 아니지만 소설의 경우도 언어의 운

---

9) 시 낭송이나 시 암송의 중요성을 강조하는 사람들도 많다. 유종호는 "시의 암송은 동양에서나
　서양에서나 인문교육에서 중요 훈련 중의 하나"(「어떻게 쓸 것인가」, 『문학이란 무엇인가』. 민음
　사, 1994)라고 지적하고 있고, 김주연은 "유럽의 많은 나라들이 국어교육 과정에서 강조하고 있
　는 것이 시 읽기와 시 암송이다. 그것은 모국어의 음성학적 아름다움에 대한 훈련과 더불어 의
　미론적 훈련을 동시에 가능하게 한다"(「시와 국어교육」, 『사악한 지식인』. 문이당, 1997)라고 설
　명하고 있다.

율적인 측면을 고려하지 않은 문장이 연속되는 작품이 높은 수준을 성
취하는 일은 드물 것이다.

　"작가라면 누구나 자기 문장에 유려함이랄까 유연성을 주고 싶어하는데,
산문에서 정형성이나 음수율을 적용하면 문장이 유려해집니다. 내 문장에서
유려하다 싶은 곳을 행갈이하면 산문시가 되거나 정형시가 나오지요. 우리
에게 익숙한 음수율로 우선 흔한 게 3·4조, 7·5조 정도이고, 기분에 따라서
는 12·8조도 반복하면 작은 노력으로 쉽게 효과를 볼 수가 있습니다."[10]

　위의 인용문은 한 작가가 소설을 쓸 때 문장이 유려해지도록 창작 과
정에서 의도적으로 운율성에 대한 배려를 하고 있었다는 고백이다. 이
러한 운율성에 대한 배려는 비단 이 작가만의 습관이나 전략은 아닐
것이다. 크게든 작게든 작가는 소설을 쓰면서 언어의 운율적인 측면을
배려하지 않을 수 없는 것이고, 그 내재된 운율을 몸에 익히는 데는 그
작품을 소리를 내어서 읽는 일이 무엇보다 효과적이라는 얘기다.
　한편으로, 자신의 습작품을 소리내어서 읽는 훈련은 더더욱 필요하
다. 습작기의 사람들은 자기 작품의 잘잘못을 따지기가 쉽지 않은데,
그럴 때 그 작품을 천천히 되풀이해서 읽어 보면 손쉽게 허점을 발견
할 수 있다. 이 점 역시 시에서는 아주 큰 효과를 볼 수 있고, 소설의
경우도 그 효과는 만만치 않다. 가령 어느 소설 습작생이 쓴 소설의 한
대목을 보자.

　난 무의식중에 아버지를 증오하면서 나의 꿈을 키워갔던 것이다. 아버지
는 많은 사람들에게 존경을 받을 만큼 사회에서 크게 인정받았지만 어린 내

---

10) 이문열의 말이다.(이순원, 「작가를 찾아서 – 이문열 무엇을 생각하고 있나」,『작가세계』. 1989,
　여름)

가 보기에 아버지의 모습은 이중적이고 가식적인 모습으로 보일 뿐이었다. 그토록 증오했던 아버지의 모습을 닮지 않기 위해 발버둥쳤지만 아내와 자식에게 비쳐지는 내 모습이 나의 아버지의 모습인 것 같다는 생각이 든다.

─「화로」중에서

위 글은 문법적으로 틀린 문장은 없다. 그런데도 세련미가 없고 거칠다는 인상을 주는데, 소리내어 읽어보면 당장 그 이유 중의 하나쯤은 누구나 쉽게 찾을 수 있게 된다. 소리내어 읽다 보면 같은 소리가 입안에서 반복된다는 느낌, 그래서 그것 때문에 읽기가 불편하다는 느낌이 들 것이고, 그 불편한 대목을 되풀이해서 읽다 보면 의미상으로나 운율상에서 매끄럽지 못한 일면을 발견하게 될 것이다. 두 번째 문장에서 "아버지는 많은 사람들에게 존경을 받을 만큼 사회에서 크게 인정받았지만"이라는 구문은 "존경을 받을"과 "인정받았지만"에서도 불필요한 중복감이 느껴지고, "사람들에게"와 "사회에서"에서도 같은 어감을 주어서 아주 답답하게 느껴진다. 실제로 그 중복감은 어휘력의 부족과 의미상에서의 불명료함에서 비롯된 것이기도 한데, 습작생일수록 그 점을 스스로의 글 읽기에서 확인하고 고칠 수 있게 된다는 것이다. 또 위의 글에서 거듭 되풀이해서 쓴 말 '모습'도 마땅히 표현을 줄이고 다른 표현으로 바꾸는 과정에서 문장도 매끄러워지고 어휘력도 풍성해질 수 있게 되는 것이다. 이와 같은 방법으로 간단히 낱말과 어휘의 쓸데없는 반복이나, 접속 부사의 잦은 사용 등을 줄일 수 있고 나아가서는 문장의 호응 관계의 부조화나 사건 전개상에서 어울리지 않는 표현 정도까지는 손쉽게 고칠 수 있다.

다. 필사(筆寫)하기

책을 읽으면서 인상 깊은 대목에 밑줄을 긋는다거나 그 대목을 베껴

둔다거나 하는 일은 누구나 다 하는 일이다. 영어 단어를 잘 외우기 위해서 되풀이해서 공책에다 쓰는 일 정도야 손쉬운 사례에 속할 것이다. 어떤 이들은 책에서 얻은 격언 같은 것을 따로 적어 두었다가 자기 인생의 좌우명으로 삼기도 한다. 창작을 하는 사람들도 일단은 그 차원에서 시작할 수 있다. 좋은 표현에 밑줄을 긋고 간단히 메모를 해 두는 습관을 길러 두는 것 따위가 쉽게 생각할 수 있는 방법이다. 이보다 더 확실한 것은 계획적이고 집중적으로 하는 필사다.

무엇보다, 초보 습작생의 경우 대개는 문장의 반복적인 패턴이나 어휘의 제한이 문제되는데 그 약점도 필사를 통해 고칠 수 있다. 감각적인 묘사에 서툴다거나, 논리적 진술 문장을 구사하기 힘들다거나 할 때도 기성 작품에서 그런 대목을 찾아 집중적으로 필사하는 훈련이 필요할 것이다. 마찬가지로, 자신이 쓰고 있는 문장이 버릇처럼 너무 길어지거나 아니면 그 반대이거나 할 때, 그 버릇을 고치는 데도 다른 작품을 보고 필사하는 과정이 요긴하다.

그 다음으로 중요한 것이 문장간의 호응 관계이다. 초보를 벗어난 수준의 습작생도 몇 개의 문장이 이어지면서 나타나게 되는 부자연스러움을 감당하기 어려울 때가 많다. 이런 경우 역시도 특징적인 대목을 필사하는 훈련을 하면 효과를 볼 수 있다.

수학 담당 교사가 교실로 들어갔다. 학생들은 그의 손에 책이 들려 있지 않은 것을 보았다. 학생들은 교사를 신뢰했다. 이 학교에서 학생들이 신뢰하는 유일한 교사였다.[11]

위 인용문은 얼핏 보면 단순한 사실들을 주로 간결체 문장으로 나열

---

11) 조세희, 「뫼비우스의 띠」, 『난장이가 쏘아올린 작은 공』, 문학과지성사, 1979.

해 놓은 듯한 인상을 주는 대목이다. 그러나 자세히 들여다보면 쓰인 문장들 사이에 어떤 말이 생략된 것처럼 느껴진다. 우선, 두 번째 문장과 세 번째 문장은 각각 그 첫 머리에 '그런데'나 '그러나'라는 접속부사가 쓰일 만한 문장으로 보인다. 또한 세 번째 문장에서는 '교사'를 '그 교사'로 쓰는 편이, 네 번째 문장 시작할 때는 '그 교사는' 정도의 말이 삽입되는 편이 의미 전달상에서는 더 매끄러울 수 있다. 그런데도 그런 것들을 모두 생략함으로써 의외의 긴장감이 발생될 수 있었다. 이런 점은 그냥 책읽기만을 통해서는 체득하기가 쉽지 않다. 누군가의 설명을 듣거나 해서 그 문장이 그런 내적 밀도를 내재하고 있는 문장이라는 사실을 이해할 수도 있겠지만 중요한 것은 그런 점을 습작생이 체득을 할 수 있느냐 없느냐 하는 것이다. 그럴 때 필사는 아주 유효한 방법이 된다는 얘기다.

이렇듯 필사는 당장은 문체 수업에서는 효과가 크다. 여기서 한 가지 조심해야 할 것은 습작생의 경우 자기 문체를 수립하는 일에 지나치게 조급해 할 필요가 없다는 점이다. 흔히 신춘문예 공모 등 한 편의 단편소설만으로 등단의 가·불가가 결정되는 국내의 등단 제도가 많기 때문에 습작기 때 표본으로 여겨 필사의 대상으로 삼는 작품들이 심리묘사가 두드러지고 상징적인 표현이 많은 소설이 되기 쉬운데, 그러다 보면 소설적 전개를 고려하지 않은 미문체(美文體)를 고집하게 되기 십상이다. 반면 호흡이 길고 중후한 분위기를 이끌 수 있는 유장한 문체를 훈련할 수 있는 기회가 많지 않게 된다. 복합문화적인 현실적 상황을 이해하지 못한 채 미문체만으로 자신의 소설 문법을 완성해 가려는 경향도 아직 남아 있는 듯하다. 미문체도 필사를 통해 특별히 연마해서 언제라도 발휘할 수 있도록 능숙해져야 한다. 그러나 그것만이 전부가 아니다. 소설에 쓰이는 문장은 얼마든지 다양할 수 있고, 또 한 작가로서도 다양해야 한다. 문체 수업을 위주로 하는 필사에서는 자신

의 문체가 특정한 작가 작품의 영향을 받아 지나치게 한정적으로 고정
될 수도 있다는 점을 염두에 두어야겠다.[12]

　필사가 좋은 방법이라 해서 기성 작품을 무작정 베끼는 연습만을 되
풀이할 수도 없는 일이긴 하다. 그러나 실제로, 명단편으로 인정받고
있는 소설을 정해 처음부터 끝까지 온전히 베끼는 데서부터 더 나아가
특정 작가의 거의 모든 작품을 베끼는 정도의 원시적인 필사 작업도
서두는 편이 수준 있는 소설 쓰기 흉내를 내는 데는 요긴한 일이 될 수
있다. 또, 소설을 읽어가면서 구성상에서 결정적인 부분을 필사하는
방법을 쓰면 창작할 때에 호흡의 완급이나 의미의 강약을 조절하는 방
법을 쉽게 깨칠 수도 있다. 한편으로, 남의 작품을 읽거나 필사하면서
병행해야 일 중의 하나가 "만약 내가 지금 이 소설을 쓰고 있는 상태라
면……' 하는 가정을 하고 있는 것이 좋다. 베껴 쓰기와 흉내내기를 바
탕으로 자신의 창작적인 상상력을 펼쳐 나가는 동안에 자기다운 세계
가 구축해 나갈 수 있는 길을 손쉽게 발견할 수 있다.

라. 작품 이해와 계열 파악

　자신이 읽고 있는 작품이 어떤 내용, 어떤 의미인가 생각해 보는 일
은 독서의 당연한 수순이다. 문학을 학문적으로 공부하고자 하는 사람
은 논외로 치더라도, 창작을 하는 사람도 남의 작품을 잘 이해하고 또
식별할 수 있는 능력을 연마하지 않으면 안 된다. 그러자면 우선은 부
지런한 책읽기를 통해 자신의 생각과 판단을 정리해 나가야 하고, 그

---

12) 소설창작에서는 번역투나 현학적인 문장을 경계하라고 가르치는 일반적인 문장론 시간의 교
　훈에도 지나치게 얽매일 필요가 없다. 시의 전통이 강하고 소설 중에서는 단편소설을 소설교
　육의 모범으로 삼는 한국의 문학적 풍토에서는, 20세기 후반 자주 문학적 논의의 중심에 놓인
　한 작가(이문열)가 자신의 "문장 기본형"을 "영어나 불어의 번역문과 같이 중문이나 복문 구조
　를 가지고 관계사를 많이 쓰는 문장", "한문 번역투의 문장", "얘기한다는 기분으로 조리있게
　적어나가는 구어형의 문장" 등 세 가지 유형의 문장으로 구축했다는 고백(이순원, 「작가를 찾
　아서—이문열 무엇을 생각하고 있나」, 『작가세계』, 1989, 여름)을 경청할 만하다.

러는 동안에 조금씩 그 작품에 대한 다른 사람의 평가에 대해서도 귀를 기울여야 한다. 작품은 제대로 읽지 않고 그 해석만 외워서 시험에 임하는 식의 책읽기를 경계하느라 아예 남의 작품 해석에 귀기울이지 않는 습관을 가지고 있는 습작생들이 많은데, 그것은 바람직스럽지 않다. 남의 작품을 이해하고 평가하는 자신의 이해력과 감식력은 다른 사람의 그것들과 견주는 과정을 통하지 않고서는 향상되기 힘들다. 이 점은 작품을 쓰면서 남의 작품을 읽는 일을 중시하는 것과 같다. 그런 만큼 보통의 작품집 뒤에 실려 있는 해설문도 좋은 공부 자료가 된다. 또 작품을 읽은 소감을 남에게 공개하는 습관도 습작생으로서는 중요하다. 그것을 통해 자신의 문학적 가치 판단을 객관적으로 검증 받을 수도 있고 작품을 읽을 때 미처 파악하지 못한 세계를 뒤늦게 이해할 수도 있다. 문학 강의실에서만 문학 얘기를 하는 습작생 수준이면 큰 성장을 기대하기 어렵다. 실제로 오늘날의 많은 습작생들은 강의실을 떠나서는 문학에 대한 토론을 시도하지 않는 풍조를 보이고 있다. 이제는 강의실 밖에서도 문학과 창작에 대한 논의가 활발하게 이루어질 수 있는 다양한 과제를 개발하는 일도 강의하는 사람의 몫이 되었는지도 모른다.[13]

최근 작품을 읽으면서 그 작품을 이해하고 평가하는 과정을 겪어가다 보면 그 작품이 문학사적 흐름이나 가름에서 차지하고 있는 지점을 이해할 수 있게 된다. 그 내용을 보다 능동적으로 정리하면서 소설사의 계보를 따져 볼 필요가 있다. 흔히 평단이나 문학사가들이 분류하는 방식을 흉내내어서 분단소설 유형이니, 페미니즘 소설이니, 환경

---

13) 필자는 1999년 2학기의 소설창작실기 관련 강의인 '소설창작실습'과 '창작기초' 시간 등에 시험적으로, 전체 수강생을 4-5명씩의 조로 나누고 각 조마다 기성 작품을 읽고 토론하면서 함께 한 편의 엽편소설을 새로 창작하고 그것으로 전체 수강생들이 토론하는 강의를 시도한 적이 있다. 이 글에서 습작생의 소설 작품이라고 밝히고 인용하는 글들이 그 집단창작의 과정에서 얻은 것들이다.

주제 소설이니 하는 식으로 계보를 만들어 보아도 좋고, 아니면 자기 나름대로의 분류 방법을 만들어서 살펴도 좋다. 이는 동시대의 문학 유행을 알아보려는 목적에서 아니라 나름대로 자신의 작품이 서 있는 위치 또는 지향해야 할 지점을 확보하려는 목적에서이다.[14] 문학의 동시대적 위치를 파악하고 미래를 전망하는 자세는 창작하는 사람도 당연히 갖추어야 일이고, 그러는 가운데 자신의 창작 방향이 한결 수준 높은 차원에서 설정될 수 있다.

3. 창작실기의 실제 상황에서의 문제

소설은 어떻게 쓰여지고 마침내 완성되는 것일까, 나아가 한 편의 '좋은 소설'은 어떻게 완성될 수 있을까? 소설을 쓰고 싶어하는 습작생들만큼이나 이 질문에 크게 시달리는 사람은 없을 것이다. 그리고 실제로 이 질문에 대한 가장 완전한 답 역시도 그 습작생들, 지금 현재 소설을 써 가고 있는 사람 스스로가 소설을 완성해 가는 과정 속에서 찾아진다. 소설을 어떻게 쓰는가에 대한 완전한 답은 언제나 소설을 쓰고 있는 사람 자신의 몫이다. 다만 그 사람이 소설을 더 잘 쓸 수 있도록, 마침내 한 편의 '좋은 소설'을 완성할 수 있도록 실지로 도움되는 말을 체계적으로 정리해 두는 일이 이런 글이 맡은 바 일이다.

가. 현재적 시간과 공간의 제한

현대소설을 읽어본 사람이면 누구나 그 속에 두 종류의 시간이 내재되어 있다는 사실을 알고 있을 것이다. 즉, "인물들이 행동하는 구체적

---

14) 창작실기론을 핵심 과목으로 삼고 있는 문예창작학과에서는 동시대 문학의 흐름과 전망을 논하는 이론 과목 또한 넓은 의미의 실기 교육으로 이해할 필요가 있다.

시공간을 구성하는” 시간(이야기 시간, story-time)과 그것을 전달하려는 목적으로 서술된 시간(서술 시간, discourse-time)이 그것으로[15], 대체로 서술 시간은 이야기 시간보다 짧은 것이 특징이다. 예를 들어 김유정의 단편소설「동백꽃」에서 이 두 종류의 시간이 어떻게 서로 하나의 소설 공간에 공존해 있는가를 확인해 보자. 우선, 지주인 ‘점순이’네 집 마름의 아들인 ‘나’와 ‘점순이’의 관계를 축으로 하는 이 소설에서의 서술 시간을 다음과 같이 축약해 볼 수 있다.

ㄱ. 오늘 나무하러 갈 때의 닭싸움

ㄴ. 4일 전 감자 사건

ㄷ. 3일 전 우리 씨암탉을 욕보인 사건

ㄹ. 2일 전의 닭싸움 사건

ㅁ. 1일 전 우리 닭에게 고추장을 먹이고 싸움을 시킨 일

ㅂ. 오늘 나무하러 갔다 돌아올 때의 일[16]

한편, 이 서술 시간에 내재된 이야기 시간을 나열해 보면 ㄴ-ㄷ-ㄹ-ㅁ-ㄱ-ㅂ 즉,

‘4일 전 감자 사건 ― 3일 전 우리 씨암탉을 욕보인 사건 ― 2일 전의 닭싸움 ― 1일 전 우리 닭에게 고추장을 먹이고 싸움을 시킨 일 ― 오늘 나무하러 갈 때의 닭싸움 ― 오늘 나무하러 갔다 돌아올 때의 일’

---

15) 조정래 · 나병철,『소설이란 무엇인가』. 평민사. 1991.
　러시아형식주의에서는 이 두 종류의 시간을 각각, ‘사건 발생에 소요되는 시간(스토리 전개 시간)’과 ‘작품을 읽는 데(또는 장면을 보는 데) 소요되는 시간(독서 시간)’으로 나누고 있고, 이 중 후자는 ‘길이’에 따라 좌우된다고 설명한다. (보리스 토마세프스키(한기찬 역),「주제론」,『러시아형식주의 문학이론』. 월인재, 1980.)
16) 이 축약은 박정규의『김유정 소설의 시간 구조 연구』(한양대학교 박사학위 논문. 1991)의 것을 거의 그대로 옮긴 것이다.

의 순서가 된다. 이렇게 본다면 주로 이야기 시간을 서술 시간상에 어떻게 "선택하고 배열"[17]하는가 하는 문제가 소설 구성에서 매우 중요한 문제로 부각되고 있음을 알 수 있다. 다시 「동백꽃」을 예로 든다면, 서술 시간상에서 '오늘'의 시간, 즉 ㄱ과 ㅂ을 밖에 두고 그 안에 과거의 시간을 순차적으로(ㄴ-ㄷ-ㄹ-ㅁ) 배열하고 있는 구성이 된다. 이 소설의 시간 구성을 다음과 같은 동심원적 구조(同心圓的 構造, concentrical circle)로 도식화할 수 있겠다.

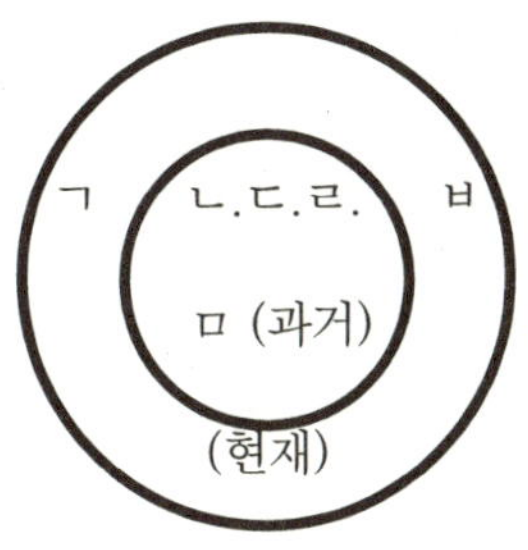

그림을 보면 「동백꽃」의 시간 구성은 바깥 원의 시간(오늘)에 과거 일이 행해진 시간이 "내포된 상황"[18]임을 쉽게 알 수 있다.

이러한 동심원적 구조를 통해서도 알 수 있듯이, 소설적 시간 구성에서 이야기 시간을 선택하고 배열할 수 있는 서술 시간의 상황이 무엇보다 중요한 문제가 된다는 사실을 알 수 있다. 더 구체적으로 말하면, 과거 시간을 어떻게 현재적 시간(「동백꽃」에서는 '오늘')과 효과적으로 혼재시키느냐가 그 성패를 가름한다고 볼 수 있다. 이 경우 실제의 소설 창작 과정에서는 가장 먼저 문제되는 것이 어떤 현재적 상황을 설정해야 하는가 하는 점이다. 그 현재적 상황이란 소설적 시간 구성상에서는 당연히 '시간'의 문제가 되고, 실제적인 창작 상황에서는 여기

---

17) 조정래 · 나병철, 앞의 책.
18) 박정규, 앞의 글 참조.

에 공간의 문제가 대두된다. 「동백꽃」에서, 나무하러 가다가 '점순이'네 수탉에게 한껏 몰리고 있는 자기네 수탉을 보면서 '나'가 점순이의 존재에 대해 떠올리는 그 상황, 그리고 나무하러 갔다 오다가 '점순이'가 닭싸움을 부추기는 장면을 목격하고는 '점순이'네 수탉을 죽이고 마침내 둘이 타협하는 그 상황은 다같이 현재 진행형의 시간에서 구축되고 있는데, 특히 닭싸움의 현장이라는(인물과 사건이 있는) 그 공간적 사실이 위의 동심원적 구조에서의 안의 원(과거)의 내용을 온전하게 내포할 수 있게 한 것으로 볼 수 있다.

어떤 소설적 상황이건 간에 인물의 성격이나 활약상, 또 그러한 모든 것들을 드러내는 문체의 쓰임 등이 중요하지 않을 수 없다. 그러나 대부분의 소설 습작생들의 경우 등장인물에 대한 성격 묘사나, 문체의 중요성, 그리고 전체적인 '이야기 시간'은 본질적으로 체득하고 창작에 임하기 마련인데, 막상 서술 시간상에서의 시간과 공간의 구체성을 확보하는 문제에 대해서는 좀처럼 감을 잡지 못한다. 소설창작상에서는 전체적인 이야기 시간을 내재화시키는 서술 시간을 구축하는 일이 무엇보다 중요하고, 그 '서술 시간'을 구축할 수 있게 하는 가장 효과적인 방법의 하나가 구성상에서 현재적 시간과 공간을 제한하는 일이다.

나. 형상화(形象化)하기

"글쎄 말이지. 이번 앤 꽤 여러 날 앓는 걸 약두 변변히 못 써봤드군. 지금 같아서는 윤 초시네두 대가 끊긴 셈이지. ……그런데 참 이번 기집애는 어린 것이 여간 잔망스럽지가 않어. 글쎄 죽기 전에 이런 말을 했다지 않어? 자기가 죽거든 자기 옷을 꼭 그대로 입혀서 묻어 달라구……"[19]

　인용된 작품의 작중에서, "자기 옷을 그대로 입혀서 묻어 달라"는
'기집애'의 유언이 뜻하는 바를 짐작하지 못하는 독자는 없을 것이다.
그 '옷'은, 그 소녀(기집애)가 시골에 내려와 개울가에서 만난 한 소년
에게 미묘한 감정이 생겨나고 있던 중 소나기 오던 날 그 소년에게 업
혀 물이 분 개울물을 건널 때 소년의 등에서 물이 옮은 옷이다. 그러니
옷을 입혀서 그대로 묻어 달라고 한 말은 소년에 대한 사랑의 감정을
우회적으로 표현한 것이 된다. 그 사실을 눈치채는 사람 역시 작중에
서는 아버지가 하는 위의 대화를 엿듣게 된 소년뿐이다. 소녀의 소년
에 대한 사랑의 감정도, 또 그것을 소녀가 죽은 뒤에야 비로소 제대로
알게 된 소년의 안타까움도 이 소설의 문면에 직접 드러나 있지 않다.
그러나 그 감정은, 아마도 소녀와 소년이 모두 그 감정을 직접 드러내
는 상황의 이야기가 전개된 것보다 훨씬 생생하게 어떤 구체적인 느낌
으로 형상화되어 있음을 알 수 있다. 이 지점에서는 "언어는 그 자체가
이미지가 아니라 이미지를 환기하는 데서 형상으로 다가간다"[20]는 형
상화의 기본 개념을 상기할 필요가 있다.
　많은 소설 습작생들은 주인공의 감정 상태를 쉽게 노출함으로써 형
상화에 실패한다. 형상화에 실패한다는 얘기는 소설적 상황을 생생한
느낌으로 전하지 못한다는 뜻이다. 가령 다음과 같은 어느 습작생의
글을 보자.

　대학교 2학년 여름 방학이었다. 아버지의 사업 부도로 인해 살림은 극도
로 궁핍해지기 시작했고, 이에 견디다 못한 새어머니는 결국 집을 나가 버
렸다. 나는 혼자서 집을 지키는 날이 많았다. 그러던 어느 날, 병원에서 연
락이 왔다. 아버지가 지금 사고로 응급실에 계시다는 것이었다. 나는 온몸

---

19) 황순원, 「소나기」, 『학/잃어버린 사람들』. 문학과지성사. 1990.
20) 우한용, 「문학의 형상창조 논리와 실천의 구도」, 『문학과의식』. 1999. 겨울.

에 소름이 돋았다. 무언가 예감이 좋질 않았다. 내가 병원에 도착했을 때는 이미 아버지가 숨을 거둔 후였다. 보험금으로 지급된 돈은 귀신 같은 빚쟁이들의 차지가 되었다. 삶은 깜깜한 어둠으로 채색되어 버렸다. 혼자가 된 나는 어떻게든 살아야 했다. 무엇보다 마음부터 다스리고 싶었다. 그러다가 우연히 조암이라는 마을을 찾았다. 무작정 시외버스 터미널로 가서 마음에 드는 지명을 택해 간 곳이 바로 조암이었다.

─「조암기행」 중에서

인용된 글에서 드러내고자 하는 핵심적인 내용은 형편이 아주 어렵게 된 대학 2학년 시절에 '나'가 "마음을 다스리"기 위해 '조암'이란 곳을 찾게 되었다는 사실이다. 그런데 그 내용이 전혀 실감이 나지 않게 느껴지는 이유가, 아버지 사업 부도, 새어머니 가출, 아버지의 사고 소식과 나의 충격, 아버지의 죽음, 보험금도 다 앗긴 나의 처지 등등 흔히 가련하다고 여길 수밖에 없는 사연들이 충동적으로 나열된 데 있다. 주인공으로 보면 끔찍한 일임에 틀림이 없고 또한 인생사에서 볼 때도 격정적으로 느낄 만한 일임에는 틀림이 없지만, 소설적 상황으로 봤을 때 그런 사실들이 아무런 절제 없이 진술될 만한 형국이 아닌 것이다. 이것은 물론 미숙한 습작생의 예에 해당되겠지만, 실제로 많은 습작생의 경우가 이렇듯 그 자체로 봐서 격정적인 사실을 말할 때 과도한 감정 노출로 소설적 형상화에 이르지 못하게 되는 사례를 낳고 있다.

다. 상징 만들기와 부분에 집중하기

소설의 많은 제목들이 앞서 본 것처럼 「비 오는 날」「뫼비우스의 띠」「동백꽃」「소나기」식으로 사소한 사물이나 사실로 내세워져 있는지에 대해서도 숙고해야 옳다. 그 소설들이 사랑, 인생, 죽음, 고통, 저항,

이별 따위로 대표되는 인생사를 다루고 있긴 하지만 그 인생사 전체를 제목으로 내세운 사소한 사물이나 사실을 세세하게 보여줌으로 드러내겠다는 의지라고 생각할 수 있는 것이다. 그리고 그럴 때의 그 사소한 부분에 해당되는 사물이나 사실 또는 사건의 특정한 배경 따위가 그 작품을 대표하는 상징성을 띠게 된다는 점도 아울러 이해해야 한다. 사정이 그렇다면, 소설을 쓸 때 의도적으로 어떤 상징적인 물건이나 이미지 몇 가지를 집중적으로 드러내겠다는 계획을 가져도 좋다. 가령 조세희의 「난장이가 쏘아올린 작은 공」 연작에서 난쟁이, 공, 뫼비우스의 띠, 클라인씨의 병 따위의 사물들이 실은 스토리 전개에 있어 직접적인 매개물로 작용되는 사례는 흔치 않은데도 불구하고 작품의 형상화에 있어 얼마만큼 크게 작용하고 있는가를 생각해 보라. 김동인의 「감자」에서도 실제적으로 '감자'가 가지는 스토리적인 기능은 크지 않은데도 불구하고 그것이 제목으로 내세워지면서 얼마나 큰 상징성을 얻고 있는가를 생각해 보라. 강경애의 「소금」에서는 실제로 소금을 밀수하는 내용이 줄거리 상에서도 큰 부분을 차지하지만 그 역시 특별한 상징성을 얻은 경우라고 하겠다. 김승옥의 「무진기행」에서의 '무진'이라는 지명과 안개라는 사물이 가져다 주는 상징성도 그와 유사하고, 김성동의 「만다라」에서의 '병속의 새' 라는 화두 역시 그런 기능을 한다고 볼 수 있다. 또는 윤흥길의 「아홉 켤레 구두로 남은 사내」에서의 '구두'도 그런 상징성을 부여받는 사례라고 하겠다.

　어떤 소설이든 그 속에는 사람이 사는 이야기가 담겨 있게 마련이다. 설혹 사람이 아닌 동물의 세계나 상상의 존재들의 세계가 등장할 수 있지만 그 역시도 사람 사는 이야기의 환유일 뿐이다. 소설이 세상 사는 사람들의 이야기라는 것을 누구나 다 알기 때문에 많은 습작생들은 실제로 사람이 사는 모습의 많은 것을 다 보여주어야 한다는 생각을 하게 된다. 당연한 일이다. 소설은 인생의 많은 것을 보여주어야 한다.

그런데, 인생의 많은 것을 보여준다는 것은 어떤 것을 의미할까? 여기서부터 습작생들의 운명이 갈리는 경우가 많다. 대개 위에서 예든 습작생의 글 「조암기행」에서처럼 어려운 인생사를 다 설명해 주어야 그럴 듯한 소설이 된다는 생각을 하게 된다. 역시 위에서 말했다시피 그럴 경우 형상화에 실패하기 십상이다. 역시 앞에 예든 「소나기」를 다시 상기하자. '이야기 시간' 상에서의 줄거리를 살펴보면, 주인공 소년과 소녀의 만남과 사랑, 그리고 죽음을 계기로 한 이별이라는 스토리를 만나게 된다. 그러나 그 소설은 그 스토리를 드러내는 과정을 주된 서술 상황으로 삼지 않고 있었음을 알아야 한다. 흔히들 영화를 보고 나거나, 소설을 읽고 났을 때 스토리를 묻거나 말하게 되는데, 그러나 우리가 영화를 보고 소설을 읽고 가슴에 남은 잔상은 의외로 어떤 인상 깊은 장면, 사소한 것처럼 보이는 행동, 이런 것일 때가 많다. 「소나기」의 경우도 그렇다. 인상깊은 것은 개울에서의 물장난, 조약돌, 비단조개, 소나기, 소녀를 업고 개울을 건너는 소년, 물이 옮은 스웨터 등이다. 소설 창작 과정에서는 그러니까 그런 류의 작은 도구, 부분들을 생생하게 살리는 훈련이 무엇보다 소중하다. 세밀한 것에 매달리지 못하면 무엇을 보여주려 했든 바라던 바를 성취하기 어렵다. 습작생들은 부분에 매달려서 그 부분으로써 전체를 말하겠다는 생각을 해야 한다. 물론 여기서 조심해야 할 것은 자신이 부각시키고 있는 그 부분이 그러나 언제나 전체와의 조화 속에서 필요한 부분이라는 사실을 놓쳐서는 안 된다는 점이다.[21]

라. 감각화의 효과

모든 소설은 기왕이면 독자에게 더욱 실감나게 다가가려고 한다. 그

---

21) 이 점에서는 흔히 문학이 '부분과 부분간의, 또는 부분과 전체간의 조화를 이루는 유기체' 라는 사실을 강조하는 보편적인 문학개론 책들을 떠올릴 수 있겠다.

럴 때 작가는 의도적으로 묘사를 통해 상황을 전달하려 들고, 독자는 그것으로부터 보다 손쉽게 일어난 어떤 감정 상태에 빠져들게 된다. 그런데 묘사란 말 그대로, 회화에 대해 사용하는 용어로 "어떤 물상(物相)이나 어떤 사태를 그림 그리듯 그대로 그려냄을 가리킴이다."[22] 진짜 그림을 그리는 묘사가 아니라, 그림 그리듯이 말로 표현하는 때의 묘사를 뜻하는 것이니, 특히 소설과 같은 문학작품에서는 주로 '감각화'를 통해 묘사를 달성한다. 소설에서의 묘사는 어떤 것이고 왜 필요한가에 대해 한 소설창작 지도자는 간단히 "묘사는 독자의 오감(五感)에 호소한다. 이것은 독자의 감정적 반응을 일으켜 작중 인물과 그 배경을 실감나게 만든다."[23]라고 설명한다. 여기서 말하는 오감이란 말할 것도 없이 사람이 지니고 있는 다섯 가지 구체적인 감각 즉 시각, 청각, 후각, 촉각, 미각 등을 의미한다. "작가는 독자로 하여금 간접적으로 그 스토리를 경험케 하기 위하여 감각, 시각·청각·후각·촉각·미각에 호소함으로써 묘사를 한다."[24]

合宮의
뜨거운 悅樂을
떠뜨리는,

다물지 못힐 입……

속으로 아프게 물고 있는
克己의

---

22) 이태준, 『문장강화』. 창작과비평사, 1988.
23) J. 피츠제럴드 · R. 메레디트(김경화 역), 『소설작법』. 청하, 1992.
24) 앞의 책.

푸른 치아들.

—「석류」²⁵⁾ 전문

　이 시의 상황은 석류가 열매가 성숙해져서 속의 알들이 터질 듯이 벌어지는 모양을 보여주고 있다. 석류가 '입'을 다물지 못하고 입을 벌리는 순간에 대한 묘사니까 당연히 시각적인 것이지만, "合宮의 뜨거운", "悅樂을 터뜨리는" "아프게 물고" 등의 촉각(관능, 통증)적인 요소, "터뜨리는"의 청각적인 요소, 그리고 "푸른 치아들" 할 때의 색채(시각)적인 요소 등이 어우러져서 그런 감각적 상황을 경험하고 있는 있는 시적 자아의 심정이 독자에게 쉽게 전이될 수 있는 것이다. '석류가 잘 (탐스럽게, 터질 듯이) 익어서, 참 먹음직스럽다(입에 군침이 돈다)'는 묘사에 비하면 이처럼 다양한 감각을 활용한 묘사가 더욱 생생한 느낌을 준다. 소설적 상황에서도 이와 다르지 않다.

　〔……〕 우리는 논 곁을 지나가고 있었다. 언젠가 여름 밤, 멀고 가까운 논에서 들려오는 개구리들의 울음소리를, 마치 수많은 비단조개 껍질을 한꺼번에 맞비빌 때 나는 듯한 소리를 듣고 있을 때 나는 그 개구리 울음소리들이 나의 감각 속에서 반짝이고 있는, 수없이 많은 별들로 바뀌어져 있는 것을 느끼곤 했었다. 청각적 이미지가 시각의 이미지로 바뀌어지는 이상한 현상이 나의 감각 속에서 일어나곤 했었던 것이다. 개구리 울음소리가 반짝이는 별들이라고 느낀 나의 감각은 왜 그렇게 뒤죽박죽이었을까. 그렇지만 밤하늘에서 쏟아질 듯이 반짝이고 있는 별들을 보고 개구리의 울음소리가 귀에 들려오는 듯했었던 것은 아니다. 별들을 보고 있으면 나는 나와 어느 별과 그리고 그 별과 또 다른 별들 사이의 안타까운 거리가, 과학책에서 배운

<hr>

25) 이수익, 「석류」, 『아득한 봄』. 미학사, 1991.

278

바로써가 아니라, 마치 나의 눈이 점점 정확해져 가고 있는 듯이 나의 시력에 뚜렷이 보여 오는 것이었다. 나는 그 도달할 길 없는 거리를 보는 데 홀려서 멍하니 서 있다가 그 순간 속에서 그대로 가슴이 터져 버리는 것 같았었다. 왜 그렇게 못 견디어 했을까. 별이 무수히 반짝이는 밤하늘을 보고 있던 옛날 나는 왜 그렇게 분해서 못 견디어 했을까.[26]

"멀고 가까운 논에서 들려오는" 요란한 개구리 울음소리와 밤하늘에서 쏟아질 듯 반짝이고 있는 별들을 느끼며 들길을 걷고 있는 주인공의 현재적 처지는, 그 소리의 요란함과 빛의 현란함 때문에 혼란스러워져 버린 옛날 자신의 내면적 심리 상황과 만나면서 "가슴이 터져 버리는 것" 같은 어떤 괴리감과 안타까움을 다시 실감하고 있다. 그러한 주인공의 절망은 인용문에 되풀이되고 나타나고 있는 소리와 빛들의 혼재와 뒤바뀜을 겪는 과정을 통해 이 작품을 읽는 독자의 감정으로 전이되기에 이른다.

소설에서 자주 발병 부위가 분명한 병이나 원인을 알 수 없는 병을 앓는 주인공이 등장하는 사례가 많은데, 이 역시 감각화를 통해 효과를 얻는 좋은 과정이 될 수 있다. 가령, 하근찬의 「수난이대」에서의 두 부자나, 손창섭의 「비 오는 날」에서의 동옥의 불구, 이청준의 「병신과 머저리」에서의 근원 모를 환부(患部) 등도 스토리의 전개, 나아가 소설적 주제를 실감나게 전하는 요소인 셈이다. 이청준의 「퇴원」이나 최인호의 「견습환자」 등과 같이 아예 병원을 무대로 한 소설이 있는가 하면, 정종명의 「이명」에서의 신경성 이명, 양귀자의 「의치(義齒)」에서의 이유 없는 치통, 송은상의 「환지통(幻指痛)」에서의 "잃어버린 다리에 가려움증"[27] 등 통증을 인상깊게 드러내고 있는 소설들도 있다. 주로는

---

26) 김승옥, 「무진기행」, 『한국 현대문학 100년, 단편소설 베스트 20—무진기행』, 가람기획, 1999.
27) 송은상, 「환지통」, 『조선일보』, 2000년 1월 1일자.

현대사회의 병적 징후를 대변하고 있는 그 심리적 병인(病因)에 대해 감정 환기를 요하고 있는 이 소설들의 감각적 묘사에 대해 숙고해 보는 것이 좋겠다.[28]

마. 기존 정보 활용하기

체험도 많고 지식 수준이 높은 사람이 소설 쓰는 데 훨씬 유리할 것은 당연한 이치다. 그러나 더 중요한 문제는 그 체험과 지식이 직접 소설을 쓸 때 얼마나 직접적으로 활용되는가에 있을 것이다. 여기서 강조될 것은, 소설가는 자신의 체험과 지식을 포함하여 다른 사람의 그것들이라도 자신의 것으로 가져올 수 있는 통로를 다각적으로 마련하고 있어야 한다는 사실이다. 아무리 지식 수준이 높아도 책상 위에 놓인 국어사전만큼 명료하게 자기 지식을 드러내기도 쉽지 않고, 아무리 체험이 풍성해도 책꽂이에 진열된 몇 권의 잡지만큼 다양할 수 없기가 보통일 것이다. 아주 기본적인 얘기지만, 실제로 요즘의 소설 습작생 중에는 포켓용 국어사전 한 권 갖추지 않고 소설을 쓰겠다고 나서는 경우가 있을 정도다. 그 정도는 아니더라도, 개념이 분명치 않은 어떤 명칭이나 원리를 잘 파악할 수 없는 사물의 움직임에 대해서는 가까운 곳에 놓인 신문이나 잡지, 백과사전 등이 요긴함을 알고 있어야 한다. 인터넷을 활용한 정보 검색이나 수집도 가능한 시대이니만큼 다채롭게 대중매체를 활용해야 한다. 특히 신문기사는 사실상 소설의 보고(寶庫)라고 말할 수 있다. 소설이 원래 세태의 변화를 가장 직접적으로 반영하는 문학 장르라고도 볼 수 있는데, 그 세태의 변화를 가장 발빠르

---

28) 이재선은 "오늘의 우리 문학, 특히 소설은 확실히 불건강함에 대한 강한 강박관념을 노출하고 있다"고 전제하면서, "이청준의 「퇴원」, 「소문의 벽」, 『당신들의 천국』, 신상웅의 「성 유다 병원」"을 비롯한 많은 소설들이 치통, 천식, 두통, 현기증, 이명, 수전증, 성적 장애, 실어증, 복통, 정신병, 불면증, 경련, 빈혈, 고혈압, 마비, 구토 등등의 병을 다루고 있다고 설명한다.(『현대 한국소설사』. 민음사, 1991)

게 세세한 것까지 폭넓게 보여주고 있는 것이 신문기사이다.

　한편으로는 이미 발표된 기성의 작품들도 좋은 소설적 재료가 될 수 있다. 1930년대 박태원의 「소설가 구보씨의 일일」을 1960대적 상황으로 옮겨간 최인훈의 「소설가 구보씨의 일일」을 비롯해서, 곽재구의 시 「사평역에서」를 소설적 공간으로 확장시킨 임철우의 「사평역」 등이 좋은 예가 되겠다. 또는, 카프카의 「변신」에서 벌레로 변한 주인공을 떠올리며 한 인간이 벌레 같은 상황이 될 수밖에 없었던 한 시절을 추억하고 있는 김영현의 「벌레」나, 이효석의 「메밀꽃 필 무렵」에서의 허생원과 나귀와의 관계를 소설적 모티브로 삼아 노새를 몰던 양아버지(당숙)를 떠올리고 있는 이순원의 「말을 찾아서」 같은 작품이 비근한 예다. 이런 작품들을 예로 들어, 쉽게 읽을 수 있는 우화나 시를 소설화하는 작업도 습작 과정에서 해볼 만한 일이다.[29]

---

29) 주 11)에서 밝힌 강의실에서 필자는 우화를 재해석하는 엽편소설 창작을 필수 과정으로 삼았다. 이때 한 예로 제시한 엽편소설은 해외작가들의 엽편소설 모음집 『사람은 왜 사랑 없이 살 수 없을까』(박윤정 역. 청동거울 간, 1999)에 게재된 서머셋 몸의 「개미와 베짱이」와 윌리엄 사로얀의 「양치기의 딸」 등이다.

내 소설 속의 탈북자들

1. 탈북자와의 만남

나는 '우리 나라에서 탈북자를 가장 많이 다룬 소설가'라고 나 자신을 소개하기를 즐긴다. 내가 일련의 탈북자 소설을 쓰게 된 것은 여러가지 이유에서다. 우선은, 목숨을 걸고 자신의 나라를 탈출해 '적국'으로 믿고 있던 동족의 나라에 와서 살게 된 것 자체가 워낙 '소설적'이기 때문이다. 더 큰 이유는, 지금 우리 민족이 처한 현실을 집약적으로 보여주는 존재가 바로 탈북자이기 때문이다. 소설가로서의 내 관심은 주로 크게 보면 '한국인'에, 더 정확하게는 '한국적 자본주의의 현실'에 있는데, 탈북자야말로 한국인이면서 그 자본주의적 삶을 극적으로 경험하는 인물인 것이다.

나는 탈북자 얘기를 그럴 듯하게 다루기 위해서 그들에 관한 많은 자료를 필요로 했다. 그들이 남한 생활을 하면서 저술한 수기나 소설도 많이 읽었고, 그들이 직접 경영하는 음식점도 찾아가 보았다. 그러던 중에 다행스럽게도 모 라디오 방송국에 나가 민족 문제에 관련한 시리즈 프로그램을 진행하게 되어 많은 탈북자를 출연자로 만날 수 있었다. 교수, 보위부원, 벌목공, 군인, 유치원 교사, 안전원(경찰관), 의사, 요리사, 대학생, 문인 등 북쪽에서의 그들의 직업은 다양했지만, 대부분은 자신의 전문성을 남한에서 잘 살리고 있지 못하고 있었다. 게다가 그들 대부분은 남한의 탈북자 정책에 대해 못마땅하게 여기고 있었다.

그 무렵 만난 탈북자 중에서 두 사람이 특별히 기억난다. 한 사람은 남한 자본주의에 가장 잘 적응한 것처럼 보여 느낌이 좋게 남아 있던 어느 자동차 회사 대리점 영업과장이었는데, 안타깝게도 몇 년 뒤에 과로로 죽었다. 또 한 사람은 1995년 귀순한 얼마 뒤 나와 만난 인연이 있어 내가 출연자로 천거한 사람이었는데, 그날 녹음 약속 시간을 세 시간이나 넘겨서 방송국에 나타났다. 그는 북한에 있을 때 군인으로서 문단에 등단한 시인이자, 드라마 작가였다. 그 무렵 벌써 방송 쪽 일을 하고 있던 중이었고, 그 전날 연예인들과 밤새 술을 마신 탓에 녹음 시간에 맞춰 나오지 못한 것이었다. 그는 다른 많은 탈북자들 이상으로 빨리 출세하려고 애를 쓰는 듯했다. 그가 쓴 평양 신세대 풍속담은 오자 투성이 책으로 발간되어 있었고, 그의 방송 쪽에서의 출세를 믿고 매니저를 자처하고 나선 사내가 운전기사로 따라 다니고 있었다.

그후 그가 유명 영화감독의 탈북자 영화에 시나리오 작가로 참여한다는 기사도 났고, 탈북자들이 공동으로 만드는 『오마니』라는 연극을 지휘하고 있다는 소식도 들려왔으며, 브라운관에도 자주 얼굴을 내밀어 자신의 북한 체험을 들려주곤 했다. 그러는 사이, 그는 북한의 가족을 데려오려다 사기를 당해 수천만원을 날렸다는 기사도 났다. 영화 『공동경비구역 JSA』의 시나리오를 각색했다는 것이 그에 관한 최근 소식이었는데, 곧 그 원고료로 경기도 가평에 북한 체험 테마 공원을 개장했다는 기사도 났다. 나는 그의 성공을 빌어 마지않는 사람이지만, 한편으로는 그가 나보다 더한 '한국적 자본주의자'가 되지 않기를 진심으로 바라고 있다.

이 사회는 바쁘게 살면서 많은 일을 하는 사람을 선호하기는 하지만, 그러다가 실패한 사람에게는 철저하게 무관심하지 않은가. 열심히 살아서 무엇을 빨리 얻겠다고 생각하지 말고, 열심히 사는 그 자체에 더 큰 의미를 두라고 그에게 충고하고 싶다.

2. 소설 속의 탈북자

탈북자를 주인공으로 한 내 소설은 「노루사냥」, 「함께 있어도 외로움에 떠는 당신들」, 「청둥오리」, 「기러기 공화국」, 「세 사람」 등이다. 그 외에 탈북자를 주요 모티브로 삼은 소설로 「단식」, 「끝이 없는 길」, 「동화 읽는 여자」 등이 있다. 이들 소설 속의 탈북자들은 모두 실제 모델이 있다. 그 중에는 내가 방송국 등에서 직접 만난 사람도 있고, 책이나 다른 매체를 통해 접한 사람도 있다. 그들의 탈북 과정이나 북한에서의 생활 등은 그들의 실제 경험에서 따온 것이 많은 데 반해, 탈북 이후 한국에서의 생활에 관한 소설 속 내용은 상당 부분이 픽션이다. 탈북자를 다룬 내 소설 몇 편과 그 주인공에 관한 내용을 설명해 보겠다.

■ 노루사냥

1994년 탈북해서 한국에 온 박당삼은 북한의 한 호텔에서 요리사 일을 한 사람이다. 한국의 한 요리 학원에 취직해서 북한 요리 특강이라는 텔레비전 프로그램에 출연하게 된다. 소설은 그 요리 특강을 중심에 두고 전개되는데, 북한의 다양한 요리를 선보이던 박당삼은, 북한 고위층 자제로 남한에서도 대접받고 있는 한 탈북자가 시식자로 나온 것으로 보고 시식할 음식에 독을 타서 음독하게 만든다. 제목인 '노루사냥'이라는 말은 북한에서 탈출하는 사람을 붙잡아 들일 때 쓰는 북한의 국경지대 사람들이 쓰는 은어다. 실제 노루사냥에서 노루를 엮어 오듯 탈출자들을 엮어 온다고 해서 붙은 말로 알려져 있다.

주인공 박당삼이라는 인물은, 북한에서 사회안전원(남한에서는 경찰관의 지위다) 생활을 하다가 시베리아 벌목공을 지원, 벌목 현장에서 요리사를 지낸 한 탈북자를 염두에 두고 썼다. 그는 벌목 현장을 탈출해서 동구라파 지역을 거쳐 망명에 성공해 한국에 왔고, 한국에서 실제로 북한 요리 전문가로 활약하고 있다. '당삼'이라는 이름은 김정일 일가 중 한 여성에게 별명으로 붙여 썼다는 잡지 기사를 보고 차용했다.

■ 청둥오리

라디오 방송 프로듀서와 출연자인 탈북자가 청둥오리 집에서 점심식사를 한다. 그들은 군대 시절 비무장지대에서 근무하다 서로에게 총질한 사이임이 암시된다. 그들은 알 수 없는 대립 감정에 서로 주먹다짐을 하고, 그러는 사이 음식으로 끓고 있는 청둥오리들이 날개를 퍼덕이며 살아나 날아다닌다. 탈북을 계기로 서로 만난 남북의 사람들 사이에 빚어질 수 있는 모순을 풍자적으로 그린 짧은 우화소설이다. 실제로 내가 아는 방송국 프로듀서가 비무장지대에서 군대 생활을 했고, 내가 처음 만난 탈북자(시인, 희곡작가)도 휴전선 근방에서 군인 생활을 하다가 남한 방송을 들은 일로 곤경에 처했다가 결국 탈북을 한 사람이다. 그 두 사람이 군대 시절 비무장지대에서 서로 총을 겨누지 않았으리라는 보장이 없다는 생각에서 상상의 나래를 펴나간 소설이다.

■ 함께 있어도 외로움에 떠는 당신들

북한에서 정치보위부에 근무하면서 갖가지 수사 활동을 벌이다가 탈
북한 한 여성이 있다. 이 여성의 체험담을 책으로 내기 위해 상당량의
원고를 썼다가 출간 좌절을 경험하는, 한 무명 작가가 내게 들려준 애
기를 바탕삼아 쓴 소설이다. 그 작가가 들려준 애기 중에 가장 인상 깊
은 것이 소설 첫 장면에 나온다. 그 작가와 탈북 여성, 책을 내기로 한
출판사 사장, 탈북 여성의 후견인격인 특수 기관 수사관이 함께 노래
방에 들어간다. 노래방이 만원이라 되돌아 나와야 할 상황인데, 그때
탈북 여성이 수사관에게 실망한 듯이, 이까짓 방 하나 잡을 힘이 없느
냐고 말한다. 그 당시 준비하던 책은 발간되지 않았고, 대신 그 탈북
여성 이름으로 『평양 여자』라는 두 권짜리 수기가 나왔는데, 내가 탈북
자를 소설로 다룰 때 많은 도움이 되었다. '노루사냥'이라는 용어도 이
책에 나온다. 수기에 따르면 그 여성은 중국 접경을 넘나들며 탈북자
검거를 했는데, 나중에는 자신이 그 탈북자들의 탈북 경로로 탈북에
성공했다. 소설은 탈북 여성, 무명 작가, 수사관, 출판사 사장 등이 차
례로 화자가 되는데, 후반부에는 북한에 있을 때 그 탈북 여성의 검거
로 형이 총살당한 기억을 가지고 있는 다른 탈북자가 그 여성에게 보
복의 칼을 휘두르다 실패하는 장면을 넣었다.

■ 기러기 공화국

북한에서 창작된 소설이 남한의 한 신문사에서 주최하는 신춘문예에
입상한다. 그 신춘문예 작품이 과연 어떤 결과를 몰고 올까? 이런 상상
에서 빚은 소설이다. 이 소설은 '탐조여행', '왼손잡이', '애정만세',
'보호구역' 등 전체 4장으로 구성되며, 각 장마다 중심 인물 하나씩을
가운데 놓고 스토리가 전개된다.

부패한 교육 현실에 타협해서 가정의 안락을 도모해야 하는 처지에

286

놓인 시인이자 문학평론가인 대학 강사 이진수, 운동권 출신으로 이미 달라진 세계 자본주의의 현실 앞에서 이념의 실종 상태를 스스로의 심각한 의식 분열로 드러내고 있는 조동엽, 마음의 문을 열어 맞이할 대상이 없어 정신적으로 칩거하면서도 사랑의 갈증으로 시달리는 주점 종업원 고혜미, 남한 자본주의에 제대로 적응하지 못하는 자신과 탈북자들이 함께 일할 '철새들의 보호구역'을 마련하고자 하는 남파 공작원 출신 장용철 등이 각 장의 주인공이면서 작중 화자다. 여기에 실제로 북한에서 소설가 지망생이던 여맹섭이 서해 바다를 건너 탈북해 온다.

한편, 이 소설에는 실제로 남북한에서 철새를 이용해서 서로의 소식을 전한 한국의 조류학자 원병오 박사의 부자간의 사연이 소개되고 있다.

■ 세 사람

탈북자 주철남은 북한 요리 전문점 주인으로, 동독에서 유학 생활을 하던 중 서독을 거쳐 망명에 성공해서 한국으로 건너왔다. 주철남이 자신의 식당 단골 손님인 문지훈의 부탁으로 산타마리코라는 일본 여성을 안내하게 된 하루 동안이 이 소설의 현재 시간이다. 주철남은 자신이 잘 알지도 못하는 '효의 도시' 수원의 융건릉으로 산타마리코를 안내하게 되고, 거기에서 우연히, 융건릉을 다큐멘터리로 구성하다 망한 기획사 프로듀서 양호용을 만난다. 전혀 서로를 모르는 세 사람이 한 자리에 어울리는 우연을 낳게 한 문지훈은 소설의 전면에 나타나지 않는다. 다만 문지훈은 IMF 후 불황의 여파에서 헤어나지 못하고 있는 처지로 암시된다. 주철남이 목숨을 걸고 찾은 한국, 산타마리코가 호기심을 안고 찾은 한국, 양호용이 역사 속에서 뿌리 깊은 효의 정신을 찾아낸 한국, 그 땅의 주인인 문지훈은 정작 큰소리만 떵떵 치면서

실체를 드러내지 않는다. 중심적인 가치관을 잃고 표류하고 있는 한국
의 불안한 처지를 탈북자 모티브로 풀어 간 소설이다.

■ 동화 읽는 여자

어린 아들(오명수)과 함께 탈북해서 한국에 정착한 한 사내(오준태)가
있다. 오준태는 여러 여자를 소개받았지만, 북에 두고 온 아내를 잊을
수 없다. 오준태는 아이를 이웃에 맡기고 다시 월북을 감행한 상태다.
소설은 그 아이를 돌봐주고 있는 여자 강사(은경)를 중심으로 진행된
다. 아이를 잘 돌보기 위해 여 강사는 도서 대여점에서 동화책을 빌려
읽어 주며, 자신의 갑작스런 보모 생활에 대해 얘기할 옛 애인(진호준)
을 떠올린다. 얼마 전까지 여 강사의 애인이던 유부남인 사진작가 진
호준은 베트남에 갔다가 우연히 한 탈북 여성(도영희)을 돕게 된다. 진
호준의 안내로 한국 대사관으로 옮긴 도영희는 하루 만에 갑자기 실어
증에 걸린다. 자신의 남편인 오준태가 자신을 찾으러 다시 월북을 했
다가 체포되어 총살당했다는 잡지 기사를 읽고 충격을 받은 것이다.

이 소설은 허위 기사 시비로 문제가 된 신문기사와 관련이 있다. 아
내를 찾으러 북한으로 잠입한 탈북자가 실제로 있었다. 그런데 한 신
문이, 그가 북한 당국에 체포되어 총살당했다는 소문을 진짜로 믿고
그대로 기사화했다. 얼마 뒤, 그는 다시 한국으로 돌아왔다. 그 기사는
결국 허위 기사인 것으로 밝혀졌으니, 내 소설도 허위 기사를 믿고 창
작한 셈이라 볼 수 있겠다. 그러나 나는 그 기사와 같은 일이 실제로도
일어날 수 있다고 생각한다. 그래서 이 소설은 당연히 유효하다.

'옥수수'를 소설로 쓰기

1. 멕시코의 옥수수, 한국으로 오다

옥수수는 쌀, 밀 다음으로 꼽히는 세계 3대 주식의 하나이다. 콜롬비아나 멕시코가 그 원산지로 알고 있다. 멕시코 고산지대에 옥수수 민족이라는 마야족이 있다고 한다. 옥수수를 미국에서는 주로 콘(corn)이라고 부르는데 비해, 국제적으로 통용되기로는 주로 메이즈(maize)라고 한다고 들었다. 멕시코의 옥수수 민족이 그렇게 부르기 때문이란다.

이 옥수수는 콜럼부스가 아메리카 대륙에 처음 간 이후 그 종자를 스페인으로 가져가면서부터 세계적으로 널리 분포하게 되었다고 한다. 이것이 인도와 중국 등지에 퍼져 나갔고, 중국 원나라 때 한국으로 전파되었다. 이후, 먹을 것을 넉넉하지 않던 우리네 가정에서 아주 친근한 음식의 하나로 자리잡아 왔다.

2. 옥수수 하모니카

한국 동요 중에 이런 것이 있다.

우리 아기 불고 노는 하모니카는
옥수수를 가지고서 만들었어요.
옥수수 알 길게 두 줄 남겨 가지고
우리 아기 하모니카 불고 있어요.
도레미파솔라시도 소리가 안 나
도미솔도도도솔미도 말로 하지요.

아동문학가 강소천이 짓고, 김석천이라는 분이 작곡해서 불렸다. 찐 옥수수를 아껴가며 먹는 가난한 아이의 표정이 앙증맞게 드러나 있는 동요다. 옥수수알을 옆으로 길게 남겨서 먹는 걸 하모니카 부는 모양에 비유했다. 나는 이 노래를 즐겨 불렀고, 지금도 가끔 부른다. 그처럼 우리에겐 옥수수가 참으로 친숙한 작물이었다.

3. 옥수수 박사

한국에서 한때 대용식 또는 간식으로 각광받던 옥수수는 20세기 중반 들어 다른 작물에 비해 점점 수확량이 떨어졌다. 이때 옥수수 보급의 혁신을 일으킨 사람이 세계적인 옥수수 박사로 불리는 김순권 선생이다. 미국에서 육종학을 전공하고 귀국한 김박사는 1970년 중반, 이전의 옥수수에 비해 훨씬 크고 알도 굵은 옥수수 개발에 성공했다. 이후 한국은 물론이고 아시아 전역에 옥수수 개발 붐이 일어났다.

김박사는 이후 17년 동안 아프리카의 나이지리아에서 살면서 신품종 옥수수를 개발해 그곳의 기아를 해결한다. 김박사는 이 일로 두 개 분야, 다섯 회에 걸쳐 노벨상 후보에 오른다. 아프리카 토양에서 자라는 '스트라이가(striga)'라는 독초와 견뎌 이기는 옥수수 재배에 성공한 사람은 김박사가 유일하다. 나이지리아는 이제 옥수수 수출국이 되었다.

1995년 김박사는 북한 동포들이 식량이 없어 죽어간다는 소식을 접하고 귀국한다. 북한은 옥수수를 주요 식량원으로 하는 나라다. 북한 토양에 맞는 슈퍼 옥수수를 개발한다면 북한의 식량난은 해결된다. 한편, 지난 20여간 한국은 엄청난 양의 옥수수를 수입하는 나라로 변했다. 김박사는 북한 땅에서 재배한 옥수수로 북한의 기아를 해결하고 남한에 수출하게 해서, 남과 북이 모두 이득을 취하는 결과를 꿈꾸었다. 그 일은 지금 한창 진행중이다.

4. 옥수수 도둑

1996년, 북한 땅에 심을 옥수수 종자를 개발하던 옥수수 농장 수천 포기 옥수수가 모조리 도난당하는 사건이 벌어졌다. 어처구니없게도 마을 사람들이 옥수수알이 너무 굵은 것을 탐내 다 따가 버린 일로 밝혀졌다. 이 일로 북한 땅에 심을 옥수수 종자 개발은 2년 정도 지연되었단다. 한편으로는 이 일이 한국의 각 언론에 보도되면서 김박사의 그동안의 노고와 업적이 널리 알려지는 계기가 되었다.

소설가로서의 내 관심의 시작은 여기서부터 시작되었다. 나는 이 옥수수 농장의 도둑 얘기를 짧은 소설로 한 편, 어린이용 동화로 한 편을 썼다. 이어 더 확장해서 어린이와 어른이 함께 읽는 170장짜리 소설로 발표했다.

5. 『옥수수 탐정』

　소설 『옥수수 탐정』은 김순권 박사의 옥수수 농장이 있는 마을이 중심이다. 옥수수 농장이 어느날 크게 훼손된 사건을 놓고 그것이 누구의 소행인가를 밝히는 과정을 그린다.

　범죄에 해당하는 사건을 해결하는 추리소설 구조를 지니고 있고, 실제로 범죄를 해결하는 역할을 담당하는 어린이를 등장시켰기 때문에 제목을 『옥수수 탐정』이라 붙였다. 이 어린이는 서울로 전학간 짝사랑 소녀를 생각하며 마을을 배회하면서 범인을 밝혀내는 데 성공한다.

　그 과정에서 북한을 탈출한 어린이들이 옥수수 밭을 망쳐 놓은 범인이라는 혐의를 받기도 한다. 또, 밀밭이나 보리밭에 나타나는 신기한 도형, 일명 '미스테리 서클'에 대한 추리도 전개된다. 또, 2002년 세계인의 이목을 집중시킨 한국 월드컵 응원단 붉은 악마의 대표적인 구호 '꿈★은 이루어진다'가 주요한 모티프로 활용되기도 한다.

　중남미의 옥수수가 이렇듯 한국의 내게로 와서 한 편의 소설이 되었다.